Minerva Spencer

Minerva Spencer est originaire du Canada mais vit aujourd'hui au Nouveau-Mexique. Elle a exercé différents métiers, comme professeure, barmaid ou encore procureure, avant de se consacrer à plein temps à l'écriture de romances.

Le passé de Mlle Tremblay

DE LA MÊME AUTRICE AUX ÉDITIONS J'AI LU

Les parias

1 – *La femme aux yeux verts*
2 – *Le forban des mers*
3 – *Et Sarah se libéra*

Les gentilshommes rebelles

1 – *Un soir, au jardin d'hiver*

Whitechapel

1 – *Un étrange destin*

MINERVA
SPENCER

WHITECHAPEL – 2

Le passé de Mlle Tremblay

Traduit de l'anglais (États-Unis)
par Tiphaine Scheuer

J'AI LU

POUR elle

Titre original
THE DUELING DUCHESS

Éditeur original
KENSINGTON BOOKS,
published by Kensington Publishing Corp., New York

Pour Brantly

Prologue

Paris, 1794

— Manon Cécile Tremblay Blanchet ! siffla Michel Blanchet entre ses dents.

Quand son père utilisait son nom en entier, Cécile savait qu'elle avait du souci à se faire.

— Je me dépêche, Papa, protesta-t-elle.

— Dépêche-toi *plus vite* ! murmura-t-il en la tirant douloureusement par le bras.

Elle savait qu'il valait mieux ne pas se plaindre ou discuter. Cela faisait des mois que ni son père ni elle n'étaient sortis en plein jour dans les rues de Paris – depuis que le mécène de son père, le duc de La Fontaine, était parti, une nuit, rencontrer un homme pour organiser leur départ clandestin de France, et n'était jamais revenu.

Son père n'avait eu aucune nouvelle du duc jusqu'à la veille, lorsqu'il avait reçu un message du vieil aristocrate en personne. Il semblait que le duc avait été arrêté et jeté dans la prison de La Force.

Cécile avait beau aimer le duc – il était comme un grand-père pour elle –, elle aurait préféré que son père trouve un autre moyen de voir le vieil homme. Et elle aurait préféré que ce soit sans elle.

— Il est mourant, lui avait rétorqué son père quand elle avait demandé pourquoi ils devaient se rendre dans cette prison terrifiante. Il a assuré notre subsistance pendant toutes ces années, alors le moins que nous puissions faire, c'est d'aller le voir quand il nous le demande. On sera en sécurité ; les gardes ont été grassement payés pour nous autoriser à lui rendre visite avec le prêtre. Nous serons sous la protection de Dieu.

Cécile n'avait que quatorze ans, mais elle savait que Dieu avait abandonné à la fois l'Église et ses prêtres – en France, du moins. Encore quelques semaines plus tôt, elle avait lu un article sur l'assassinat de prêtres et de religieuses sans défense perpétré avec l'autorisation de l'État.

D'ailleurs, même les serviteurs de l'État n'étaient plus en sécurité dans le pays ; la bête se dévorait elle-même. Encore le mois dernier, le détesté et redouté Robespierre avait croisé la route de Mme Guillotine.

Cécile n'était pas certaine que son père lui dît la vérité ; elle avait l'impression de n'avoir jamais connu que la violence et la mort. Existait-il vraiment un pays où on pouvait marcher dans la rue en toute sécurité sans craindre d'être arrêté ?

— Regarde où tu vas !

La voix furieuse de son père interrompit le fil de ses pensées.

Cécile releva les yeux et se rendit compte qu'elle avait failli heurter trois gendarmes pendant qu'elle rêvassait.

— Désolée, Papa, murmura-t-elle en jetant un œil pour voir si sa maladresse avait involontairement attiré l'attention sur eux.

Mais les trois hommes passèrent leur chemin en riant aux éclats, sans prêter attention à la foule qui s'écartait craintivement sur leur passage.

Devant eux, la prison de La Force se dressait comme un monstre sorti de terre. S'il était déjà terrifiant de marcher dans la rue en plein jour, entrer dans la prison la plus tristement célèbre de France – maintenant que la Bastille n'était plus qu'un amas de pierres – ne pouvait que susciter un effroi encore plus grand.

— Garde les yeux baissés, ma fille, murmura son père. Et n'oublie pas que tu ne peux pas parler.

Elle hocha vivement la tête et s'efforça de se composer une expression détachée. Elle remua les épaules sous l'horrible bosse que son père y avait attachée avec du plâtre collant. C'était leur voisine, Mme Dubois, qui avait appris à Michel Blanchet à appliquer du maquillage et à se déguiser, et tous deux avaient rendu Cécile méconnaissable. Ils avaient même frotté ses boucles presque noires avec de la poussière de charbon, au point que ses mèches soyeuses avaient pris une teinte marronnasse et qu'elles étaient devenues sèches et cassantes. Elle ressemblait à une vieille femme voûtée et, quand elle ouvrait la bouche, les dents noircies par Mme Dubois lui donnaient un air idiot.

Cécile traîna les pieds derrière son père en passant les divers contrôles des autorités pénitentiaires. Chaque fois, le tintement des pièces de monnaie. La nouvelle France avait certes débarrassé la société de l'exploitation de l'aristocratie et de l'Église, mais des myriades de niveaux de bureaucratie avaient poussé comme des mauvaises herbes pour prendre leur place.

Ils parvinrent enfin à la prison proprement dite.

Mais au moment où Cécile s'apprêtait à suivre son père et leur escorte dans l'un des longs corridors lugubres qui menaient aux cellules, un garde l'attrapa par le bras.

— La vieille dame reste ici.

Cécile eut l'impression que son cœur allait s'arrêter de battre et elle laissa échapper un gémissement.

— J'ai payé pour son entrée aussi, insista son père.

— Non, pas moi.

Cécile ne releva pas les yeux, mais elle distingua nettement la concupiscence suffisante dans la voix.

Son père plongea une main tremblante dans la poche de son manteau en loques. Il dut l'enfoncer profondément avant de trouver une pièce.

— C'est tout ce qu'il me reste, dit-il en la lui tendant.

Le garde grogna, clairement déçu.

— Et elle n'a rien ?

— Elle est simplette. Je ne lui confie pas d'argent.

Il poussa un grognement de dégoût.

— Bon, allez ! Un quart d'heure, c'est tout.

Son père saisit Cécile par l'épaule et elle se traîna à sa suite. Ils dépassèrent plusieurs cellules où s'entassaient des dizaines de prisonniers. Ces derniers les interpellèrent pour mendier de la nourriture et les implorer de transmettre des messages, les voix se couvrant les unes les autres.

Ils essayèrent de hâter le pas pour échapper au vacarme, mais l'homme qui les escortait semblait sourd à l'agonie qui les entourait et avançait à une allure d'escargot. Cécile dut serrer les dents pour se retenir de crier ; le temps que ce lourdaud les emmène auprès du duc, leur quart d'heure serait écoulé et ils devraient faire demi-tour aussitôt !

Il sembla s'écouler une éternité avant que l'homme s'arrête pour plonger la main dans l'épais manteau de laine gris que portaient tous les gardiens et que le cliquetis de nombreuses clefs rompe le silence. Il fallut encore attendre un siècle pendant qu'il tâtonnait avec la serrure avant d'ouvrir la porte, dont le grincement métallique fit sursauter Cécile et son père.

— Dix minutes, gronda l'homme. Et dites au prêtre qu'il devra partir aussi.

Ils pénétrèrent dans l'obscurité quasi totale de la cellule. La seule lumière provenait d'une faible bougie dans un coin. Lorsque la porte se referma en claquant derrière eux, Cécile eut l'impression d'avoir été enfermée dans un tombeau.

— Michel ?

La faible voix venait d'à côté de la bougie.

Une fois que ses yeux se furent habitués à la pénombre, elle vit le prêtre agenouillé devant le duc, leurs deux silhouettes ne formant qu'une grosse ombre.

— Je suis ici... citoyen.

Cécile fit la grimace en entendant son père manquer d'utiliser le titre du duc. Ils étaient peut-être seuls, mais ils avaient appris à leurs dépens que les briques et le mortier pouvaient aussi avoir des oreilles.

— Il ne lui reste pas longtemps, annonça le prêtre en se redressant pour se tourner vers eux.

L'homme n'était pas assez bête pour porter le col de son ministère, mais il tenait un chapelet à la main. La lueur de la bougie illuminait ses traits tirés et il avisa Cécile avec un froncement de sourcils.

— Je ne suis pas sûr de savoir ce que je pense de tout cela. La petite est si jeune... et il ne peut pas y avoir consom...

Michel Blanchet se racla la gorge pour l'interrompre, d'une manière grossière et inhabituelle de sa part. Que s'apprêtait à dire le prêtre ? Quel rapport avec elle ? Pourquoi...

— Vous connaissez les raisons pour lesquelles nous le faisons, murmura son père d'une voix animée. Vous avez accepté. Et maintenant... maintenant que j'ai dépensé jusqu'à mon dernier sou, vous changez d'avis ? Est-ce que vous vous rendez compte...

Le prêtre leva les mains dans un geste d'apaisement.

— Je ne reviendrai pas sur ma parole. Je voulais seulement m'assurer qu'elle est au courant de ce qui va se passer ici aujourd'hui.

Cécile regarda les deux hommes, perplexe.

— Père ? Qu'est-ce que...

— Chut !

Il la poussa derrière le prêtre en direction du duc, allongé sur une paillasse, recouvert d'une couverture crasseuse en lambeaux. Il était si maigre et si pâle qu'elle eut de la peine à le reconnaître.

Son père inclina la tête et s'agenouilla maladroitement devant son ancien mécène en entraînant Cécile.

— Votre Grâce, murmura-t-il.

Puis il prit la main frêle du vieil homme et embrassa la place occupée si longtemps par sa bague seigneuriale que celle-ci y avait laissé une marque indélébile.

— Je suis honoré que vous ayez fait appel à moi.

Le regard aux paupières lourdes du duc se posa sur Cécile et non son père.

— Avez-vous dit la vérité à Manon, Michel ?

Cécile avait envie de rappeler aux trois hommes qu'elle était *présente.* Elle avait aussi envie de rappeler au duc qu'on l'appelait *Cécile,* désormais, et non plus par le prénom Manon, qu'elle avait toujours détesté. Mais son père serait mortifié et elle préféra garder le silence.

Michel Tremblay sembla chercher ses mots, hésita, puis se tourna vers Cécile.

— Le prêtre est ici pour t'unir à Sa Grâce.

Cécile n'en crut pas ses oreilles. Elle essaya bien de parler, mais aucun son ne sortit.

Un gloussement rauque et grave emplit la cellule humide.

— Je ne peux pas vous reprocher d'avoir l'air si horrifiée, Manon.

Une bouffée de honte s'empara d'elle ; elle venait de faire outrage à un mourant – un homme qui avait pris soin d'eux comme de sa famille au cours des dernières années.

— Je suis désolée, Votre Grâce. Je ne voulais pas...

— Chut, mon enfant. Je ne peux pas m'attendre à ce que vous vous réjouissiez de devoir épouser un cadavre.

Son regard bleu pâle se porta brièvement sur le prêtre.

— Je crains que nous n'ayons pas beaucoup de temps. À l'exception de quelques parents éloignés et éparpillés, je suis le dernier de ma lignée, Manon. À ma mort, tout ce que je possède ira aux espèces de chacals qui m'ont harcelé pendant des années. Il se peut que mon testament soit invalidé, mais une épouse a des droits qui ne peuvent être contestés, même par le peuple impie qui a pris notre grand pays à la gorge. Ce... ce *cauchemar* ne durera pas éternellement. Et quand il prendra fin, Manon, c'est vous qui posséderez tout ce qu'il restera de mon nom.

Son père lui serra le bras en constatant qu'elle restait muette. Elle deviendrait duchesse ? Quand elle était petite, peut-être que ce genre de nouvelle l'aurait rendue folle de joie, mais aujourd'hui ? Aujourd'hui, porter un titre représentait une condamnation à mort.

— Parle, Cécile, murmura son père d'une voix teintée de colère.

— Bien sûr, je suis d'accord – j'en serai honorée, s'empressa-t-elle de dire alors que son père serrait son bras si fort qu'elle dut réprimer une grimace.

Le duc lui parut tellement reconnaissant qu'elle se sentit coupable un bref instant. Après tout, il faisait tout ça pour lui léguer sa richesse. Leurs vies n'étaient que mensonges et dissimulations. Que serait un secret de plus ?

Deux semaines plus tard

Le vent soufflait si fort que le drapeau tricolore tout déchiré à l'extérieur de la cabane volait à l'horizontale. Cécile dut crier pour se faire entendre.

— Il ne va quand même pas naviguer par ce temps ?

— Il viendra, répondit son père avant d'être plié en deux par une de ses quintes de toux qui ne faisaient qu'empirer depuis une semaine.

— Papa ! Ce n'est pas prudent... rentrons au village. On a assez...

Il fendit l'air d'un geste familier : *Assez !*

Cécile soupira et s'emmitoufla davantage dans son châle miteux. Son père lui avait promis que c'était la dernière fois qu'elle aurait besoin de porter ce déguisement atroce. Elle en avait assez d'avoir l'air d'une femme de cinquante ans alors qu'elle n'en avait que quatorze. Elle en avait assez de se cacher jour et nuit. Elle en avait assez de...

— Là !

Son père pointa du doigt une minuscule embarcation qui luttait pour accoster.

Cécile en resta bouche bée. On aurait dit l'un de ces fragiles bateaux en papier qu'elle fabriquait quand elle était petite.

— Mon Dieu ! On ne va quand même pas monter *là-dedans* ?

Son père ne l'avait pas entendue – ou bien il ne prit pas la peine de répondre. Au lieu de ça, il se dirigea vers la barque, et elle comprit à sa posture qu'il luttait contre une nouvelle quinte de toux. Elle se hâta de le rejoindre et passa un bras autour de ses épaules, qui s'étaient rétrécies et affaissées à une vitesse alarmante. Encore un mois plus tôt, il était son cher papa, robuste et farouche. Certes, il avait toujours été de petite taille, mais il était fort. Aujourd'hui, ce n'était plus qu'une coquille vide qui s'amenuisait un peu plus chaque jour. Mais il était tellement têtu. Ils auraient dû rester là – il aurait dû être au lit.

Cécile serra les dents quand son père essaya d'entrer dans l'eau pour attraper la petite barque.

— Reste là, s'écria-t-elle. Je vais l'aider.

Il hocha la tête en toussant.

Cécile remonta sa jupe entre ses jambes et en coinça le bas dans son corsage, dévoilant ses jambes jusqu'à mi-cuisse. En d'autres circonstances, le geste aurait été inconvenant, mais à cet instant, tout le monde s'en moquait.

De près, la barque était encore plus petite. Son père avait-il perdu la raison ? Les deux hommes à l'intérieur, particulièrement massifs, occupaient toute la place. Cela dit, leur présence était nécessaire pour ramer, car ils ne pouvaient pas se servir de la minuscule voile avec cette tempête.

Cécile aida son père à grimper avant de l'imiter et d'écarter l'embarcation de la plage de galets. Elle était trempée jusqu'à la taille, et le reste ne valait guère mieux.

Ils s'accroupirent à la proue du bateau pendant que les deux géants prenaient les rames. Son père lui fourra alors quelque chose dans la main. Elle baissa les yeux sur le petit portefeuille en cuir qui lui appartenait.

— Papa, qu'est-ce que…

Sans répondre, il lui tendit le sac en toile cirée qu'il gardait toujours sur lui. Ce dernier contenait les plans de ses armes à feu, quelques documents familiaux et la déclaration de mariage de Cécile, ainsi qu'une copie du testament du duc.

Plutôt que d'essayer de protester – ce qui était illusoire avec ce temps –, Cécile essaya de fourrer le portefeuille dans la poche de son jupon, qui fermait grâce à trois boutons. Comme il était trop gros, elle le rangea dans la besace en cuir abîmée qui contenait une tenue de rechange et une miniature de sa mère. Son père possédait la même, qui recelait le reste de ses outils de travail ; Michel Charles Tremblay avait autrefois été l'armurier personnel du dernier roi de France, Louis XVI.

Cécile récupéra le sac de son père et le hissa sur son autre épaule. Il lui prit la main et la serra faiblement. Ils s'accrochèrent l'un à l'autre, le corps du malade tremblant de plus en plus violemment dans la nuit sans étoiles. La tempête, plutôt que de se calmer, s'intensifia encore et les vagues qui frappaient la barque leur donnaient l'impression d'être en plein océan plutôt que dans la Manche.

La jeune fille savait que les hommes n'avaient pas prévu de ramer sur les vingt et un miles, espérant sans aucun doute hisser la voile dès que le vent le permettrait. Ils furent vite épuisés et se remplaçaient aux rames.

Les heures lugubres se succédèrent et elle perdit la notion de tout, sauf de sa détresse – ses mains gelées, ses vêtements trempés, le vent incessant.

— On fait demi-tour !

La voix l'extirpa de son cauchemar et elle leva la tête vers les deux hommes. Elle n'aurait su dire lequel avait crié, mais tous deux paraissaient à moitié morts. L'un d'eux désigna une lueur vive à bâbord. Des éclairs fendaient les cieux l'un après l'autre et semblaient se diriger vers eux.

Les hommes se mirent à ramer frénétiquement, comme s'ils pouvaient faire la course avec Mère Nature en personne.

Cécile se tourna vers son père avachi.

— Papa ! On fait demi-tour ! cria-t-elle.

Mais il ne bougea pas.

— Papa ?

Elle le saisit par l'épaule pour le secouer.

Sa tête s'affaissa et, emporté par son poids, il s'effondra sur le dos. Ses yeux fixaient le vide.

— *Papa !*

Un éclair aveuglant zébra le ciel et tous les poils de son corps se hérissèrent. L'un des hommes hurla et bondit sur ses pieds en lâchant une rame. Son voisin, frappé par la foudre, s'effondra en avant, le corps en flammes.

La barque se mit à pencher dangereusement lorsque le premier pêcheur trébucha, déséquilibrant l'embarcation. Cécile s'agrippa au plat-bord lorsqu'ils basculèrent.

L'eau étouffa ses cris et l'un de ses bras resta coincé dans les sacs qu'elle avait passés en travers de sa poitrine, la retenant au bateau. La sangle de l'une des besaces avait attaché sa main à une dame de nage.

Elle but la tasse tandis qu'elle tirait fort sur son bras – elle poussa un cri en sentant quelque chose rompre dans sa main. Serrant cette dernière contre sa poitrine, elle battit des pieds pour rejoindre la surface. Mais lorsque sa tête heurta le bois, elle comprit qu'elle était prisonnière sous le bateau, où une poche d'air s'était formée.

Cécile tendit sa main indemne au-dessus de sa tête et trouva une corde qui devait être attachée à la barque. Elle s'y agrippa et battit des pieds. Il régnait un silence sinistre. Seules résonnaient l'eau qui clapotait contre le bois et sa respiration entrecoupée.

Papa est mort. Cette pensée lui fit l'effet d'un coup de couteau en pleine poitrine. Cécile n'avait pas pleuré depuis des années, depuis que les sans-culottes avaient envahi et incendié le château du duc. Ce dernier était à Paris à l'époque, mais cela ne les avait pas empêchés de tuer les domestiques – des personnes qui avaient été ses amis et sa famille toute sa vie.

Et à présent, son père avait disparu. Même si elle survivait à cette tempête, elle se retrouverait seule.

« Nous avons un cousin en Angleterre, Cécile, lui avait souvent répété son père. Tu pourras toujours aller le trouver si tu es un jour dans le besoin. » Mais son cousin Curtis n'était qu'un nom – un étranger.

Elle n'avait personne.

Le poids sinistre de son avenir pesa sur elle plus lourdement que ses vêtements trempés qui l'entraînaient vers le fond. Il serait si facile de simplement se laisser aller – de sombrer dans l'oubli et de rejoindre son père. Mais sa main refusait de lâcher la corde. Et quand l'air se raréfia dans son abri, plutôt que d'abandonner, elle s'extirpa du dessous de la barque et s'accrocha à la coque pendant que la tempête continuait de faire rage.

Des heures plus tard, alors que la pluie battante s'était transformée en bruine et que le vent n'était plus qu'une petite brise, Cécile continuait de tenir bon, à l'approche de l'aube et des côtes anglaises.

PARTIE I

Le présent

1

Vingt-deux ans plus tard

Whitechapel, Londres, février 1816

D'un coup de pistolet, Cécile tira sur la carte à jouer, qui vola de la main du beau jeune homme. Celui-ci sursauta en hurlant, laissant échapper chez elle un chapelet de jurons en anglais et en français.

— Je suis désolé ! Je suis désolé ! s'écria Gerry Wheeler, honteux de provoquer son courroux.

Gerry, vingt-trois ans, était de loin le plus beau garçon que Cécile ait vu de sa vie. C'était aussi le moins courageux.

Cécile rangea son arme dans son holster sur mesure, prit une profonde inspiration et s'efforça de parler lentement, gentiment – deux traits de caractère qui n'étaient pas son fort.

— Gerry, je pense que le moment est venu de nous séparer.

— Oh, pitié, pitié, pitié, mademoiselle Tremblay ! Je vais m'améliorer... Je vous le promets.

— Ça fait deux mois, Gerry. Tu cries encore plus que ton premier jour.

Il se mordit la lèvre inférieure, révélant des dents parfaites.

— Je ne fais pas exprès... Je ne sais pas ce qui cloche chez moi.

Cécile ne put retenir un rire.

— Rien ne cloche chez toi, Gerry. La plupart des gens - du moins des gens normaux - n'aiment pas se faire tirer dessus.

— Mais j'adore travailler à la Foire, mademoiselle Tremblay. C'est devenu mon chez-moi.

Il n'était pas le seul - la Foire aux Femmes Fantastiques Farnham était aussi devenue un foyer pour Cécile.

Elle soupira et tapota son épaule massive - elle dut lever la main bien haut pour y parvenir.

— Je suis sûre qu'on te trouvera quelque chose d'autre ici. Je parlerai avec Beryl et Wilfred demain et on verra ce qu'on peut faire.

Beryl et Wilfred, les gérants de Cécile, assuraient le fonctionnement de la Foire et de ses différents numéros.

— Oh, merci, mademoiselle Tremblay, vous ne le regretterez pas, c'est promis.

Elle le regretterait probablement, mais elle s'en préoccuperait le moment venu.

On était dimanche, le seul soir de fermeture hebdomadaire du théâtre, et l'activité dans les coulisses était réduite. Cécile aimait s'entraîner et travailler sur les comptes le dimanche, car elle savourait la sensation d'avoir le bâtiment entier rien que pour elle. Son bâtiment et son entreprise.

Enfin, ce n'était pas tout à fait juste. Bien qu'elle dirigeât la Foire aux Femmes Fantastiques Farnham - le premier cirque d'Angleterre entièrement constitué de femmes, même s'il existait désormais quelques imitateurs –, elle n'en était pas réellement *propriétaire.* Au lieu de cela, elle faisait partie d'un syndicat de quatre personnes qui comptait trois riches investisseurs qu'elle avait convaincus de racheter la Foire à Marianne Simpson.

Marianne, qui était également la plus proche amie de Cécile, avait hérité la Foire de son oncle Barnabas, décédé l'année précédente. Au début, elle avait essayé de simplement *donner* l'affaire à Cécile.

— Je ne peux plus la gérer, Cécile, et ce n'est pas comme si j'avais besoin de l'argent que je toucherais en la revendant.

De fait, Marianne venait d'épouser l'extrêmement riche duc de Staunton.

Mais même si elle avait apprécié la générosité de son amie, le théâtre sur Newcastle Street et la grande demeure qui y était rattachée valaient une grosse somme d'argent, et Cécile était mal à l'aise à l'idée d'accepter un cadeau aussi démesuré.

En l'état actuel des choses, elle continuerait donc de payer ses trois partenaires jusqu'à ses vieux jours. Après tout, qu'avait-elle de mieux à faire de sa vie ?

Cécile traversa sans s'arrêter le théâtre silencieux et se dirigea vers la pièce minuscule qu'elle avait aménagée en bureau personnel. Elle avait ajouté une coiffeuse et un paravent pour ne pas avoir à partager la loge déjà exiguë dont se servaient toutes les autres artistes.

Aujourd'hui, puisqu'elle s'était seulement entraînée, elle n'avait qu'à retirer le holster qui contenait deux de ses pistolets. Si elle avait exécuté une véritable représentation, elle aurait eu le visage copieusement maquillé et porté un costume provocant. Quand elle avait commencé à travailler à la Foire, quatre ans plus tôt, Cécile détestait cette robe tellement révélatrice, dessinée par Barnabas Farnham ; mais à présent qu'elle dirigeait le cirque, elle ne pouvait plus nier que son apparence – exotique, sensuelle et dangereuse – était importante pour attirer un public d'hommes riches et privilégiés et leur vendre à prix fort les billets pour son spectacle.

La jeune femme entreprit de nettoyer ses pistolets – une leçon apprise de son père. Tout en s'affairant, elle réfléchissait à un sujet qui la préoccupait souvent depuis quelque temps : son apparence, cruciale pour garantir ses revenus. Bien qu'elle soit toujours une véritable beauté à trente-six ans – à quoi bon nier la vérité –, elle avait connu ses plus belles années. Qui sait combien de temps encore elle attirerait l'œil des hommes ? Il fallait qu'elle engage une apprentie, suffisamment belle pour prendre sa place quand elle ne serait plus assez attrayante. Trouver une fille ou une femme qui sache tirer ne représentait qu'une partie du problème. Ce qui lui fallait, c'était quelqu'un doté d'une présence et d'une certaine… verve. Pour le tir, avec beaucoup de pratique, elle pouvait former n'importe qui.

Cécile avait grandi au milieu des armes – d'abord celles que son père fabriquait, et plus tard celles qu'elle fabriquait elle-même –, mais elle n'avait jamais prévu de gagner sa vie comme tireuse dans un cirque. Malheureusement, le cousin qui lui avait juré de l'aider à s'établir comme armurière avait, à la place, fait main basse sur les croquis de son père – que Cécile avait péniblement recréés de mémoire après avoir perdu la précieuse liasse de papiers dans la tempête –, puis l'avait mise à la porte de chez lui. Les armes que Curtis Blanchard – la version de « Blanchet » outre-Manche – fabriquait étaient de mauvaise qualité, et Cécile était furieuse de les voir porter ce nom, même si peu de personnes faisaient le lien entre les deux patronymes. Elle n'avait rien pu faire pour arrêter son cousin, mais elle avait été heureuse d'apprendre que sa compagnie avait cessé ses activités cinq ans plus tôt.

La jeune femme chassa ses pensées stériles, termina de huiler le second pistolet et le rangea dans sa boîte vernie. Songer à Curtis ne faisait que la mettre en colère. Elle avait une vie différente à présent ; même si ce n'était pas celle qu'elle avait voulue, c'était toujours mieux que ce qu'elle avait espéré. Elle dirigeait une entreprise fructueuse et faisait bien son métier, même si elle ne l'adorait pas. Elle avait une amie – ce qu'elle n'avait jamais pu prétendre avant d'intégrer la Foire –, et même si Marianne ne travaillait plus avec Cécile et ne partageait plus son logement, elles restaient aussi proches que des sœurs.

Depuis le départ de Marianne, Cécile ne pouvait s'empêcher d'espérer que Joséphine Brown – la mystérieuse et si réservée lanceuse de couteaux, que tout le monde appelait la Sabreuse – puisse aussi devenir une bonne amie. Pourtant, après les mois dangereux qu'elles avaient passés ensemble à sillonner la France l'année précédente – cela avait coïncidé avec l'évasion de Napoléon de l'île d'Elbe –, la Sabreuse était toujours aussi fermée qu'une huître pour tout ce qui touchait à sa vie et ses origines. C'était l'une des personnes les plus indépendantes et résistantes que Cécile avait pu rencontrer, mais tout ce qu'elle savait d'elle, c'était qu'elle avait plus ou moins été mercenaire et que ses compétences étaient si impressionnantes qu'au moins un monarque européen avait jugé bon de recourir à ses services. Et même si elle détestait l'admettre, il se pouvait qu'elle ne connaisse jamais mieux la Sabreuse, car il était presque impossible d'engager une conversation avec elle. Dieu seul savait combien Cécile aussi avait son lot de secrets, mais elle n'avait jamais rencontré une femme aussi réservée, aussi mystérieuse et aussi secrète que Joséphine Brown.

« Tu es en train de procrastiner », la réprimanda sa conscience tandis qu'elle continuait de fixer le vide, assise à son bureau. Cécile soupira et se tourna vers la pile de courrier qui ne quittait jamais son bureau et faisait partie de la gestion de toute entreprise. Elle tria méthodiquement les factures et les lettres de potentiels futurs artistes. Ce ne fut qu'en atteignant le bas de la pile qu'elle tomba sur un exemplaire du *London Examiner* daté de la veille. Le journal paraissait trois fois par semaine, mais Cécile avait annulé son abonnement des mois plus tôt. En effet, elle avait totalement arrêté de lire la presse au début de la nouvelle année. L'une de ses employées avait dû le laisser à son intention en pensant lui faire plaisir.

Elle fixa l'exemplaire d'un regard noir, assaillie par une envie familière. À une époque, le *London Examiner* avait été son journal préféré pour la raison inavouable qu'il possédait la meilleure rubrique « Société » de tous les journaux qui circulaient dans le pays. Pendant des années – en particulier quand elle avait vécu en quasi-exil dans le lointain Massachusetts –, les chroniques de potins avaient été son petit plaisir coupable. Elle échappait à sa vie banale en se régalant de celle des hommes et des femmes riches, beaux et puissants de la bonne société. Mais lire les facéties de la noblesse avait perdu de son attrait depuis qu'elle avait fait connaissance avec plusieurs de ces créatures flamboyantes au cours de son passage en France[1]. Encore aujourd'hui, près d'un an après, alors que Marianne était désormais mariée à l'un des aristocrates qui les avait accompagnées, Cécile avait peine à croire que toute cette histoire ait été bien réelle. Avaient-ils pu vraiment passer par tant de dangers ?

Et il était particulièrement difficile de penser qu'elle ait pu être la maîtresse de Gaius Darlington, surnommé le Darling par la presse à scandale. Précisément l'homme dont Cécile avait lu la vie et sur lequel elle avait fantasmé – tout comme une bonne moitié de la population féminine d'Angleterre – pendant des années.

En matière de relation, la leur avait commencé à la perfection. Ils étaient tombés d'accord dès le départ sur le fait qu'ils ne se fréquentaient que pour le plaisir charnel. Il n'y aurait aucune confidence, aucune attente, aucune attache. Plus important, ils s'étaient

---

1. Voir *Un étrange destin*, de la même autrice, aux Éditions J'ai lu.

mis d'accord pour que tout se termine à la minute où ils seraient de retour en Angleterre. Il avait été facile, si ce n'est indolore, d'accepter ces limites. Car dans le fond, Cécile était avant tout réaliste. Or, elle était une employée de cirque, tandis que celui que tout le monde appelait Guy était un pair du royaume avec des responsabilités vis-à-vis de sa famille autant que de son duché. Il ne serait jamais libre d'épouser la jeune femme.

Et en apparence du moins, tout cela convenait très bien à Cécile, car la dernière chose que celle-ci voulait, c'était qu'un homme essaie de contrôler ses faits et gestes ou de la traiter comme sa possession – son cousin Curtis lui avait déjà montré précisément comment ce genre d'arrangement se terminait pour une femme.

Jusqu'à l'embarquement sur le bateau pour Douvres, Guy avait respecté leur accord. Puis, à la dernière minute, il avait fait volte-face.

Cécile sentit qu'elle serrait les dents et se força à se détendre. Encore un an plus tard, le seul fait de penser à leur dernière matinée ensemble suffisait à faire bouillir son sang dans ses veines. Comme tous les hommes puissants de ce monde, Guy avait décidé qu'il voulait avoir le beurre et l'argent du beurre. Il lui avait proposé de l'installer dans un logement de sa convenance pour la garder à disposition. En somme, il voulait faire d'elle sa putain personnelle. Pendant ce temps, Guy irait épouser une jeune héritière nubile et respectable qui pourrait sauver sa famille de l'indigence et remplir ses chambres de bébés.

Cécile n'était ni jeune ni respectable. Elle était tireuse d'élite dans un cirque et approchait de la quarantaine à grands pas. Quant à la nubilité ? Eh bien, pour être honnête, elle n'était pas certaine de savoir ce que ce mot signifiait, mais elle se doutait que cela avait un rapport avec la sexualité. Même si elle parlait anglais de manière presque exclusive depuis ses quatorze ans, elle continuait de penser en français chaque fois que la langue anglaise – ou les Anglais eux-mêmes – la frustrait.

« À propos de frustration… Pourquoi repenses-tu à lui ? Jette immédiatement ce journal et remets-toi au travail ! » lui ordonna le tyran dans sa tête.

Elle grogna et s'apprêtait à obéir quand elle s'immobilisa. Cécile avait cessé de lire la presse à scandale pendant des mois, craignant de découvrir une nouvelle douloureuse concernant Guy. Il était déjà assez difficile que tout le monde se réjouisse de le voir enfin chercher une femme et s'établir. Mais à présent, tout à coup, elle s'en voulut énormément d'avoir renoncé à un tel plaisir à cause de *lui*.

— Tu es une lâche qui l'a laissé te transformer, s'accusa-t-elle.

Entendre ses mots à voix haute lui donna du courage. Sans refermer son livre de comptes ni poser sa plume, elle ouvrit le journal et parcourut les pages jusqu'à la rubrique qui l'intéressait.

Moins de dix secondes plus tard, elle éprouva soudain un coup au cœur. Les mots semblaient danser et sautiller devant elle d'un air moqueur. Ça avait fini par arriver – ce qu'elle craignait et redoutait, la raison pour laquelle elle avait cessé de lire ces maudits journaux : le Darling était fiancé.

Cécile entendit un bruit sec et baissa les yeux. Elle venait de casser sa plume préférée.

— *Merde**[1] !

Voilà ce qui arrivait quand on pensait à Gaius Darlington : on abîmait des choses précieuses.

Pourquoi es-tu surprise ? Tu savais que ça finirait par arriver. Pourquoi tu te comportes comme une gamine qui connaît son premier flirt ?

1. Les mots en italique suivis d'un astérisque sont en français dans le texte.

Cécile s'efforça de le chasser de ses pensées – de chasser la peine aussi –, mais sans succès.

Étrangement, l'image de lui qui surgit alors dans son esprit ne fut pas celle du dernier jour, dans le bateau qui les ramenait de France en Angleterre – désespéré et furieux, comme si c'était *elle* qui l'avait trahi, *lui*.

Non, ce que voyait Cécile, aussi clairement que si c'était devant elle, c'était Guy plus d'un an auparavant, le jour où elle l'avait rencontré...

PARTIE II

Le passé

2
Environ un an plus tôt…

Londres, fin janvier 1815

C'était un dimanche, le jour de la semaine préféré de Cécile. Non seulement elle avait la loge pour elle toute seule et elle pouvait s'entraîner dans la paix et le silence – si on faisait exception du bruit des tirs de ses pistolets –, mais elle pouvait aussi se détendre ensuite et s'adonner à son plaisir coupable sans qu'aucun employé indiscret ou le propriétaire de la Foire – Barnabas Farnham, qui était du genre à faire constamment des réflexions – viennent la déranger.

Après s'être servi une tasse de café noir et avoir reposé la cafetière sur le minuscule réchaud dans un coin de la pièce, elle dégagea la montagne de vêtements, costumes et autres guenilles du canapé, la posa par terre et s'installa confortablement. Elle posa les pieds sur une chaise Windsor un peu branlante, puis ouvrit le premier des journaux qu'elle avait récupérés au cours de la semaine. Il n'était pas exact de dire qu'il s'agissait de journaux entiers, plutôt de rubriques sélectionnées : les rubriques « Société ». Ou les rubriques de potins, comme les qualifiaient ceux qui méprisaient ce genre de divertissement. Elle conservait les rubriques chaque semaine pour les lire tranquillement le dimanche matin.

Elle avait commencé des années plus tôt, à son arrivée à Boston. Elle avait tellement le mal du pays qu'elle avait dépensé une bonne partie de sa maigre pension trimestrielle pour acheter des journaux londoniens. Peu importaient les dates de ceux-ci, les parties les plus exquises – celles qui parlaient de salles de bal opulentes, de robes somptueuses et d'aristocrates fringants et audacieux – ne périmaient jamais.

Au fil du temps, elle était devenue une connaisseuse et avait repéré que les différents journaux n'offraient pas tous les mêmes informations. Elle s'était mise à demander aux gens – voisins, collègues à la chapellerie où elle avait travaillé pendant des années, et même amants – de lui mettre leurs journaux de côté. Aucun d'entre eux ne savait qu'elle ne s'intéressait qu'à quelques précieuses pages. Un vice secret ne procurait du plaisir que s'il restait secret, après tout. Maintenant qu'elle était de retour à Londres et qu'elle gagnait bien mieux sa vie, elle pouvait s'adonner à son vice sans avoir à mendier les déchets. Mais elle mettait les journaux de côté et ne les lisait qu'un seul jour par semaine.

Elle soupira de contentement et ouvrit le premier, *The World Examiner*. Elle les empilait dans son ordre de préférence, en gardant le meilleur pour la fin. Qu'est-ce qui rendait un journal meilleur qu'un autre, au juste ? Eh bien, certains se spécialisaient dans quelques membres précis de la bonne société. Et bien que Cécile adorât lire tout ce qu'il y avait à se mettre sous la dent sur toutes les sommités sociales de ce beau monde, elle aussi avait ses favoris.

The World Examiner ne présentait que peu d'intérêt – seulement une histoire sur un certain L... L... G... *qui était tombé dans la fontaine à champagne* –, cela faisait fureur cette année et Cécile aurait adoré voir à quoi cela ressemblait – et *le bal de fiançailles de la D... de M... pour sa fille*. Les articles avaient beau être rédigés avec ce genre de code, l'identité des protagonistes était parfaitement claire pour les lecteurs qui suivaient avidement leurs aventures semaine après semaine.

L… L… G… était en réalité lady Louisa Garber, la scandaleuse fille d'un marquis dans sa troisième saison. Elle était fréquemment vue en train de perdre une partie de ses vêtements, ou de tomber de certains objets. La D. de M. était la duchesse de Merriton. Tout le monde savait que sa fille, lady Ophelia, venait de se fiancer à l'héritier du comte de Singleton. Il ne s'agissait que de vieilles nouvelles sans intérêt.

Cécile dut parcourir trois journaux supplémentaires avant de tomber sur une histoire croustillante – qui nécessitait une deuxième tasse de café – dans le *London Observer.* C'était une exclusivité – comme ils appelaient cela maintenant –, et cela concernait l'un des hommes les plus excentriques et les plus scandaleux d'Angleterre, Gaius Darlington, le marquis de Carlisle, le Darling de la bonne société.

Cécile engloutit l'article comme s'il s'agissait d'un gros paquet de loukoums.

Nos lecteurs ne seront pas surpris d'apprendre que le M… de C… a encore fait des siennes ! Cette fois-ci avec nulle autre que la belle et insaisissable épouse du D… de L…, qui était, jusqu'à présent, aussi fortifiée contre les envahisseurs que le château d'Édimbourg. Non seulement C… a franchi ses défenses, mais il a été surpris au beau milieu de son « assaut » par nul autre que le D… de L… en personne !

Cécile baissa le journal, bouche bée, et relut l'article. Le Darling avait été pris en flagrant délit avec la sublimissime duchesse de Leicester ? Cécile savait que la duchesse était d'une beauté inouïe, car elle avait vu plusieurs illustrations de la toute récente aristocrate dans les vitrines de plusieurs imprimeries. Elle était aussi de vingt-cinq ans la cadette de son mari, réputé comme très aimant.

Oh, le Darling était *tellement* débauché et sans complexe ! Y avait-il une seule chose dont le scandaleux lord Carlisle fut incapable ? Faire cocu d'autres hommes n'avait rien de nouveau pour lui. Il se passait à peine un mois sans qu'il soit surpris en train de s'enfuir du boudoir d'une femme ou d'une autre – il avait même été vu une fois en train d'escalader un treillis de trois étages –, ou impliqué dans un scandaleux imbroglio qui incluait de jolies femmes et une tenue vestimentaire inadaptée. Mais qu'un mari surprenne le marquis en plein acte ? Non, ça, c'était totalement inédit. Et délicieusement, ignoblement licencieux.

Il était indéniable qu'un scandale de cette ampleur allait être immortalisé dans la vitrine de l'imprimerie de M. Humphrey.

Les imprimeries étaient des dizaines en ville à afficher des illustrations satiriques dans leur vitrine pour le plaisir des piétons, mais celle de M. Humphrey exposait toujours les plus récentes et les plus osées. Le pauvre homme avait été plus d'une fois traîné en prison pour le contenu obscène de ses illustrations.

Cécile sourit et réunit les journaux en pile bien ordonnée. Si cet article figurait déjà dans le journal, il y avait de fortes chances que la scène se retrouve cet après-midi même dans la vitrine de Humphrey. Elle lirait le reste des journaux plus tard. Pour l'instant, elle allait se changer pour enfiler son nouveau costume de promenade marine et se rendre…

La porte de la loge s'ouvrit en grand et Marianne – une expression nettement renfrognée sur le visage – entra dans la pièce accompagnée de deux hommes.

Sa grimace se transforma en surprise lorsqu'elle aperçut Cécile.

— Oh, je ne savais pas qu'il y avait quelqu'un. On peut aller…

Cécile se leva.

— Non, non, je m'en allais justement.

Elle glissa un regard aux deux hommes, grands et vêtus comme des ouvriers, qui se tenaient derrière Marianne, avant de revenir sur elle. Son amie avait les joues rouges et les yeux brillants.

— Quelque chose ne va pas ?

— Non, tout va bien, répondit Marianne en rougissant de plus belle.

Son amie avait-elle l'air… *coupable* ?

Cécile détourna de nouveau les yeux.

L'un des deux hommes lui paraissait familier et elle se rendit compte, en y regardant de plus près, qu'il était d'une beauté saisissante. Mais où l'avait-elle déjà vu ? Il n'avait pas la tenue que portaient les clients qui venaient généralement assister aux spectacles, mais quelque chose clochait malgré tout dans ses vêtements usés. Elle chassa cette pensée et se tourna vers son ami. Intéressant. Lui aussi était séduisant. Exceptionnellement attirant, en réalité.

Cécile reporta de nouveau son regard sur le premier. Il fronça les sourcils. Elle cligna des yeux et son image se modifia légèrement. Elle se figea alors sur place. Pas étonnant qu'il lui paraisse familier ! Elle l'avait *bel et bien* vu auparavant, mais il était totalement différent. L'homme n'était nul autre que le duc de Staunton – que les chroniqueurs mondains appelaient lord Parfait et Sa Grâce de la Perfection, entre autres. Elle le reconnaissait car elle l'avait aperçu dans le public ces dernières semaines, lors de ses représentations et lors des matchs de boxe de Marianne.

Le duc de la Perfection était connu pour être un réformateur social et sa présence à la Foire rendait Barnabas nerveux. Il s'inquiétait que Staunton soit en quête d'atteintes à la moralité qui donneraient aux autorités une raison de fermer le cirque. Cécile estimait que les craintes de Barnabas étaient infondées. Selon elle, le duc venait pour regarder Marianne avec des yeux de merlan frit. Et voilà qu'il était là *avec* Marianne et un air très, très différent.

Ses cheveux blonds si reconnaissables étaient devenus bruns et il portait des lunettes, qui ne parvenaient pas à dissimuler ses sublimes yeux vert clair. D'ordinaire vêtu de costumes de soirée noirs et luxueux, il était aujourd'hui affublé d'une modeste tenue d'ouvrier.

Cela dit, il n'avait *rien* d'un ouvrier quand on y regardait de plus près. En dehors de ses activités réformatrices, Cécile ne savait pas grand-chose du duc de Staunton, car son comportement irréprochable faisait de lui un piètre sujet pour les rubriques mondaines.

Il semblait de fait ironique que Staunton – qui n'était jamais mentionné dans les chroniques de potins – soit ami avec un homme qui, lui, en était *rarement absent.* Précisément le personnage à propos duquel Cécile venait de lire un article.

La jeune femme se tourna lentement vers le deuxième homme, qui la regardait en souriant. Elle savait qu'elle devait avoir l'air d'une cul-terreuse inculte, mais son cerveau refusait de croire ce que voyaient ses yeux.

Non.

Impossible.

Bon Dieu ! C'est bien lui !

Oui, en effet. Le dieu qui se tenait devant elle n'était autre que lord Carlisle.

Il était sublime. Parfait.

Cécile l'aurait reconnu même s'il avait porté une perruque et une robe de bal. La seule raison pour laquelle son déguisement ridicule l'avait bernée pendant cinq bonnes secondes, c'était l'improbabilité de la présence du Darling en personne dans la loge encombrée de la Foire.

Elle avait vu des dizaines et des dizaines d'illustrations du Darling, mais ne l'avait jamais vu en chair et en os.

Et oh, quelle chair !

Dire que c'était plus d'un mètre quatre-vingts de perfection masculine constituait un euphémisme criminel. Il devait faire quelques centimètres de plus que le duc, mais il était légèrement plus mince que son ami, et tout chez lui révélait l'élégance aristocratique.

Ses épais cheveux noirs formaient une tignasse soyeuse aux boucles lâches. Ses yeux avaient la teinte chaude marron doré qu'on voit sur les vitraux des églises. Mais il n'y avait rien de religieux dans l'expression de son regard exquis.

En effet, le Darling jaugeait Cécile de manière aussi intime qu'elle le faisait, et ses yeux langoureux s'attardèrent sur le corsage de sa robe avec un air spéculatif qui fit battre violemment son cœur.

Elle avait rêvé qu'il la regarde de cette manière – le genre de rêve qu'on ne peut même pas avouer à sa meilleure amie. Le genre de rêve qui vous donne des papillons dans le ventre rien qu'en y repensant.

Cécile savait de ses lectures qu'il avait trente-deux ans – quelques années de moins qu'elle – et les infimes rides au coin de ses yeux ne faisaient qu'accentuer sa beauté, tout comme les petites fossettes sur ses joues lisses, qui semblaient n'apparaître que lorsqu'il souriait. Naturellement, ce maudit bellâtre avait une fossette à chaque joue.

Seigneur, quelle beauté, quelle perfection.

Il était peut-être même trop parfait. Il était de cette race d'homme qui lui coupait le sifflet et la faisait glousser bêtement – deux choses qui ne lui arrivaient jamais – et son corps réagissait à sa présence d'une manière qui empêchait toute concentration ; une chaleur envahissait son bas-ventre et lui faisait prendre conscience de certaines parties de son être auxquelles elle ne pensait habituellement pas.

Cécile arracha son regard du visage narquois du marquis et se tourna vers son amie. Elle avait l'impression d'être restée plantée là à le dévisager pendant une éternité, mais il n'avait dû s'écouler que quelques secondes.

Marianne avait une expression implorante et le message dans ses yeux était clair : *Je t'en prie, ne pose pas de question.*

Cécile haussa les sourcils. Vraiment ? Elle espérait vraiment que Cécile ne dise *rien* ?

Marianne articula silencieusement le mot « pitié ».

Cécile prit une inspiration jusqu'à avoir l'impression que sa poitrine allait éclater, puis lui adressa un signe de tête accompagné d'une expression qui voulait dire que son amie lui serait redevable d'avoir ainsi joué le jeu.

Alors, au lieu d'attraper Marianne et de la secouer pour obtenir des explications, elle se força à sourire et demanda, d'une voix qui lui parut scandaleusement normale :

— Ah, deux nouveaux employés ?

Les épaules de Marianne s'affaissèrent légèrement et elle désigna le duc.

— Oui, voici John Sinclair. Il se fait appeler Sin.

Sin[1] ? Cécile dut se mordre la lèvre pour se retenir de rire. Quelle délicieuse ironie que l'un des hommes les plus vertueux d'Angleterre se fasse appeler ainsi.

— Mademoiselle Tremblay, dit le duc en inclinant la tête.

Cécile lui adressa un signe avant de se tourner vers le marquis, dont le sourire était sûrement un des chefs-d'œuvre de la Création. Et la lueur malicieuse qui dansait dans ses yeux bruns lui disait qu'il le savait très bien.

— Et voici Guy Darling, annonça Marianne.

Cécile ricana intérieurement. Guy Darling ? C'était vraiment tout ce qu'ils avaient trouvé ?

Le marquis s'inclina.

---

1. « Péché » en anglais. *(N.d.T.)*

— *Enchanté**, mademoiselle Tremblay.

Son abominable accent français lui arracha une grimace. Eh bien, on attendrait pour la perfection… Dieu merci, cet homme avait au moins un défaut.

Cette simple pensée l'aida à redevenir un peu elle-même.

— Vous devez être les nouveaux charpentiers que Barnabas voulait engager ? demanda Cécile en lançant un regard moqueur à Marianne.

— En fait, non, M. Sinclair prendra la place de Jack pour notre prochaine tournée, expliqua Marianne.

Cécile en resta sans voix ; elle devait rêver.

— M. Sinclair va prendre la place de ton entraîneur Jack Nelson quand on partira en tournée sur le continent, répéta prudemment Cécile, craignant de parler trop fort et de se réveiller de ce rêve fascinant.

— Oui, c'est ça, acquiesça Marianne.

Cécile hocha la tête comme s'il n'y avait rien d'anormal à ce qu'un duc se joigne à un cirque et serve d'entraîneur à une femme boxeuse.

Elle se tourna alors vers l'autre homme – celui dont le visage occupait trop souvent ses fantasmes.

— Et monsieur… Darling ?

— Il conduira notre roulotte, s'occupera des chevaux et d'autres tâches de ce genre.

Cécile les regarda tour à tour, s'attendant que l'un d'eux se mette à glousser et avoue qu'il s'agissait d'une plaisanterie. Une plaisanterie étrange, certes, mais une plaisanterie malgré tout. Après tout, les aristocrates se lançaient souvent des paris insensés pour tromper l'ennui de leurs vies privilégiées.

Mais personne ne rit.

Au lieu de cela, Marianne se tourna vers le duc de Staunton, qui s'était renfrogné. Pour la première fois depuis son arrivée dans la pièce, elle sourit – et pas d'une façon plaisante.

— Tu seras ravie d'apprendre que tous deux seront, disons... volontaires dans vos représentations, à la Sabreuse et toi.

Cécile écarquilla les yeux. Elle allait tirer sur le Darling ?

Non. Impossible. Ce ne pouvait pas être vrai.

Pourtant, à en juger par l'air meurtrier que le duc de Staunton adressait à Marianne, ça l'était peut-être.

Comme c'était merveilleux !

Le sourire de Cécile s'agrandit au point de lui faire mal aux joues.

— C'est tout à fait providentiel. Je m'apprêtais à dire à Barnabas que j'avais besoin de trouver un nouveau *volontaire.*

Marianne eut un petit sourire narquois.

— Oh mince, est-ce que Donald a toujours du mal ?

— Oui, il faut qu'il se trouve une autre place. Un jour ou l'autre, il risque de sauter *avant* que je tire et ce sera un problème.

À ces mots, le duc avait pâli. Cécile lui adressa un grand sourire.

— J'aimerais commencer à m'entraîner avec vous deux immédiatement.

Staunton jeta à Marianne un regard de fureur à peine réprimée et rétorqua :

— Si vous voulez que je me porte *volontaire* pour qu'on me tire dessus, vous devrez demander à Mlle Simpson si j'ai un créneau dans mon emploi du temps surchargé.

Le marquis leva une main élégante, comme un écolier bien élevé.

— Je suis disponible immédiatement, mademoiselle Tremblay.

Il ne s'était toujours pas départi de son sourire charmeur, dévastateur, débilitant.

Cécile n'avait jamais rencontré quelqu'un d'aussi impatient de se faire tirer dessus.

— Et il y a un troisième homme, ajouta Marianne.

Cécile avait hâte de voir qui son audacieuse amie allait encore lui ramener. Le prince régent ? Et quelle serait sa mission ? Le déblaiement de fumier et le nettoyage des toilettes ?

En effet, Marianne se révélait meilleure magicienne que Francine Gordon – la magicienne officielle de la Foire – et sortait de son chapeau des aristocrates à la place des lapins.

— Je les intégrerai dans vos emplois du temps, à la Sabreuse et toi, à partir de la semaine prochaine, dit Marianne, visiblement indifférente au regard noir du duc. Tu as des préférences ?

— Aucune importance pour moi, qui vient quel jour.

Cécile se pinça subrepticement. Violemment. Non, elle ne rêvait décidément pas.

Elle croisa alors le regard amusé de Carlisle et lui jeta un coup d'œil glacial.

— Assurez-vous seulement d'être là à 10 heures tapantes le jour de votre assignement.

Plutôt que de paraître paralysé, le marquis – même si elle supposait qu'elle devait s'habituer à l'appeler Guy – semblait enchanté.

— Avec plaisir, m'dame.

Cécile l'ignora – du moins elle essaya, car c'était la seule manière de garder toute sa tête, mais c'était comme d'essayer d'ignorer une éruption volcanique ou une apparition divine.

Le duc se racla la gorge et adressa un regard appuyé à Marianne.

— N'oubliez pas l'autre sujet dont nous avons discuté, mademoiselle Simpson.

Marianne fronça les sourcils avant de comprendre.

— Oh oui. Ça. Aucun d'eux ne prendra part aux représentations sur scène avant qu'on soit parti en tournée, déclara-t-elle à Cécile. Le troisième, qui s'appelle Smithy, sera disponible si tu as besoin de lui.

La raison pour laquelle aucun d'eux ne pouvait monter sur scène paraissait évidente. Cela dit... avec ses cheveux blond clair teints en noir et ses lunettes, le duc *pourrait* passer inaperçu auprès des membres de l'aristocratie du public. Mais il serait impossible de déguiser le Darling.

— Je préviendrai mon oncle que tu prendras Basil maintenant que tu n'as plus besoin de Donald.

Basil était le machiniste qui jouait les remplaçants dans tous les numéros dès que nécessaire. Il possédait un tel flegme qu'il n'aurait pas cillé si dix femmes lui avaient tiré dessus en même temps. Le seul problème, avec lui, était que sa nature imperturbable ne se prêtait pas aux aspects comiques du numéro.

Le Darling en revanche, décida Cécile avec un sourire en coin, tout en laissant son regard parcourir son superbe corps et s'attarder sur ses yeux langoureux et ses lèvres charnues, apporterait un nouveau souffle à son numéro quelque peu figé.

Sans parler du reste de sa vie.

— Seigneur, quelle beauté, dit Guy en marchant derrière Sin dans la rue bondée couverte de neige fondue.

— Elle est... assez séduisante, murmura Sin, presque à contrecœur.

— « Séduisante » ? répéta Guy en fronçant les sourcils. Elle est carrément superbe ! Je l'avais déjà vue – mais seulement depuis le public – et je la trouvais jolie. Mais de près, elle est belle à se damner. On ne penserait jamais qu'elle a plus de trente ans.

— Que dis-tu ? Elle a vingt ans.

Guy se tourna vers son ami.

— Je parlais de Mlle Tremblay.

Sin eut l'air surpris et ses joues déjà rougies par le froid s'empourprèrent.

— Oh.

— De qui tu parlais, *toi* ? demanda Guy, même s'il ne fallait pas être un génie pour le deviner.

Sin haussa les épaules.

Hmm. Intéressant.

— Si tu la trouves aussi ravissante, peut-être que *tu* pourrais te porter *volontaire* pour elle, s'irrita Sin.

— Est-ce que tu l'as vue tirer ? Je n'ai pas peur.

Sin lui jeta un regard incrédule.

— Quoi ? insista Guy. Cette femme est le tireur – enfin la tireuse – la plus habile…

Il s'interrompit et réfléchit un moment.

— En fait, c'est la tireuse la plus douée que j'aie jamais vue, point. Est-ce que tu connais un seul homme capable de tirer comme ça ? Non, tu n'en connais pas, ajouta Guy, car Sin semblait sur le point de faire la liste de toutes leurs fichues connaissances. Elle est incroyable.

— Guy…

Sin s'interrompit et serra les dents.

— Quoi ?

— Rien.

— Non, vas-y, dis ce à quoi tu pensais.

— Tu as bien conscience qu'on va traverser la France avec ces deux femmes – et le reste des employées de Farnham – pendant huit longues semaines, n'est-ce pas ?

— Oui, Sin, répondit Guy avec une patience exagérée. Je sais aussi qu'on s'engage là-dedans pour des raisons sérieuses, et non pour rigoler. Ou alors tu as oublié que j'étais là quand on a discuté de tout cela ? Tu penses que je ne suis pas impliqué dans notre mission ? Que je ne veux pas t'aider à sauver Benjamin ?

— Je ne dis rien de tout ça, Guy. Je sais que tu veux autant que moi libérer mon frère et le ramener sain et sauf en Angleterre. Cependant, je pense que tu, hum, sous-estimes l'effet que tu vas sûrement faire aux employés de Farnham – les femmes, en tout cas – et que tu ne te rends pas vraiment compte que si tu flirtes avec l'une d'elles, on devra faire face aux répercussions pendant des semaines, voire des mois.

— Les répercussions, répéta Guy.

— Oui, tu sais très bien de quoi je parle.

— Ce sont des adultes, Sin, pas des écolières.

— Toutes tes maîtresses sont adultes, Guy, mais ça n'empêche pas certaines de... Oh, que le diable t'emporte ! s'exclama Sin, agitant la main avec frustration. Tu sais très bien ce que j'essaie de dire.

— Oui, Sin. Je sais ce que tu veux dire.

Malheureusement, l'inquiétude du duc n'était pas sans fondement. Guy avait beau s'efforcer de l'éviter, il arrivait parfois que les femmes qu'il fréquentait le surprennent. Et pas toujours dans le bon sens. Parfois, il arrivait qu'elles se croient amoureuses de Guy, ce qui n'était pas seulement fâcheux, mais ridicule. Il était peut-être aimable – c'était du moins ce que pensaient sa mère et ses sœurs –, mais il ne passait jamais plus de quelques heures avec ses maîtresses et il évitait toujours, sans exception, d'entrer dans l'intimité des émotions.

Sin se racla la gorge.

— Aussi attirante que soit Mlle Tremblay, tu pourrais peut-être garder avec elle une relation professionnelle ? Au moins jusqu'à ce qu'on ait sauvé Benjamin et qu'on l'ait ramené à la maison. Quand on aura accompli notre mission en France et qu'on sera rentré à Londres, alors là, tu pourras bien faire ce que tu veux avec elle.

Guy posa une main sur l'épaule de Sin pour l'arrêter, car ce sujet était trop important pour être abordé en marchant. Une fois qu'ils furent face à face, il dit :

— Sin, je sais que ces prochains mois sont cruciaux – je sais qu'on va en Europe pour Benjamin, et *pas* pour que je puisse profiter d'une visite du continent longuement retardée.

Sin sourit, comme l'avait espéré Guy.

— Je ne ferai rien qui puisse mettre en péril notre mission ou la vie de Ben, promit-il.

Sin soupira.

— Je le sais, Guy, et je n'ai pas l'intention de te harceler. C'est juste que tu as tendance à, comment dire... laisser une traînée de cœurs brisés dans ton sillage.

Guy voulut rétorquer qu'il n'y avait pas *tant* de femmes que ça qui se languissaient de lui, mais son ami n'avait pas tort. Il était frivole dans ses amours et espérait toujours que ses maîtresses – il ne flirtait jamais avec des jeunes filles, seulement avec des femmes d'expérience – prendraient leur relation pour ce qu'elle était : un plaisir sensuel et temporaire. Mais les femmes finissaient souvent par vouloir se marier – même si elles n'en avaient pas eu l'ambition au début. Même les femmes *déjà* mariées développaient parfois de terribles obsessions.

D'après son expérience, le seul moyen d'éviter de décevoir les attentes d'une maîtresse était de partir bien avant qu'elle puisse en développer. Et *voilà* comment – de manière assez injuste – il avait gagné une réputation de libertin sans cœur, tout ça parce qu'il essayait d'éviter les chagrins d'amour.

Une goutte d'eau tomba sur son nez, l'extirpant de ses pensées. Sin continuait de le regarder, le front plissé par la préoccupation.

Guy sourit et lui donna une tape sur l'épaule.

— Tu ne m'as pas vexé, mon vieux. Pour être honnête, la dernière chose dont j'ai besoin, en ce moment, c'est de me livrer à des aventures érotiques. Pas depuis la conversation que j'ai eue avec mon grand-père la semaine dernière.

Sin fit la grimace.

— De mauvaises nouvelles ?

— Oui. Sa Grâce m'a dit que les affaires du duché avaient pris une mauvaise tournure.

— Guy… tu es sûr de vouloir aller en France en ce moment ? Je ne t'en voudrais pas si…

— Ne sois pas bête. Bien sûr que je viens. En plus, mon grand-père m'a dit que l'annonce des fiançailles pouvait bien attendre la fin de l'année. Le mariage en lui-même risquait même d'être reporté au milieu de l'année prochaine.

Il n'eut pas besoin d'expliquer le sous-entendu de cette déclaration à son ami – ils savaient tous deux ce que cela voulait dire. Une fois qu'un homme était fiancé à une héritière, ses créanciers faisaient soudain preuve de patience et se montraient disposés à accorder encore plus de crédit.

Et le duché de Fairhurst avait cruellement besoin de patience et de crédit.

Sin émit un bruit compatissant.

— Quelqu'un en tête ? demanda-t-il tandis que la pluie se mettait à tomber plus dru et qu'ils reprenaient leur marche.

Guy rit, mais sans la moindre trace d'amusement.

— Non. Mais ma mère et mon grand-père conspirent sur une liste.

Il avait prévu de s'attaquer à leurs suggestions après Pâques, mais maintenant qu'il serait absent d'Angleterre jusqu'à la fin du mois d'avril au moins, il aurait quelques mois de répit.

Guy avait conscience que ce voyage à travers la France n'était pas sans danger et qu'il n'était pas à prendre à la légère. Mais cela ne l'empêchait nullement d'avoir hâte de passer du temps avec ses deux meilleurs amis.

Sin, il ne le voyait déjà que trop rarement.

Et Elliot Wingate, il le voyait encore moins, même s'ils partageaient le même logement. Son ami travaillait pour le gouvernement – dans une agence si secrète qu'elle n'avait même pas de nom – et il ne savait plus où donner de la tête ces dernières années. Avec un peu d'espoir, cela allait changer maintenant que la guerre était terminée et que l'Ennemi corse était en cage sur l'île d'Elbe.

Quand ils arrivèrent devant la petite maison de ville sans prétention qui leur servait de repaire pendant la préparation de leur mission, Sin se tourna vers lui.

— Tu veux entrer te sécher ?

— Non, je dois y aller.

— Est-ce que je vous verrai au dîner au club, ce soir, Elliot et toi ?

— Je ne peux pas te répondre pour Elliot étant donné que je ne l'ai pas vu depuis deux jours, mais moi, je serai là.

— Excellent.

— Oh, Sin, dit Guy tandis que son ami tournait les talons.

— Oui ?

— Profiter des femmes qui travaillent pour gagner leur croûte, ce n'est pas mon genre. Je n'ai pas l'intention de toucher à Mlle Tremblay ou à qui que ce soit d'autre de Farnham. Tu as ma parole.

Guy ne le savait pas encore, mais cette promesse reviendrait le hanter dans un avenir assez proche.

3

Guy glapit une nouvelle fois lorsque la balle de Cécile Tremblay lui arracha la carte à jouer des doigts. Mais cette fois, au moins, il ne sursauta pas.

— Je suis désolé, dit-il par réflexe.

— Ne le soyez pas, dit-elle en rechargeant les six pistolets qu'elle venait de vider sur lui. Le public va adorer entendre un homme grand et fort gémir comme une petite fille.

Plutôt que de se sentir insulté – ce qui était sans nul doute l'intention de Cécile –, il fut amusé par cette remarque acerbe.

Guy détestait l'admettre, mais les femmes gloussaient toujours beaucoup avec lui, même les plus âgées et sophistiquées. Pourquoi, il n'en savait rien. Bien sûr, il avait conscience d'être considéré comme séduisant. Mais Sin et Elliot l'étaient aussi, pourtant ni l'un ni l'autre ne semblaient réduire des femmes apparemment intelligentes à des créatures gloussantes.

Cécile Tremblay, plutôt que de rire bêtement, n'hésitait pas à le remettre à sa place – souvent – et à lui lancer les regards les plus délicieusement narquois.

Quelle femme !

Elle était la première qu'il avait rencontrée depuis Dieu sait quand qui semblait insensible à son charme.

Guy adorait les défis.

— Je suis flatté, dit Guy en approchant de la table où elle rechargeait ses armes d'un pas léger.

— À quel sujet ? demanda-t-elle, sans prendre la peine de relever la tête, concentrée sur sa tâche.

— Que vous me trouviez grand et fort.

Elle releva brusquement la tête et Guy exulta de voir la rougeur qui montait du col de sa robe (qui ne laissait malheureusement rien entrevoir) jusqu'à ses joues.

Bon, peut-être pas totalement insensible, après tout.

Leurs regards se croisèrent et il en profita pour étudier sans complexe chaque détail de son beau visage : des lèvres rouges et charnues, des yeux bruns si sombres qu'ils en paraissaient noirs, un nez retroussé et insolent, un menton décidé et des pommettes savamment sculptées. Et surtout, ce regard hautain qu'elle lui réservait en permanence.

Sa main tâtonna avec le refouloir lorsqu'elle enfonça la balle de plomb dans le canon.

— Pourquoi me dévisagez-vous ?

— Parce que vous êtes très belle.

Elle écarquilla les yeux, entrouvrit les lèvres, et Guy entendit la plus délicieuse des expirations. Le tout dura environ une demi-seconde avant que le masque de froide dérision se remette en place.

— Si vous essayez de me faire du charme, ne perdez pas votre temps, dit-elle avec son accent enchanteur.

— Oh, ma chère. Rien de ce qui vous concerne ne sera jamais une perte de temps.

Elle fronça les sourcils et il vit qu'elle réfléchissait à ce qu'il venait de dire, essayant d'y trouver un sens caché. N'en trouvant aucun, elle se renfrogna et désigna l'autre bout de la scène d'un geste du menton.

— Allez vous remettre devant les bottes de paille. Je n'ai pas fini de vous tirer dessus.

Une semaine plus tard...

Cécile sourit en voyant les morceaux de pomme pulvérisés voler, secrètement impressionnée de voir que Guy – elle parvenait plus facilement à penser à lui de cette manière, désormais – ne tressaillait même pas.

S'il avait été un autre homme, n'importe lequel – comprendre par là un homme qui ne hantait pas ses rêves érotiques les plus troublants depuis une semaine –, elle l'aurait complimenté. Mais la dernière chose dont un homme aussi sûr de lui avait besoin, c'était de recevoir des louanges – en particulier de la part d'une femme.

Aussi se tourna-t-elle et lança, sans lui accorder un regard :

— Vous pouvez vous reposer un moment, le temps que je recharge.

C'était la sixième fois qu'il venait aux répétitions, et elle avait réussi jusque-là à maintenir la conversation au strict minimum. Elle avait aussi réduit le temps de leurs exercices, ce qui lui avait valu une remarque ou deux de la part de Barnabas, qui avait eu le culot de lui demander si elle ne prenait pas de risque inconsidéré en sautant autant d'entraînements.

Pour couronner le tout, il avait eu le toupet absolu de forcer Cécile à demander la permission de son partenaire pour la nouvelle partie de son numéro – celle avec un bandeau sur les yeux.

— Je suis sérieux, Cécile, avait aboyé Barnabas en constatant qu'elle l'ignorait. Tirer sur mes employés est une chose. Le faire les yeux bandés, c'en est une tout autre, et je ne peux pas les forcer à participer.

Cécile n'avait pas pris la peine d'expliquer à Barnabas – encore une fois – en quoi ce n'était pas plus dangereux que tout ce qu'elle faisait déjà.

Barnabas Farnham n'était pas homme à écouter les autres – encore moins les femmes, ce qui représentait le comble de l'ironie pour le propriétaire d'un cirque exclusivement féminin. Cela dit, de nombreux hommes vivaient du travail des femmes ; son obstination et son arrogance n'avaient donc rien d'exceptionnel. Il suffisait à Cécile de songer à son misérable voleur de cousin Curtis, par exemple.

« Ne commence même pas à penser à lui », se morigéna-t-elle.

C'était un bon conseil. Si elle voulait penser à des choses déplaisantes, elle n'avait qu'à envisager de demander au sublime marquis de Carlisle sa *permission* pour participer à la partie bandée de son numéro. Elle détestait l'idée de lui demander quoi que ce soit – plus encore une faveur.

— Pourquoi ce gros soupir ?

Elle sursauta au son de sa voix – si proche qu'elle sentit son haleine chaude au sommet de son crâne – et fit volte-face.

— Qu'est-ce que vous faites à rôder furtivement si près de moi ?

Il désigna ses grosses bottes.

— Chérie, je ne pourrais pas être furtif avec ces trucs même si j'essayais. Vous ne m'avez simplement pas entendu parce que vous étiez plongée dans vos pensées.

— Ne m'appelez pas comme ça, répliqua-t-elle en reportant son attention sur ses pistolets.

Il contourna la table vers elle avant de s'y appuyer.

— Qu'est-ce qui vous a mise de si méchante humeur aujourd'hui ?

Elle ignora la question.

— Maintenant, nous allons nous entraîner avec les yeux bandés.

En l'absence de réponse, elle se risqua à lui jeter un coup d'œil.

Il avait froncé les sourcils et un profond sillon s'était creusé entre eux.

— Les yeux bandés ?

Cécile enfonça le refouloir dans le canon avec une force inutile.

— Oui, c'est une nouvelle partie de mon numéro que j'aimerais répéter aujourd'hui. Ne vous inquiétez pas, vous n'aurez rien à apprendre de difficile.

L'ironie perça dans le rire du marquis.

— Vous vous mettrez là et vous tiendrez des choses sur lesquelles je tirerai, comme d'habitude. Il n'y a rien de nouveau – sauf que j'aurai les yeux bandés.

Il gloussa.

— C'est une sacrée nouveauté, mon ange.

— Ne m'appelez pas comme ça, répéta-t-elle par réflexe, avec plus de fougue qu'elle ne l'aurait voulu.

Elle ne savait pas pourquoi ça l'ennuyait – il s'adressait de la même façon aux autres femmes. C'était peut-être pour ça qu'elle trouvait ça si agaçant ; peut-être qu'elle n'avait pas envie d'être assimilée au troupeau.

Tu t'es entichée de lui.

Cette raillerie lancée à elle-même la fit grincer des dents. Elle posa son pistolet et se tourna vers lui.

— Si vous n'avez pas envie de le faire, vous...

— Non, non, je n'ai pas dit ça. Je veux seulement quelques détails supplémentaires.

Cécile croisa les bras et le fusilla du regard, alors même que sa demande était légitime. Basil lui-même, le plus placide des hommes, s'était dérobé quand elle avait évoqué le bandeau.

— Je pourrai voir à travers. Un peu, ajouta-t-elle à contrecœur.

Il se contenta de la fixer.

Cécile soupira. Elle fouilla dans la manche de sa robe et en sortit une fine écharpe de soie.

— C'est un tissu particulier. Je l'ai fait confectionner spécialement pour le numéro. Posez-le sur vos yeux et vous comprendrez ce que je veux dire.

Il s'empara de l'étole, l'avisa d'un air sceptique, puis la posa devant ses yeux en tâtonnant avec les extrémités comme s'il n'avait jamais fait de nœud de sa vie. Bon, elle supposait qu'il avait un valet pour tout faire à sa place, du rasage au boutonnage de ses souliers de danse.

— Donnez ! Laissez-moi faire, dit-elle en arrachant l'étoffe de ses doigts élégants mais malhabiles.

Ce ne fut que lorsque ses mains touchèrent ses cheveux doux et soyeux et que son corps se rapprocha du sien qu'elle s'interrogea sur la sagesse de son geste.

Seigneur ! Comme il sentait bon. Un mélange d'eau de Cologne et de savon à barbe, ou peut-être de shampooing, ainsi que la légère salinité de la sueur sur une peau propre.

Cécile avait envie de lui lécher la gorge.

Tu es faible et pathétique, Cécile.

Oui, elle l'était. Entièrement.

Elle lutta pour faire un simple nœud.

— Vous voulez que je me penche ?

— Non, c'est bon, murmura-t-elle en parvenant enfin à ses fins.

Elle posa les mains sur ses épaules en papillonnant des paupières à ce contact, puis le retourna.

— Ouvrez les yeux, dit-elle d'une voix bourrue en faisant glisser le bandeau jusqu'à ajuster la trame spéciale devant ses yeux.

Puis elle alla se placer à l'endroit où il se tiendrait.

— Là. Vous me voyez, n'est-ce pas ?

Ses lèvres sensuelles esquissèrent un sourire.

— Voir ? Pas exactement. Ça ressemble plus à une tache un peu plus claire dans l'obscurité… un contour.

Cécile leva les yeux au ciel, sachant qu'il ne la verrait pas.

— Oui, je n'ai pas besoin de plus.

Il hésita un long moment avant de demander :

— Et sur quoi vous tirerez ? Pitié, dites-moi que ce sera plus gros qu'une pomme ou une carte à jouer ?

— Ce sera un chapeau.

— Je tiendrai un chapeau ?

Elle ricana.
— Vous porterez un chapeau sur votre tête, idiot.
Guy prit une expression on ne peut plus interloquée.
— Vous voulez tirer sur ma tête les yeux bandés ?
— Oui, c'est ce que j'ai dit.
Il rit.
Cécile s'approcha de lui.
— Qu'est-ce qu'il y a de drôle ?
Il retira le bandeau et le geste ébouriffa ses cheveux d'une manière qui évoqua à Cécile des draps froissés, des membres nus, enchevêtrés, et de la peau luisante de transpiration.
Tu te tiens beaucoup trop près de lui, Cécile.
Elle fit un pas en arrière, puis un autre, jusqu'à pouvoir respirer plus facilement.
La lueur dans ses yeux brun miel était chaleureuse mais triste.
— Vous êtes sûre d'atteindre votre cible ?
— Je ne suggérerais rien de tel sinon.
Il pinça les lèvres et tordit sa bouche d'un côté puis de l'autre avec une expression songeuse.
— Très bien, finit-il par dire. Je vous autorise à le faire aujourd'hui... une fois.
Elle se rembrunit.
— J'ai besoin de plus d'un tir pour m'entraîner.
— Nous allons commencer par un.
Il souriait toujours, mais, pour une fois, une expression étonnamment ferme animait son regard.
Eh bien, c'était plus qu'elle n'en espérait. Cécile recommença à charger ses pistolets.
— Et je ne le ferai qu'en échange d'une faveur, ajouta-t-il.
Elle fit volte-face.
— Une faveur ? Comment ça ?
— Il me semble que vous avez une excellente maîtrise de l'anglais. Vous ne connaissez pas ce mot ? la taquina-t-il.

Elle lui jeta un regard agacé et il gloussa.

— Est-ce que votre *faveur* implique qu'une partie de mon corps touche une partie du vôtre ?

À sa façon d'écarquiller les yeux, elle comprit qu'elle l'avait choqué. Il laissa échapper un rire grave et espiègle.

— Euh, non. Mais je regrette de ne pas y avoir pensé.

— Quelle faveur ? répéta-t-elle, agacée par les palpitations que lui procura son rire.

— Je veux que vous me parliez.

— On est en train de parler.

— Non, je veux dire parler *avec* moi, pas juste me parler. Pour autant que j'aime me faire insulter par vous – traitez-moi d'idiot, de nigaud, ce que vous voulez –, je suis intéressé par un échange un peu plus significatif.

— Significatif ? De quoi parlez-vous ? Allez-y, dites ce que vous pensez.

— Plus précisément, je voudrais que vous répondiez à quelques questions.

Elle plissa les yeux.

— Quel genre de questions ?

— Pourquoi êtes-vous aussi méfiante ? demanda-t-il avec un petit sourire en coin. Qu'avez-vous pu entendre à mon sujet qui vous mette autant à cran ?

— Les femmes parlent, avoua-t-elle avant de le regretter.

— Eh bien, elles ne peuvent pas avoir grand-chose à dire, car j'ai eu un comportement irréprochable.

C'était aussi ce qu'elle avait entendu dire – qu'il était désespérément gentleman et courtois, ignorant les appâts flagrants que plusieurs employées de Farnham lui avaient fait miroiter pour l'amener dans leurs lits.

Cécile les avait vues flirter avec lui, lui demander de les aider à porter des choses qu'elles auraient habituellement portées elles-mêmes, le convoquer pour des courses inutiles, et *glousser* énormément, alors que les femmes de Farnham n'étaient pas, en général, du genre à glousser.

Tout le monde l'avait remarqué, même Barnabas, l'homme le moins observateur d'Angleterre. Le propriétaire de la Foire s'en était plaint au cours d'un dîner et avait réprimandé Marianne de l'avoir engagé.

— Les deux autres ne détournent pas autant l'attention, avait râlé Barnabas, mais ce Darling est une satanée menace pour les femmes.

Cécile s'amusait que Barnabas n'ait pas deviné les véritables identités de leurs trois nouveaux employés, ce qui signifiait qu'il n'y avait pas qu'à elle que Marianne ne se confiait pas.

Cela dit, Cécile était entièrement d'accord avec lui au sujet du marquis de Carlisle.

Ni le duc de Staunton, un très bel homme, imposant à sa manière, ni le troisième homme – un gentleman aux cheveux sombres, à la silhouette fine et plutôt mystérieux, qui se faisait appeler Smithy et dont la véritable identité lui échappait toujours – ne faisaient autant de ravages parmi les employées que lord Carlisle.

Cécile avait guetté la réaction de Marianne à la remarque de son oncle au sujet du Darling, mais la jeune femme s'était contentée de fixer son assiette des yeux. Ces derniers temps, Marianne était devenue de plus en plus silencieuse et évitait Cécile. Elles avaient l'habitude d'aller prendre le thé chaque mardi après-midi, rien que toutes les deux. Mais elles n'avaient rien partagé depuis l'anniversaire de Cécile, qui remontait à un mois et qui avait eu lieu, comme par hasard, juste avant que Marianne engage les trois aristocrates.

Oui, son amie avait beaucoup changé depuis que ces hommes étaient entrés dans leur vie. La vie de Cécile aussi.

Malgré tous ses efforts pour éviter le marquis, elle avait été incapable de le chasser de ses pensées *et* de ses rêves.

Encore maintenant, alors qu'elle se tenait devant lui, elle n'arrivait toujours pas à croire qu'il s'agissait du Darling – celui dont on avait relaté la promenade à cheval, la veille, dans *The Daily Examiner*, en compagnie d'une princesse prussienne.

— Alors ? demanda Guy, la coupant dans ses réflexions. On a un marché ?

Elle cligna des yeux.

— Quel marché ?

— Je vous autorise à me tirer dessus les yeux bandés et vous répondez à quelques questions.

Que diable pouvait-il bien vouloir lui demander ?

— Quelque chose ne va pas ?

Une lueur d'amusement brillait dans ses yeux fiévreux, comme s'il pouvait lire dans ses pensées et qu'il était au courant du rêve qui l'avait réveillée ce matin, le corps tendu, recouvert d'un voile de sueur, sa main entre les cuisses...

Cécile rejeta cette image enivrante, la chassant promptement de ses pensées.

— Bien, répliqua-t-elle rudement. Mais je tire d'abord, et *ensuite* vous posez vos questions.

— Ce n'est pas très juste – si vous me tirez dans la tête, je n'aurai jamais l'occasion de les poser. Je vous propose d'en poser une avant, et une après.

— Pourquoi vous auriez droit à deux questions et moi, à un seul tir ?

— Je dirais que deux questions me paraissent un bon compromis pour servir de cible à un tireur aux yeux bandés. Enfin, une tireuse, rectifia-t-il avec un petit sourire qui fit palpiter le cœur de Cécile.

Argh. Tout chez ce maudit homme faisait réagir son corps d'une manière ou d'une autre.

Elle poussa un soupir exagéré, espérant dissimuler le plaisir que lui procurait le fait que le Darling veuille lui poser une question, à elle, Manon Cécile Tremblay Blanchet.

— Bon, dit-elle d'un ton bourru, allez-y avec votre question.

— Pourquoi faites-vous ce genre de travail ?

Elle eut comme un soupir, à la fois soulagée et déçue par cette question banale, qu'on lui avait posée d'innombrables fois.

— Parce que c'est facile et que ça paie bien.

— Oui, mais…

— Désolée, dit-elle sans le penser une seule seconde, mais c'était votre première question.

Il fronça les sourcils. Pour la première fois, il ne semblait pas amusé du tout. Elle décela même un soupçon de dédain aristocratique dans son attitude. Il avait l'air d'un vrai seigneur. Contrarié. Tant mieux.

— C'est…

Il s'interrompit et mordit sa lèvre sensuelle de ses dents blanches et régulières.

Ce fut au tour de Cécile de rire.

— Étiez-vous sur le point de dire que ce n'était pas *juste*, monsieur Darling ?

À en juger par la teinte que prirent ses joues et qui aurait émerveillé un peintre, c'était exactement ce qu'il s'apprêtait à dire.

— Allez vous poster devant la botte de paille et mettez le chapeau, ordonna-t-elle en désignant l'accessoire que la costumière avait créé, un haut-de-forme de très grandes dimensions, fabriqué dans un tissu noir ordinaire et non dans une onéreuse peau de castor. Il contenait une petite surprise et elle dut se retenir de pouffer en pensant à la façon dont il allait réagir.

Elle noua rapidement le bandeau et prit soin de le positionner correctement – le moindre ajustement risquerait d'alerter les spectateurs sur la supercherie, même si les hommes étaient généralement saouls et dissipés. Cécile se mit en place, brandit le pistolet. Elle voyait Guy distinctement, sinon clairement, et c'était tout ce qu'il lui fallait.

Elle appuya sur la détente.

— Très amusant, dit Guy en époussetant les minuscules confettis dans ses cheveux, ses sourcils et même ses cils.

Elle pouffa, retira le bandeau et lui sourit. C'était la première fois qu'elle lui manifestait autre chose que de la méfiance ou de l'aversion.

Le sexe de Guy réagit instantanément à ce sourire radieux, considérablement réjoui par ce qui, d'après son expérience, manifestait le désir d'une femme de faire plus ample connaissance.

Le cerveau de Guy, en revanche, était plus avisé.

Elle ramassa le chapeau là où il était tombé et l'examina brièvement avant de le tendre à Guy.

Il ne put s'empêcher d'être impressionné – et soulagé – de voir le trou situé au milieu du chapeau.

— En plein dans le mille, dit-elle.

Son ton confiant et suffisant ne fit rien pour amoindrir l'opinion du sexe de Guy sur la situation.

— Oui, bien joué. Maintenant, j'ai une autre question.

Elle fit la moue et jeta le chapeau sur la table où elle posait ses pistolets.

— J'en ai terminé avec vous pour aujourd'hui. Vous pouvez disposer.

— Non, pas sans ma réponse.

Elle émit un son qui ressemblait remarquablement à un *grognement*.

— Finissons-en, ordonna-t-elle en nettoyant ses armes d'une main experte.

— Dites-moi comment vous êtes arrivée en Angleterre.

— En bateau.

Guy ne put s'empêcher de rire.

— Oh, je ne crois pas, chérie. Je vais avoir besoin d'un peu plus de détails que ça.

Elle esquissa un petit sourire d'autosatisfaction.

— Vous avez posé une question et je vous ai répondu.

— Ce n'est pas une vraie réponse.

— C'est la seule que vous aurez.

— Si vous voulez que Sin et moi, ou Smithy, ajouta-t-il en se rappelant qu'Elliot avait aussi répété avec elle, bien qu'une seule fois, nous vous laissions nous tirer dessus les yeux bandés, il va falloir vous montrer un peu plus coopérative.

Elle releva brusquement la tête.

— Pourquoi me posez-vous ces questions personnelles ?

La colère qui brillait dans ses yeux fit tressaillir le Darling.

— Parce que je suis curieux de vous connaître.

— Je ne suis pas un objet de curiosité, répliqua-t-elle avec un accent plus prononcé que jamais. Si vous voulez jouer les fureteurs, allez trouver quelqu'un d'autre. Je ne suis pas un jouet. Vous m'avez bien comprise ? En fait, je n'ai pas besoin de vous – ou de vos amis – pour exécuter mon numéro, alors vous n'êtes plus obligés de participer à mes répétitions.

Elle reprit le nettoyage de ses armes d'une main tremblante.

Sa fureur le laissa momentanément sans voix.

— Je suis désolé, dit-il après un long silence tendu. Je ne voulais pas vous énerver. Je vous pose ces questions parce que vous êtes différente de toutes les femmes que j'ai rencontrées et que je vous trouve intéressante. Je ne voulais pas vous manquer de respect.

Elle ignora ses excuses.

En voyant la crispation dans sa posture et son expression, Guy éprouva un pincement au cœur – plus qu'un pincement, en réalité – à l'idée d'en être responsable.

— Je ne vous poserai plus de question personnelle, dit-il doucement. Et je serai là mardi, comme d'habitude, et vous pourrez me tirer dessus aussi souvent que vous le souhaiterez, avec ou sans bandeau sur les yeux.

Un nerf tiqua aux commissures de ses lèvres et elle hocha abruptement la tête.

Guy était déjà à la porte qui menait à l'arrière de la scène quand sa voix l'arrêta.

— Je n'avais jamais prévu de travailler dans un cirque. Mon père était Michel Blanchet, l'armurier royal de Louis XVI, tout comme son père avant lui, et le sien avant lui – jusqu'à mon arrière-arrière-grand-père, qui fabriquait les armes du Roi-Soleil. J'étais la fille unique de mon père et il m'a appris son art comme on le lui avait appris.

Elle haussa les épaules et baissa les yeux sur sa main, essuyant d'un air absent un peu d'huile avec son chiffon.

— Il était fort peu probable que le roi suivant engage une armurière, mais mon père n'avait personne d'autre. Il m'a enseigné tout ce qu'il savait. Je suis une experte en armes à feu, déclara-t-elle en dressant le menton, d'une voix aussi fière que l'était sa posture.

Guy ne connaissait pas un seul Anglais en vie qui ne rêvât pas de posséder une arme Blanchet – un pistolet ou n'importe quelle pièce d'artillerie. C'étaient des œuvres d'art au même titre que des armes exceptionnelles.

— Pourquoi ne fabriquez-vous pas d'armes ? demanda-t-il, étonné. J'aurais pensé...

— Je n'ai pas le droit de le faire. C'est mon cousin Curtis Blanchard qui détient les droits de fabrication des armes à feu Blanchet en Angleterre, déclara-t-elle d'un ton sec.

Il s'agissait clairement d'un sujet dont elle n'avait pas envie de discuter avec lui.

Guy laissa couler et, à la place, reprit :

— Mon grand-père a une pièce d'artillerie Blanchet. C'est son arme préférée.

Elle sourit.

— Comment l'a-t-il acquise ?

— C'était un cadeau du roi Louis XV, qui lui a offert lors de sa visite sur le continent – une chose que faisaient les jeunes aristocrates avant la guerre.

— Elle a dû être fabriquée par mon grand-père.

— Il y a des initiales sur le pistolet – M.C.B.

— Tous les hommes Blanchet portent le même nom – Michel Charles –, alors il est impossible de distinguer les armes par leurs initiales, mais il doit y avoir un numéro.

— Oui… en fait, je m'en souviens car il m'autorisait de temps en temps à me servir de l'arme. C'est 1747-19.

— C'est l'année de sa fabrication, et ce devait être le dix-neuvième pistolet que mon grand-père achevait cette année-là.

Oubliant la promesse qu'il venait de faire, Guy s'apprêtait à lui demander pourquoi son prénom ne commençait pas par un M si son père l'avait formée pour devenir son successeur. Mais les paroles suivantes de Cécile l'en empêchèrent.

— Ce que je viens de vous dire, je ne l'ai jamais dit à personne – pas même à Marianne.

Il était évident que les deux femmes étaient proches malgré la bonne décennie qui les séparait. Guy se sentit surpris et honoré.

— Je ne le répéterai à personne.

Elle se retourna vers sa table.

— Je vous verrai la semaine prochaine, monsieur Darling.

Cette fois-ci, il s'en alla sans qu'elle le retienne.

4

— *Nettoyez la loge du sol au plafond et assurez-vous que tous les costumes qui sont entassés sur le canapé soient renvoyés à la costumière,* murmura Guy d'une voix aiguë qui, il fallait le reconnaître, ne ressemblait en rien à celle de Marianne Simpson. *Et n'oubliez pas de nettoyer les miroirs et de vider les tiroirs des deux coiffeuses. Et pendant que vous y êtes, assurez-vous de prendre le temps de changer l'eau en vin.*

Un rire derrière lui le fit sursauter. Guy se retourna et découvrit Elliot.

— Seigneur ! J'ai cru que c'était elle.

— Je ne pense pas que, elle, elle aurait ri, fit remarquer Elliot.

— Est-ce que tu pourrais au moins faire du bruit quand tu te faufiles derrière moi ? demanda Guy, irrité. Je croyais que ta patronne toute-puissante t'avait dispensé pour la journée, alors qu'est-ce que tu fais encore là ? ajouta-t-il avant que son ami puisse répondre.

— Regardez qui s'est levé du mauvais pied ce matin.

— C'est parce qu'il est 6 h 30 du matin, bon sang.

Guy, Elliot et Sin venaient de quitter la réunion que Marianne tenait à avoir deux fois par semaine à l'aube. Ça ne mettait jamais Guy de bonne humeur.

— Qui se lève à cette heure-là ? demanda-t-il.

— La majorité de la population de Londres.

— Peut-être, mais ils ne restent pas debout jusqu'à 5 heures, si ?

Guy bâilla à s'en décrocher la mâchoire.

— Je t'avais dit de ne pas aller au bal des Hershaw, hier soir, dit Elliot d'une voix guindée qui donna à Guy envie de le frapper.

Il s'en abstint pour deux raisons. La première, c'était qu'Elliot était l'un de ses meilleurs amis. La deuxième, c'était qu'il parviendrait sans doute à placer un coup de poing, mais il s'agirait probablement du seul. Elliot faisait peut-être dix centimètres de moins que Guy et plus de six kilos de moins, mais c'était un sacré pugiliste qui remportait chaque année le championnat d'Eton.

— Pour ton information, mon cher Smithy, fit Guy, je devais aller à ce fichu bal des Hershaw hier soir car ma mère et lady Hershaw étaient amies intimes quand elles étaient jeunes.

— Ah.

Elliot, fils de comte, comprit immédiatement la signification de ces paroles : quand l'amie proche de votre mère vous invitait à un bal, vous y alliez, et vous dansiez. Beaucoup. Il n'y avait pas d'autre solution.

Guy ne vit aucune raison de préciser qu'il n'était resté qu'une heure à cet événement sans intérêt, avant de se rendre chez Adele Murphy. Il avait été ravi de recevoir un message de sa maîtresse d'autrefois juste au moment où il quittait le bal des Hershaw. Ça tombait inopinément et il avait décidé de lui rendre une petite visite avant de quitter Londres. Il n'avait pas vu Addy depuis des lustres. C'était la veuve d'un riche vitrier, âgée d'une dizaine d'années de plus que Guy.

Addy n'était pas le genre de femme qu'on invitait à des réceptions de la haute société comme le bal des Hershaw et elle n'aspirait pas non plus à participer à ce genre d'événement, ce qui était l'une des nombreuses raisons pour lesquelles Guy aimait passer du temps avec elle. Une autre raison était son approche libre et facile du plaisir sexuel. Guy n'était pas le seul amant d'Addy et elle ne comptait pas non plus sur sa fidélité. Cet arrangement lui convenait à merveille.

— Bon, je ferais mieux d'y aller.

Elliot sortit des gants d'ouvrier usés de la poche de son manteau tout aussi usé.

— Comment se fait-il que tu échappes à tout travail physique et dégradant, aujourd'hui ? demanda Guy, sans honte de passer pour un gamin pleurnichard qui se plaint de ses corvées.

— Je n'y échappe pas. Je dois m'occuper du linge.

Ils grognèrent tous les deux.

La blanchisseuse, Mme Bascom, détestait tous les hommes et le leur faisait souvent savoir par des harangues bruyantes dès qu'ils avaient le malheur de pénétrer sur son territoire.

— Quand j'aurai quitté la délicieuse Mme Bascom, j'irai rendre visite à l'homme qui est censé nous fournir les roulottes mais qui a manifestement un mois et demi de retard.

Guy ne lui enviait pas cette tâche particulière non plus. Il avait rencontré l'obstiné charron prussien, qui avait la fâcheuse habitude de lancer des outils et des morceaux de bois quand il était irrité. Le nettoyage de la loge n'était peut-être pas si mal, après tout ?

Guy frappa alors à la porte de ladite pièce.

— Il y a quelqu'un ? lança-t-il.

En l'absence de réponse, il ouvrit la porte et fit la grimace en avisant le bazar qui régnait à l'intérieur.

— Tout à coup, les harangues de Mme Bascom ne me semblent plus si dures à supporter, murmura-t-il en se tournant vers Elliot, qui lui avait emboîté le pas. J'imagine que tu ne veux pas échanger ? demanda-t-il sans trop d'espoir.

Elliot se contenta de rire, puis entra dans la pièce pour récupérer son pardessus abîmé sur un portemanteau tellement surchargé que Guy ne savait pas comment il pouvait tenir debout.

— Tu vas au dîner d'Alastair ce soir ? demanda Elliot en sortant sa casquette de sa poche pour la poser sur sa tête rasée de près.

Guy fit la grimace.

— Seigneur. C'est ce soir ?

— Si tu esquives, il te tuera.

Guy contempla la pagaille qui régnait dans la loge.

— J'aurai de la chance si je termine avant minuit. Elle veut aussi que je nettoie la fosse d'orchestre.

Elliot siffla tout bas.

— Elle doit te détester presque autant qu'elle déteste ce pauvre Sin.

Il était vrai que Marianne semblait témoigner une antipathie particulière pour le duc. Guy supposait que c'était parce que Sin l'avait forcée à les engager tous les trois – et à participer à son projet pour sauver son frère.

— Quoi qu'il en soit, reprit Elliot, tu as intérêt à venir ce soir parce qu'Ally a une annonce importante à faire.

Il enroula une écharpe bigarrée autour de son cou. Avec sa barbe de trois jours et ses vêtements miteux et trop colorés, Elliot ressemblait davantage à un organisateur de combats de coq peu recommandable qu'à un fils de comte. Guy n'était pas sûr que sa mère elle-même puisse le reconnaître.

— Comme si on ne savait pas tous ce qu'Ally va annoncer, râla Guy.

Lord Alastair Scorton était un ancien camarade d'école – pas aussi proche qu'Elliot ou Sin, mais un bon ami malgré tout. Ses fiançailles avec lady Lily Melson étaient planifiées par leurs parents depuis le berceau.

Lily était une bonne amie d'une des sœurs de Guy et avait passé de nombreuses vacances à Darlington Park. En fait, lors de vacances de Pâques mémorables, Guy s'était roulé dans un grenier à foin avec la toute jeune femme. Même à dix-huit ans, elle était pragmatique et peu sentimentale, et n'attendait de Guy rien de plus qu'un peu de plaisir sensuel. Sa vie avec Alastair était déjà toute tracée. Leur petite affaire n'était pas un secret pour Ally ; à l'époque, il était impliqué dans une relation plutôt torride avec une danseuse d'opéra.

Il n'y avait aucun doute dans l'esprit de Guy : Lily et Alastair allaient se marier, puis retourner chacun à leurs distractions personnelles aussitôt que Lily aurait fourni des héritiers à son époux.

Guy avait toujours envié l'amitié facile d'Ally et Lily, et avait toujours regretté que ses parents n'aient pas organisé ses fiançailles dès le berceau.

Comme c'était parti, il allait devoir dépenser de l'énergie pour trouver une héritière appropriée. Si la femme ne faisait pas partie de ses connaissances, ce qui était fort probable étant donné que les débutantes les plus modestes étaient issues de la classe marchande émergente, alors il courrait le risque d'épouser quelqu'un dont la vision du mariage et de la fidélité ne serait pas aussi souple que celle de Lily.

Cela ne pourrait mener qu'à des tensions dans le foyer, comme pour ses parents quand les attentes de sa mère, bourgeoise en matière de fidélité conjugale, s'étaient heurtées de plein fouet à celles de son père aristocrate, pour qui sa seule responsabilité envers sa nouvelle femme était de l'élever socialement et de lui donner une descendance. Ça n'avait pas fait un mariage heureux.

— Guy ?

— Hmm ?

Il s'arracha à ces sombres pensées.

— Tu seras là ce soir, n'est-ce pas ? dit Elliot en s'arrêtant sur le seuil.

— Je serai là.

— Bien. Bon ménage, ajouta-t-il en regardant le désordre.

— Va au diable, murmura Guy tandis que le rire d'Elliot résonnait dans le théâtre silencieux.

Les artistes de Farnham travaillaient tard et la plupart n'émergeraient pas avant midi, et c'était tant mieux car Guy n'avait pas besoin qu'une horde de femmes envahisse la loge avant même qu'il ait pu la ranger.

Il regarda autour de lui, ne sachant par où commencer.

Regarde-toi : lord Carlisle, héritier d'un duché, qui se demande par où commencer le ménage.

Guy se renfrogna.

Je le fais pour aider Sin – pour aider à sauver la vie d'un homme, en fait.

Quelle merveilleuse manière de passer ta dernière année de liberté, nettoyer après des gens du cirque. Il n'y aurait pas eu une meilleure façon de participer à cette opération de sauvetage ?

Guy repoussa ces pensées déloyales – qui lui venaient régulièrement à l'esprit depuis qu'il s'était introduit dans la Foire de Barnabas Farnham – et contempla le désordre.

Son attention se fixa sur le canapé, ou plus exactement sur l'immense pile de vêtements qui recouvraient chaque centimètre du sofa.

Aucune de ces femmes n'avait donc jamais entendu parler de cintres et de patères ?

Marianne avait dit vouloir la preuve qu'il y avait un canapé dans la loge. Et que tous les vêtements et tous les costumes retournent à leur place attitrée. Puis elle voulait que la pièce *brille.* Oui, elle avait utilisé le mot « brille », l'œil étincelant et le sourire narquois.

À ce moment-là, Guy avait eu envie d'étrangler Sin de l'avoir embarqué dans cette fichue situation, mais alors Marianne avait assigné au duc le nettoyage des lieux d'aisances et Guy avait décidé de ne pas broncher et de remercier le ciel.

Mais dans cette pièce encombrée, il se sentait totalement submergé. Par où commencer avec un bazar pareil ? Il n'avait jamais rien nettoyé de sa vie. Enfin, à l'exception de son arme, à l'occasion – mais en général, même cette tâche était effectuée par quelqu'un d'autre. Un domestique.

Seigneur, comme ses domestiques lui manquaient.

Son regard se posa sur les coiffeuses et il pâlit. Il ne connaissait rien à tous ces tubes de peinture pour le visage. Ni à toutes ces bottes et ces chaussures. Sans compter les chapeaux, les masques, les coiffes à plumes et...

Son regard affolé se posa sur une pile ordonnée de journaux dans un coin de la pièce et il cligna des yeux. La pile était posée sur une table minuscule calée dans un renfoncement de forme étrange qui devait autrefois servir de placard à balais avant qu'on en retire la porte. Ces journaux attiraient particulièrement l'œil, car c'était la seule chose ordonnée de la pièce.

Il s'en approcha en deux enjambées et pencha la tête pour lire la première page. Puis il plissa les yeux et se pencha encore.

— Non, murmura-t-il.

Quelles étaient les probabilités ?

Il feuilleta le premier journal – qui se résumait à quelques pages – et parcourut les différentes colonnes consacrées aux interminables négociations de paix à Vienne. Suivaient la rubrique « Justice », puis la partie que les gens appelaient « les potins » ou « la rubrique mondaine ».

Le nom de Guy lui sauta aux yeux et il laissa échapper un rire surpris.

— Que diable... ?

Oubliant son ménage un instant, il déplaça la pile de vêtements sur un tabouret et s'assit avec le paquet de journaux sur les genoux.

Il en était à la moitié, l'air un peu plus ahuri à chaque nouvelle rubrique, quand la porte s'ouvrit, laissant apparaître la lanceuse de couteaux, Joséphine Brown, son oiseau domestique sur l'épaule.

— Bonjour, dit-elle en le fixant de son regard gris opalescent.

Son corbeau observa Guy avec la même intensité que sa maîtresse, mais avec des petits yeux noirs et brillants.

— Oh, bonjour, dit Guy, qui se sentit légèrement coupable d'être surpris en train de lire les journaux alors qu'il était censé travailler.

Même s'il n'était *pas* payé pour le faire.

Elle referma la porte derrière elle.

— Vous voulez que je m'en aille ? demanda-t-il avec espoir.

— Non.

— Oh.

Elle restait plantée au milieu de la loge bondée et gardait les yeux rivés non pas sur Guy, fort heureusement, mais sur les journaux qu'il lisait.

Un petit sourire se dessina sur ses lèvres, d'un rose si pâle qu'elles avaient presque la même couleur que sa peau.

Guy se rendit compte qu'elle n'avait presque aucune couleur – comme un dessin composé de blancs, de gris et de noirs, avec une infime, infime trace de rose pâle.

— Vous vous renseignez sur vous-même ?

Guy cilla.

— Pardon ?

Elle gloussa, et le son même de ce rire souligna combien elle en avait peu l'habitude.

— Ne vous inquiétez pas, je ne dirai rien sur vous, ni sur Sa Grâce de Staunton ou sur l'honorable Elliot Wingate.

— Vous savez qui nous sommes ? demanda-t-il bêtement.

— Je doute d'être la seule à l'avoir deviné.

Tiens. Intéressant.

Guy pouvait comprendre qu'elle les ait reconnus, Sin et lui, car ils avaient tous deux été immortalisés dans des dessins satiriques – Guy à cause de ses frasques amoureuses et Sin grâce à sa croisade contre le travail des enfants –, mais en ce qui concernait l'identité d'Elliot, c'était un mystère.

— Qui d'autre est au courant, selon vous ? demanda-t-il.

Elle se contenta de hausser les épaules avant de se tourner vers la pile de vêtements, dans laquelle elle se mit à farfouiller comme si Guy et ses amis ne l'intéressaient plus. Comme si elle se retrouvait dans la même pièce qu'un marquis déguisé tous les jours de la semaine.

Guy, qui redoutait toutes les questions indiscrètes qu'elle allait lui poser, ne put s'empêcher d'être vexé par son absence *totale* d'intérêt pour le sujet.

— Comment avez-vous deviné qui était Elliot ? finit-il par demander, agacé par sa propre curiosité, et pourtant incapable de résister.

Elle ne sembla pas l'entendre et poursuivit sa fouille.

Depuis les quelques semaines que Guy travaillait chez Farnham, Marianne l'avait proposé quatre fois pour répéter avec la Sabreuse et son oiseau. Cette femme au pouvoir mortel n'avait pas prononcé plus d'une douzaine de phrases, dont la plupart se résumaient à deux ou trois mots : « Tenez ça. Mettez-vous là. Ne bougez pas. » Et ainsi de suite.

Honnêtement, c'était l'une des personnes les plus bizarres qu'il ait jamais rencontrées.

Plus que légèrement indigné par son manque de curiosité, Guy reprit sa lecture. Tous les journaux ne parlaient pas de lui, mais suffisamment pour le surprendre. Il n'avait pas lu la rubrique mondaine du moindre journal depuis des années et il était choqué par les détails qu'ils racontaient sur lui, n'hésitant pas à inventer des choses ou à broder à partir d'événements au point qu'il n'arrivait plus à les reconnaître.

En fait, si quelqu'un devait se faire une idée de lui en se fondant uniquement sur le contenu des différentes rubriques « Société », on pourrait en conclure qu'il ne faisait que faire la fête, courir les femmes et s'engager dans des paris dangereux et insensés.

— Vous apprenez des choses ?

La Sabreuse s'était rapprochée de sa partie du canapé et continuait de fouiller parmi les vêtements.

— Oui, en réalité. Une grande partie de tout ça n'est que de la fiction.

Il sortit un exemple du *London Chronicle*, un journal que sa mère lisait, il le savait.

— Regardez là, dit-il en tendant le journal.

Elle interrompit sa fouille pour s'approcher.

— Nager nu dans la Serpentine ? Qui est la C... de N... ?

— La comtesse de Neath.

— Et vous dites que vous n'avez pas nagé tout nu ?

— Non, je dis que je ne suis pas allé nager tout nu *avec elle*. Betsy – la comtesse – est heureuse en mariage, et la dernière fois que je l'ai vue, c'était à un dîner chez elle, en compagnie de son mari et de ses parents. Et tout le monde était habillé, soit dit en passant.

— Mais vous êtes *bel et bien* allé nager tout nu dans le lac ?

— Eh bien, oui. Mais là n'est pas la question, si ?

Elle rit avec sarcasme et reprit sa recherche. Guy, vexé par le dédain de la jeune femme, avait dépassé le stade de l'agacement pour atteindre celui de l'irritation pure et simple. Que se passait-il avec les femmes dans ce cirque ? Marianne ne faisait que l'ignorer ou se moquer de lui, Cécile le méprisait ouvertement, et voilà maintenant que la Sabreuse faisait comme si ses frasques ne suffisaient pas à fasciner la moitié de l'Angleterre et qu'elle se comportait comme si les articles sur Guy ne faisaient pas vendre plus de journaux que ceux sur Bonaparte !

— Qu'est-ce que vous cherchez ? demanda-t-il.

— Angus a pris des objets et les a cachés, dit-elle avec une touche d'irritation dans sa voix habituellement monotone.

Guy observa l'oiseau, posé sur la coiffeuse.

Le corbeau semblait le fixer des yeux, même si c'était difficile à certifier compte tenu de leur noirceur, qui empêchait de distinguer les iris des pupilles. En fait, les oiseaux avaient-ils des pupilles ou des iris ? Guy n'en avait jamais approché d'assez près pour le savoir.

Il chassa cette pensée et demanda :

— Quel genre d'objets ?

— Est-ce que vous avez égaré ou perdu quelque chose ces derniers temps ?

Guy fronça les sourcils.

— En fait, il se trouve que je n'arrive plus à mettre la main sur mon briquet...

Elle tira sur le coin d'un tissu très coloré et plusieurs objets tombèrent au sol.

— Tiens, le voilà, s'exclama Guy. Mon briquet à piston.

Il se pencha et ramassa le petit cylindre qu'il conservait généralement dans sa poche.

— Mon cousin me l'a offert pour mes vingt ans et je pensais l'avoir perdu, dit-il en inspectant l'objet avant de fusiller l'oiseau du regard. Comment diable l'a-t-il sorti de ma poche ?

Angus regardait ailleurs d'un air presque... étudié.

— Il est très doué, murmura la Sabreuse en examinant quelque chose dans sa paume, qu'elle empocha beaucoup trop vite pour que Guy puisse l'identifier. Ah, dit-elle en récupérant un objet étincelant sous le canapé.

— C'est une boucle d'oreille ?

Elle l'ignora de nouveau et se tourna vers son oiseau à qui elle fit les gros yeux.

— Qu'est-ce qu'on a dit sur le vol d'objets précieux, Angus ?

L'énorme bête émit un croassement qui paraissait réellement confus et – Guy était mortifié de l'admettre – plutôt adorable.

— Ça ne marche pas, répliqua-t-elle, apparemment pas aussi attendrie que l'aristocrate.

Les ailes du corbeau s'affaissèrent et Guy aurait pu *jurer* que la bête paraissait coupable.

— À qui cela appartient-il ? demanda-t-il en la voyant empocher le bijou.

— À Cordelia, et visiblement ce n'est pas du toc. Je ne comprends pas pourquoi elle porte quelque chose d'aussi précieux au travail, ajouta-t-elle tout bas.

Cordelia Black était la femme dont la petite troupe de théâtre jouait une arlequinade pour le cirque. Elle était jolie et avait manifesté clairement son intérêt pour Guy. Seule sa promesse faite à Sin avait empêché celui-ci de mal se comporter avec elle.

La Sabreuse se releva et épousseta sa jupe, qu'elle avait salie en se penchant pour ramasser les objets chapardés. Puis elle pointa du doigt les journaux qui avaient glissé au sol quand il avait récupéré le briquet à piston.

— Vous feriez mieux de ne pas les mélanger si vous ne voulez pas déplaire à Cécile.

— Cécile ?

— Oui, ce sont les siens et elle aime les ranger dans un ordre particulier.

— *Ordre*, répéta Angus d'une voix tellement semblable à celle de Jo que c'en était perturbant.

Guy se rassit lourdement sur le fauteuil.

— Ils appartiennent à Mlle Tremblay ?

La hautaine Française avait insisté pour que Guy l'appelle ainsi alors qu'elle autorisait tout le monde à utiliser son prénom.

— Oui, elle les récupère.

— Tiens, c'est intéressant, fit Guy.

Jo ne parut pas l'entendre ou ne jugea pas sa remarque digne d'être prise en compte. Au lieu de ça, elle fouilla dans une des coiffeuses, en sortit quelque chose qu'elle fourra dans sa poche et adressa un signe à l'oiseau.

— Viens, Angus.

Le gros corbeau battit des ailes sans le moindre bruit et atterrit sur son épaule, où il se blottit aussitôt dans son cou.

Femme et corbeau disparurent sans un mot.

Guy ramassa les journaux et en lissa les coins avant de les reposer sur la table, un sourire aux lèvres. Un sourire qui ne cessa de s'agrandir lorsqu'il s'imagina la Française, si sèche et intimidante, en train de lire les rubriques mondaines et de les collectionner.

Il eut un rire moqueur en pensant à la joie qu'elle éprouverait quand il lui dirait…

Mais son sourire s'évanouit rapidement. Quel dommage que Guy ne puisse jamais lui dire qui il était vraiment ! Mince ! Ce serait insoutenable de devoir laisser passer une si belle occasion de la taquiner.

5

Douvres, 28 février 1815

Cécile observait les trois aristocrates qui faisaient monter les chevaux de trait sur la rampe menant au bateau qui les conduirait à Calais.

C'étaient les derniers animaux qu'ils devaient embarquer et les hommes avaient déjà chargé leur propre roulotte et celle que Cécile partagerait avec Marianne et la Sabreuse.

Elle jeta un œil sur les employés qui montaient à bord, en quête des deux femmes, mais n'aperçut ni l'une ni l'autre.

Elle n'avait pas vu la Sabreuse depuis la dernière représentation qu'elles avaient faite à Londres quelques jours plus tôt, mais elle avait brièvement aperçu Marianne à l'hôtel, la veille au soir, quand elle était arrivée avec son oncle Barnabas et la femme de chambre Sonia Marchand, qui était aussi la maîtresse de Barnabas.

Elle était surprise que Marianne ait fait le trajet depuis Londres dans la calèche de son oncle. Sonia en elle-même était agaçante, mais ensemble, Sonia et Barnabas se montraient souvent insupportables.

Cela pouvait expliquer que Marianne avait semblé de mauvaise humeur à son arrivée et qu'elle avait à peine dit bonjour avant de monter dans sa chambre pour ne plus en sortir. Quand Cécile était venue frapper à sa porte pour lui proposer d'aller dîner, Marianne avait répondu qu'elle n'avait pas faim. C'était là que Cécile avait compris que quelque chose n'allait pas : Marianne avait *toujours* faim – un appétit d'ogre. C'était rageant de voir qu'elle pouvait manger autant et rester aussi mince. Cécile, elle, devait se surveiller, car elle avait tendance à tout prendre dans les hanches et les fesses.

Cécile n'avait vu aucun autre employé dans la salle de restaurant la veille au soir, à l'exception de Sonia et Barnabas, et elle avait fini par dîner avec eux, ce qui l'avait mise à son tour de mauvaise humeur.

Locataire de la maison de Barnabas depuis près de quatre ans, elle avait pris l'habitude de l'éviter, ainsi que sa maîtresse. La compagnie du premier pendant la journée, au travail, lui suffisait amplement. Et elle fuyait Sonia, femme désagréable et jalouse qui pensait que toute la gent féminine en avait après son homme. Risible au début, cela devenait lassant à la longue. De plus, Sonia semblait prendre du plaisir à offenser et à critiquer la jeune boxeuse sur tous les sujets possibles, ce qui dérangeait Cécile beaucoup plus que Marianne.

Bien que les « faux » employés de Marianne ne se soient pas trouvés dans la salle à manger la veille, ils avaient dû rester à l'hôtel, car elle les avait vus tous les trois au petit déjeuner – sans leur parler pour autant.

Après avoir dévoilé au marquis les détails du passé de sa famille quelques semaines plus tôt, Cécile avait pris soin de ne pas reproduire son erreur. Il lui avait facilité la tâche en ne lui posant plus de question personnelle. Il avait aussi arrêté de la taquiner ou de traîner après les répétitions. Elle avait essayé de se convaincre qu'elle était soulagée qu'il ait pris ses distances avec elle, mais en réalité, moins il passait de temps à lui courir après, plus elle en passait à le regarder furtivement lier connaissance avec les autres employées de la Foire.

Avenant et poli avec les hommes comme avec les femmes, il semblait faire l'unanimité. Il possédait ce don particulier d'être amical avec les femmes sans être trop familier, ce que beaucoup d'autres employés de sexe masculin ne réussissaient pas à faire.

Un concours pour coucher avec lui avait été lancé entre certaines de ses collègues célibataires. C'était ce genre de comportement impudemment direct qui avait attiré l'attention indésirable des réformateurs sur les compagnies de théâtre, une attitude d'une hypocrisie exaspérante étant donné que de nombreuses pairesses du royaume se comportaient tout aussi librement – sinon plus scandaleusement – que les femmes avec lesquelles elle travaillait. Cécile elle-même aurait probablement participé à la compétition si elle n'avait pas connu la véritable identité du marquis.

Malheureusement, Cécile *savait* qui il était. Pire : elle avait développé une attirance intense et totalement malvenue pour lui. Elle ne pouvait qu'attribuer sa frivolité au fait qu'il était une sorte de célébrité. Elle avait honte de ses sentiments, mais elle ne pouvait pas nier qu'elle s'était éprise de lui avant même de le rencontrer. Cet homme était tout simplement trop dangereux pour sa tranquillité d'esprit : elle ne devait pas passer du temps avec lui. Ses deux amis Sin et Smithy avaient beau être aussi charmants que lui à leur manière, elle ne ressentait pas la moindre attirance pour eux.

Les trois hommes étaient étonnamment bons travailleurs quand on savait qu'aucun d'entre eux n'avait dû effectuer la moindre tâche de sa vie. Ils arrivaient à l'heure aux répétitions, exécutaient les ordres sans broncher et ne rechignaient jamais à accomplir même les tâches les plus ingrates.

Depuis quatre semaines qu'ils avaient commencé à travailler pour Farnham, Marianne n'avait toujours pas expliqué leur présence à Cécile.

Elle était stupéfaite que personne, au cirque, ne semble reconnaître le trio. On ne pouvait pas dire que c'était grâce à la perfection de leurs déguisements – plutôt parce que personne n'aurait pu imaginer des hommes de leur importance travailler là, surtout compte tenu de la façon dont Marianne les traitait, comme s'ils étaient des bêtes de somme. S'il y avait une corvée répugnante, difficile ou ennuyeuse, c'était pour l'un d'eux. Les pires revenaient au duc, envers qui Marianne semblait entretenir une animosité particulière.

Cécile les avait vus, bouche bée, transporter le linge sale, nettoyer l'avant de la maison – un travail qui leur revenait de droit étant donné que c'étaient *leurs* homologues qui renversaient, bavaient, crachaient –, balayer, récurer et même nettoyer quelquefois le local à poubelles quand les responsables du nettoyage des lieux d'aisances en avaient mis partout. Et tout ça sans se plaindre.

Ce qu'ils faisaient au cirque ne semblait pas freiner leurs activités nocturnes pour autant. En tout cas, pas en ce qui concernait le duc et le marquis, qui faisaient toujours des apparitions régulières dans les journaux. Le duc moins souvent que son ami, et généralement pour affaires politiques ou simplement parce que son nom figurait sur les listes de dîners. Guy, de son côté, était décrit comme dansant jusqu'à l'aube presque chaque nuit, ou conduisant différentes héritières dans son phaéton de Hyde Park à des heures indues. D'autres rumeurs, plus obscures, lui prêtaient des activités moins innocentes avec plusieurs des veuves les plus célèbres de la bonne société, ainsi qu'avec au moins trois femmes mariées.

Cécile aurait voulu arrêter de lire les récits de cet homme dépravé et elle se maudissait de se joindre aux foules qui se rassemblaient quotidiennement devant l'imprimerie de Humphrey pour voir les nouvelles illustrations scandaleuses, mais elle semblait incapable de s'en empêcher. Heureusement, l'homme concerné ne se doutait pas de l'obsession de la jeune femme pour ses activités indécentes.

Cécile brûlait plus que jamais d'envie de savoir ce que ces trois hommes fabriquaient dans un cirque, mais à ce stade, c'était devenu une question de fierté de ne pas le demander. Si Marianne n'avait pas envie de se confier à elle, elle n'avait pas l'intention de lui forcer la main.

Cécile releva les yeux et remarqua que les autres employées étaient déjà en train d'embarquer ; il était temps de monter dans le bateau et de retourner dans le pays qu'elle avait fui plus de vingt ans auparavant.

Alors que Cécile observait les remous de l'eau, l'homme qui occupait tant ses pensées arriva à ses côtés.

— Marianne vous cherche, dit-elle avant qu'il ait pu ouvrir la bouche.

Il lui jeta un regard en coin et s'accouda à la balustrade.

— Ne vous inquiétez pas, ma chère, elle m'a déjà trouvé et assommé de travail.

— Le travail acharné forge le caractère, répliqua-t-elle.

Il rit.

— Eh bien, elle s'en prend à Sin maintenant, alors je suis à l'abri de ses mauvais tours. Du moins jusqu'à ce qu'on arrive à Calais.

Cécile ignora sa remarque. Elle avait à la fois envie qu'il s'en aille et qu'il reste.

Il semblait nerveux, son regard allant sans cesse de ses mains à l'eau, avant de lui jeter un coup d'œil spéculatif.

— Où travailliez-vous avant de venir à la Foire ? ne put s'empêcher de s'enquérir Cécile en se demandant quel mensonge amusant il allait trouver.

— Oh, ici et là.

— À faire quoi ?

— Ce qu'on me demandait.

Ce fut au tour de Cécile de rire.

— Quand on cherche à se faire passer pour quelqu'un d'autre, il convient de se concocter une histoire crédible.

— Qu'est-ce que vous voulez dire ?

Tout à coup, Cécile ne supporta plus la supercherie.

— Je sais qui vous êtes... *lord Carlisle.*

Plutôt que de paraître mécontent ou au moins surpris, comme elle s'y attendait, il sembla curieusement... amusé.

— Oh, vraiment ? Depuis quand êtes-vous au courant ?

Elle eut un sourire narquois.

— Depuis la minute où je vous ai vu. Je sais *tout* de vous.

De nouveau, il ne parut pas surpris par son aveu.

— Et que pensez-vous savoir de moi exactement, mademoiselle Tremblay ?

— Je suis toutes vos frasques dans les pages mondaines, et j'ai vu d'innombrables illustrations dans les vitrines des imprimeurs.

— Et toutes deux sont assurément des sources d'information d'une fiabilité réelle.

— Niez-vous la véracité des histoires publiées à votre sujet ?

— Je ne sais pas... À laquelle faites-vous référence ?

— Oh, il y en a tellement !

— Alors vous ne devriez pas avoir de mal à choisir.

— Que diriez-vous de l'une des plus célèbres – celle de vous et la duchesse de Leicester ? s'exclama-t-elle, provoquée par son attitude blasée.

Il esquissa un petit sourire en coin.

— Ah oui, l'image la plus célèbre – ou peut-être la plus infâme – de moi.

Le cœur de Cécile s'accéléra à la pensée du dessin en question, qui représentait Guy et la duchesse nus dans une chambre luxueuse, étendus sur un lit à baldaquin.

Un homme plus âgé jetait un coup d'œil à travers la fenêtre, la caricature étant dessinée selon une perspective astucieuse qui donnait l'impression que l'homme était accroché à une corniche à l'extérieur.

Le dessin avait attiré tant de monde que la Garde avait lu le Riot Act[1] devant l'imprimerie de M. Humphray, où plus de trois cents personnes s'étaient réunies pour voir la nouvelle satire, jusqu'à ce qu'une bousculade éclate en bagarre.

Le Darling se rapprocha d'elle.

— Vous avez dû vous hâter pour voir cette illustration, mademoiselle Tremblay, car elle n'est pas restée longtemps en vitrine.

En effet, elle avait été retirée le jour même. Car, en plus de l'émeute, elle avait également déclenché une enquête de moralité.

Cécile se racla la gorge tandis qu'elle se refusait à s'écarter, ce qui aurait été reconnaître l'état dans lequel la proximité du marquis la mettait.

— Alors, monsieur, la représentation était-elle fidèle ?

L'insolence de sa question arracha un nouveau rire à Guy.

— En réalité, l'artiste a plutôt minimisé mes attributs.

Elle fronça les sourcils, comme si elle essayait de saisir la signification de sa phrase. Et Guy sut à l'instant même où elle comprit, car une délicieuse rougeur teinta ses joues. Elle souffla.

— Ce n'est pas de *ça* que je parlais.

— Ah non ? De *quoi* parliez-vous dans ce cas ?

Il le savait très bien.

— Je voulais savoir si le duc vous avait réellement surpris au lit avec sa femme.

---

1. Loi votée par le Parlement en 1714 qui donnait aux autorités locales le droit de déclarer un rassemblement de douze personnes ou plus illégal.

Cette question était familière à Guy, même s'il n'y avait généralement que les hommes qui avaient le courage de la lui poser. D'habitude, cela l'agaçait de parler de toutes les histoires qui circulaient au sujet de ses exploits. Mais il s'aperçut qu'il était désireux de satisfaire la curiosité de Mlle Tremblay. Après tout, c'était le seul intérêt qu'elle lui avait manifesté depuis près de cinq semaines. Elle était devenue une sorte d'anomalie dans son existence : une femme aux yeux de qui il semblait presque invisible. Quelle ironie, quand on savait tous les journaux qu'elle empilait dans la loge.

Guy était très tenté de lui dire la vérité – qui était bien différente du dessin –, à savoir que le duc les avait *bel et bien* regardés, mais par un judas et non par la fenêtre. Et que Guy n'avait pas cocufié l'homme – du moins pas sans son invitation expresse. En effet, c'est ensemble que le duc et la duchesse avaient invité Guy dans la chambre de Sa Grâce pour participer à l'un de leurs jeux érotiques, apparemment l'un de leurs favoris, dans lequel le duc regardait un autre homme donner du plaisir à sa femme. Sa Grâce n'avait jamais fait de scène ou de crise. En fait, Guy ne l'avait même pas vu ce soir-là, étant donné que le vieil homme se trouvait de l'autre côté du mur et avait assisté à toute la scène par un trou dissimulé. C'était une première pour Guy et l'épisode lui avait étrangement donné la sensation d'être un prostitué, car le duc et la duchesse étaient très amoureux et se servaient manifestement de lui pour s'émoustiller.

L'un des serviteurs courroucés du duc avait vendu l'histoire lascive à un journaliste et c'était ainsi qu'était née la réputation de Guy de cocufieur de ducs.

Un seul coup d'œil au beau visage de Cécile lui montra clairement son impatience à connaître tous les détails croustillants.

Guy sourit.

— Un gentleman ne dévoile jamais ses secrets d'alcôve, mademoiselle Tremblay.

Elle émit un grognement peu féminin.

— D'après ce que j'ai entendu dire, monsieur, vous n'avez jamais permis que votre comportement soit dicté par ce que font les gentlemen.

— Vous avez l'air d'une spécialiste en ce qui me concerne.

— On peut difficilement ignorer vos frasques puisqu'on en parle partout.

— Si par *partout* vous voulez dire les rubriques à potins et les vitrines d'imprimeurs, alors vous avez raison. Vous devriez peut-être consacrer votre temps et votre attention à des sujets plus importants, mademoiselle Tremblay, fit-il en haussant un sourcil.

— Je pourrais vous dire la même chose, lord Carlisle.

— Pitié, dites-moi que vous ne croyez pas tout ce que vous lisez dans les journaux ?

— Je ne suis pas aussi naïve. Cela dit, je pense qu'il n'y a pas de fumée sans feu, et dans votre cas, il y a beaucoup de fumée.

— Par *feu*, je suppose que vous voulez dire que j'encourage les femmes à tromper leur mari ?

— Je ne suis pas sûre de savoir qui encourage réellement qui, mais je crois que vous avez une notion extrêmement souple de ce qu'est un comportement moral.

Il gloussa.

— Vous seriez surprise d'apprendre que je ne suis pas aussi débauché qu'on le dit.

Elle lui jeta un regard impertinent.

— Quelle déception.

Puis elle tourna les talons et s'en alla, laissant Guy se demander ce qu'elle avait bien pu vouloir dire.

Et ce qu'il devait faire de ça.

6

Lille, France, 5 mars 1815

Dans l'ensemble, Guy n'était pas un homme qui priait. Mais tandis qu'il tenait la carte à jouer quelques centimètres à peine au-dessus de sa tête, il formula la supplique la plus sincère dont il fut capable.

En silence, bien entendu.

— Est-ce que vous voulez que je me bande les yeux, cette fois ? lança Cécile en français à la foule bruyante et tapageuse.

— Les yeux bandés ! hurlèrent les spectateurs d'une seule voix.

— Oh mon Dieu, murmura Guy dans sa barbe.

La suite du numéro était loin de l'enchanter, même s'ils l'avaient souvent répété pendant le mois d'entraînement. Mais c'était la première fois qu'il montait sur scène lors d'un véritable spectacle, et le fait d'être habillé comme un fichu bouffon du roi devant une foule de deux cents Français déchaînés rendait l'expérience infiniment plus angoissante.

Le sourire que Cécile adressa au public mit le sexe de Guy au garde-à-vous. Et pourquoi ce dernier ne pourrait-il pas en profiter ? Ce n'était pas sur sa queue qu'elle allait tirer, n'est-ce pas ?

Elle sortit l'étole en soie noire du corsage extrêmement décolleté de sa robe, provoquant les cris et les sifflets de la foule.

Guy déglutit en la voyant nouer le bandeau. Il savait que la lumière vive derrière lui et au-dessus de lui contribuait à le mettre en évidence, mais ça ne l'empêchait pas de trembler chaque fois qu'ils arrivaient à cette partie du numéro. Elle dut élever la voix pour se faire entendre.

— Silence maintenant ! J'ai besoin du silence le plus complet pour me concentrer. Je ne peux pas manquer mon tir… M. Darling est mon troisième assistant cette année et je n'ai pas envie d'en engager un autre.

Le public trouva ça hilarant.

Une fois que le silence se fut installé, elle brandit le pistolet et visa d'un geste fluide.

Guy eut à peine le temps d'être terrifié qu'elle avait déjà appuyé sur la détente. Fort heureusement, le bruit du pistolet était assez fort pour couvrir le couinement aigu qu'il laissa échapper lorsque le chapeau s'envola – comme si un violent courant d'air avait traversé la salle – et explosa en vol, le recouvrant de paillettes et de confettis.

La foule applaudit et Guy se tourna pour saluer, tout comme Cécile, mais avec beaucoup moins d'assurance que celle-ci. Heureusement, le numéro des yeux bandés était le rappel et il put quitter la scène en vacillant. La première chose qu'il allait faire était d'avaler un verre de l'alcool le plus fort qu'il trouverait. Peut-être même deux. Qui aurait cru que la présence d'environ deux cents personnes allait rendre l'expérience aussi éprouvante ?

— Vous vous en êtes bien sorti ce soir – mieux qu'aux répétitions.

Guy s'arrêta et se retourna en entendant l'éloge sans précédent de Cécile, les lèvres entrouvertes sous l'effet de la surprise.

Étant donné qu'ils avaient voyagé dans la même roulotte entre Calais et Lille, ils avaient parlé davantage en deux jours qu'au cours des semaines précédentes. Mais à l'exception de cette brève conversation à bord du bateau, les autres n'avaient porté que sur des sujets impersonnels – plus particulièrement la rumeur improbable qu'ils avaient entendue deux nuits plus tôt, selon laquelle Napoléon s'était échappé de l'île d'Elbe et était en train de rassembler une armée.

Une fois qu'ils étaient arrivés à Lille, elle avait retrouvé son attitude d'avant, faisant comme si Guy n'existait pas.

Il eut un sourire narquois.

— Oh, alors maintenant vous me parlez, princesse ?

— Vous devez me confondre avec quelqu'un d'autre. Je pense que vous vouliez dire « ma reine ».

Il rit.

— Et je n'ai jamais arrêté de vous parler, ajouta-t-elle.

— Non, vous n'avez jamais arrêté de m'aboyer des ordres, ce qui n'est pas la même chose du tout, ma chère.

Elle fit claquer sa langue.

— Pauvre *monsieur* Darling… tellement peu habitué à rencontrer une femme qui ne se jette pas à ses pieds.

— En réalité, *ma reine,* si vous avez l'intention de vous jeter sur moi, mes pieds ne seraient pas le meilleur choix.

Elle eut un sourire de dédain et s'éloigna à grands pas en direction de la loge.

— Ça vous dirait de dîner avec moi ? lança-t-il dans son dos.

Elle lâcha un rire moqueur par-dessus son épaule.

Guy ne fut pas surpris par son refus ; pourquoi les choses changeraient-elles entre eux uniquement parce qu'ils se trouvaient dans un autre pays ? Elle avait rejeté ses avances amicales depuis le premier jour. Il la regarda disparaître dans la loge et poussa un soupir. Seigneur, comme il aimait la regarder marcher. Ou simplement rester immobile. Ou lui aboyer des ordres. Et – oui – il supporterait même qu'elle lui tire dessus si ça lui permettait de la regarder.

Il avait vraiment espéré que le trajet jusqu'à Lille aurait abattu les barrières qui les séparaient. Ils avaient discuté – enfin, se disputer aurait probablement mieux décrit leurs échanges – non seulement de la prétendue évasion de Bonaparte de l'île d'Elbe, mais aussi de livres, de théâtre, de nourriture et d'une dizaine d'autres sujets. Pourtant, jamais ils n'avaient parlé d'eux-mêmes.

Cécile était une femme fascinante, mais elle avait érigé une barricade entre eux que Guy s'efforçait de respecter, malgré son envie de l'escalader pour découvrir celle qui se cachait derrière.

— Alors, comment s'est passée ta première soirée sur scène ?

Guy se tourna en entendant la voix de Sin.

— Pendant un moment, j'ai bien cru que j'allais devoir changer de caleçon après la représentation.

Sin laissa échapper un rire.

— Vas-y, rigole, mon ami. Ce sera ton tour d'affronter le canon fumant de son pistolet demain soir, non ?

— N'oublie pas que je me suis déjà porté *volontaire* pour me faire jeter des couteaux au-dessus de la tête et que je me suis fait ridiculiser par un oiseau, tout à l'heure.

— Au moins la Sabreuse ne se bande pas les yeux.

— Je ne serais pas surpris que le numéro de Cécile l'inspire.

Guy maugréa.

— Seigneur, je n'espère pas, une femme armée aux yeux bandés suffit amplement. Je comptais bien regarder ton numéro, mais Mlle Tremblay a décidé qu'elle avait besoin d'encore *une autre* de ses malles dans la roulotte et aucun autre laquais ne faisait l'affaire.

— J'ai remarqué qu'elle aimait te faire faire des choses pour elle.

Guy aussi l'avait noté. En fait, c'était même la seule chose qui lui faisait penser qu'elle pouvait peut-être l'apprécier ne serait-ce qu'un petit peu.

— Tu as faim ? demanda Guy à son ami. Le maître d'hôtel de l'auberge m'a dit qu'il y avait un *café** sur la *grand place** qui restait ouvert tard pour les gens du théâtre.

Sin grimaça.

— Bon sang, Guy, est-ce que tu n'as jamais appris le français quand on était à l'école ?

Guy haussa les épaules, habitué à être raillé pour son abominable accent.

— Tu as faim ou pas, Sin ?

— J'y ai déjà mangé tout à l'heure, répondit Sin en sortant sa montre. Ils ferment dans une demi-heure, tu as intérêt à te dépêcher.

— Zut ! Je n'ai pas le temps de me changer.

Sin avisa le costume en velours bordeaux aux liserés dorés que Barnabas s'amusait à faire porter à ses rares artistes masculins, et sourit.

— Inutile de te changer, Guy ; tu ressembles au valet de pied préféré d'une vieille dame fortunée.

— Très drôle.

Sin, étant obligé de porter un costume similaire, n'était pas en position de se moquer. Guy tourna les talons et se dirigea vers le vestiaire.

— Si tu te changes, tu vas arriver trop tard, lui lança Sin.

Guy se contenta d'agiter la main. Il ne comptait pas se changer et manquer le dîner. Se faire tirer dessus donnait curieusement faim et soif, et son envie de dîner l'emportait sur sa réticence à se balader en ville vêtu comme un bouffon de la cour.

Cécile hâtait le pas dans les rues tranquilles, enveloppée dans un lourd manteau de laine pour se protéger de la fraîcheur du soir.

Elle n'aimait pas marcher seule, mais toutes les autres femmes avaient déjà dîné et le seul endroit où on servait encore à manger allait bientôt fermer. Parce que Prudence est mère de Sûreté – ou quelque dicton dans le genre –, elle avait pris la précaution d'attacher son étui de pistolet par-dessus sa robe de laine grise après avoir retiré son costume de soie noire.

Lord Carlisle t'a invitée à dîner avec lui.

Cette pensée lui arracha un rire.

Oui, elle savait *exactement* ce que ce sublime pair du royaume avait en tête, et il ne s'agissait pas simplement de nourriture. Les jours qu'ils avaient passés ensemble dans la roulotte avaient entamé sa réserve jusqu'à ce qu'elle soit à deux doigts de céder à ses charmes. Ce dont elle avait besoin à présent, c'était de mettre de la distance entre eux.

On aurait pu croire que passer *plus* de temps avec lui l'aurait rendu plus banal à ses yeux, mais non. Quelque chose chez cet homme la réduisait à l'état d'adolescente : étourdie, le souffle coupé, sidérée. La dernière chose dont Cécile avait besoin, c'était de se compliquer la vie avec un homme. En particulier si ce dernier ne pouvait que la décevoir, voire lui briser le cœur. Elle n'était pas stupide ; un jour, Guy deviendrait duc et elle était une artiste de cirque. Pour un homme comme lui, Cécile ne pourrait jamais être qu'un flirt temporaire.

Tu pourrais lui dire la vérité – que tu es une duchesse à part entière.

Elle rit à voix haute.

Oui, bien sûr, il allait croire une chose pareille. Et même s'il la croyait, les aristocrates français désargentés étaient monnaie courante ces temps-ci. Cécile se souvenait d'avoir rencontré un duc et une duchesse français qui tenaient une boutique de prêteurs sur gages lorsqu'elle s'était installée en Angleterre. Vingt ans plus tôt, la communauté française s'était développée si rapidement que la plupart des Anglais, en particulier ceux des échelons supérieurs, avaient considéré les émigrés qui envahissaient leurs côtes au mieux comme une nuisance, et au pire comme un fléau.

Cécile avait souvent fait les frais de ces moqueries au fil des ans, même si le problème s'était atténué avec le temps, surtout depuis qu'elle travaillait pour Barnabas. Étant lui-même émigré, bien qu'il soit arrivé en Angleterre des années avant la Révolution, il ne tolérait pas de tels comportements et au moins la moitié de ses employées étaient françaises.

Mais un homme tel que le marquis de Carlisle regarderait de haut une Française appauvrie qui avait contracté un mariage blanc avec un duc mourant au fond d'une prison. Sans parler du fait qu'elle n'avait pas la moindre preuve de cette union. Non, c'était une partie de sa vie qu'il valait mieux laisser là où elle était – enterrée quelque part au fond de la Manche.

Son attirance pour lord Carlisle ne pouvait mener à rien de bon et elle avait plutôt intérêt à s'en souvenir.

Es-tu en train de dire que tu voudrais *que ça mène quelque part ? Depuis quand aspires-tu à autre chose qu'une partie de jambes en l'air ?*

Cécile se rembrunit. *Je ne cherche pas à me marier. Mais je ne veux pas non plus qu'on se serve de moi et qu'on me jette comme un déchet.*

Non, s'il y a des déchets à jeter, tu préfères que ce soit toi qui le fasses.

Cécile ne pouvait pas dire le contraire ; il était *effectivement* largement préférable d'être la personne qui avait le contrôle de la liaison, comme elle l'avait découvert la première et seule fois où elle s'était crue amoureuse, de nombreuses années auparavant, alors qu'elle n'était qu'une innocente petite idiote de dix-neuf ans. Elle avait connu de nombreux amants depuis lors

– pourquoi pas, elle n'avait qu'elle à satisfaire après tout – et elle avait eu la mainmise sur chacune de ses relations. C'était la seule manière de…

— Salut, chérie, dit une voix grave en français, tandis qu'un bras jaillissait de l'embrasure d'une porte devant laquelle elle passait et l'attrapait par le poignet.

Deux bras épais comme des troncs d'arbre s'enroulèrent autour de sa poitrine et la tirèrent en arrière pour la plaquer contre un large torse.

— À l'aide ! hurla Cécile tout en donnant des coups de talon, qui durent heurter quelque chose car son agresseur poussa un cri.

— *Sacrebleu* !* hurla-t-il quand elle frappa de nouveau, et il la poussa si fort qu'elle trébucha.

Elle se retint juste à temps pour ne pas se casser le nez contre un mur en brique. Libérée, elle fit volte-face et se rua vers l'entrée de la ruelle en glissant sur les pavés.

— Pas si vite, fillette, gronda l'homme en la rattrapant par le pan de son manteau, tirant si fort qu'elle faillit tomber en arrière.

— À l'aide ! hurla-t-elle en ayant la présence d'esprit de prononcer les mots en français, cette fois. Pitié… quelqu'un…

Une main massive et pas très propre se plaqua sur la bouche de Cécile et elle se débattit tant bien que mal. Mais alors un bras s'enroula fermement autour de sa taille et la plaqua assez fort contre lui pour qu'elle sente l'érection dans le bas de son dos.

La terreur traversa son corps comme un éclair et redynamisa ses muscles tétanisés.

— *Mmmph ! Mmmmmmggrh !*

Les doigts charnus étouffaient tellement ses cris qu'elle les entendait à peine elle-même.

Il gloussa en lui maintenant les bras plaqués contre son corps avec une aisance terrifiante, tandis qu'il la pelotait de son autre main.

— C'est un joli petit corps que t'as là-dessous, dit-il en palpant un sein avant de glisser sa main sur son ventre jusqu'à tomber sur le holster. Oooh, qu'est-ce que c'est que ça ?

Il traça le contour de la ceinture sur sa hanche droite et desserra son emprise une fraction de seconde pour la retourner et inspecter sa découverte.

Cette fraction de seconde fut tout ce qu'il fallait à Cécile. Elle donna un coup de tête en arrière de toutes ses forces.

Il y eut un craquement écœurant mais infiniment gratifiant.

— *Aaaargh !* Salope !

Cécile essaya une nouvelle fois de s'élancer, mais il la rattrapa de nouveau pour la ramener à lui comme on ramène un poisson au bout de sa ligne.

— Attends un peu ! Je vais...

— Tu vas enlever tes sales pattes, malotru, ou je te mets en pièces, déclara une voix calme à l'entrée de la ruelle.

C'était l'accent français le plus ignoble que Cécile ait jamais entendu. C'était aussi le plus opportun.

L'homme la saisit par le poignet mais n'essaya pas de l'attirer à lui.

— Je savais pas qu'elle était à toi, dit-il comme si ça justifiait son geste.

— Lâche-la, dit Guy avec une telle menace dans la voix que sa prononciation et sa mauvaise utilisation des pronoms et des temps n'avaient plus d'importance.

— D'accord... prends-la. Elle vaut pas la peine de se battre.

Son ravisseur la poussa vers lui. Guy la rattrapa à temps pour l'empêcher de tomber. La lumière dans son dos plongeait son visage dans l'ombre.

— Vous allez bien ? lui demanda-t-il doucement.

Cécile hocha la tête, trop secouée pour parler.

Guy se tourna vers son agresseur et gronda en français :

— *Tu pars en enfer avant que je t'apprenne une leçon* !*

— D'accord, d'accord !

L'homme leva les mains et les contourna avant de quitter la ruelle.

— Vous êtes blessée ? demanda Guy une fois qu'il eut disparu.

Cécile s'arracha à sa torpeur, énervée que son premier réflexe ait été de se pâmer ou de se jeter dans ses bras puissants. Qu'est-ce qui n'allait pas chez elle, à la fin ?

— Lâchez-moi, dit-elle froidement en posant les paumes sur son torse pour le pousser fermement avant de s'épousseter d'une main tremblante.

— « Lâchez-moi », répéta-t-il d'une voix inexpressive.

— Vous voulez quoi... une récompense ?

— Un *merci beaucoup, Guy* serait le bienvenu.

Elle rougit dans l'obscurité. Elle se montrait grossière, en effet. Elle prit une profonde inspiration pour dire *quelque chose*, sans trop savoir quoi, quand elle se rendit compte que son réticule n'était plus attaché à son poignet.

— Il m'a volé mon argent ! s'écria-t-elle en se ruant vers le bout de la ruelle.

— Attendez ! Où est-ce que vous allez comme ça ?

Cécile s'arrêta en dérapant et regarda des deux côtés. Le voleur s'était arrêté sous un réverbère et fouillait dans son petit sac.

— Rendez-moi ça ! hurla-t-elle.

L'homme releva la tête, fit un geste extrêmement grossier et répondit sur le même ton :

— Viens le chercher !

Il éclata de rire et reprit sa fouille.

Cécile sortit son pistolet de son holster et le visa.

Derrière elle, Guy émit un criaillement surpris.

— Seigneur ! Vous n'allez quand même pas ti...

La bruyante déflagration fut aussitôt suivie par un hurlement de douleur.

Cécile rengaina et marcha vers l'homme qui sautillait sur un pied en criant.

— Vous êtes folle ? demanda Guy en la rejoignant.

— Je ne suis pas folle, je suis furieuse, avoua-t-elle.

— Bon sang, Cécile ! Vous ne pouvez pas tirer sur les gens comme ça !

— Je viens de le faire.

Il émit un son étranglé.

— Attendez ici, je vais chercher votre réticule.

Cécile l'ignora. Au lieu de quoi elle sortit son deuxième pistolet et lança :

— Lâchez mon sac et écartez-vous ou je vise un organe vital.

L'homme laissa échapper un son pitoyable et se traîna à l'écart en sautillant.

Cécile sourit et rengaina son pistolet.

— Mon Dieu ! C'était *horriblement* illégal... vous ne le saviez peut-être pas ?

— Qu'est-ce que vous faites encore là, Guy ? Vous pouvez y aller.

— Oh, je *peux ?* Vous avez failli le tuer.

Cécile rit.

— Oh, je vous en prie. J'ai visé son orteil et c'est ce que j'ai eu.

Une fois arrivé au réverbère, Guy s'accroupit pour l'aider à ramasser le contenu de son sac. Il lui tendit une poignée d'objets.

— Vous êtes folle. Complètement folle. Et qu'est-ce que vous faites à vous balader toute seule à cette heure de la nuit ? Cécile ?

Il se releva, l'aida à faire de même et planta les poings sur ses hanches. Elle tira sur le cordon de son réticule, le noua puis le glissa à son poignet avant de reprendre sa route vers le café.

— Où allez-vous ? demanda-t-il en lui emboîtant le pas.

— Dîner.

— J'en reviens tout juste... Ils ont fermé plus tôt ce soir.

Cécile se renfrogna.

— J'ai faim.

Son estomac gronda comme pour appuyer son propos.

Il esquissa un sourire.

— J'entends ça. Elliot m'a dit qu'une des domestiques pouvait nous donner du pain, du fromage et une bouteille de vin en échange de quelques sous. Je vais aller nous chercher quelque chose quand on rentrera à l'auberge.

Elle plissa les yeux. Son cœur battait la chamade, mais était-ce à cause du danger qu'elle avait frôlé, ou de son visage trop parfait ?

— On ne fait que manger. Rien d'autre.

Il eut un rire désabusé.

— Ne vous flattez pas trop, ma chère. Je ne suis peut-être pas la lumière la plus brillante du firmament, mais je suis assez intelligent pour savoir quand une femme ne s'intéresse pas à moi. Venez, dit-il en lui tendant le bras. Laissez-moi vous raccompagner à l'auberge.

La voyant hésiter, il lui sourit, ce qui lui fit plisser les paupières. L'expression de ses yeux chaleureux coupa le souffle de Cécile.

— Il vous reste une balle, ma chère. Vous pourrez toujours me tirer dessus si je ne me comporte pas en parfait gentleman.

Cécile se rendit compte qu'elle souriait avant d'avoir pu se retenir. Elle dompta rapidement ses traits pour froncer les sourcils, et ignora son bras.

— Bien. Je rentre avec vous, mais seulement pour dîner.

— Je vous donne ma parole que je réfrénerai mes plus vils instincts.

Cécile ne prit pas la peine de préciser que c'étaient ses plus vils instincts *à elle* qui l'inquiétaient.

7

Guy remplit le verre de vin de Cécile et poussa l'assiette vers elle.

— Encore un peu de fromage ?

Elle secoua la tête, la bouche pleine.

L'une des servantes les avait autorisés à dîner dans la salle à manger déserte pour bien plus cher que quelques sous, mais l'endroit était calme et vide et valait bien la dépense après cette journée mouvementée.

Guy sentait encore son corps bourdonner après l'affrontement dans la ruelle. Son cœur s'était presque arrêté quand il avait vu cette brute tripoter Cécile. Il avait de nouveau failli s'arrêter quand elle avait froidement tiré sur l'homme.

Il sourit à ce souvenir. *Seigneur. Quelle femme.*

Il avait l'estomac trop noué pour avoir faim, mais il s'était forcé à avaler un peu de pain et de fromage, ne voulant pas la mettre mal à l'aise en la laissant dîner seule.

Ce qu'il aurait peut-être dû faire, c'était faire envoyer la nourriture dans la chambre qu'elle partageait avec Marianne et rentrer dans celle qu'il occupait avec Elliot. Il n'aurait *pas* dû se trouver à une table pour deux éclairée aux chandelles à 1 heure du matin.

Mais l'occasion avait été trop belle pour la laisser passer. En plus, un dîner tardif ne pouvait pas faire grand mal, si ?

Cécile but une gorgée de vin avant de demander :

— Qu'est-ce qui va se passer, d'après vous ?

Inutile de préciser de quoi elle parlait.

— Je ne sais pas ce que Bonaparte finira par faire, avoua Guy. Mais ce que je pense, c'est que cette tournée s'achèvera probablement plus tôt que prévu.

— J'ai entendu Barnabas se disputer avec le directeur du théâtre, cet après-midi. Il lui a dit qu'il pourrait faire jouer une clause du contrat si les hostilités venaient à commencer.

— Il parlait sans doute d'une clause de force majeure.

— Oui, c'étaient ses mots.

Guy se creusa les méninges pour se rappeler ce qu'il savait de ce terme juridique.

— Je crois que ça signifie qu'un contrat peut être rompu si un événement catastrophique et incontrôlable rend son exécution impossible. Je pense qu'une guerre serait qualifiée à la fois de catastrophique et d'incontrôlable.

Elle haussa les sourcils.

— Pourquoi me regardez-vous comme ça ?

— C'est juste que je ne m'attendais pas à ce que vous connaissiez ce genre de chose.

— Pourquoi ? Parce que je n'ai que des âneries dans la tête ?

— Pas seulement des âneries... sûrement des femmes, de beaux chevaux et votre propre plaisir.

Guy rit.

— Eh bien, il se trouve que je suis allé à l'université et que j'ai assisté à quelques cours.

Pas beaucoup, c'était vrai, mais elle n'avait pas besoin de le savoir.

— J'ai également géré les biens de ma famille et les affaires ducales pendant plusieurs années, alors je ne suis pas totalement bon à rien.

Ses yeux sombres passèrent sur lui et laissèrent une traînée de flamme dans leur sillage.

— Je n'ai jamais pensé que vous n'étiez bon à rien.

Il était bêtement heureux qu'elle ait pensé à lui tout court.

— Que ferez-vous si la tournée est annulée ? lui demanda-t-elle.

Il ouvrit la bouche, mais se ravisa et haussa les épaules.

— Vous ne comptez toujours pas me dire ce que vos amis et vous faites ici... alors même qu'on est au bord de la guerre ?

— Ce n'est pas à moi de vous le dire, Cécile. Et vous ?

— Quoi, moi ?

— Est-ce que vous rentrerez en Angleterre ? Ou resterez-vous en France un moment ?

— Pourquoi voudriez-vous que je reste ?

— Vous venez d'ici. Vous n'avez pas de famille en France ? Des amis ?

Elle détourna les yeux.

— Non.

— Cécile.

Ses lèvres charnues affichaient la mine renfrognée qu'elle semblait réserver à Guy.

— Je ne vous ai pas donné l'autorisation de m'appeler...

— Arrêtez.

Elle cligna des yeux.

— Je ne deviendrai pas votre maîtresse.

Ce fut au tour de Guy de ciller.

— Ce n'est pas ce que je vous demande.

Elle haussa un élégant sourcil noir.

— D'accord, ça m'a traversé l'esprit. Souvent. Mais je vous ai dit tout à l'heure qu'il s'agissait simplement d'un dîner et je suis un homme de parole. Ne soyez pas méfiante. Je m'intéresse simplement à vous – certes, je m'intéresse à vous en tant que femme, avoua-t-il devant son regard tranchant. Mais je m'intéresse aussi à vous en tant que personne.

Elle prit une profonde inspiration, un geste qui eut pour effet de tirer le corsage ajusté de sa robe – non qu'il ne s'autorise à regarder… du moins de trop près.

— Je vous ai déjà dit quelque chose sur moi, dit-elle. À votre tour de me dire quelque chose sur *vous*.

— J'ai vu la pile de journaux que vous conservez dans la loge à Londres. Vous savez déjà beaucoup de choses sur moi.

La mâchoire de Cécile trembla.

— Qui vous a parlé de ces journaux ?

— Je les ai trouvés.

— Qu'est-ce que vous fabriquiez à fouiller dans mes…

Guy leva la main et fut surpris qu'elle s'interrompe.

— Si vous vous en souvenez, Marianne aime nous traiter tous les trois comme ses serviteurs personnels. Elle m'a *obligé* à nettoyer cette pièce du sol au plafond.

— Comment saviez-vous qu'ils m'appartenaient ?

Ne voulant pas impliquer la Sabreuse, il demanda à la place :

— Est-ce que vous le niez ?

Elle émit un sifflement, tel un chat en colère.

— Ces rubriques concernaient beaucoup de monde.

— Oui, mais la majorité me concernaient, *moi*.

— Je n'y peux pas grand-chose !

Il eut un petit rire et, sur un ton de conspirateur, lui demanda :

— D'accord, d'accord. Alors, que voulez-vous savoir à mon sujet ? Même si je dois souligner qu'il y a certaines choses qu'il vaut mieux démontrer que décrire…

Comme il l'avait espéré, elle rit de sa ridicule vantardise et le son était plus délicieux que le meilleur des champagnes.

— Vous êtes infatigable. Dites-moi comment vous avez gagné le surnom de Darling.

— Comment ça ?

— Pourquoi une telle... frénésie dans vos amours ?

— Je ne suis pas...

Elle émit un *pfff* grossier mais éloquent.

— N'essayez pas de le nier. Je peux m'en rendre compte par moi-même dans les articles qui vous concernent. Vous poursuivez les femmes avec une détermination frénétique. Dites-moi votre vérité, Guy.

Il ressentit un agréable picotement entre ses jambes en entendant son prénom sur les lèvres de la jeune femme. Il adorait la manière dont elle le prononçait, à la française. Personne ne l'avait jamais appelé comme ça. Certes, maintenant qu'il était en France, tout le monde faisait ainsi, mais personne avec la même modulation que Cécile. Presque comme si elle lui lançait un défi en le disant.

— Vous pouvez me faire confiance, ajouta-t-elle, prenant son hésitation pour de la réticence. Je ne vendrai pas votre histoire à un journaliste. Vous dites que vous voulez savoir des choses sur moi. Prouvez-moi que vous êtes digne de confiance et dites-moi ce qui vous rend comme vous êtes.

Il s'apprêta à lui dire qu'il n'avait rien envie de savoir au point de s'épancher devant elle, mais il se rendit compte que ce n'était pas vrai. Qu'importait qu'il lui dise la vérité ? C'était peut-être honteux et même un peu sordide, mais ce n'était pas un grand secret, après tout.

Cécile, quant à elle, ignorait la voix qui la sommait de remonter dans sa chambre – de mettre autant de distance que possible entre Guy et elle. Il se comportait comme il l'avait promis. Quel mal y avait-il à savourer un peu de vin en discutant avec un homme intéressant ?

« Je t'en reparlerai plus tard », pépia la petite voix agaçante.

— Ce n'est pas une histoire très palpitante, vous savez. C'est principalement pour ça que j'hésite à vous la dire.

— Je vous écoute.

— Il y a une tradition dans ma famille – pas forcément noble, alors peut-être devrais-je appeler ça une malédiction –, à savoir que le fils aîné se marie toujours pour l'argent. Pas par choix, mais parce que le duché a comme une soif insatiable – il a un besoin incessant d'argent, d'argent et encore plus d'argent.

Pour une fois, il n'y avait pas trace d'un sourire sur son visage. Et il ne faisait aucun effort pour charmer. Son attention était fixée sur le verre de vin, dont il faisait tournoyer le contenu. Il resta un long moment ainsi, puis il releva les yeux.

— La malédiction aurait pu m'épargner. Voyez-vous, mon grand-père, le duc actuel, a épousé l'une des plus grandes héritières de sa génération. Pendant de nombreuses années, le duché a été en bonne santé financière.

Il s'adossa et poussa un soupir. Un muscle tiqua dans sa mâchoire et son torse puissant se souleva sous son manteau usé.

— Mon grand-père a eu trois fils. L'aîné montrait tous les signes de vouloir suivre les traces de son père, ce qui voulait dire qu'il aurait fait un gardien responsable et scrupuleux pour le duché.

Un petit sourire sans joie se dessina sur les lèvres de Guy.

— Mais il est mort avant son vingtième anniversaire et le fils suivant était... Disons simplement que mon oncle Henry aurait été un duc désastreux. Heureusement pour le duché, il a tué un homme lors d'un duel – et pas n'importe quel homme, un pair. Mon grand-père a dû le faire sortir du pays. L'idée était de laisser le scandale s'étouffer pendant quelques années et de le faire revenir ensuite.

— Comment une chose pareille peut-elle *s'étouffer* ?

— Avec de l'argent, ma chère. Quoi qu'il en soit, ça n'est jamais arrivé. Oncle Henry a beaucoup voyagé.

En fait, il appréciait tellement son bannissement que lorsque mon grand-père a voulu le faire revenir cinq ans plus tard, il a refusé. La fois suivante, plutôt que d'envoyer une simple lettre, mon grand-père a mandé un homme pour le ramener. C'est là qu'il a découvert que mon oncle avait tout simplement disparu. Au cours de la décennie qui a suivi, il a dû lancer une douzaine d'enquêtes. Enfin, il y a environ dix-huit ans, l'un de ses agents a pu lui donner une réponse. Mon oncle était mort – ironiquement – au cours d'un duel.

— Alors votre père était le suivant sur la liste ?

— Oui.

— Quel âge aviez-vous ?

Il but une gorgée de vin et fixa la table des yeux.

— J'avais quatorze ans quand j'ai appris que ma vie n'allait pas m'appartenir. Je sais que ça paraît mélodramatique et que j'ai l'air de m'apitoyer.

— Vous ne vouliez pas devenir duc ? demanda-t-elle en laissant transparaître son étonnement et son incrédulité.

— Bon Dieu, non ! Jusque-là, j'espérais que mon père obtienne un commandement et que je puisse m'engager dans l'armée. Après avoir appris la mort de mon oncle, c'est devenu impossible. Pour être honnête, mon père ne valait pas beaucoup mieux pour le duché que mon oncle Henry – il était peut-être même pire encore. Qui sait ? Je ne rentrerai pas dans des détails sordides, mais il a accumulé un grand nombre de dettes. Des dettes énormes, écrasantes, pour être honnête.

Cécile perçut la fureur contenue dans sa voix.

— Comme il gérait les affaires du duché ainsi que ses propres propriétés – Darlington Park, une demeure à Londres et un bien plus petit dans le Yorkshire –, mon grand-père et moi n'avions aucune idée de l'ampleur des dettes accumulées jusqu'à sa mort, il y a trois ans. On a dû vendre tout ce qui ne faisait pas partie de la substitution héréditaire, mais ça n'a pas suffi.

Le poing serré de Guy se desserra quand il croisa son regard et il lui sourit.

— Je ne comprends pas pourquoi je suis encore aussi contrarié par quelque chose qui s'est déjà produit. C'est non seulement illogique, mais c'est une perte de temps.

Cécile connaissait ce sentiment : c'était la même émotion qu'elle ressentait chaque fois qu'elle pensait à son cousin Curtis.

— C'est donc pour ça que vous disiez que vous deviez épouser une femme riche ?

Guy but une gorgée de vin et considéra sa question. Cette conversation était plus gênante qu'il ne l'aurait imaginé. Ce n'était qu'en commençant à parler qu'il avait mesuré à quel point l'histoire était sinistre. Il ne l'avait jamais expliquée à personne auparavant. Ses amis – et tous ceux qui composaient la bonne société – étaient *au courant* sans qu'il ait jamais eu besoin de la raconter.

Mais Cécile n'appartenait pas à ce monde. Il ne pouvait qu'imaginer à quel point sa famille et, en fait, ses projets d'avenir également devaient lui paraître superficiels et immoraux.

Il se força à la regarder pour répondre :

— Oui, je dois épouser une femme riche. Une femme extrêmement riche.

Guy fut incapable de déchiffrer la lueur dans son regard, même s'il en mourait d'envie.

Il haussa les épaules et se força à plaisanter :

— En même temps, ça n'a rien de vraiment inhabituel. À grande propriété foncière, grandes responsabilités. Je n'invente rien. Quoi qu'il en soit, votre question était pourquoi je suis aussi *frénétique*. Pourquoi je prends autant de maîtresses ? Pourquoi s'agit-il toujours de veuves ou – comme le prétendent les journaux – de femmes mariées ?

Il ne put s'empêcher de sourire en voyant la gêne que provoquèrent ses paroles. Il posa un coude sur la table, le menton dans sa main, pour se rapprocher d'elle.

— Les histoires que racontent les journaux ne sont pas toutes vraies, Cécile. L'une des raisons pour lesquelles je ne les lis pas, c'est que tous ces mensonges sur la façon dont je cocufie untel ou untel m'exaspèrent. Vous voulez que je vous parle franchement ? La vérité, c'est que je ne couche pas avec des femmes mariées.

Devant son regard sceptique, il fut poussé à ajouter :

— En tout cas, pas à moins que leur mari ne me le demande.

Cécile prit un air ahuri.

— Quant à savoir pourquoi je n'emmène jamais plus de deux fois la même jeune femme dans mon phaéton ou pourquoi je ne fréquente que des femmes mariées ? Eh bien, je n'ai aucun intérêt à apprendre à connaître de jeunes femmes ou à passer du temps avec elles. Parce que quand je finirai par me marier, ce ne sera pas avec le genre de fille qu'on trouve en train de danser à l'Almack's[1]. Je ne pourrai pas épouser de gentille héritière. Non, je devrai faire ce qu'ont fait mon père et mon grand-père et me marier hors de ma classe sociale. J'aurai besoin d'une somme d'argent monstrueuse – le genre de somme que je ne pourrai trouver que chez les filles vulgaires de la classe marchande, une pauvre fille qui n'obtiendrait jamais d'invitation à une réception de la haute société. Quelqu'un qui se mariera dans mon monde et passera le reste de sa vie à le regretter. Quelqu'un qui restera toujours une *roturière* – même pour ses propres enfants une fois qu'ils seront assez grands pour reconnaître exactement qui elle est. Quelqu'un qui ne trouvera jamais sa place malgré tous les efforts qu'elle pourra faire pour s'intégrer. En fait, si elle fait trop d'efforts, on la prendra de haut pour son insistance.

---

1. L'Almack's est le nom d'un ensemble d'établissements et de clubs sociaux londoniens, rares lieux publics mixtes de la classe supérieure. *(N.d.T.)*

Il laissa échapper un rire amer.

— Si j'ai l'air d'être un expert en la matière, c'est parce que je le *suis*. J'ai grandi en étant témoin de deux mariages malheureux. Et bientôt, ce sera mon tour. En fait, pendant qu'on est tranquillement assis ici, mon grand-père est en train de composer une liste d'épouses potentielles. Avec un peu de chance, je serai fiancé avant la fin de l'année. Bêtement, j'avais espéré quelques années de plus – jusqu'à mes trente-cinq ans –, mais je n'ai pas le droit de me plaindre puisque j'ai réussi à prolonger mon insouciante jeunesse un peu plus que la plupart de mes comparses.

Il s'arrêta et cligna des yeux, comme abasourdi par son monologue.

Cécile aussi était abasourdie. Et impressionnée. Elle s'était doutée qu'il n'était pas seulement superficiel, et maintenant elle avait la preuve qu'une âme passionnée et tourmentée occupait ce corps sublime.

Il se leva et sa chaise grinça.

— Venez, dit-il brusquement. Laissez-moi vous raccompagner à votre chambre.

8

— Ah, te voilà.

Guy se retourna en entendant la voix de Sin. Il observait depuis les coulisses la Sabreuse et son corbeau répéter leur numéro, Elliot étant la cible de leurs petites plaisanteries.

Sin fronça les sourcils.

— Je croyais que c'était toi qui avais l'honneur de recevoir des couteaux en pleine tête cette semaine – vous avez décidé d'alterner ?

— Disons qu'on a finalement décidé de diviser les répétitions. De se spécialiser, en quelque sorte. À partir de maintenant, je ne travaillerai que pour Cécile et il fera tous les numéros de la Sabreuse.

Sin haussa les sourcils.

— Hmm.

Guy rougit. Il avait envie de détromper son ami, mais Sin et lui se connaissaient depuis le berceau ; Sin le connaissait mieux que lui-même.

— On s'est dit que c'était une bonne idée puisque toi, tu fais toute la boxe, ajouta-t-il.

Sin se contenta de le fixer des yeux.

Pendant un long moment gênant, Guy pensa que son ami allait exiger la vérité. Et la vérité, c'était que quelque chose devait clocher chez lui. Parce qu'il avait envie de Cécile plus que jamais depuis la nuit où ils avaient partagé du pain et du fromage, et aussi un peu d'eux-mêmes. Quel genre d'idiot était-il après l'avoir vue tirer sur l'orteil d'un type à cinquante mètres ?

— Des nouvelles ? demanda Guy avant que Sin aborde le sujet.

— Je reviens de la place du village, où il semble que des nouvelles – et de nombreuses rumeurs – arrivent toutes les heures. Tout porte à croire que l'armée de Bonaparte grossit. Rapidement.

— Non d'un chien, murmura Guy. C'est une complication dont on se serait bien passé. Des nouvelles de Vienne ? Les Alliés vont devoir faire quelque chose.

— C'est ce que tout porterait à croire, répondit Sin, pince-sans-rire.

— Qu'en pense Farnham ? Je sais qu'il se plaint de la baisse des ventes de billets.

— À mon avis, il ne sait pas quoi faire.

— Tu penses qu'il attend que la guerre soit déclarée avant de rentrer ?

— Qui sait ? Tout ça a un certain goût d'irréel.

Guy s'était dit la même chose. Il avait l'impression que le monde n'avait cessé d'être en guerre depuis sa naissance. Et alors qu'ils semblaient avoir laissé toute cette fureur derrière eux, le fou était revenu à la charge sans que personne puisse visiblement l'arrêter.

— C'est un peu ironique qu'on n'ait pas fini d'élaborer ce fichu traité de paix après avoir mis fin aux exactions de Bonaparte la dernière fois, murmura-t-il.

— Au moins les Alliés sont regroupés, ce qui sera pratique au moment de déclarer la guerre.

Ils partagèrent un rire sinistre.

Guy ne prit pas la peine de souligner l'évidence à son ami – à savoir que Sin, Elliot et lui seraient regardés avec hostilité en France en cas de conflit.

Au lieu de quoi il demanda :

— À quoi tu penses ?

— Je n'ai pas le choix. Je *dois* me rendre à Metz avant le 1er avril[1], Guy.

— Je te suis où que tu ailles, Sin.

Ce dernier lui adressa un sourire faible mais reconnaissant.

— Merci.

Guy se frotta la mâchoire ; il avait pensé être soulagé de ne pas avoir à se raser tous les jours. Au lieu de ça, il avait découvert que la repousse démangeait horriblement.

— Est-ce qu'on peut faire quelque chose pour se préparer ? Je veux dire, si on devait partir dans la précipitation ?

— Oui, et je venais justement t'en parler. Je pense qu'on devrait rapprocher nos roulottes de l'auberge.

— Je ne suis pas sûr de pouvoir trouver un autre endroit où les garder enfermées.

— Alors il va falloir que l'un d'entre nous y reste chaque nuit.

— Je peux le faire, proposa Guy.

— On s'en occupera chacun notre tour tous les trois.

— Je t'en prie, laisse-moi le faire. Il faut que tu sois à l'auberge ou au théâtre si les choses s'enveniment, et Elliot est particulièrement doué pour se fondre dans les ombres. C'est donc logique que je surveille les roulottes et que je m'assure qu'elles soient prêtes à partir.

— Bien vu.

Guy se redressa.

— Je vais voir si je peux les déplacer tout de suite.

— Je vais trouver Farnham et lui expliquer nos plans.

Guy le regarda s'éloigner. Les cernes qu'il voyait sous les yeux habituellement vifs de son ami l'inquiétaient. Plus qu'un peu. Sin était le genre de personne à garder tous ses soucis pour lui plutôt que de demander

1. Voir *Un étrange destin*, de la même autrice, paru aux Éditions J'ai lu.

de l'aide. Même s'ils n'en parlaient jamais, Guy savait que la possibilité que le frère de Sin soit toujours en vie causait à son ami autant d'angoisse que de joie. Et leur joie restait contenue, car aucun d'eux trois ne pensait que le baron Dominic Strickland – l'homme qui réclamait une rançon pour Benjamin – ne tiendrait sa promesse. L'idée que Benjamin ait pu survivre à l'embuscade brutale qui avait tué tous ceux qui l'accompagnaient paraissait tout simplement trop fantaisiste.

Le voyage s'annonçait déjà assez éprouvant pour les nerfs avant que Napoléon s'échappe de son île-prison. Avec la France qui s'effondrait autour d'eux, la situation risquait de devenir plus que dangereuse dans les jours et les semaines à venir.

Cécile entendit la porte s'ouvrir et releva la tête de la malle dans laquelle elle fouillait pour voir Marianne entrer dans leur chambre commune.

— Ah, te voilà, dit Cécile. J'ai besoin d'un sac dans notre roulotte. Tu sais où Sin les a garées ?

Marianne rit en retirant ses gants.

— Je pensais que tu avais demandé à Guy de t'apporter tous les sacs que tu avais pris avec toi, que tu en aies besoin ou non.

— Je le pensais aussi, avoua Cécile.

Marianne sourit.

— Tu es cruelle avec lui.

— Tu peux parler ! Tu leur as demandé de nettoyer les pots de chambre et de récurer les sols !

Plutôt que de paraître coupable, Marianne se contenta de glousser.

— Tu sais où sont les roulottes ?

— Guy le saura. Il est en bas dans la salle de restaurant, je viens de le voir parler à l'aubergiste. Si tu te dépêches, tu pourras peut-être le rattraper.

Cécile ignora les palpitations ridicules dans sa poitrine tandis qu'elle descendait les escaliers. Depuis cette soirée dans la salle à manger, Guy et elle n'avaient pratiquement pas échangé un mot en dehors des représentations. Elle l'évitait et, à son grand dam, il ne semblait plus la chercher non plus.

Lorsqu'elle entra dans la pièce, l'homme en question se relevait justement et elle l'entendit dire quelque chose qui ressemblait à :

— Je les déplacerai ce soir, dans ce cas ?

L'aubergiste fit une grimace suivie d'un hochement de tête.

Le visage de Guy s'illumina lorsqu'il la vit et il lui sourit.

— Bonjour, ma chère.

— Vous savez, si vous avez des affaires à mener en français, vous pourriez nous demander de l'aide, à Barnabas, Marianne ou moi. Nos deux pays sont déjà à deux doigts d'entrer en guerre – alors massacrer la langue française n'est peut-être pas la meilleure chose à faire à ce stade.

— Comme vous êtes drôle, mademoiselle Tremblay. Au lieu de tirer sur des gens pour gagner votre vie, vous devriez jouer dans des spectacles comiques. Bon, et maintenant, que puis-je faire pour vous – à part vous servir de griffoir ?

— J'ai besoin d'une petite malle dans notre roulotte.

Il écarquilla les yeux pour feindre la surprise.

— Vous voulez dire qu'il reste un bagage que vous ne m'avez *pas* encore fait monter au troisième étage ? Scandaleux !

— Eh bien, ce devrait être le dernier. Malheureusement.

— Si vous voulez bien patienter, je vous l'apporterai, ma reine. Je dois d'abord déplacer les deux roulottes pour les amener plus près.

— Vous le faites maintenant ?

— Pourquoi ? demanda-t-il, intéressé. Vous voulez m'accompagner ?

— Vous savez que Barnabas nous a demandé de ne pas sortir seuls. Surtout ceux qui sont aussi anglais que vous.

Certains membres de l'équipe avaient déjà rencontré de l'hostilité de la part des gens du coin. Même sans déclaration de guerre, les relations s'étaient rapidement envenimées.

Guy fit un geste vers elle.

— Mais vous n'avez pas d'arme ; comment allez-vous me protéger ?

Cécile plongea la main dans une fente de sa jupe et en sortit un minuscule pistolet de la poche de son jupon. Il regarda autour de lui, mais la pièce était déserte à cette heure de l'après-midi.

— Doux Jésus ! Pouvez-vous ranger ça, s'il vous plaît ?

Elle haussa les épaules.

— C'est vous qui avez demandé.

— Allez chercher votre manteau, dit-il. En plus de votre devoir de protection, vous pourrez conduire la deuxième roulotte, ainsi je n'aurai pas à faire deux voyages.

Guy regarda Cécile disparaître dans les escaliers et ne put s'empêcher de sourire.

Il avait adopté une nouvelle méthode avec la belle jeune femme – l'ignorer. Et elle semblait fonctionner, car voilà maintenant que c'était elle qui venait à *lui*.

Parce qu'elle veut une de ses malles.

Oh, il ne croyait pas une seconde à cette excuse. Il avait vu sa façon de le regarder depuis leur tête-à-tête – avec intérêt plutôt que dérision.

Mais l'intérêt qu'il portait à sa compagnie aujourd'hui n'était pas qu'un plaisir frivole. Il était sérieux quand il lui avait dit qu'il avait besoin de son aide avec les roulottes.

Il l'avait vue conduire et devait admettre qu'elle était plus douée que lui. En fait, toutes les femmes de la Foire aux Femmes Fantastiques Farnham étaient capables de faire à peu près tout ce que les hommes faisaient, et souvent mieux. C'était une leçon d'humilité.

En tant que fils unique entouré de cinq sœurs, il avait grandi en pensant que les femmes avaient désespérément besoin de son aide. Il commençait maintenant à remettre en question cette conviction. En fait, il en venait à se demander si ses sœurs ne s'étaient pas prêtées au jeu pour lui faire plaisir. Peut-être même qu'elles l'avaient manipulé !

Choquant.

Non seulement Cécile était autonome, mais elle ne lambinait pas. Elle reparut quelques brefs instants plus tard. Quand elle disait qu'elle allait chercher son manteau, elle ne mentait pas – elle n'avait ni changé de tenue, ni coiffé ses cheveux, ni fait ce que ses sœurs faisaient et qui leur prenait des heures.

— Alors, maintenant que vous êtes revenue en France depuis un peu plus d'une semaine, qu'est-ce que ça vous fait ? demanda Guy tandis qu'ils se mettaient en marche d'un bon pas.

Il n'avait même pas besoin de ralentir car Cécile était grande, plus d'un mètre soixante-dix, et elle ne lambinait pas.

— C'est ironique, j'ai attendu plus de vingt ans pour revenir et la paix s'effondre le jour même où je pose le pied sur le sol français.

— Oui, dit Guy d'un ton exagérément méditatif. Je m'interrogeais sur le lien entre les deux.

Elle rit, et le son était aussi rare que plaisant. C'était dans l'ensemble une femme sérieuse qui ne passait pas beaucoup de temps à bavarder et à sympathiser avec ses collègues de travail. En tout cas, pas avec lui.

À l'issue de leurs représentations et de leurs répétitions, la plupart des autres personnes de la Foire traînaient ensemble. Mais Cécile restait dans son coin. Ou qui sait ? Peut-être allait-elle voir un amant ?

Guy se rendit compte que cette idée ne lui plaisait pas du tout.

— Je n'aurais jamais pensé revenir ici, dit-elle.

Avant qu'il ait pu lui demander pourquoi, elle se tourna vers lui :

— Vous pensez que l'évasion de Napoléon de l'île d'Elbe va mener à la guerre ?

— Je ne le pensais pas au début, avoua-t-il. Mais le fait qu'il semble attirer les soldats comme le miel les mouches me fait mesurer à quel point nous, les Anglais, ne comprenons pas ce pays.

— Je ne suis pas sûre que les Français le comprennent non plus.

— Vous savez, vous n'avez pas besoin d'attendre que Barnabas décide de rentrer à la maison pour le faire.

— Je ne suis pas encore terrifiée. Et puis je peux toujours me fondre dans la masse ici. Et vous, et Sin ? Vous n'avez pas peur d'être démasqués ?

— Je vois que vous ne mentionnez pas Smithy ?

— Cet homme pourrait probablement se fondre dans la masse encore mieux que moi. Son accent français est impeccable et il a une étonnante capacité à… disparaître.

— N'est-ce pas ? Je lui ai demandé de m'apprendre et il s'est contenté de rire.

Cécile rit elle aussi.

— Quoi ? demanda-t-il.

— Vous avez autant de chances de vous fondre dans la masse qu'un paon.

Il lui jeta un regard faussement scandalisé.

— Vous savez que c'est vrai, reprit-elle, les yeux pétillants.

Il aurait aimé poursuivre cette conversation mais ils avaient atteint leur destination.

— Elles sont là, dit Guy en tournant dans une ruelle étroite. Je vais harnacher les chevaux.

— Je vais vous aider, dit-elle en se rendant directement à la sellerie sans avoir besoin d'instructions supplémentaires.

Ils s'affairèrent dans un silence agréable. Encore une fois, il ne put s'empêcher de reconnaître qu'elle était plus efficace que lui, qui avait toujours eu des domestiques pour s'occuper de ce genre de besogne.

Grâce à Cécile, ils se dirigèrent bientôt vers une écurie qui appartenait à un autre membre de la famille de l'aubergiste.

Pendant que Guy s'arrangeait avec le palefrenier, Cécile grimpa dans la voiture pour chercher ce qu'elle voulait.

Un moment plus tard, il passa la tête à l'intérieur de la roulotte rouge et luisante que les femmes se partageaient.

Il siffla tout bas.

— Très joli ! Je n'avais pas vu l'intérieur, dit-il en passant la main sur le lambris poli à côté de la porte.

— La vôtre est beaucoup plus récente que celle-ci, dit-elle d'une voix étouffée en fouillant dans quelque chose à l'autre bout de la roulotte.

— Plus récente mais l'intérieur n'est pas terminé et plutôt rudimentaire. Mais nous ne sommes que de simples serviteurs, c'est tout ce que nous méritons.

Elle émit l'un de ces gloussements gutturaux qui lui alla droit à l'entrejambe.

— Tant mieux si vous avez commencé à accepter votre place dans la vie.

Guy poussa un grognement.

— Zut, murmura-t-elle en tirant sur quelque chose.

— Qu'y a-t-il ?

— La poignée est coincée sous la malle de la Sabreuse.

— Laissez-moi vous aider, puisque mes muscles sont à peu près tout ce que j'ai à vous offrir.

— Pauvre lord Carlisle, cela vous pèserait-il de travailler pour gagner votre croûte et de recevoir des ordres de femmes ?

Elle se tourna vers lui, les yeux brillants. Quelques centimètres à peine les séparaient, et Guy était captivé par son regard brun foncé ; il n'avait jamais vu d'iris aussi sombres. Ils étaient presque aussi noirs que les pupilles en leur centre, et il avait envie de se pencher plus près pour voir où les couleurs se distinguaient.

Il eut la sagesse de renoncer à cette impulsion car il se doutait qu'elle ne l'apprécierait pas.

Elle se racla la gorge et pointa sa valise du doigt.

— Le sac.

Guy arracha son regard du sien et se pencha pour tirer le sac coincé sous la malle. Il grimaça lorsqu'il put enfin le soulever, avec un grognement seulement partiellement feint.

— Qu'est-ce que vous avez mis là-dedans… des briques ?

— Les têtes coupées de tous les hommes qui m'ont manqué de respect.

Il rit.

— J'aurais cru qu'il aurait fallu une malle beaucoup plus grosse.

— Je peux le porter si c'est trop lourd pour vous.

— Non, non, permettez-moi de faire mon travail.

Il saisit les deux poignées, se redressa et fit un pas vers la porte derrière elle.

Elle ne bougea pas pour le laisser passer. Au lieu de ça, elle resta plantée là à le contempler avec un regard des plus… *intenses.*

Guy pencha la tête.

— Il y a un problème ?

Elle murmura quelque chose tout bas, glissa une paume fraîche et légèrement rugueuse sur sa joue, se hissa sur la pointe des pieds et captura sa bouche.

9

Cécile ! Qu'est-ce que tu fabriques ?

La voix dans sa tête fut si bruyante qu'elle sursauta.

— Mmm, murmura l'homme en se penchant juste de quoi déposer le sac au sol avant de passer ses mains autour de sa taille.

Arrête immédiatement ce que tu es en train de faire ! Tu sais ce qui se passera si tu t'embarques dans cette folie !

Elle le savait, mais elle s'en fichait.

Au lieu de ça, elle se pressa contre lui et intensifia son baiser. Guy avait la bouche chaude et une haleine au léger goût de brandy. Ses grandes mains la saisirent par les fesses et la collèrent contre ses hanches, où une énorme érection prouvait l'état d'excitation de son corps. Cécile gémit et se pressa davantage encore contre lui. Elle avait déjà fait un pas dans l'imprudence, pourquoi ne pas en faire un autre ? À quoi bon prétendre qu'elle n'avait pas envie de lui ?

Il remonta lentement le long de son corps, le caressa, l'explora, jusqu'à glisser ses doigts autour de sa mâchoire pour lui tenir la tête avec une virtuosité qui la liquéfia. Seigneur, comme elle avait rêvé d'embrasser ses lèvres charnues et pulpeuses ; la réalité était bien, bien meilleure que ses fantasmes. Il savait ce qu'il faisait ; sa langue chaude pénétrait sa bouche avec confiance, mais sans devenir désagréable, de sorte à l'attirer toujours plus profondément.

Cécile commençait à se sentir étourdie, mais elle n'avait pas envie de reprendre son souffle. C'est alors que Guy s'écarta en grommelant.

— Je vous demanderais bien pourquoi vous avez changé d'avis maintenant, après m'avoir rejeté pendant des semaines, mais je me rends compte que vos raisons m'importent peu. J'ai envie de vous, Cécile, murmura-t-il contre sa tempe, l'extirpant de sa bulle érotique.

— J'ai résisté aussi longtemps que mon bon sens a tenu bon, rétorqua-t-elle. Mais maintenant, apparemment, il s'est volatilisé.

Il sourit.

— Je m'en réjouis.

— J'ai une condition – une seule.

— Tout ce que vous voulez, murmura-t-il en lui serrant doucement la taille.

Il fit glisser ses pouces à l'avant de son corps pour caresser les os sensibles de son pelvis.

— Ce sera terminé à la minute où nous poserons le pied sur le sol anglais. Vous êtes d'accord ?

— Hmm-hmm, ronronna-t-il en déposant des baisers sur sa tempe, s'arrêtant près de son lobe qu'il mordilla.

Cécile le repoussa pour que sa bouche perfide ne s'approche pas d'elle pendant qu'ils établissaient les règles.

— Répétez ce que je viens de dire, ordonna-t-elle.

Un sourire flotta sur les lèvres de Guy, un sourire si coquin que ses genoux faillirent se dérober sous elle.

— Ce sera terminé à la minute où nous poserons le pied sur le sol anglais.

La facilité avec laquelle il donna son accord la laissa momentanément perplexe.

Il caressa sa joue de ses doigts élégants, les yeux brûlants. Son expression habituellement charmeuse avait disparu, et il avait l'air d'un prédateur qui avait enfin acculé sa proie.

— J'ai envie de vous prendre juste ici, murmura-t-il en jetant un regard à l'intérieur de la petite roulotte, bondée et désordonnée. Mais si vous préférez y mettre un peu plus de formes, dites-le. Maintenant.

Cécile – qui était plus que prête à lui grimper dessus ici et maintenant – ne savait pas trop si elle devait se réjouir ou se sentir insultée qu'il maîtrise suffisamment sa passion pour attendre de se trouver dans un environnement plus approprié.

Elle s'apprêtait à lui dire d'oublier tout ça, mais il ne lui en laissa pas l'occasion.

— Oubliez ça, murmura-t-il. J'ai changé d'avis. Je n'ai pas envie d'attendre. Montez sur le lit.

Il désigna l'étroite banquette encastrée sur le côté. Cécile lui lança l'un de ses regards hautains et félins – de ceux qui faisaient bouillir son sang dans ses veines –, et, l'espace d'un instant, il crut qu'elle allait lui dire d'aller au diable. Mais alors, étonnamment… elle lui obéit.

Elle prit son temps, mettant en scène chacun de ses mouvements, étirant son corps longiligne sur l'étroite banquette. Puis elle posa sa tête sur sa main et le regarda fixement sous ses épais cils noirs.

— Déshabillez-vous.

Guy en resta bouche bée.

— Excusez-moi ?

— Vous m'avez bien entendue.

— Vous voulez que je…

— Êtes-vous puceau, monsieur ? Voulez-vous qu'on y aille plus doucement ?

Il n'en crut pas ses yeux lorsqu'il se sentit rougir. Maudite femme, avec son insolence !

Il l'adorait.

— Est-ce que ça vous plairait ? Que je fasse semblant d'être un puceau que vous pourriez dépuceler ?

Oh, mademoiselle Tremblay, je ne suis pas *ce genre* de garçon.

Elle rit.

— Aussi intrigant que ce jeu paraisse, ce que j'aimerais, c'est vous voir nu. Tout de suite.

Il sourit, retira ses bottes et entreprit d'ôter les boutons de son gilet.

— À vos ordres. Tout ce que vous voudrez.

— Dites-moi ce que vous, le duc, et votre autre ami – qui qu'il soit – faites dans cette tournée.

Il se figea sur place.

— Ce n'est pas à moi de le dire. Vous devriez demander à Marianne.

— C'est à vous que je le demande.

Il secoua la tête et lui adressa un regard de regret sincère, avant de laisser ses mains retomber sur le côté.

— Je suis désolé, ma chère, mais si ce que nous nous apprêtons à faire dépend de ma réponse, alors je crains que nous ne soyons pas...

— Est-ce que je vous ai dit d'arrêter de vous déshabiller ? demanda-t-elle. Arrêtez de lambiner et continuez.

Il sourit et reprit volontiers sa tâche.

— Oui, maîtresse.

Guy s'était déshabillé devant des dizaines de femmes, mais aucune ne l'avait regardé de façon aussi carnassière que Cécile Tremblay.

— J'ai une autre question, dit-elle.

— Hmm ?

— C'est au sujet de ce que vous avez dit l'autre soir – au sujet de votre mariage imminent.

Guy grogna et stoppa son geste.

— Seigneur. Voilà une question spécialement conçue pour tuer les ardeurs d'un homme.

Il ne plaisantait pas. Le mariage était un sujet qu'il aimait tenir à l'écart de ses pensées en toutes circonstances, mais surtout quand il était en train de retirer ses vêtements devant une femme sublime.

— Faut-il qu'on parle de ça maintenant, ma chère ?

— Oui, il le faut. Et je ne vous ai jamais dit que vous pouviez vous arrêter de vous déshabiller.

Il rit.

— Vous êtes toujours aussi autoritaire ? demanda-t-il en retirant son gilet.

— Toujours.

— Bien. Alors que faut-il que vous sachiez sur le sujet ?

— Vous avez dit que vous alliez devoir vous marier pour l'argent ?

— Oui.

— Se marier pour l'argent exclut-il naturellement l'amour et l'affection ?

Guy ôta sa chemise et la jeta sur la pile grandissante de vêtements, satisfait de voir les yeux de Cécile rivés sur son torse, les lèvres entrouvertes, la gorge légèrement empourprée.

Il sourit de sa réaction et la savoura un instant avant qu'elle détache son regard de son corps pour croiser le sien.

— Oui, vous êtes un bien beau spécimen physique, dit-elle. Inutile de vous vanter.

— Inutile de ne *pas* me vanter non plus, fit-il remarquer, amusé par la façon dont son regard se déplaça sur ses épaules lorsqu'il les haussa.

— Répondez à ma question.

— Oh, j'espérais que vous auriez oublié.

— Pourquoi le mariage est-il un sujet aussi sensible ?

— Parlons de vous, Cécile – ou faut-il que je continue de vous appeler Mlle Tremblay même quand je suis nu ?

— Je ne sais pas. Parce que vous n'êtes pas encore nu. Continuez.

Il posa les mains sur ses hauts-de-chausses.

— Et *vous*, pourquoi vous n'êtes pas mariée ?

— Pourquoi devrais-je l'être ?

Il cilla. Il ne s'attendait pas à cette réponse.

— Eh bien, je ne sais pas... parce que les femmes aiment se marier ?

— Quelle réponse typiquement masculine.

— J'ai cinq sœurs, mademoiselle Tremblay, trois déjà mariées et deux qui n'attendent que ça. Croyez-moi, je connais bien les femmes et leur attitude à l'égard du mariage.

— Il vous est déjà venu à l'esprit que les femmes n'avaient pas forcément *envie* de se marier mais y étaient forcées ?

Son regard se posa sur ses hauts-de-chausses où ses doigts s'étaient une nouvelle fois arrêtés.

— Vous devez bien être capable de réfléchir et de vous déshabiller en même temps, non ?

Il rit, détacha les aiguillettes et saisit les cinq boutons qui maintenaient ses hauts-de-chausses, sifflant tout bas lorsqu'il effleura son érection.

— Comment ça, *forcées* à se marier ? demanda-t-il, les dents serrées, de moins en moins intéressé par leur conversation.

— Je veux dire qu'une femme seule en Angleterre est vulnérable. Elle a besoin d'un homme pour presque tout. Elle n'a que peu de droits légaux sur sa personne ou...

Elle suivit des yeux sa main qui retira le premier bouton, puis le deuxième, et les hauts-de-chausses qui descendirent sur ses hanches. Elle déglutit bruyamment lorsqu'il ôta le troisième et laissa le sous-vêtement tomber par terre, pour se retrouver en sous-vêtements et chaussettes.

Guy posa une main sur le tissu en mousseline tendu à l'extrême de son caleçon et pressa légèrement son membre.

Cécile se redressa.

— Venez ici, ordonna-t-elle du ton impérieux d'une reine.

Guy s'approcha d'elle en traînant les pieds, volontairement entravé par ses hauts-de-chausses, ce qui, bien sûr, la fit rire. Et bon sang, comme il aimait l'entendre rire.

— Idiot, fit-elle, les épaules secouées par l'hilarité. Enlevez ça – et le caleçon aussi – et venez vous mettre ici.

Guy s'exécuta, se débarrassa de son caleçon et de ses chaussettes d'un seul mouvement, puis il se redressa et écarta le paquet de vêtements à ses pieds.

Elle émit un nouveau sifflement, prit une profonde inspiration et fixa des yeux son sexe dressé. Le pénis de Guy – un exhibitionniste éhonté – bondit devant le regard avide de la jeune femme et Guy s'empressa d'obéir et de se rapprocher, fort conscient de sa nudité et du fait qu'elle était encore entièrement vêtue.

Comment se faisait-il qu'il n'ait jamais remarqué le pouvoir que conféraient les vêtements ? Peut-être parce qu'il se situait généralement de l'autre côté, à commander l'effeuillage...

Elle avala sa salive et promena son regard de son sexe jusqu'à son ventre et son torse, pour finir par remonter sur son visage.

— Je ne peux que vous donner raison.

— Qu'ai-je bien pu faire pour mériter de votre part une telle déclaration sans précédent ? la taquina-t-il, incapable de résister à la tentation de poser la main sur la courbe de sa mâchoire.

— Je suis d'accord, vous avez largement de quoi vous vanter.

— Je suis ravie de vous contenter, car vous êtes la femme la plus fascinante que j'aie jamais rencontrée, Cécile.

Elle rit de nouveau, comme il s'y attendait.

— Pourquoi ? Parce que j'ai résisté à vos avances pendant six longues semaines ?

— En partie, oui.

Elle émit un soupir de dédain et ce fut son tour à lui de rire.

— Je suis désolé, ma chère, mais c'est la vérité. Je n'ai tout simplement pas rencontré beaucoup de femmes qui ne se soient pas jetées à mes pieds.

— Et ça ne vous a pas du tout rendu arrogant.

— C'est arrogant d'admettre la vérité ?

Elle leva ses yeux expressifs au ciel.

— Voici une autre vérité, Cécile, dit-il, et son sourire disparut de son visage tandis qu'il caressait sa lèvre inférieure avec son pouce.

— Oh... quoi donc ?

— Ma fascination ne se limite pas à votre caractère insaisissable. Vous êtes simplement *différente* de toutes celles que j'ai rencontrées. Vous êtes tellement... indépendante. Vous arrive-t-il jamais d'avoir besoin de quelqu'un pour quelque chose ? demanda-t-il avec une sincère curiosité.

Un petit sourire triste flotta sur les lèvres de Cécile. Son regard glissa sur son sexe et elle posa les mains sur les hanches de Guy.

— Bien sûr que j'ai besoin des gens... comme n'importe qui. Mais si votre question est de savoir si j'ai besoin d'un homme comme mari, la réponse est *non*.

Elle se pencha en avant et lécha le bout de son gland.

— Oh mon Dieu.

Un frisson parcourut le corps de Guy des pieds à la tête.

— Mais les hommes sont bons pour certaines choses, reprit-elle avec un sourire coquin, tout en palpant ses hanches et ses fesses de ses doigts forts.

Il émit un ronronnement grave.

— Mon Dieu, c'est divin.

— Je confirme, dit-elle en soufflant son haleine chaude sur l'extrémité du sexe de Guy, qui effleura doucement sa lèvre inférieure et charnue.

Si elle continuait comme ça, il allait exploser comme un des feux d'artifice de Vauxhall Gardens.

— J'ai envie de vous voir les cheveux détachés, dit-il d'une voix rauque.

— Alors détachez-les.

Il tâtonna avec les multiples épingles qui maintenaient sa lourde natte en place.

Elle engloutit alors son sexe palpitant dans sa bouche chaude en le regardant dans les yeux.

Guy gémit lorsqu'elle glissa ses mains entre ses cuisses écartées et s'empara de ses lourds testicules d'un geste expert et assuré.

— Mon Dieu, Cécile, murmura-t-il, les dents serrées, tandis qu'elle suçait en aspirant ses joues. Est-ce que vous cherchez à ce que je me couvre de honte ?

Et naturellement, elle rit, et le son railleur vibra le long de son membre.

Aussi amusant soit-il de tourmenter le Darling, il lui devenait de plus en plus difficile de contrôler ses propres passions. Guy avait non seulement un visage parfait, mais son corps était une œuvre d'art, qui n'avait rien à envier au *David* de Michel-Ange.

Elle hésitait entre lui grimper dessus et le sucer jusqu'à ce qu'il explose en criant son nom. Mais il la délivra de ce dilemme – littéralement.

— Ça suffit pour le moment, chérie, dit-il en retirant son impressionnante érection de sa bouche.

Il promena son regard sur son corps encore habillé et une lueur de frustration passa sur son visage.

— J'ai tellement envie de voir votre corps, mais je bande tellement pour vous qu'un simple courant d'air suffirait probablement à me faire exploser et je n'ai *vraiment* pas envie de me couvrir de honte pour notre première fois.

— On a jusqu'à 21 heures, lui rappela-t-elle, amusée et flattée par le désir pur de sa voix. On aura le temps pour la subtilité... après.

— D'accord, dit-il, les traits soudain plus durs. Levez votre jupe.

Quand il lui parlait sur ce ton, avec cette expression dans les yeux, aucune réplique espiègle ne lui venait à l'esprit ; elle obéit.

— Damnation, murmura-t-il avec un regard intense tandis qu'elle soulevait sa jupe au-dessus de ses genoux, puis de ses cuisses, sans s'arrêter jusqu'à exposer son sexe.

D'un geste vif comme l'éclair, il se pencha, empoigna ses fesses et la souleva avec une incroyable facilité.

Cécile s'accrocha à lui d'une main et plongea l'autre entre leurs corps pour positionner son membre épais au bon endroit. Puis elle s'agrippa à ses épaules et se baissa lentement pour le prendre en elle un délicieux centimètre après l'autre.

— Je crois que vous essayez de me tuer, l'accusa-t-il rudement.

Cécile laissa échapper un soupir de pure extase et ondula des hanches pour s'enfoncer en entier.

Il grogna et lui laissa le temps de s'ajuster à l'exquise extension avant de la mettre dans une position plus confortable.

— Cécile, murmura-t-il.

Son prénom ressemblait à une prière désespérée et il posséda sa bouche d'un baiser pénétrant.

Elle accueillit sa langue et l'explora avec une avidité qui la stupéfia.

Ce fut Guy qui se retira le premier, le souffle court. Il plongea dans son regard, ses iris bruns entourant le velours noir de ses pupilles.

— Pitié, ne me jugez pas sur les cinq prochaines minutes, chérie.

Cécile ne put s'empêcher de rire de son ton plaintif. Elle n'avait jamais eu d'amant taquin, auparavant. C'était plutôt agréable de rire avec un homme pendant qu'il était en vous.

Il donna un coup de hanches, lui provoquant un plaisir presque douloureux, et elle hoqueta, toute envie de rire se dissipant d'un seul coup.

— C'est trop ? demanda-t-il d'une voix tendue.

Elle secoua la tête.

— Encore.

Cécile n'était pas une femme menue et elle n'avait jamais eu d'amant qui la prenne dans les bras sans que ses orteils touchent le sol. Mais le corps puissant de Guy ondulait sous ses mains et ses cuisses serrées, tandis qu'il la pénétrait sans hâte. Le seul signe d'effort résidait dans la sueur qui perlait sur son front.

Elle pencha la tête en arrière pour s'abandonner à ses coups de hanches. Le pelvis de Guy s'écrasait contre sa chair sensible selon un angle qu'elle savait ne pas être fortuit. Elle était déjà excitée rien qu'en se tenant devant lui, et il ne fallut pas longtemps à son orgasme pour monter, à son plaisir pour s'intensifier, mais seulement jusqu'au bord du précipice où il la maintenait érotiquement, la taquinant jusqu'à ce qu'elle craigne de perdre la tête.

— Guy, le supplia-t-elle en ondulant du bassin pour l'enfoncer plus profondément – ou du moins pour essayer, écrasée contre lui.

Il laissa échapper un gloussement diabolique.

— Ouvrez les yeux et regardez-moi, Cécile, murmura-t-il en déposant une série de baisers sur ses lèvres. Et alors, peut-être que je vous donnerai ce que vous voulez.

Elle força ses paupières lourdes à se soulever et fixa son regard suffisant et débordant de désir.

— Brave fille, loua-t-il en esquissant le sourire le plus exagérément érotique, le souffle rauque.

Il se mit à intensifier le rythme pour lui donner les profonds et violents coups de reins qu'elle désirait. Puis il s'arrêta quand il fut presque sorti, ne laissant que son gland en elle.

— Maintenant, suppliez-moi pour ce que vous voulez, chérie.

Cécile eut envie de le frapper avec un objet contondant. Mais elle avait plus encore envie de jouir. Elle étira les jambes et lui serra la taille en enfonçant ses talons dans ses jambes jusqu'à lui arracher un grognement de douleur. Mais il ne bougea toujours pas.

— Pitié, gronda-t-elle sans se soucier de l'air licencieux qu'elle devait avoir.

Guy pouffa.

— C'est un bon début – maintenant, dites-moi de quoi vous me suppliez.

Quelque chose explosa dans la tête de Cécile – elle jura avoir entendu un bruit sec et un sifflement –, et des semaines de désir refoulé pour cet homme irrésistible et exaspérant se heurtèrent à son avidité accablante.

Elle ne se serait jamais crue capable du son bestial qui sortit de sa gorge.

— Prenez-moi, enfoiré.

Puis elle le mordit.

— Aïe ! s'écria Guy en se raidissant de tout son corps.

Elle s'écarta en entendant ce cri de douleur peu viril, un sourire espiègle aux lèvres – ainsi qu'une trace de son sang.

Le désir qu'il retenait par un fil ténu explosa devant l'image glorieuse et sauvage qu'elle offrait.

Guy la plaqua contre l'armoire encastrée dans le mur opposé. Le craquement sonore du bois résonna dans la roulotte, mais fut englouti par leurs grognements primitifs tandis qu'il lui donnait brutalement tout son membre, jusqu'au dernier centimètre.

Elle enfonça ses ongles courts dans son dos.

— Plus fort.

Quelqu'un laissa échapper un rire dément, et il se pouvait que ce soit lui.

Guy lui donna le déferlement qu'elle demandait, les muscles brûlants. L'orgasme de Cécile, lorsqu'il arriva, faillit broyer son sexe et Guy tint bon encore quelques coups de reins avant de céder à son plaisir, de se vider en elle, le corps secoué de spasmes violents.

Toutes ses forces le quittèrent soudainement et, les jambes tremblantes, il tituba jusqu'à l'avant de la roulotte où se trouvait le seul vrai lit qui était, comme on pouvait s'y attendre, recouvert d'un tas de vêtements. Ses genoux flanchèrent et il se laissa tomber en grognant, Cécile toujours accrochée à lui.

Elle émit un bruit entre le gémissement et le grondement, puis le lâcha et roula sur le dos. Guy s'affala à côté d'elle sur le lit étroit.

Il avait dû somnoler, car quand il rouvrit les yeux, la lumière qui perçait par l'étroite fenêtre était de la couleur gris doré du crépuscule. Guy tourna la tête et tomba sur deux yeux bruns aux paupières lourdes. Il avait enfin décelé, quand il était enfoui au plus profond d'elle, l'endroit où le noir rencontrait le marron chocolat.

Pour une fois, son expression était détendue, relâchée, celle d'une femme après l'amour, quand elle y avait pris du plaisir. C'était son expression préférée sur le visage d'une femme, en réalité. Et elle allait particulièrement bien à Cécile, qui ne semblait que rarement détendue ou heureuse.

— Pourquoi ce petit sourire ? demanda-t-elle.

— Quel sourire ?

— Vous le savez très bien.

Son sourire s'élargit.

— Parce que je suis entièrement, totalement satisfait.

Elle s'ébroua et détourna les yeux vers le plafond.

— Quoi ? Vous n'êtes pas satisfaite ?

— Je suis une idiote.

Il eut envie de maugréer en voyant sa moue. Il *détestait* plus que tout la culpabilité post-coïtale.

Guy saisit son menton et tourna son visage vers lui.

— S'il vous plaît, ne regrettez pas ça, Cécile.

Elle leva les yeux au ciel.

— Ne vous inquiétez pas, monsieur, je ne suis pas en train de me lamenter sur mon sort.

— Mais vous regrettez ?

Elle ouvrit la bouche, croisa son regard et quelque chose s'adoucit dans le sien – c'était peu, mais c'était quelque chose.

— Non.

Il sentit un sourire naître sur ses lèvres et ne fit rien pour le retenir.

— Taisez-vous, ajouta-t-elle en rougissant après ce qu'elle dut lire sur son visage.

Il rit.

Elle regarda son menton et fit la grimace. Guy leva alors les doigts et toucha l'endroit où elle l'avait mordu. Son sexe endormi se ranima à ce souvenir. Seigneur. Comment diable pouvait-il avoir autant de chance ? Une femme de cette beauté *et* qui n'avait pas besoin d'être manipulée avec délicatesse au lit.

— N'oubliez pas que ça s'arrêtera au moment où nous rentrerons chez nous – que ce soit la semaine prochaine ou à la fin de la tournée, dans plusieurs mois. Ça s'arrêtera.

— Ça s'arrêtera quand nous rentrerons chez nous, répéta-t-il.

— Bien.

Guy se tourna prudemment sur le lit étroit et se hissa sur un coude. Elle soutint son regard avec l'expression ferme et provocante qui était déjà devenue une nécessité pour lui. Sa jupe était en boule froissée sur ses genoux, et il la remonta de sa main libre pour exposer les boucles sombres de son sexe. Elle écarta les jambes autant que le lui permettait l'étroitesse du lit.

— Bon sang, Cécile. Vous essayez de me tuer.

— Peut-être.

Il rit, titillé par son regard coquin et sensuel.

— Je ne vois aucune meilleure façon de mourir, dit-il.

Il savoura le petit bruit de surprise qui échappa à Cécile et la façon dont son corps fut secoué par ses rires sous les caresses de sa main.

— Je pense que je vous emmènerai, murmura-t-il avant d'enfoncer un doigt entre ses lèvres gonflées.

Elle cessa de rire et retint son souffle lorsqu'il caressa son clitoris engorgé.

— Mmm, ronronna-t-il en la sondant doucement tout en la massant. Vous n'avez trop mal pour recommencer ?

Elle secoua la tête.

Le flot d'humidité qu'il rencontra quand il enfonça deux doigts dans l'étroitesse de son fourreau lui rappela qu'il s'était déversé en elle.

Il s'arrêta.

— À propos de...

L'expression de torpeur et de sensualité qui avait commencé à s'emparer des traits de Cécile disparut et elle se raidit subitement.

— Vous n'avez pas d'inquiétude à avoir... je m'assurerai qu'il n'y ait aucun souvenir.

À son ton sec et définitif, Guy comprit qu'il n'y avait rien à ajouter sur le sujet. Il reprit ses caresses et ne se détendit qu'en sentant la tension quitter le corps de Cécile.

Il aurait dû se sentir soulagé par leur convergence de vues. Il n'y aurait ni larmes ni récriminations – ni aucune crainte d'enfant non désiré – quand les choses se termineraient entre eux. Pourtant, une sensation des plus étranges habitait sa poitrine. Elle ressemblait presque à du regret.

PARTIE III

Le présent

10

Un an plus tard

Londres, 1816

Guy fixait avec stupéfaction l'homme qui était entré dans son bureau dix minutes plus tôt pour brusquement entreprendre d'anéantir son univers.

— C'est tout à fait... inattendu, finit-il par réussir à articuler.

L'étranger gloussa joyeusement – comme s'il ne venait pas de détruire entièrement sa vie en une poignée de mots.

— *Inattendu*, répéta son hôte indésirable. Je me souviens que mon père était le maître des euphémismes, lui aussi. Je ne savais pas que c'était une caractéristique nationale.

— J'imagine que vous n'avez aucune preuve d'être celui que vous prétendez être ? interrogea Guy, fier de réussir à ne pas crier.

— Je me demandais quand vous poseriez la question, mon vieux.

— Oui, eh bien, pardonnez-moi de ne pas simplement...

— Non, non, pas du tout.

Il fouilla dans la sacoche qu'il avait posée à côté de sa chaise.

Guy en profita pour examiner cet… usurpateur. Grand et large d'épaule, il lui ressemblait étrangement. Impossible de nier leur lien de parenté. De là à ce qu'il soit celui qu'il prétendait – le fils de l'oncle Henry, disparu depuis longtemps, l'homme qui aurait dû hériter du duché avant Guy –, c'était une autre histoire. Le duc estimait qu'il était fort possible que cet homme soit un enfant illégitime – fort probable, même. Après tout, les hommes Darlington étaient connus pour semer leurs graines un peu partout.

Barrymore Darlington – ou Barry comme il s'était présenté – se leva et tendit une liasse de papiers à Guy.

— Et voilà.

Guy ne mit pas longtemps à comprendre que son oncle s'était effectivement marié et avait engendré un fils. Lequel était né sur l'île de la Réunion, au large de l'Afrique, en 1775. Il relut le certificat de mariage et de naissance une deuxième, puis une troisième fois, comme si cet examen répété pouvait altérer le contenu des documents.

— Et qui donc est cette… Sarah Norton ? finit par demander Guy.

Plutôt que de sembler offensé, Barry eut l'air amusé. Cette expression odieuse donna envie à Guy de le frapper pour la faire disparaître de son beau visage insolent.

— J'en déduis que vous vous renseignez sur la lignée de ma défunte mère. Elle était la fille d'un propriétaire de plantation de sucre – le plus grand héritier de l'île. Alors vous voyez, mon père – fripouille et assassin de son état – a fait une belle ascension en épousant ma chère mère. Je ne l'ai jamais connue étant donné qu'elle est morte en me mettant au monde, mais elle a laissé derrière elle un homme riche et les moyens de le devenir plus encore. Mon père, étant ce qu'il était, n'a pas saisi l'occasion de changer de vie. Au lieu de faire prospérer la plantation, il est mort quand je n'avais que quinze ans, tué dans un duel pour une partie de cartes.

— Eh bien, au moins il était fidèle à lui-même, dit Guy, qui se sentit aussitôt cruel.

Mais Barry se contenta de rire.

— Oui, en effet. C'était aussi un père épouvantable, et je le soupçonne d'avoir été un mari horrible. Ainsi qu'un joueur de cartes corrompu.

— Et apparemment un mauvais tireur.

— Oui, c'était ce qu'il pensait aussi. Il m'avait dit un jour que l'homme qu'il avait tué – la raison pour laquelle notre grand-père l'avait banni d'Angleterre – était en réalité mort d'une complication exceptionnelle due à une blessure superficielle au coude.

C'était aussi l'histoire que Guy avait entendue. Il s'adossa et essaya d'assimiler ce que signifiait tout cela. Mais il devait être en état de choc car il n'arrivait tout simplement pas à y croire.

— Pourquoi avoir attendu aussi longtemps pour revenir en Angleterre ? demanda-t-il.

Barry haussa les épaules.

— Pour ce que j'en savais, je n'aurais été accueilli que par une foule de parents qui m'auraient méprisé, alors je n'étais pas pressé.

— Dans ce cas, pourquoi êtes-vous revenu *aujourd'hui* ?

— Pur hasard, mon vieux. Je n'avais l'intention de faire qu'un bref arrêt sur ma route pour les Amériques, et…

— Je ne suis peut-être pas le meilleur en géographie, *mon vieux*, mais il me semble bien que l'Angleterre ne se trouve *pas* sur le chemin entre l'Afrique et Boston.

Barry laissa échapper un autre de ses petits rires dédaigneux, et Guy soupçonna qu'il viendrait à détester ces derniers en un rien de temps.

— J'ai quitté la Réunion il y a une éternité – peu après la mort de mon père.

— Vous ne vouliez pas gérer la plantation ?

— Oh, elle a disparu depuis longtemps. Il l'a complètement dilapidée, voyez-vous, et ne m'a laissé que des dettes. Alors je suis venu en Europe, j'ai prétendu avoir dix-huit ans et j'ai rejoint le régiment de Châteauvieux à quinze ans.

Guy haussa les sourcils. Il avait entendu parler des mercenaires suisses – comment y échapper ? – quand ils avaient fait la une des journaux anglais pour leur rôle explosif dans les premières phases de la Révolution française, un rôle qui avait valu à la plupart d'entre eux d'être traduits en cour martiale et exécutés.

— Vous étiez à...

— Oui, j'étais à Nancy pendant la mutinerie, confirma Barry, son sourire obséquieux s'estompant un instant. Mais je ne faisais pas partie des insurgés, cher cousin. Quoi qu'il en soit, j'ai passé les deux dernières décennies soit à poursuivre Bonaparte, soit à le fuir, alors quand tout a été terminé – pour la *deuxième* fois, quand il a été en route pour Sainte-Hélène –, j'ai décidé qu'il était temps de faire autre chose. J'ai tout vendu et j'ai pris la direction de l'ouest. Quand je suis arrivé à Douvres, je me suis dit : pourquoi ne pas m'arrêter un moment et jeter un coup d'œil au domaine familial, voir de quoi on m'a privé.

Un sourire fendit son visage.

— Et c'est là que j'ai appris la bonne nouvelle, fit-il en gloussant de nouveau. Enfin, bonne pour moi, un peu moins pour vous, je me doute. Mais ne craignez rien, cher cousin, je ne vous jetterai pas dans le monde cruel.

Guy luttait avec son incrédulité tout en regardant sa bibliothèque – non, la bibliothèque de *Barry* –, cherchant quelque chose, n'importe quoi, qui pourrait le réveiller de ce cauchemar. Ça ne pouvait tout simplement pas lui arriver. Et pourtant... L'ironie de la situation ne lui échappait pas. Pendant des années – depuis que son oncle était décédé, laissant Guy hériter du duché –, il avait détesté la responsabilité qui l'attendait. L'année précédente, après que son grand-père eut succombé à une grippe sévère et que Guy se fut retrouvé duc de Fairhurst, il avait eu l'impression que la vie telle qu'il l'avait connue était terminée. Son avenir s'était déployé devant lui comme un enchaînement de devoirs répugnants.

Et aujourd'hui, ce n'était plus vrai.

Plutôt que d'avoir l'impression qu'on venait de lui ouvrir le ventre et de lui arracher ses organes, il aurait dû sauter au cou de Barry et le remercier ! Oui, il aurait dû avoir aux lèvres le même sourire que l'enfoiré assis en face de lui. Et pourtant... il était *éploré*.

Il contempla son vis-à-vis dont l'expression joyeuse, presque moqueuse, fit naître en lui une pointe de mal-être.

Mais Guy cligna des yeux et Barry souriait à nouveau. Alors peut-être avait-il juste imaginé cette expression ?

— Écoutez, mon vieux, reprit Barry. Je sais que vous craignez que je ne m'incruste et que je ne chamboule tout – votre vie, celle de votre mère veuve, de vos sœurs non mariées et dépendantes...

Pourquoi ses paroles ressemblaient-elles autant à une menace ?

— ... mais je vous promets, Guy – je peux vous appeler Guy, n'est-ce pas ?

— Il me semble que vous venez de le faire.

Barry gloussa.

— Vous êtes un petit comique... Guy, n'est-ce pas ?

— Pour votre information, Barry, ma mère possède son douaire et la propriété viagère de Dower House à Darlington Park ; elle ne vit à Fairhurst que parce que j'y habite. Ne craignez pas qu'elle ait besoin de votre soutien. Quant à mes sœurs, poursuivit-il, coupant court aux protestations de son vis-à-vis, elles vivront avec ma mère jusqu'à leur mariage.

Ce qui risquait de ne jamais arriver une fois que la bonne société découvrirait que Guy n'était plus un duc fiancé à la deuxième plus riche héritière d'Angleterre.

Quant à cette dernière, Mlle Helena Carter, elle le laisserait tomber, il en était certain.

Non qu'Helena soit froide ou insensible ou qu'elle ait *envie* d'agir ainsi. Non, elle le ferait sur ordre de son père. Car c'était M. Carter – l'homme aux centaines de milliers de livres dont sa fille hériterait – qui était aux commandes de leurs fiançailles. Et M. Carter voulait un *duc* pour sa fille, pas le cousin désargenté d'un duc.

Barry émit de nouveau son insupportable petit rire.

— Ne vous précipitez pas, cousin. Inutile que quiconque déménage où que ce soit.

Oh, que si ; s'il devait passer trop de temps à proximité immédiate de Barry, Guy craignait d'en venir aux mains avec lui.

Barry désigna la pièce d'un geste du bras, ou peut-être la demeure tout entière.

— Il y a toute la place nécessaire pour ma minuscule famille dans cet immense endroit. Rien que mon pauvre enfant sans mère et moi dans cette énorme maison...

L'homme avait précisé avoir un enfant à son arrivée, mais Guy avait oublié cette information.

— Justement, votre fils... Quelle chance d'avoir pu fonder une famille alors que vous étiez si occupé à suivre les troupes.

— Ah, eh bien... on n'est jamais trop occupé pour l'amour, répondit-il avec un sourire de plus en plus désagréable. J'ai rencontré et épousé ma pauvre Jenny il y a cinq ans. Je crains qu'elle n'ait pas eu l'ascendance nécessaire pour cette majestueuse famille, mais il est trop tard pour y faire quoi que ce soit. Elle était la fille d'un capitaine de mon régiment. Ça a été le coup de foudre.

Guy en doutait. Il ne connaissait cet homme que depuis une heure, mais il en déduisait déjà que tous ses actes étaient motivés par une seule chose : l'appât du gain.

— Hélas, la pauvre Jenny a contracté une fièvre typhoïde alors qu'Alan était toujours au nichon – oh, je veux dire toujours un bébé. Il va falloir que je surveille mon grossier langage de soldat maintenant que je suis un…

Il s'interrompit, comme s'il avait peur de prononcer le mot.

— Quel âge à votre fils ? demanda Guy.

— Bientôt cinq ans.

Guy se demandait s'il avait épousé *la pauvre Jenny* sous la contrainte de son père. Mais ça n'avait pas grande importance. Barrymore était le duc et son fils, quel que soit son âge, était le marquis de Carlisle.

Ce qui signifiait que Guy n'était plus, pour la première fois depuis bien longtemps, que Gaius Darlington. Il avait été dépouillé de sa maison, de ses responsabilités et de son nom en moins d'une heure. Assez remarquable, quand on y pensait.

— … même si je me demande si ce sera possible.

Guy fut tiré de sa rêverie par l'homme qui avait continué à parler.

— Je vous demande pardon ?

— Je parlais des biens du duché.

Guy plissa les yeux.

— Eh bien ?

— Je vois qu'ils sont dans un état délicat.

— Si par *délicat*, vous voulez dire qu'ils ont besoin d'argent et de réparations, alors vous avez raison.

Barry s'adossa et posa un pied richement chaussé sur son genou.

— Hmm. Tout est compris dans la substitution héréditaire, n'est-ce pas ?

— Oui.

Guy pouvait pratiquement entendre les pensées de Barry. Principalement parce qu'il avait eu les mêmes quand il avait cherché un moyen de sauver le duché sans devoir vendre le titre – et lui-même – au plus offrant.

Mais même s'il avait suivi un cheminement similaire à celui de Barry, il y avait quelque chose de viscéralement répugnant à ce que ce nouveau venu ait ces pensées.

— Le vieux et vous n'avez jamais envisagé d'essayer de mettre fin à la substitution ?

— Non, nous n'avons jamais discuté d'une chose pareille.

— Mais il y a *bien* un moyen de le faire, insista-t-il. On appelle ça un « recouvrement commun », ou quelque chose comme ça...

Guy croisa le regard de Barry – si identique au sien que c'était comme de se regarder dans un miroir – et se força à sourire.

— Il me semble, dit-il vaguement.

Une petite étincelle de plaisir vindicatif le traversa lorsqu'il songea comme il serait amusant de voir l'homme apprendre que la pratique de ce recouvrement commun – une pratique juridique que les aristocrates avaient inventée pour abroger la substitution héréditaire – ne fonctionnerait pas pour le nouveau duc. Pas avant que son fils soit majeur, du moins.

Barry se mit à évoquer la logistique du déménagement de ses biens et de son fils de Londres, où ils logeaient, à Fairhurst.

Guy ne l'écoutait plus, le regard vide, rivé devant lui. Ses pensées ne concernaient plus le crétin assis en face de lui, ni même le présent.

Au lieu de ça, il se retrouvait projeté en France, allongé sur un lit inconfortable, avec la première et unique femme qu'il avait jamais aimée. Il n'avait encore jamais connu de relations sexuelles plus épanouies dans sa vie et avait décidé – en totale transgression de l'accord passé avec Cécile – qu'il ne voulait pas que cela s'arrête à leur retour en Angleterre.

Guy se rappelait clairement ses pensées, ce jour-là, tandis qu'il contemplait le visage heureux et les yeux somnolents de la jeune femme. Il avait eu l'envie folle de ne pas prendre le bateau le lendemain. Ils pouvaient rester dans la France en guerre et continuer à fuir sans jamais, jamais rentrer chez eux. Ils pouvaient vivre comme des vagabonds, libres et heureux, rien qu'eux deux dans leur roulotte.

Mais bien sûr, il n'avait jamais fait cette folle suggestion à voix haute. Avec le recul, il aurait été préférable de proposer cette option plutôt que celle qu'il avait fini par soumettre à Cécile.

Seigneur, quel gâchis il avait fait de quelque chose de magnifique.

Et aujourd'hui, ironiquement, il semblait qu'il avait tout détruit pour rien.

La vie n'était-elle pas merveilleuse ?

Cécile se débattait avec la paperasse interminable qui allait de pair avec la gestion d'une compagnie de théâtre, quand la porte de son bureau s'ouvrit brusquement.

Avant qu'elle ait pu réprimander l'intrus de ne pas avoir frappé, elle vit la Sabreuse et son corbeau, Angus, qui tenait un exemplaire du *Times*. C'était la Sabreuse qui tenait le journal, bien entendu, pas Angus, même si Cécile n'aurait pas été surprise de le voir lire aussi le journal.

Les yeux insolites et dépourvus de couleur de la femme se posèrent sur le journal déplié sur le bureau devant Cécile.

— Oh, je vois que tu l'as déjà lu.

Elle tourna les talons pour partir.

— Tu es juste venue me dire *ça* avant de t'en aller ?

— Oui.

Cécile fit claquer sa langue.

— Pourquoi, qu'est-ce que je suis censée faire d'autre ? demanda la Sabreuse, l'air sincèrement perplexe.

— Tu es censée me réconforter ! C'est ce que font les amies.

— On est amies ?

Cécile ne put que rire.

— Assieds-toi.

La Sabreuse haussa les épaules et obéit, puis jeta le journal sur la petite table basse.

Elle gratta la tête de son corbeau d'un geste coutumier. Le gros oiseau noir ébouriffa les plumes de son cou pour lui permettre un meilleur accès, en émettant des sons semblables au ronronnement d'un chat.

— Qu'est-ce que tu veux que je fasse ? demanda la Sabreuse.

— Je veux que tu me réconfortes, dit Cécile, amusée par son expression vide. Tu as quand même bien déjà entendu ce mot ? Je ne suis pas née en Angleterre et même moi, je le connais.

— Je n'ai aucune expérience dans ce domaine, répondit-elle, ce qui n'apprenait rien à Cécile.

— Il est temps pour toi d'apprendre de nouvelles compétences.

— Je pense que tu aurais plus de chances d'être réconfortée par Angus.

Le corbeau croassa doucement à la mention de son nom.

— En plus, pourquoi aurais-tu besoin d'être consolée ? Je croyais que c'était terminé avec Guy après votre retour de France l'année dernière. Qu'est-ce que ça peut te faire, qu'il soit fiancé ou non ?

— Pfff ! Vous, les Anglais, vous êtes aussi passionnés que du bois mort. Tu dois me réconforter parce que notre liaison est maintenant entrée dans la catégorie des vraies tragédies.

— Comment ça ?

Jo retira sa main et Angus gonfla ses plumes avant de se créer un bouclier d'un noir luisant. Puis il cala sa grosse tête sous son aile et s'endormit.

— Parce qu'il s'est avéré que Guy aurait pu me proposer un arrangement honorable, après tout. Mais comme il m'a insultée, nous sommes séparés à jamais.

La Sabreuse fronça les sourcils.

— Ça n'a aucun sens. Il est libre de t'épouser maintenant – si tu le veux, tu peux l'avoir.

Elle fit paresseusement tournoyer un couteau dans sa main. La Sabreuse ne pouvait pas rester tranquille une minute avant qu'un couteau se matérialise dans sa paume.

Cécile fit de nouveau claquer sa langue et secoua la tête.

— Parfois, je me demande si tu es vraiment une femme.

La Sabreuse ricana tout bas.

— Tu n'es pas la seule.

Cécile voulut lui demander ce qu'elle entendait par là, mais elle voulait d'abord terminer son propos – si ce n'était pas pour la Sabreuse, au moins pour elle-même.

— Guy m'a rejetée et insultée. Je ne pourrai jamais lui pardonner d'en avoir choisi une autre.

— Même s'il venait ramper ?

— Ramper ?

— Te prouver qu'il s'en veut – se prosterner devant toi.

— Ah, se prosterner.

Cécile retrouva le sourire. Elle ne serait pas contre une petite prosternation de la part de Guy.

Elle réfléchit à la suggestion avant de secouer la tête.

— Maintenant que j'y pense, je ne suis pas sûre que toutes les prosternations du monde suffiraient à pardonner ce qu'il a fait.

— Mais ce serait amusant de le voir essayer, non ?

Les deux femmes échangèrent un sourire.

Puis Cécile soupira et secoua la tête.

— Non, ça ne suffirait pas. Je ne peux pas lui pardonner.

— Est-ce que le fait de n'avoir fait ça que dans le but de sauver sa famille de la ruine ne justifie pas un peu son geste ?

— Bien sûr que si ! Mais quand même, ça ne change rien. Ou en fait si, ça rend les choses encore plus *tragiques*. Il est puni alors même que ses motivations étaient admirables.

— Ça n'a aucun sens.

— *L'amour* n'a aucun sens.

— Tu l'aimes ?

Cécile voulut nier cette ridicule déclaration, mais elle s'interrompit. L'avait-elle aimé ? Elle ne le pensait pas. Non pas parce qu'il n'était pas aimable – c'était l'homme le plus irrésistible qu'elle ait jamais rencontré –, mais parce qu'elle était trop raisonnable pour laisser une chose pareille arriver.

Quoi qu'il en soit, elle l'avait beaucoup trop *apprécié* pour son confort.

— Bon, voyons si je comprends bien, dit la Sabreuse. Tu le rejetterais parce qu'il t'a un jour rejetée pour d'honorables raisons.

Un deuxième couteau était apparu et la Sabreuse les faisait tournoyer dans deux directions opposées. Cécile devait loucher pour suivre le mouvement.

— Non, je le rejetterais parce qu'il ne m'a pas choisie, *moi*. Mais ce n'est pas comme si j'avais la moindre occasion de le rejeter un jour, souligna-t-elle.

La Sabreuse gloussa, et c'était peut-être la première fois que Cécile l'entendait émettre un son qui se rapprochait un tant soit peu d'un rire – même si cela s'apparentait plus à un bref ricanement.

— Tu as raison, fit-elle, pince-sans-rire. Si c'est ça, la logique féminine, alors je ne suis pas une femme.

Elle empoigna les deux couteaux et les rangea dans les étuis renforcés cachés dans les poches de sa jupe.

— Il ne te fait jamais mal à l'épaule ? demanda Cécile en désignant Angus.

— Parfois. Mais il en vaut la peine, répondit Jo en se levant et réveillant par la même occasion le corbeau. Quoi qu'il en soit, j'espère que ma visite t'a apporté un peu de réconfort.

— *Réconfort*, répéta Angus d'une voix étrangement semblable à celle de sa maîtresse.

— Oui, considérablement. Au fait, j'ai besoin de trouver quelqu'un pour remplacer Gerry – tu crois que ton Nigel serait d'accord pour travailler avec moi en attendant ?

Nigel était l'un des machinistes qui gagnaient des sommes considérables en autorisant la Sabreuse à lui balancer des couteaux en pleine tête.

— Je lui poserai la question. Je croyais que tu voulais engager une apprentie ?

— Je reçois des candidates à partir de lundi.

Cécile ne se réjouissait vraiment pas de faire passer des entretiens pour la remplacer. Mais si elle voulait avoir une affaire qui lui permette de vivre jusqu'à la retraite, elle avait besoin de trouver une assistante compétente, et sans tarder.

11

— C'est une mesure irrévocable, Guy. Tu es sûr de toi ? demanda Sin.

Guy croisa le regard préoccupé de son ami.

— Je sais que vendre un bien qui est dans ma famille depuis des générations est irrévocable. Mais c'est tout ce que j'ai maintenant que moi, personnellement, je ne vaux plus rien. Je suis épuisé, Sin. J'ai l'impression que toute ma vie a été consacrée à réparer un gâchis qui ne sera jamais réparé.

Il eut un rire amer et plongea son regard dans son verre de whisky – le deuxième depuis qu'il était arrivé chez Sin après avoir signé les papiers.

— Vendre Darlington Park est la seule solution qui me permettra de m'occuper de Claudia et Diana. Je sais qu'une dot généreuse ne garantira pas des maris décents, mais au moins elles n'auront pas à se contenter de ce qu'elles ne veulent pas. Et je crois que Claudia veut simplement épouser Donald Hemmings, ajouta-t-il.

Hemmings était un gentleman-farmer aux revenus respectables. Malheureusement, la mère de Guy ne le trouvait pas assez bien pour la sœur d'un duc. Son argument ne tenait plus aujourd'hui.

— Hemmings est un homme bien, murmura Sin.

La propriété de Sin étant contiguë à Darlington Park au sud-ouest, ils connaissaient exactement les mêmes personnes.

— Quant à Diana, poursuivit Guy, eh bien, elle m'a dit hier qu'elle ne voulait pas se marier. Elle veut étudier les roches.

— Ta sœur est une force de la nature.

— En effet, acquiesça fièrement Guy.

Diana était sa sœur préférée alors même que c'était la plus éloignée en âge.

— Cet argent lui permettra d'étudier tout ce qui lui chantera, dit Guy avant de vider son verre.

Il ne protesta pas quand Sin se leva pour le resservir.

— S'il fallait que tu le vendes à quelqu'un, tu as fait le bon choix, dit Sin, rompant la tension dont Guy était à l'origine, il en avait conscience. Le baron Westfield est un homme bien qui prendra soin de Darlington Park.

Guy le savait. Westfield faisait partie de la nouvelle génération de pairs issus de la guerre. Des hommes qui avaient servi leur pays avec leur argent et leur ingéniosité, et qui avaient reçu un titre – sans terres pour l'accompagner – que le roi George IV leur avait octroyé en guise de remerciements.

— C'est un homme bien, répéta Guy. Et il a été très aimable dans les conditions proposées.

Westfield avait été d'une gentillesse embarrassante. Guy avait vu, en sondant le visage de son aîné, qu'il comprenait sa douleur de se départir de la propriété.

— Il a proposé de garder les trois hunters de Diana dans les écuries de Darlington et a encouragé les filles et ma mère à utiliser la bibliothèque et tout ce qu'elles voulaient. Il n'y résidera pas à temps complet – c'est au moins la quatrième propriété qu'il a achetée ces dernières années –, et il m'a dit que Mère pouvait en profiter comme si elle lui appartenait encore.

Guy avait eu honte de voir sa mère traiter le sociable industriel comme une traînée de boue sur sa chaussure.

Célibataire, Westfield était un homme plus âgé et plaisant, qui avait clairement trouvé l'attitude glaciale de Mme Darlington amusante. En fait, Guy le soupçonnait d'avoir un faible pour elle.

Il rit en imaginant le tumultueux quincaillier passer les défenses en béton armé que sa mère avait toujours érigées autour d'elle. Peu importait que ses origines fussent beaucoup plus proches de celles de Westfield qu'elles ne l'avaient été de celles du père de Guy. Elle était aussi guindée que n'importe laquelle des patronnesses de l'Almack's en ce qui concernait la lignée et les ascendances.

— Dower House est une jolie petite propriété, dit Sin en essayant de lui remonter le moral.

— Très agréable, en effet, acquiesça Guy.

D'autant plus qu'il y avait consacré une grande partie des précieux revenus de Darlington Park depuis la mort de son père. Même si sa mère avait vécu avec lui à Fairhurst, Guy avait toujours su qu'un jour, quand il se marierait, elle devrait aller s'installer à Dower House. Elle avait une personnalité tout bonnement trop forte pour vivre dans la même maison que sa femme. Si cette dernière avait été dotée de la moindre volonté, elles se seraient affrontées. Et s'il avait épousé une douce et gentille créature, sa mère l'aurait écrasée comme l'aurait fait un wagon postal.

Guy n'avait pas suffisamment bien connu Mlle Helena Carter pour savoir si elle aurait appartenu à la première ou à la seconde catégorie.

— Alors, qu'est-ce que tu vas faire, Guy ? demanda doucement Sin.

Il s'extirpa de ses pensées, rencontra le regard préoccupé de son ami et se sentit soudain coupable de lui avoir rendu visite avec des nouvelles aussi déprimantes.

— Je retomberai sur mes pieds, Sin, comme toujours, tu le sais. Mais assez parlé de mes problèmes, ils sont terminés maintenant, et il est temps de passer à autre chose. Comment ça va entre Marianne et toi ?

Les traits tendus de Sin s'adoucirent à l'évocation de sa femme. Il eut un sourire presque timide.

— Elle s'adapte étonnamment bien à sa nouvelle vie. Enfin, ce n'est pas si étonnant, étant donné que c'est une battante née.

La fierté évidente de son ami fit rire Guy. Qui aurait cru que le sérieux duc de Staunton – celui que tout le monde appelait lord Parfait, à la fois pour son apparence et son comportement impeccables – serait tombé amoureux d'une pugiliste ? Et qu'il l'aurait épousée ?

— Elle est prête pour la saison ? demanda Guy, s'efforçant de ne pas penser à son bonheur s'il avait épousé Cécile – s'il avait eu plus de courage.

— Elle dit que oui, et ma tante Julia est d'accord. Elles s'entendent tellement bien toutes les deux, j'ai parfois l'impression que c'est *moi* qui me suis marié dans *sa* famille.

Guy percevait la joie de son ami.

— Vous allez au bal de Trentham, la semaine prochaine ? lui demanda Guy.

Le bal de la comtesse de Trentham était un événement annuel qui marquait le début de la saison proprement dite, même si des réceptions de « moindre importance » s'enchaînaient depuis des semaines. Les invitations au gala étaient très prisées. Guy avait été interloqué d'en recevoir une cette année – adressée à M. Gaius Darlington, ce qui signifiait que lady Trentham avait bien eu l'intention de la lui envoyer.

— Oui, ce sera sa première grande réception. Et toi, tu…

— Non. J'ai déjà envoyé mes excuses.

— Tu sais que la plupart des gens ne pensent pas moins de toi après ce qui s'est passé, Guy.

— Ils ne vont pas pour autant se priver de me regarder comme une bête curieuse si j'ai la bêtise de me montrer. Tu imagines la scène ? Je me présente au bal où l'actuel duc de Fairhurst est en train de danser avec sa fiancée – mon ancienne fiancée ? Non, je pense qu'il vaut mieux éviter ce genre de farce.

— J'espère quand même que tu feras une exception pour notre premier bal. Marianne et ma tante ont comploté et mis au point leur plan d'action, et tu devrais bientôt recevoir ton invitation. On serait tous les deux heureux de t'y voir.

— Je ne le manquerai pour rien au monde, dit Guy, ravi de voir que son petit mensonge faisait sourire son ami.

— Je crois que tu serais surpris de voir combien de personnes sont contentes de te voir pour *toi* – et non parce que tu représentes une figure de spéculation. Qui sait ? C'est peut-être le début d'une nouvelle vie.

— Non, ton bal sera le seul auquel je participerai cette saison. Mais peut-être que dans quelques années, quand tout sera retombé, j'accepterai une invitation ou deux.

Même s'il ne recevrait alors certainement plus d'invitations à accepter. Oui, à ce moment-là, il espérait avoir tellement dépassé les bornes qu'il serait désavoué aux yeux de toutes ses connaissances, à l'exception de Sin et Elliot.

— Vous êtes prête, mademoiselle Tremblay ?

— Oui, envoyez la personne suivante.

Cécile se força à sourire à Richie : le jeune machiniste gardait un œil sur la trentaine de femmes qui s'étaient présentées à l'entretien d'embauche. En ce troisième jour de rendez-vous, elle avait déjà parlé à plus de quarante candidates. Certaines femmes auraient pu convenir à la rigueur, mais aucune ne se démarquait.

Car sa nouvelle employée ne se contenterait pas de s'entraîner aux pistolets ; elle servirait aussi de nouvelle assistante scène. L'entretien comprenait donc une partie en situation, pendant laquelle la candidate tenait une carte à jouer devant Cécile prête à tirer. Un bon tiers des femmes refusaient de participer et partaient à ce moment-là. Sur celles qui restaient, les trois quarts hurlaient plus fort encore que Gerry.

Elle soupira, ordonna les papiers sur son bureau de fortune – deux tréteaux et une planche de bois –, et releva les yeux lorsque la porte s'ouvrit.

Gaius Darlington, le duc – non, juste Gaius désormais –, apparut dans l'embrasure, qu'il occupait en entier.

— Bonjour ma chère, dit-il.

Guy avait peut-être perdu un duché et été publiquement rejeté par la seconde femme la plus riche d'Angleterre, il affichait le même sourire irrésistible qui aurait charmé n'importe qui, et ses yeux couleur d'ambre étincelaient avec bonne humeur.

Et sensualité.

Cécile se leva précipitamment tandis qu'il s'approchait d'un pas guilleret, son corps élancé vêtu d'un manteau noir à queue de pie merveilleusement ajusté et d'un pantalon fauve moulant dont le tissu était tiré à l'extrême sur ses cuisses puissantes.

Comment osait-il ressembler à un dieu vivant alors qu'elle avait une allure de blanchisseuse, avec les manches de sa vieille robe grise retroussées et ses cheveux qui rebiquaient comme des tire-bouchons à cause de l'humidité et de l'effort ?

— Qu'est-ce que vous faites là ? demanda-t-elle.

Son sourire s'agrandit, et les fossettes de ses joues provoquèrent en elle une poussée simultanée de désir et d'agacement.

— Je suis venu postuler.

— Très drôle. Qu'est-ce que vous voulez, *monsieur* Darlington ?

— Ah, vous avez appris ma récente… rétrogradation, j'imagine ?

— Je crois que toute l'Angleterre est au courant de vos histoires.

— Bien, alors vous devez savoir que je ne suis plus un homme oisif. J'ai besoin d'un travail.

Cécile rit à gorge déployée avant de voir qu'il était sérieux.

— Vous avez perdu la tête ?

— Pas du tout. Vous embauchez et j'ai besoin d'une place.

Elle fronça les sourcils à ces mots, mais son corps esquissa une réaction qu'elle ne put contrôler – ce qui ne fit que l'exaspérer davantage.

— Vous pouvez aller chercher une place ailleurs, monsieur Darlington. C'est un cirque féminin, au cas où vous ne l'auriez pas remarqué.

— J'ai fait partie de votre numéro et de celui de la Sabreuse dans le passé. Vous employez toutes les deux des assistants masculins parce que vous vendez beaucoup plus de billets si vous tirez sur des hommes.

Il avait raison. Le facteur comique était souvent accentué dans leurs deux numéros quand c'était un homme qui se faisait tirer dessus ou jeter des couteaux à la tête.

Cécile croisa les bras.

— Qu'est-ce que vous faites vraiment ici, Guy ?

Son sourire s'estompa et céda la place à une expression inhabituellement maussade.

— J'ai besoin d'aide, Cécile.

Il leva les mains en la voyant ouvrir la bouche.

— Non, je ne veux pas d'argent ou la charité, je suis prêt à travailler. J'ai *besoin* de travailler – juste pendant cinq mois et demi.

— Que se passe-t-il dans cinq mois et demi ? demanda Cécile.

Guy estima qu'il était bon signe qu'elle pose des questions plutôt que d'appeler des machinistes costauds pour le jeter dehors.

— La seule propriété qui est encore à mon nom sera libérée de son bail et j'aurai un endroit où vivre.

— Je croyais que vous aviez vendu Darlington Park.

Guy ne put s'empêcher de rire – à la fois de sa remarque et de la légère rougeur qui teinta ses joues.

— Vous continuez de lire cette section des journaux, à ce que je vois.

Elle pinça les lèvres.

— Oui, j'ai vendu Darlington Park. Je parle d'une autre propriété. Celle-ci se trouve dans le Massachusetts.

Cécile le dévisagea comme s'il venait de dire ou de faire quelque chose d'odieux.

— Mon Dieu, pourquoi cet air horrifié ? Ce n'est que l'Amérique, pas la Lune.

— L'Amérique, oui, répondit-elle d'une voix curieusement faible. Alors vous allez dans le Massachusetts. À Boston ?

Pour une raison inconnue, sa question le surprit.

— Non. La propriété se trouve dans la moitié ouest de la colonie... je veux dire de l'État.

— Mais il n'y a rien dans la moitié ouest de l'État.

— On dirait presque que vous parlez d'expér...

— J'ai vécu là-bas – à Boston.

Ce fut au tour de Guy d'être surpris.

— Vous avez vécu en Amérique ?

— Oui.

À en juger par son expression, l'expérience n'avait pas été heureuse.

Pourquoi était-il aussi stupéfait qu'elle ait vécu là-bas ? Ce n'était pas comme s'il savait grand-chose de son passé – tout ça grâce à la stupide promesse qu'ils s'étaient faite, de ne jamais partager les détails de leur vie, au cas où cela impliquerait trop d'émotions pendant leur brève liaison.

— De quel genre de propriété s'agit-il ? demanda-t-elle avant qu'il trouve un moyen subtil d'en savoir davantage.

— C'est une ferme. Elle appartient à un oncle du côté de ma mère qui est mort il y a plusieurs années. Il y avait vécu pendant des décennies, avant même le départ des colons. Elle est louée depuis sa mort, mais dans six mois, elle sera disponible. Jusque-là, j'ai besoin d'un travail.

Pourquoi ne pas lui dire la vraie raison pour laquelle tu viens ici ?

Oh, elle sera si enthousiaste et réceptive à l'idée que je vienne lui déclarer mon amour éternel maintenant que j'ai été rejeté par une autre femme, chassé de chez moi et laissé pratiquement sans le sou ?

Guy fit la grimace. Énoncée comme ça, l'idée semblait vraiment très mauvaise. Non, ce qu'il *fallait*, c'était gagner son respect, sa confiance et son amour, pas revenir sans crier gare et lui dire qu'il l'aimait comme si c'était *lui* qui lui faisait une faveur. Il allait faire les choses correctement cette fois. Pour la première fois de sa vie.

Parle-lui de ton idée – comment tu peux tripler les ventes de billets…

« Pas la peine de se précipiter », réprimanda-t-il sa voix intérieure.

Il garderait cette suggestion pour le moment où la bataille semblerait perdue.

— Vous pouvez sûrement trouver un travail qui paie mieux qu'ici, déclara-t-elle.

Guy croisa son regard, encouragé par sa réplique, car il s'était attendu qu'elle refuse net et le jette dehors.

Il se sentit soudain léger comme il ne l'avait plus été depuis longtemps – depuis ce dernier matin, en France, quand il avait gâché sa vie.

Tout espoir n'était peut-être pas perdu après tout ?

C'était sans espoir.

Cécile elle-même n'en revenait pas de sa propre réplique. Le salaire était bien la moindre des raisons pour laquelle il ne pouvait pas travailler pour elle.

Elle ouvrit la bouche pour énoncer ce qu'elle aurait déjà dû dire – un *non* ferme et définitif –, mais il la devança :

— J'ai aussi besoin d'un endroit où vivre.

— Comment ça ? Vous n'habitez plus avec Elliot ? Il vous a mis à la porte ?

— Non, bien sûr que non. Sin et Elliot m'ont ouvert leurs portes, mais je n'ai pas envie d'être un fardeau pour eux.

— Vous préféreriez être un fardeau pour *moi*.

Il sourit, mais d'un sourire tendu.

— Vous savez que j'y mettrai du mien – et plus encore.

Cécile prit une profonde inspiration et retint son souffle. Il disait vrai : il travaillait dur, ne se dérobait pas devant les travaux désagréables, sales ou ingrats – elle en avait eu toutes les preuves l'année passée. Il était fort, intelligent et même intuitif – des qualités qui en faisaient un bon travailleur, polyvalent.

Mais il s'agissait de *Guy*. Son ancien amant. Un homme qui, s'il ne lui avait pas exactement brisé le cœur, y avait au moins laissé quelques bleus et cicatrices.

En fait, c'était douloureux rien que de le regarder. Qu'est-ce que ce serait si…

— Je sais que vous êtes toujours en colère et blessée après…

— *Je ne suis pas blessée* !* s'écria-t-elle en français avant de traduire.

Le sourire vague et exaspérant sur les lèvres de Guy indiquait qu'il savait qu'elle mentait. Elle passait toujours à sa langue maternelle quand elle était touchée. Et personne ne l'affectait plus que Guy.

— Si vous n'êtes pas en colère… ou blessée, alors pourquoi ne pas m'engager ? Quelle différence ça peut vous faire si vous n'êtes pas en colère ? Ou blessée.

— Arrêtez de répéter ça, ordonna-t-elle.

— À moins que vous ne mentiez... Est-ce que vous mentez ?

Elle se maîtrisa et s'efforça de parler d'un ton égal, sans colère ni ressentiment.

— Je voulais engager une assistante à former. Vous êtes peut-être une bête de somme commode lorsqu'il s'agit d'accomplir des tâches abrutissantes...

Il éclata de rire, les yeux brillants.

Cécile se renfrogna. Vraiment, quelque chose n'allait pas chez un homme qui aimait être insulté.

Elle serra les dents et reprit :

— Mais vous n'êtes *pas* une femme et je vous rappelle une nouvelle fois que c'est un cirque de femmes.

Il haussa les sourcils, et elle fut momentanément distraite par la vue de ses épaules musclées qui étiraient les coutures de son manteau ajusté.

— Si vous m'engagez pour accomplir toutes vos tâches abrutissantes, alors votre assistante pourra se concentrer sur l'apprentissage de ce qui est important – comme tirer sans blesser personne.

— Je n'ai pas les moyens d'embaucher *deux* nouveaux employés.

— Jemmy démissionne et rentre chez lui à la fin du mois, mademoiselle Tremblay.

Elle fit volte-face et trouva Richie appuyé contre la porte.

— Je croyais que tu étais parti !

Ça prouvait bien à quel point Guy lui faisait perdre la tête.

Richie se redressa et déglutit assez fort pour qu'elle l'entende.

— Qu'est-ce que tu fais là ?

— Euh...

Il glissa à Guy un regard implorant.

— Tu as accepté de l'argent pour le laisser entrer ici, n'est-ce pas ? l'accusa Cécile en plissant les yeux.

Peut-être que j'ai un poste de machiniste qui vient de se libérer.

La pomme d'Adam de Richie tressauta frénétiquement.

— Je suis désolé, mademoiselle Tremblay. Je ne voulais pas...

— Il essayait seulement de m'aider.

Cécile fit volte-face vers Guy.

— Vous n'êtes pas là depuis dix minutes que vous sabotez déjà mon autorité.

— Je ne...

— Vous croyez pouvoir débarquer ici et charmer mes employés pour les faire désobéir ?

— Non, je ne...

— Si vous travaillez pour moi, alors vous devez obéir à *mes* ordres. Vous devrez m'obéir.

Elle eut envie de hurler en réalisant ce qu'elle venait de dire.

Un petit sourire se dessina sur les lèvres de Guy.

— Si je travaille pour vous, je peux faire ça. Obéir à tout ce que vous me direz.

Ses paroles suggestives et son regard enflammé provoquèrent une vague de désir dans son corps.

Cécile n'arrivait pas à croire ce qui était en train d'arriver. Était-ce un rêve ? Est-ce qu'elle était dans son lit en train de rêver ?

— S'il vous plaît, dit-il doucement, sans plus rire ou se pavaner.

En fait, Cécile discerna sur son visage une expression qu'elle n'y avait jamais vue auparavant : de l'inquiétude.

— Je vous promets que je serai d'un excellent rapport qualité-prix. Je travaillerai dur et je ferai *tout* ce que vous me demanderez.

— Tout ?

Guy ouvrit la bouche, la referma, visiblement en proie à une lutte intérieure, puis hocha la tête.

— Tout.

Cécile sentit un sourire déplaisant flotter sur ses lèvres.

— Je vous veux sur scène... à chacune de mes représentations.

« Tant pis pour l'idée que tu voulais garder en réserve », songea Guy.

Il s'apprêtait à dire qu'il ferait tout ce qu'elle voudrait, mais la voix dans sa tête l'arrêta.

Ne cède pas trop facilement ou elle va se méfier.

Il fit la grimace et passa d'un pied sur l'autre, essayant de paraître réticent à l'idée de monter sur scène tous les soirs – devant des hommes avec lesquelles il était allé à l'école –, entièrement nu et couvert de marmelade, si c'était ce qu'elle voulait.

— Vous voulez dire que je devrai participer les six soirs ? Ça me semble un peu...

Elle haussa un sourcil.

— Je suppose que ça me semble honnête, dit Guy en s'efforçant de cacher son euphorie.

— Et les numéros de la Sabreuse également.

Cette dernière exigence le poussa vraiment à réfléchir cette fois, même s'il se demandait pourquoi il ne l'avait pas anticipée.

Elle laissa échapper un rire guttural.

— Avoir le Darling comme cible de nos plaisanteries, ça va faire vendre des billets, dit-elle, les yeux pétillants. Un sacré gros paquet de billets.

Guy le savait. Il n'était pas prétentieux – d'accord, il l'était peut-être un peu –, mais ses anciens acolytes se presseraient pour venir le voir. Ils éprouveraient une sorte de joie morbide à le voir tombé si bas. C'était une idée qui lui trottait dans la tête depuis qu'il avait conçu ce plan, mais c'était la première fois qu'il la regardait en face. Tous ses camarades d'école, ses proches, des hommes qu'il appréciait, des hommes qu'il n'appréciait pas, des hommes qu'il avait faits cocus... Ce serait atroce.

— Oui, ajouta-t-elle, ses yeux noirs rivés sur son visage. Je vois que vous comprenez ce que je veux dire.

— Mon Dieu.

Guy se pinça l'arête du nez en réalisant ce dans quoi il s'était engagé.

— Est-ce que vous avez changé d'…

— Non !

Il releva la tête et aperçut son sourire railleur.

— Non, je n'ai pas changé d'avis. Je serai votre assistant. Je nettoierai les pots de chambre. Je ferai tout ce que vous inventerez.

Et il savait très bien tout ce qu'elle était capable d'inventer quand on lui en laissait le loisir. Son regard était lourd et sombre, mais Guy savait qu'elle allait accepter. Pas seulement parce qu'elle était une femme d'affaires maligne, mais parce qu'elle était humaine, et qui ne voudrait pas lui faire payer le prix fort après ce qu'il lui avait fait ?

— Très bien, *monsieur* Darlington. Je vous engage – mais seulement à titre d'essai. Au bout de trente jours, si vous n'obéissez pas et que vous ne me donnez pas satisfaction, vous devrez vous trouver un autre travail. Compris ?

— Compris.

— Vous gagnerez le même salaire que Jemmy mais, cette fois-ci, vous ne devrez pas toucher de marteau.

Jemmy était charpentier débutant, alors ce n'était pas une offre aussi insultante qu'il l'aurait cru.

Quant à la remarque au sujet du marteau, eh bien, il ne pouvait pas lui en vouloir. La dernière fois qu'il s'était essayé à la menuiserie – pendant leur traversée de la France –, il avait accidentellement cloué le coin du rideau principal à un dispositif d'éclairage de scène et avait bien failli mettre le feu au théâtre tout entier.

— Vous travaillerez avec la Sabreuse quand elle aura besoin de vous, vous assisterez les femmes de ménage et vous ferez tout ce que je vous demanderai.

— Oui, m'dame, dit-il en s'efforçant de dissimuler sa joie.

Existait-il un seul homme dans l'histoire qui ait été aussi heureux de se vendre de la sorte ?

Elle fit un geste brusque vers la porte de la scène.

— Maintenant, ouste – j'ai encore des entretiens. Vous pouvez installer vos affaires dans la chambre la plus petite à l'arrière de la maison – la plus proche des toilettes extérieures.

Si elle pensait que cette information allait le décourager, elle se trompait.

— Tout de suite. Merci m'dame.

— Ne me faites pas regretter ma décision, Guy.

— Vous ne le regretterez pas. C'est promis, Cécile.

— Vous allez m'appeler de nouveau « mademoiselle Tremblay », répliqua-t-elle.

Oh, ils allaient en revenir là ? Il lui adressa un sourire qu'il espérait humble.

— Merci, mademoiselle Tremblay.

Cécile poussa un grognement et se tourna vers Richie, qui s'agitait nerveusement près de la porte. Elle le pointa du doigt.

— Toi, on reparlera plus tard du fait que tu l'aies introduit ici sans mon consentement. Pour l'instant, envoie la prochaine candidate.

Tandis qu'il traversait les coulisses, Guy sentait l'espoir revenir pour la première fois depuis le jour où Barry avait déboulé dans sa vie pour la mettre à sac. Même s'il était certain que Cécile l'avait embauché pour gagner de l'argent et le faire ramper plutôt que par réelle affection, au moins il aurait une chance avec elle.

Une fois dans la rue, il héla l'un des fiacres qu'on pouvait toujours trouver aux environs de la Foire.

— 13 Piccadilly Circus, dit-il au chauffeur en s'installant sur la banquette en cuir usée et craquelée.

Il consulta sa montre et vit qu'il était légèrement en avance. Il avait demandé à Sin et Elliot de le retrouver à son logement – enfin, bientôt son ancien logement – cet après-midi. Quand il avait conçu son plan, il ne savait pas si Cécile allait l'embaucher. Il avait l'intention d'expliquer aux deux hommes ce que lui réservait l'avenir, quelle que soit la tournure qu'auraient prise les événements. Si elle ne l'avait pas engagé, il aurait probablement acheté un billet pour Boston cet après-midi au lieu de faire ses valises pour s'installer chez Cécile.

Plongé dans ses pensées, Guy ne se rendit pas compte que le fiacre s'était arrêté devant le bâtiment dans lequel il logeait depuis près de sept ans. Le portier ouvrit la porte avant qu'il l'atteigne.

— Bon après-midi, Votre… euh, je veux dire monsieur Darlington.

Guy s'était habitué à ces bredouillements relatifs à son changement de statut.

— J'attends un invité dans quelques minutes…

— Le duc de Staunton est déjà arrivé et votre homme, Chamberlain, l'a fait entrer. M. Wingate est rentré il y a peu.

Guy le remercia d'un signe de tête.

Bien, ils étaient déjà là. Il pourrait en terminer d'un seul coup.

Il fit la grimace en pensant à Chamberlain. L'homme allait lui jeter *ce* regard quand Guy lui dirait ce qui allait se passer au cours des six prochains mois. Eh bien, Chamberlain pourrait garder *ce* regard pour aller rendre visite à son frère, un homme qui travaillait encore comme sous-majordome à Darlington Park. Guy n'était pas fauché au point de ne pouvoir payer un domestique, mais il n'aurait pas vraiment besoin de lui chez Cécile. Chamberlain pourrait profiter de ses congés payés prolongés et réfléchir s'il voulait ou non suivre Guy en Amérique à la fin de ces six mois.

Lorsque Guy entra et se débarrassa de son manteau, ses gants, son chapeau et sa canne, Sin et Elliot étaient déjà confortablement installés dans la bibliothèque.

— Tu es en avance, dit-il à Sin tout en adressant un signe de tête à Elliot, qui tenait la carafe à brandy.

— Je peux compter le nombre de fois où je suis venu vous voir tous les deux sur les doigts d'une main, répondit Sin. J'ai donc estimé que c'était une occasion historique et que je devais être à l'heure.

Guy se tourna vers Elliot.

— On le voit vraiment si rarement ici ?

L'homme hocha la tête et tendit un verre à Guy.

— Je crois qu'on préfère le bon brandy et la confortable bibliothèque de Staunton à nos modestes dispositions.

Guy rit.

— Elliot a raison, Sin – tu as un goût supérieur en matière de spiritueux. Mais je voulais vous réunir ici aujourd'hui car… eh bien, c'est un peu la fin d'une époque.

— Tu es toujours décidé à déménager ? demanda Sin.

— Oui.

— Je ne comprends pas pourquoi tu ne veux pas venir à Staunton House. Il y a tellement de chambres vacantes, il pourrait très bien y avoir des familles qui habitent là que je n'ai jamais vues.

Sin lui avait fait la même proposition de manière répétée depuis des semaines. Guy appréciait son geste, mais en toute bonne conscience, il ne pouvait pas accepter. Surtout que Sin était jeune marié. Et puis, si on voulait rester en bons termes, on ne s'imposait pas à ses amis fortunés.

Elliot lui adressa un bref regard compatissant qui indiquait qu'il comprenait la réticence de Guy à profiter de leur riche et généreux ami. Lui-même avait survécu grâce à sa maigre allocation de fils cadet jusqu'à l'université. Dès sa sortie, il s'était trouvé un travail. Jamais il n'accepterait de vivre aux crochets de quelqu'un.

— Je vous vois échanger des regards, dit Sin. Je peux presque comprendre pourquoi tu ne veux pas accepter mon offre de t'héberger le temps de retomber sur tes pieds, mais ce que je ne comprends pas, c'est pourquoi tu refuses d'écouter mon conseil et de faire une enquête sur ce... cet intrus, pour vérifier la véracité de ses dires.

Guy appréciait son soutien, mais ce discours le fatiguait.

— Barry est l'héritier, Sin. Il a les papiers de mon oncle, sa chevalière, et il connaît toutes sortes de détails sur notre famille et le passé de son père ici.

— Les papiers, ça se vole, et il peut avoir entendu ces histoires quelque part.

Sin se tourna vers Elliot.

— Dis-lui – c'est ton métier.

— Quoi donc ? Les proches disparus ? demanda Elliot avec un regard amusé, qu'il effaça rapidement devant le sérieux de Sin.

Il se tourna vers Guy et lui répéta la proposition faite six semaines plus tôt, à l'arrivée de Barry.

— Tu es sûr que tu ne veux pas que j'engage quelqu'un pour vérifier tout ça pour toi ?

Par *quelqu'un*, il voulait dire l'un de ses associés du ministère de l'Intérieur.

— Sûr.

— Bon sang, Guy ! Il pourrait être n'importe qui.

— Peut-être, mais tu as vu l'homme, Sin ?

Celui-ci hocha la tête avec réticence.

— Il y a une grosse ressemblance, non ?

— Il y a une ressemblance.

— Cet homme pourrait être mon jumeau.

Un fait qui contrariait Guy plus qu'il ne voulait l'admettre. C'était perturbant de s'être retrouvé face à quelqu'un qui aurait pu être son double, d'avoir vu les expressions défiler sur le visage de Barry et de savoir exactement ce qui lui passait par la tête.

Seigneur, quel type agaçant et suffisant ! Si son petit sourire à lui était aussi agaçant, Guy avait du mal à croire qu'on ne l'ait pas frappé plus souvent.

— J'estime quand même que ça vaudrait la peine d'enquêter, insista Sin.

— Il faut que j'avance, Sin.

L'autre homme soutint son regard un long moment, puis soupira et hocha la tête.

— Je peux le comprendre.

Les mots de son ami procurèrent chez Guy un soulagement étonnant. Une partie de lui avait culpabilisé de ne pas se battre davantage pour s'accrocher à son titre, et il avait honte d'être soulagé de ne plus porter ce fardeau sur ses épaules.

— Quoi qu'il en soit, reprit-il, passant à un sujet qui ne manquerait pas d'énerver encore davantage son ami, je me suis occupé de tout ce que j'ai pu ces dernières semaines. Ma mère est installée à Dower House – confortablement, si ce n'est de bonne grâce. J'ai vendu Darlington à un homme qui est déjà en train d'injecter de l'argent dans la maison et qui répare les cottages des locataires pratiquement laissés à l'abandon. Claudia est fiancée à son fermier – malgré les objections de ma mère – et plus heureuse que jamais ; et Diana est ravie de pouvoir passer ses journées avec ses pierres, sans parler du fait qu'elle a exigé que je lui promette de ne pas être forcée de participer à la saison si elle n'en a pas envie.

Sin haussa les sourcils.

— Comment ta mère a pris ça ?

— Mal.

C'était un euphémisme ; sa mère avait été furieuse et était allée jusqu'à sortir le sempiternel *mais qu'est-ce que ton grand-père penserait de ça* dont elle avait rebattu les oreilles à Guy.

— Mais la joie et le soulagement de Diana ont largement compensé le mécontentement de ma mère, lui assura Guy.

Guy ne raconta pas aux autres ce que Di avait répondu quand il lui avait assuré qu'elle disposait d'une situation confortable, sinon fortunée, et que son avenir lui appartenait.

— Je n'ai jamais voulu que tu te maries juste pour que je puisse avoir de belles robes et aller à de stupides bals, Guy. Ni Claudia. On ne pouvait rien te dire parce que... eh bien, tu étais si *déterminé* à nous sauver toutes. Mais tu es notre frère et nous voulons que tu sois heureux au même titre que nous voulons être heureuses. Tu n'aurais pas été heureux d'épouser je ne sais quelle femme pour son argent, même si Helena avait l'air plutôt sympathique.

Les paroles de sa sœur l'avaient ému plus qui ne l'aurait cru.

— Tu peux être heureux, Guy ? avait-elle demandé. Je veux dire : sans le duché et tout ce qui va avec ?

— Bien sûr que je serai heureux, lui avait-il assuré, n'osant pas lui parler de ses espoirs.

Il n'avait dit à personne ce qu'il allait faire.

Arrête de traîner les pieds ; cette nouvelle ne sera pas moins choquante si tu attends pour l'annoncer.

Il regarda Sin et Elliot.

— Je reviens tout juste de Newcastle Street.

Les yeux vert clair de Sin s'agrandirent.

— Tu es allé à la Foire ? Mais... pourquoi ?

Elliot se contenta de l'observer avec une expression étrange et presque... entendue.

— Oui. Je suis allé demander du travail.

Sin écarquilla les yeux.

— Tu ne... tu n'es pas sérieux, si ?

Ce n'était pas une question, mais Guy confirma.

— Doux Jésus, murmura Sin. Qu'est-ce qui s'est passé ?

— Elle m'a engagé.

Sin s'adossa à sa chaise avec l'expression de quelqu'un qui assiste à une collision de calèches.

Guy se tourna vers Elliot.

— Alors ?

Malgré leur longue cohabitation, il n'avait jamais su déchiffrer les pensées de son ami.

— Je ne peux pas t'en vouloir, dit-il. Je retournerais travailler là-bas si j'en avais la possibilité.

Sin émit un son incrédule et Elliot se tourna vers lui.

— Qu'y a-t-il ? Tu n'as pas aimé le temps qu'on a passé là-bas ?

Sin ouvrit la bouche… puis la referma en se pinçant les lèvres.

— C'est bien ce qui me semblait.

Elliot se tourna de nouveau vers Guy.

— Tu peux garder un œil sur Joséphine tant que tu es là-bas.

Guy rit.

— Ah, c'est donc pour ça que tu n'as rien à redire à ma décision.

— Non, je comprends vraiment ce que tu vas essayer de faire et je te souhaite bonne chance… avec elle, ajouta-t-il rapidement, avec une sorte de compassion sur le visage.

— Je suis surpris que tu aies besoin que je garde un œil sur la Sabreuse – enfin, « Joséphine ». Est-ce que tu ne l'as pas fait ?

En France, la Sabreuse et Elliot avaient semblé s'engager dans une sorte de rituel de séduction bizarre sous forme d'espionnage mutuel.

— Eh bien, si, mais je ne peux pas la surveiller en permanence, avoua Elliot.

— Mon Dieu ! Tu veux dire que tu as quelqu'un qui l'espionne pour toi ?

Elliot se contenta de hausser les épaules.

— Ah, vous deux.

Ils se tournèrent vers Sin.

— Quoi ?

— Pourquoi aucun de vous deux ne peut être honnête et faire les choses correctement ? Si tu veux Cécile, ce qui est ta motivation, je suppose, pourquoi ne pas la supplier de te pardonner et lui demander de t'épouser ?

Avant que Guy ait pu répondre, il s'adressa à Elliot.

— Quant à toi, que s'est-il passé au juste avec la Sabreuse l'année dernière ? Je ne t'ai jamais posé la question parce que j'essayais de respecter ta vie privée, mais tu étais au courant de tout ce qu'on faisait, *nous quatre*, alors...

— Pas tout, intervint Guy tout bas.

Sin laissa échapper un rire un peu surpris avant de se retourner vers Elliot.

— Très bien, tu ne sais peut-être pas tout ce qu'on a fait. Mais tu ne peux pas nous dire si tu es sérieux à propos de cette femme ? Nous sommes tes amis, après tout.

Elliot hésita un si long moment que Guy crut qu'il ne répondrait pas. Mais il finit par dire :

— Malheureusement, contrairement à Marianne et toi, et à Cécile et Guy, il n'y a pas grand-chose à raconter. En tout cas pas ce à quoi je pense que vous faites allusion, ajouta-t-il avec un petit sourire.

Sin rougit.

— Je n'avais pas l'intention d'être indiscret ou de te poser des questions sur des sujets personnels comme...

— Moi, si, le coupa Guy.

Elliot rit.

— Disons simplement que nous n'avons aucun avenir. En tout cas, pas ensemble.

Guy et Sin échangèrent un regard, les sourcils froncés.

— Joséphine est toujours un mystère pour moi, ajouta Elliot.

— Tu adores les mystères, fit remarquer Guy.

— C'est vrai parfois, murmura-t-il, l'air soudain mal à l'aise par la tournure que prenait la conversation.

— Bon, revenons-en à moi, dit Guy, qui récolta un regard reconnaissant de la part de son ami. Travailler pour Cécile ne se passera pas comme la dernière fois.

— Comment ça ? demanda Sin.

— Il n'y aura plus le moindre anonymat. La raison pour laquelle elle a accepté de m'engager, c'est parce qu'elle sait que la vente de billets va monter en flèche en me faisant participer à leurs numéros, à la Sabreuse et elle.

— Je vois déjà les caricatures dans la vitrine de Humphrey, dit Elliot.

Guy aussi. Il ne pouvait que se féliciter que sa mère ne vienne pas à Londres de sitôt.

— Dans quel but fais-tu cela ? demanda Sin.

— Je veux que Cécile cesse de m'en vouloir et me reprenne.

Guy ne put ignorer l'incrédulité sur le visage de ses deux amis. Il soupira.

— Je sais que vous vous dites qu'elle est toujours furieuse contre moi et qu'elle ne me pardonnera probablement jamais.

— Je ne suis pas sûr que « furieuse » soit le mot juste, dit Elliot.

— Je sais que je ne parle pas inconsidérément en te rapportant les propos de Marianne sur le sujet, ajouta Sin. Cécile n'a jamais cessé de t'en vouloir parce que le fait de lire des articles sur toi en compagnie d'une multitude de femmes, semaine après semaine depuis un an, n'a fait qu'alimenter sa colère.

Guy fit la grimace.

— D'accord, mais je ne peux pas y faire grand-chose, si ? Je sais déjà combien elle m'en veut. Croyez-moi, c'était suffisamment évident aujourd'hui.

— Tu sais qu'elle n'a jamais ouvert tes lettres.

Sin faisait référence à la demi-douzaine de lettres que Guy lui avait envoyées l'année précédente pour s'excuser de son acte.

— Je ne savais pas qu'elle ne les avait jamais ouvertes, mais ça ne me surprend pas. Je m'attendais à ce qu'elle les jette directement.

— Elle l'a fait.

Guy fronça les sourcils.

— Et comment tu sais ça, *toi* ?

Elliot haussa les sourcils.

— Seigneur... Si tu fouines et que tu mets ton nez dans des choses qui ne te regardent pas, tu ferais mieux d'arrêter, Elliot. Maintenant que Cécile est propriétaire de la Foire, tu risques ta vie en l'espionnant. Elle garde un pistolet chargé sous son lit, tu sais.

Elliot se contenta de sourire.

— Je sais que tu n'as pas besoin de me l'entendre dire, ajouta Sin, mais si tu fais ça...

— Si je monte sur scène devant le tout-venant, je deviendrai un paria.

Un paria pour de bon.

Sin et Elliot hochèrent tous deux la tête.

— Je ne m'en soucie plus. Quant à ma famille... eh bien, tout le monde est pris en charge dans les domaines qui importent. Elles seront sans aucun doute embarrassées de leur lien avec moi, mais à ce stade, je ne peux plus rien y faire.

Sin hésita un long moment.

— Est-ce que tu as demandé à Elliot s'il pouvait te trouver du travail ?

— Est-ce que tu peux m'imaginer faire ce que fait Elliot ?

Sin lui-même, qui était toujours sérieux, ne put réprimer un sourire.

— Eh bien, pas précisément, non. Mais il a beaucoup de relations. Il existe toutes sortes d'emplois au gouvernement, Guy. Eliott, dis-lui... dis-lui que tu peux lui trouver quelque chose d'adapté qui ne sera pas aussi... radical.

— Je lui ai déjà fait la même suggestion, répondit ce dernier. Mais Guy est inflexible.

Sin fit claquer sa langue d'un air frustré.

— Quel est ton but, Guy ?

— Si elle ne veut plus de moi, je quitterai l'Angleterre, déclara Guy.

— *Pardon ?* Pour aller où ?

— Vous vous rappelez le frère de ma mère... mon oncle Phillip ?

— Celui qui possède la tourbière de canneberge en Amérique ?

— Oui, entre autres cultures.

Sin secouait déjà la tête.

— Tu ne vas quand même pas...

— Après avoir travaillé dans un cirque, plus personne ici ne voudra avoir affaire à moi, Sin. Tu le sais.

Sin émit un grognement éloquent.

— Pourquoi tu fais ça ? Tu n'es pas obligé de travailler pour elle, Guy. Tu pourrais lui demander de t'épouser - mets-toi à plat ventre, fais le nécessaire. Mais pourquoi, au nom du ciel, faut-il que tu montes sur scène devant tous ces gens qu'on connaît ?

— Premièrement, j'ai *envie* de travailler avec elle, répliqua-t-il. Enfin, *pour* elle, si on l'écoute. Ensuite, je veux qu'elle sache que je n'ai pas honte d'elle et de ce qu'elle fait pour gagner sa croûte, Sin. Parce que c'est comme ça que je l'ai traitée l'année dernière.

Sin n'avait pas été présent, lors de cette dernière matinée, pour entendre ce que Guy avait dit à Cécile. Ses paroles revenaient sans cesse le hanter. Elles continuaient de l'embarrasser.

— Quant au fait de partir en Amérique, eh bien, si elle ne veut pas de moi, je n'aurai pas envie de rester en Angleterre. Sans parler du fait qu'il n'y aura plus rien pour moi ici. Et ne dis pas un mot sur mes sœurs ou ma mère. Bientôt, Claudia sera mariée à son fermier et si Diana veut m'accompagner dans le Massachusetts, je serai ravi de l'emmener. En plus, ce n'est pas comme si je partais vivre sous une tente, Sin. On dit que la ferme est assez belle et qu'il y a deux mille hectares de terrain. Je lis les rapports trimestriels depuis des années et je sais qu'il y a un grand potentiel là-bas.

— Si l'exploitation est aussi prospère, tu pourrais la vendre et acheter quelque chose ici.

— Je n'ai pas envie de la vendre et de vivre ici. Et même si je le voulais, une ferme dans les régions sauvages de l'ouest du Massachusetts ne rapporterait jamais assez pour acheter plus qu'un cottage et un petit potager ici, et tu le sais. Crois-moi, si la vente de l'exploitation avait fait une différence, je l'aurais fait pour sauver Darlington. Mais la propriété vaut davantage pour ce qu'elle peut produire que pour ce qu'elle rapporterait lors d'une vente.

Sin poussa un soupir, l'air profondément mécontent.

— Tu es mon meilleur ami – tu es encore plus proche de moi que ne l'étaient mes frères. Je n'ai pas envie que tu partes à l'autre bout du monde.

Guy fut touché par la démonstration d'affection inédite de Sin. Ce dernier était souvent difficile à interpréter, même si Guy avait toujours su que son ami l'aimait.

Il se força à sourire.

— Je reviendrai dans quelques années en homme riche. Les gens m'appelleront « le roi de la Canneberge » et les membres de la bonne société se mettront en quatre pour me jeter leurs filles dans les bras.

— Donc tu supposes qu'elle va dire non et que tu devras partir, c'est ça ?

Guy se passa une main dans les cheveux.

— Mon Dieu, je n'en sais rien, Sin. Elle m'en veut beaucoup – beaucoup. La seule raison pour laquelle elle me donne ce travail, c'est pour m'humilier. Pour me faire ramper. Et aussi parce que ça va lui rapporter gros. Si jamais elle a tenu à moi un jour, je vais devoir travailler dur pour le lui rappeler.

Un long silence gêné suivi sa déclaration.

Elliot se racla la gorge.

— Donc elle t'a embauché. Félicitations... tu ne t'y attendais même pas, dit-il avec un sourire un peu forcé.

— Oui, elle m'a embauché.

Guy ne prit pas la peine de leur préciser que l'entretien avait été sacrément pénible. Ils connaissaient suffisamment bien Cécile ; ils pouvaient s'en douter.

Il avait physiquement souffert de se trouver dans la même pièce qu'elle sans pouvoir la toucher. Seigneur, quelle beauté ! Plus encore que son corps et son visage, c'était son ardeur qui l'attirait, même s'il savait mieux que quiconque combien il pouvait être dangereux de céder à son attrait et à son charme.

Guy était tombé amoureux d'elle avec la violence et la rapidité d'un arbre abattu par une redoutable tempête. C'était Cécile – une tempête sous forme humaine.

L'avait-elle aimé, avait-il un tant soit peu compté pour elle ? Il ne pourrait jamais en être sûr. Lui-même n'avait pas pleinement mesuré l'étendue de ses propres sentiments avant qu'elle ait disparu.

Cécile était un mystère pour lui. Elle dissimulait la plus grande partie d'elle-même, et pas seulement à lui, mais à tous ceux qui faisaient partie de sa vie.

Si ce n'est le fait qu'elle était la femme la plus sensuelle et la plus fascinante qu'il ait jamais connue.

Au fond de lui, il savait qu'il était probable qu'elle ne lui pardonne jamais ce qu'il avait fait. Guy ne lui en voulait pas. Quoi qu'elle ait pu ressentir pour lui, la façon dont il s'était comporté avait dû anéantir non seulement ses sentiments les plus subtils, mais aussi atteindre sa considérable fierté.

S'il pouvait changer une seule chose dans sa vie, il reviendrait au moment où il lui avait fait cette proposition particulièrement déplacée. Les mots n'étaient même pas encore sortis de sa bouche qu'il les regrettait déjà. Et il ne pourrait jamais les effacer ou les lui faire oublier.

Il n'aurait pas pu la demander en mariage à l'époque – pas en l'état actuel des choses –, mais il n'aurait pas dû l'insulter avec moins que ça.

— Bon, reprit Elliot, rompant de nouveau le silence gêné qui s'était prolongé pendant que Guy se complaisait dans son malheur. Quand commences-tu ton nouveau boulot ?

— J'allais déménager mes affaires ce soir.

Tous deux parurent déroutés mais se contentèrent de hocher la tête.

— Il va bien falloir que tu dînes, dit Sin. Pourquoi tu ne nous accompagnerais pas au club avant de commencer tes valises ?

— J'ai interrompu mon adhésion il y a quelques jours, répondit Guy.

C'était une dépense qu'il ne pouvait plus se permettre. Et maintenant qu'il allait travailler pour Cécile, aller là-bas n'aurait plus de sens.

— Tu peux y dîner en étant notre invité, précisa Sin.

Guy brûlait de refuser. Il avait simplement envie de laisser les blessures de son ancienne vie derrière lui et de commencer la nouvelle – probablement tout aussi douloureuse. Mais ces deux hommes étaient ses meilleurs amis – les frères qu'il n'avait jamais eus – et à partir de maintenant, il ne les verrait plus que rarement. Surtout s'il déménageait à l'autre bout de la planète.

Guy s'efforça de sourire.

— Va pour le dîner.

12

— Je n'arrive pas à croire que tu l'aies embauché ! s'exclama la Sabreuse en riant aux larmes.

Et Cécile n'arrivait pas à croire qu'elle ait autrefois pu penser qu'il serait agréable d'entendre cette femme sérieuse, presque sinistre, rire aux éclats. C'était déjà assez pénible de se faire rire au nez par son employée, mais l'animal de la Sabreuse, Angus, se mit à glousser avec elle. Cécile se faisait rire au nez par un oiseau, et le pire, c'était qu'elle méritait leurs moqueries. Qu'est-ce qui lui était passé par la tête de laisser Guy entrer de nouveau non seulement dans sa vie, mais aussi dans son affaire, et même sa maison ?

Elle était une idiote, et une lâche aussi, parce qu'elle se cachait dans son bureau plutôt que de rentrer chez elle – par peur de tomber sur son nouveau locataire.

C'était la Sabreuse qui l'avait informée – avec des yeux comme des soucoupes – qu'elle venait de croiser Guy dans ce qu'elles appelaient la bibliothèque, la salle commune à la disposition des locataires et des employés de Cécile. Lorsque celle-ci lui avait avoué l'avoir embauché, la Sabreuse s'était mise à rire. Sans s'arrêter.

— Tu as terminé ? demanda-t-elle froidement lorsque Jo parut se ressaisir, tandis qu'Angus riait toujours aux éclats.

La Sabreuse se tut immédiatement et gratta le ventre d'Angus, ce qui stoppa l'oiseau – ou du moins ce qui remplaça ses gloussements par les sons beaucoup moins grinçants qu'il émettait quand il était content.

— Je suis désolée, dit la Sabreuse sans en avoir l'air une seule seconde, essuyant ses larmes. Je ne devrais pas rire ; seulement...

— Seulement ? insista Cécile contre tout bon sens.

— J'ai toujours admiré ta force et ta détermination, avoua la jeune femme.

— Eh bien maintenant, tu sais que je suis aussi faible que n'importe quelle femme devant un homme sublime, répliqua-t-elle.

— Ça te rend plus humaine.

— Je n'avais pas remarqué que tu étais sensible à une quelconque *humanité*.

Pour toute réponse, la Sabreuse émit un simple grognement et les dernières traces d'humour s'effacèrent de son visage.

Cécile savait que Jo avait passé des jours et des semaines en France avec Elliot Wingate, mais elle ne savait pas trop ce qui s'était passé entre son employée et le mystérieux espion. Ils avaient peut-être été amants. Peut-être ennemis. Peut-être les deux. La seule chose qu'elle savait, c'était que la Sabreuse ne partagerait jamais ses sentiments pour cet homme.

Cécile prit note de demander à Marianne si elle pouvait soutirer quelque chose à son mari au sujet d'Elliot et de ses sentiments pour Jo. Elle fit la grimace. Bien sûr, la prochaine fois qu'elle verrait Marianne – pour leur thé hebdomadaire du mardi –, elle serait probablement bien trop occupée à lui expliquer sa récente folie pour faire ces indiscrétions.

Cécile repoussa cette pensée désagréable et se concentra de nouveau sur la Sabreuse, qui la contemplait d'un air calme et spéculatif.

— Je suis désolée de te décevoir, ma chère Joséphine, mais je lui ai fait cette offre et je ne peux plus revenir en arrière. Mais au premier refus d'obtempérer, je le jette comme une vieille chaussette.

La Sabreuse hocha la tête, mais Cécile se rendait bien compte qu'elle ne croyait pas à sa menace. Et elle ne pouvait pas lui en vouloir ; elle n'y croyait pas elle-même.

Ce n'était pas grave, la seule personne qui avait besoin d'y croire, c'était Guy, et elle allait s'en *assurer*.

— Je veux que tu utilises Guy dans tous tes numéros. Ne t'inquiète pas, c'est moi qui le paierai, ajouta Cécile, et Jo haussa les sourcils.

En général, les artistes qu'elle employait payaient leurs propres assistants, mais plus Cécile ferait monter Guy sur scène, plus elle gagnerait d'argent.

Et elle refusait de culpabiliser.

Cécile examina le calendrier détaillé qu'elle gardait épinglé au mur devant son bureau.

— Guy pourrait aussi servir à Lucy et Nora, ajouta-t-elle, plus pour elle-même que pour la Sabreuse.

Lucy et Nora étaient les deux pugilistes de la Foire – les numéros les plus lucratifs après ceux de Cécile et la Sabreuse.

Elle engageait également une magicienne, quelques acrobates et une troupe de théâtre, mais ils s'occupaient de leurs propres assistants, qui étaient souvent hautement qualifiés.

Cette pensée arracha un sourire narquois à Cécile ; Guy était hautement qualifié, mais pas d'une manière qui rapporterait de l'argent sur scène.

« Arrête de penser à ça ! » s'ordonna-t-elle.

— Ça lui laisse encore beaucoup de temps libre, songea-t-elle à voix haute, se caressant le menton avec sa plume tout en étudiant la longue liste de tâches qui avaient toujours besoin d'être accomplies.

Puis elle sourit en s'arrêtant sur une mission particulièrement désagréable.

— Il peut aussi s'occuper de la lessive.

La Sabreuse lâcha un rire.

— Basil sera content.

Personne n'aimait s'occuper du linge. C'était une besogne physique, sale, ingrate. Et après avoir trimballé sac après sac le linge sale, il fallait se coltiner Ginny Bascom, leur blanchisseuse.

En comparaison, Ginny faisait passer Vlad l'Empaleur pour un catéchiste. Elle tenait chaque livreur de linge pour personnellement responsable de toutes les taches sur les vêtements qu'elle devait laver. Elle détestait particulièrement les hommes et sa sévérité suffisait à faire fuir les plus courageux d'entre eux.

Cécile regarda d'un air absent Angus se nicher dans le cou de Jo et émettre des sons de plaisir.

— Cet oiseau a un attachement anormal pour toi.

La Sabreuse ignora la remarque et continua de fixer le couteau qu'elle faisait tournoyer dans sa main.

Cécile ne l'avait jamais vue s'énerver, avoir peur ou être triste, et aucune insulte ne semblait pouvoir percer sa carapace.

Angus, de son côté, lui jeta un regard hostile et fit claquer son immense bec d'un geste agressif. Le corbeau protégeait sa maîtresse et l'aimait. La Sabreuse avait peut-être trouvé la solution en maintenant tout le monde à l'écart et en se contentant de son oiseau – après tout, on aurait du mal à imaginer Angus rejeter Jo pour pouvoir épouser une femelle corbeau fortunée.

Cécile posa la tête entre ses mains et ferma les yeux. Seigneur, elle enviait l'affection d'un oiseau. À l'évidence, l'influence de Guy lui avait déjà fait perdre la tête.

Debout devant quelques centaines de ses anciens amis et camarades – qui hurlaient, tapaient des pieds et s'esclaffaient bruyamment –, Guy luttait pour se rappeler pourquoi il s'était embringué dans cette forme d'humiliation atroce.

Tu l'as fait pour te rapprocher de Cécile, et c'est chose faite – tu vis chez elle, juste de l'autre côté du couloir.

Bien, bien. C'était vrai. Mais cela valait-il la peine d'être rabaissé ainsi ?

La Sabreuse salua le public déchaîné puis se dirigea vers Guy. Le pantalon en cuir noir, la queue-de-pie noire et les cuissardes qu'elle portait étaient suffisamment provocants pour attirer le regard de l'ancien duc.

Jo Brown était une femme attirante, au corps mince et galbé, mais elle était beaucoup trop étrange à son goût pour qu'il puisse éprouver la moindre attirance pour elle. Et après ce qu'elle avait fait en France l'année passée – globalement, les sauver tous à elle seule –, il lui vouait un profond respect et une grande admiration.

Ce qui ne voulait pas dire qu'il avait envie d'apprendre à la connaître. Non, il laissait cela à son ami Elliot, qui était, Guy aurait pu le jurer, amoureux de cette femme. Non qu'on puisse s'en douter au vu du comportement secret d'Elliot.

— Vous feriez mieux de sourire ou Cécile va vous faire la peau, siffla Jo à travers ses dents serrées en piochant plusieurs couteaux aiguisés plantés dans la planche en bois à côté de la tête de Guy.

Elle les fit jongler d'une manière ostentatoire qui lui valut les applaudissements du public, puis les glissa dans le gilet ajusté situé sous sa queue-de-pie.

La première fois qu'il avait assisté à ça, Guy avait été choqué par la dangerosité du geste. Puis il avait compris que son costume était équipé de poches doublées de baleines, pour qu'elle ne se coupe pas. Enfin, à moins qu'elle ne manque les poches. Et la Sabreuse ne manquait *jamais* les cibles qu'elle visait.

— *Souris*, répéta Angus en rebondissant sur l'épaule de Guy avant de lui mordiller l'oreille.

— Nom d'un chien ! glapit Guy, et son cri poussa la foule d'aristocrates ivres à un niveau d'hilarité presque hystérique.

Guy se força à esquisser un sourire qui devait davantage ressembler à un rictus mortel et fusilla du regard la partie du théâtre qui était trop haute et trop sombre pour y voir clairement – la partie que les gens du théâtre appelaient le paradis. Il aurait sacrément aimé être là-haut à cet instant précis. Le paradis lui-même affichait complet maintenant que la rumeur s'était répandue que l'ancien duc de Fairhurst travaillait dans un cirque de femmes.

Pour être honnête, il était plus qu'effaré de constater l'ampleur de la foule qu'il attirait.

Quand il s'était fait engager, il avait pensé à la tournée en France l'année passée. Mais Guy n'avait pas grandi en France. Il ne connaissait pas chaque membre de l'aristocratie française, et il n'était pas apparenté à la moitié d'entre eux. En France, Guy n'avait pas eu à affronter des ennemis et des *anciens* amis alors qu'il gagnait sa vie en se faisant tirer dessus, tourmenter par un corbeau, et quasi poignarder en plein front.

Cette dernière remarque, concernant l'attaque au couteau, était réellement injuste. Car la seule chose positive dans ce travail misérable, c'était de savoir que Jo et Cécile comptaient parmi les artistes les plus doués – hommes et femmes confondus – du pays tout entier dans leurs spécialités respectives.

Il ne s'inquiétait pas réellement des balles et des lames qui fusaient à côté de sa tête, mais il avait oublié les petites fioritures que les deux femmes introduisaient dans leurs numéros – des fioritures destinées à provoquer le rire du public, généralement aux dépens de leur assistant.

Guy faisait rire, aucun doute là-dessus. Il faisait trembler la maison.

— La vente de billets a déjà augmenté de 18 %, lui avait dit Cécile après la première semaine. Il est possible que vous réussissiez à gagner votre vie.

Au lieu d'être mortifié par le fait de générer des profits en servant de cible aux blagues de la bonne société, il s'était senti fier d'apprendre qu'il était financièrement viable.

Il fallait vraiment qu'il se fasse examiner le cerveau.

— On devrait peut-être ajouter votre nom sur le chapiteau ? avait suggéré Cécile. Y aurait-il des répercussions juridiques si je mentionnais que l'ancien duc de Fairhurst apparaît en chair et en os ?

Devant son air horrifié, elle s'était contentée de se moquer de lui.

— Ne vous inquiétez pas, je vous taquine. Pour l'instant, en tout cas.

Heureusement, la Sabreuse abordait la dernière partie de son numéro.

Guy soupira sans cesser de sourire, laissa Angus sortir un portefeuille de la poche de son manteau, lui picorer le derrière quand Guy se pencha pour le récupérer, effectua son salut – trois rappels ce soir – puis soupira de soulagement quand tout fut terminé. Jusqu'au lendemain soir.

Ce soulagement dura au moins trente secondes après qu'il se fut échappé de la scène pour regagner la loge, où il était en train de se frictionner le visage pour retirer le maquillage que Cécile – oh, je vous demande pardon, *Mlle Tremblay* – l'obligeait à porter chaque fois qu'il montait sur scène, lorsque cette dernière cria son nom.

— Guy ! Guy ! Venez ici tout de suite !

Comme d'habitude, il ne put s'empêcher de sourire en l'entendant prononcer son nom à la façon française.

Mais son amusement fut de courte durée lorsqu'il sortit de la loge et avisa son regard noir.

— Vous avez hurlé, maîtresse Tremblay ?

Elle plissa dangereusement les yeux en percevant l'ironie dans sa voix. Guy ne put s'empêcher de parcourir du regard le paysage exotique que constituait son corps sublime. Elle avait effectué le premier numéro ce soir, mais avait également fait office de maîtresse de cérémonie entre chacun et elle portait donc encore son costume, une robe en satin noir affriolante, délicieusement moulante et décolletée. Et elle avait d'adorables tétons. Guy le savait d'expérience. Les fantasmes sur son corps – nu et transpirant sous le sien – le réveillaient la nuit à une fréquence atroce.

— Les chiens ont de nouveau renversé la poubelle dans la ruelle. Je croyais que vous y aviez mis des briques pour l'empêcher de basculer ?

— Je l'ai fait.

— Eh bien, rajoutez-en ! s'écria-t-elle avant de pivoter et de s'éloigner en roulant des hanches.

Guy prit le temps de profiter de la vue de son généreux postérieur qui se balançait jusqu'à ce qu'elle disparaisse. Le rugissement du public exclusivement masculin devint assourdissant lorsqu'elle reparut sur scène pour annoncer le dernier numéro de la soirée, qui était celui de Nora, l'une des pugilistes.

Guy ne pouvait pas reprocher à tous ces hommes de se ridiculiser en voyant Cécile – il le faisait bien lui-même, n'est-ce pas ?

Il retira rapidement son costume et revêtit la tenue de travail qu'il portait pour effectuer les innombrables tâches ingrates que Cécile lui avait réservées ces deux dernières semaines.

Dans la ruelle, Guy grogna en voyant les ordures répandues partout et la poubelle renversée.

— Nom d'un chien, murmura-t-il.

Comment diable les chiens justement avaient-ils pu…

Il vit soudain quelque chose bouger à l'extrémité de son champ de vision et il fit volte-face.

Oui, il y avait un chien, certes, mais aussi un petit gamin crasseux qui farfouillait parmi les déchets et empirait le désordre.

— Hé ! aboya Guy en se dirigeant vers l'enfant – fille ou garçon, il n'aurait su dire.

Il s'arrêta lorsque le bâtard de taille moyenne à côté du vandale miniature montra des dents assez considérables et grogna d'un air menaçant.

— Vous feriez mieux de reculer. Il mord, dit doucement le gamin, d'une voix aiguë qui aurait pu appartenir à une fille ou un jeune garçon.

— C'est toi qui la renverses tous les soirs ?

Le gamin l'ignora et poursuivit sa fouille des ordures.

— Qu'est-ce que tu cherches comme ça ?

Le galopin le fusilla du regard et cracha deux petits mots.

— À manger.

Guy se sentit bête. Il savait que les rues étaient pleines d'enfants affamés, mais c'était la première fois qu'il parlait à l'un d'eux. Il avait toujours eu des domestiques pour avoir ce genre de conversation à sa place, dans le passé.

« C'est *toi* le domestique, maintenant, mon cher Gaius », lui fit remarquer une petite voix intérieure, qui ressemblait étrangement à celle de Cécile. Mais il décida qu'il s'occuperait de cette horrible prise de conscience plus tard.

— Il n'y en aura pas là-dedans, lui dit Guy, maladroitement.

— Je sais.

La réponse dégoulinait de dégoût, comme si la maisonnée et l'affaire de Cécile étaient d'une négligence criminelle en ne gaspillant pas de nourriture.

Guy soupira. Fatigué et humilié, il avait envie de boire d'un trait quelques pintes avant de s'effondrer sur son lit dur et étroit comme une paillasse dans sa cellule monastique et d'oublier ce à quoi la vie l'avait réduit.

Il plongea la main dans sa poche et en sortit quelques piécettes.

— Tiens. Prends ça et achète-toi à manger.

L'enfant releva brusquement la tête, imité par le chien, les yeux brillant de méfiance.

— Écoute, tu n'es pas obligé d'approcher. Je peux les jeter vers là-bas.

Il désigna le mur opposé et jeta doucement les pièces.

Il n'avait pas fini sa phrase que l'enfant et le chien s'étaient précipités pour récupérer les sous dans le recoin obscur.

Guy redressa la poubelle et entreprit d'en ramasser le contenu.

Quand un sac atterrit dans la poubelle, il se retourna et vit que le gamin l'aidait.

— Je n'ai plus rien à te donner, le prévint-il.

— Je vous ai rien demandé, si ? répliqua la petite bête féroce.

— Tu es un garçon ou une fille ?

— Et vous ?

La réplique lui arracha un rire.

— Je suis un *garçon*. Bon, et toi ?

— Ça vous regarde pas !

Ce n'était pas faux.

Guy haussa les épaules et se remit à la tâche. La poubelle n'avait pas été pleine, le contenu n'était pas particulièrement dégoûtant et les lieux furent vite débarrassés. Il trouverait d'autres briques le lendemain. Mais pour l'instant, il était épuisé.

Il frappa à la porte jusqu'à ce que quelqu'un vienne lui ouvrir. Chien et enfant restèrent plantés à le regarder.

— Tu devrais rentrer – il est minuit passé.

— J'ai pas de maison.

La porte s'ouvrit et Richie passa la tête à l'extérieur.

— Oh, c'est vous, Votre Grâce.

Guy leva les yeux au ciel.

— Juste *Guy*, ça ira, Richie, lui rappela-t-il pour la dixième fois au moins.

Les employés de la Foire aux Femmes Fantastiques Farnham estimaient que la vie de Guy était une source d'amusement perpétuelle et lui donnaient tous les surnoms, de Votre Grâce à Votre Altesse en passant par tout ce qui leur chantait. Mais après tout, qui était-il pour les priver d'une bonne rigolade gratuite ?

Richie coula un regard au gamin et au chien.

— Encore vous ! Qu'est-ce que je t'ai dit la dernière fois que je t'ai surpris à rôder ? Je vais t'envoyer la Garde !

— Va te faire voir !

Le chien aboya comme pour appuyer cette suggestion.

Guy réprima un rire et saisit Richie par le col lorsque ce dernier s'élança vers le duo crasseux comme pour leur mettre une raclée.

— C'est bon, Richie. Laisse-les tranquille.

— Mais Mlle Tremblay dit de ne pas…

— Je m'occupe d'elle, dit Guy avec plus de conviction qu'il n'en avait réellement.

Richie ricana.

— Oh, ouais, Votre Grâce. C'est votre tête qu'est sur le billot.

En effet.

Cécile effectuait son dernier tour avant de fermer le théâtre pour la nuit, quand elle entendit des voix.

Sa peau se mit à la picoter et elle sentit la chair de poule la gagner. Elle se figea et tendit l'oreille ; cela provenait du placard où était entreposé le linge avant d'être emporté à la blanchisseuse.

Cécile déglutit et s'empara d'un balai qu'un employé fainéant avait laissé contre un mur au lieu de le ranger à sa place.

Elle fixa le placard des yeux, hésitante. Peut-être devrait-elle aller chercher de l'aide ? Même si presque toute l'équipe était allée dîner au restaurant qui accueillait les gens de théâtre, elle savait que Guy était dans sa chambre.

Et comment sais-tu cela, *Cécile ?*

Elle se renfrogna. Elle avait regardé où il allait, et alors ? Elle surveillait tous ses employés. En plus, il avait l'air tellement épuisé qu'elle avait – brièvement – éprouvé de la culpabilité à le faire travailler si dur. Mais alors, elle s'était souvenue qu'il l'avait laissée pour épouser une héritière et l'avait traitée comme une putain, et tout remords s'était envolé.

Même s'il aurait été amusant de le réveiller et de le traîner ici pour l'aider, c'était également un aveu qu'elle avait besoin de lui pour régler des problèmes qui concernaient sa propre maison.

Tandis qu'elle hésitait encore, la porte du placard s'entrouvrit et un visage crasseux apparut. L'enfant – car c'est ce que c'était, à l'évidence – vit Cécile, couina et referma la porte.

Cécile fronça les sourcils et reposa le balai.

— Sors de là.

Le théâtre était silencieux, à l'exception des craquements du vieux bois.

— Si tu me forces à entrer...

La porte se rouvrit et, cette fois, une gueule hirsute se joignit à celle de l'enfant.

— On ne faisait rien de mal... On dormait, c'est tout.

— Comment es-tu entré ici ?

— Sa seigneurie nous a laissés entrer.

La voix paraissait plus défiante, plus courageuse.

Cécile esquissa un sourire sinistre.

— Sa seigneurie, hein ?

Elle remarqua une tache luisante sur la joue de l'enfant.

— C'est de la confiture sur ta joue ?

— On ne l'a pas volée ! C'est sa seigneurie qui nous l'a donnée.

Cécile marmonna quelques jurons dans sa langue natale.

— Ton chien n'a pas intérêt à faire pipi ici – et toi non plus.

L'enfant parut outré par cette accusation ; le chien aussi, au demeurant, qui montra les dents en grognant tout bas.

Cécile récupéra le balai. Le gamin jeta ses bras maigrelets autour du bâtard et le serra fort.

— Ne le frappez pas, pitié ! Il ne fera rien de mal.

Cécile soupira ; elle allait étrangler Guy. Elle allait le réveiller dans le minuscule lit de camp inconfortable qu'elle lui avait octroyé et elle allait l'étrangler.

— S'il vous plaît, madame, on ne fera rien de mal. On s'en ira. N'appelez pas la Garde.

La voix lui sembla féminine – et jeune. Elle regarda en silence la créature sale rassembler quelques affaires et les fourrer dans un sac en toile. Les épaules de la fillette étaient frêles et étroites, ses os, aussi délicats que ceux d'un moineau. Même celles du bâtard semblaient affaissées.

Cécile grogna et poussa un soupir.

— Bien. Tu peux rester… pour cette nuit.

La fillette laissa échapper un sanglot étouffé qui toucha le cœur de Cécile comme rien ne l'avait fait depuis bien, bien longtemps.

— Merci, madame, bredouilla-t-elle, le menton tremblant.

— Comment tu t'appelles ?

— Féline.

— Ce n'est pas un nom – c'est une espèce animale.

Féline se hérissa, comme l'aurait fait un de ses homonymes.

— C'est le seul que j'ai.

Cécile grommela ; voilà qui ressemblait à un mensonge.

— Quel âge as-tu ?

La fillette haussa les épaules.

Cécile s'approcha puis eut un mouvement de recul.

— Mon Dieu ! hoqueta-t-elle en fronçant le nez.

— Quoi ?

— Tu sens comme... comme...

Cécile eut un haut-le-cœur.

— Ce n'est pas ma faute, répliqua Féline.

Cécile songea qu'elle avait sûrement raison.

— Est-ce que vous avez des puces, le chien et toi ? Non. Laisse tomber. Vous allez tous les deux prendre un bain avant de passer la nuit chez moi.

— Un bain ? répéta Féline, comme si Cécile avait parlé dans une langue étrangère.

Oh Seigneur. Cet enfant n'avait-il donc jamais entendu parler de bain ? Combien d'années de crasse Cécile allait-elle découvrir sous la couche de saleté qu'elle avait sous les yeux ? Et pourquoi faisait-elle cela ?

Elle aurait dû se contenter d'embarquer la fillette – et son chien – et de les déposer dans la chambre de Guy. S'il voulait sauver les galopins crasseux, alors il n'avait qu'à s'en occuper *lui-même.* Cécile se renfrogna, de plus en plus énervée. Est-ce que ce n'étaient pas les hommes tout craché de mettre un enfant et un chien dans un placard ?

Quoi ? Il aurait dû les laisser dans la rue, comme tu l'aurais fait ?

Elle tressaillit et se sentit rougir.

— Venez, dit-elle en se dirigeant vers la porte qui menait du théâtre à sa maison.

Chien et fillette trottinèrent derrière elle. Cécile s'arrêta.

— Est-ce que ton chien va faire ses affaires à l'intérieur ? Parce que si…

— Non. George est un bon garçon. Il sait se tenir.

Cécile rit.

— George ? Tu as donné à ton bâtard le nom du roi ?

— Non, répliqua Féline. Je lui ai donné le nom de *saint* George. Et ne le traitez pas de bâtard.

Cécile trouva la clef qu'elle cherchait sur le gros anneau, ouvrit la porte et fit passer la fillette et le chien dans le petit couloir avant de refermer derrière eux.

— Un saint, hein ? Ton chien est si bien élevé que ça ?

— Pas à cause de ça. Vous ne savez rien ou quoi ?

Cécile rit, amusée par la fougue de la fillette.

— Apparemment non. Parle-moi de ce saint.

— Il a tué un dragon pour protéger l'Angleterre. George est tout aussi courageux.

— Les dragons n'existent pas.

— Vous n'en savez rien.

— Je n'en ai jamais vu.

— Vous avez déjà vu un aigle chauve ?

Cécile s'arrêta et se tourna pour dévisager la petite.

— Un *quoi ?*

Elle qui avait vécu à Boston connaissait bien évidemment l'oiseau que les Américains avaient adopté comme emblème[1]. Mais elle était stupéfaite qu'une gamine des rues de Londres connaisse une chose pareille.

— C'est un oiseau qui vit en Amérique. Vous en avez déjà vu ?

— Non. Je n'ai jamais vu d'oiseau de ce type. Je pense que tu viens d'inventer ça, la taquina Cécile en reprenant sa route vers la cuisine.

---

1. Le pygargue à tête blanche, *bald eagle* en anglais (littéralement « aigle chauve »), surnommé « aigle à tête blanche », est l'emblème national des États-Unis. *(N.d.T.)*

— Pas du tout ! Ça existe vraiment.

— Pourquoi un oiseau serait-il chauve ?

— Il a seulement *l'air* chauve parce que les plumes de sa tête sont blanches et son corps, plus foncé.

— Comment connais-tu cette race d'oiseau ?

La question coupa court à la verve de la fillette. Cécile ne put s'empêcher de remarquer que l'accent de cette dernière s'était subtilement modifié et que les fautes de grammaire étaient de moins en moins nombreuses à mesure qu'elle parlait. C'était une tentative de subterfuge impressionnante pour une gamine de son âge. Elle avait dû recevoir une bonne éducation.

— Continue, demanda Cécile en allumant la lumière de la cuisine. Comment connais-tu l'existence de cet oiseau chauve... ? Tu es allée en Amérique ?

— Laissez tomber.

— Ne fais pas ça.

— Faire quoi ?

— N'abandonne pas aussi facilement. Tu voulais soulever un point dans une argumentation, non ?

Féline hocha la tête.

— Eh bien, termine ce que tu as commencé.

Féline poussa un soupir.

— Ce n'est pas parce que vous n'avez jamais vu quelque chose que cette chose n'existe pas.

Cécile haussa les sourcils.

— C'est tout à fait pertinent.

— Pourquoi vous me regardez comme ça ? demanda Féline en plissant ses yeux bleus d'un air méfiant.

— Parce que je me disais la même chose – ce n'est pas parce que je ne vois pas de petite fille qu'il n'y en a pas une sous cette couche de crasse. Allez viens, aide-moi à tirer un peu d'eau à la pompe. Pendant qu'elle chauffe, je te donnerai quelque chose d'autre à manger. Il se trouve que je sais où Cook conserve sa réserve secrète de sablés.

13

Le martèlement sous le crâne de Guy était assourdissant. Seigneur ! Il avait à peine bu la veille, rien que deux verres de…

— Debout, Guy !

Il se força à ouvrir les yeux. Les gueules de bois pouvaient peut-être provoquer des martèlements, mais elles ne criaient pas des prénoms. Et elles prononçaient encore moins son prénom de cette façon.

Il jeta un coup d'œil par la fenêtre ; l'aube venait de se lever, la lumière était d'un gris pâle et aqueux. Étant donné qu'il ne s'était couché qu'à 3 heures, ça signifiait qu'il avait dormi à peine deux heures.

Il grogna et posa un pied par terre.

— Guy ! Ne m'obligez pas à vous jeter un seau d'eau à la figure.

— Je suis réveillé – j'arrive.

Il trébucha sur quelque chose – une chaussure – et heurta son orteil contre la bergère avant de s'écraser contre le mur.

— Ahhh !

Il empoigna son orteil meurtri et sautilla à travers la pièce en étouffant ses gémissements.

— Qu'est-ce qui se passe là-dedans ? demanda Cécile.

— Rien !

— Vous avez de la compagnie ? Vous n'avez pas intérêt.

— Quoi ? *Non.*

Il reposa avec précaution son pied par terre et geignit. Puis il fronça les sourcils ; était-ce des *gloussements* qu'il entendait ?

— Je vous laisse une minute pour sortir.

— Je me dépêche, lança-t-il d'une voix rauque en enfilant péniblement sa tenue.

— *Une* minute. Et ensuite, on entre.

Guy s'arrêta ; *on* ?

Il se hâta, soudain totalement réveillé. Qui diable avait-elle emmené ? Il entendait des voix. Quelque chose avait-il mal tourné cette nuit ? Il n'avait touché à aucun marteau ni aucune scie, alors il ne pouvait pas avoir abîmé quoi que ce soit.

— Votre temps est écoulé.

La porte s'ouvrit au moment où Guy nouait sa cravate.

C'était Cécile et – Guy plissa les yeux – une petite fille. Et un chien, un chien très familier.

— Bon Dieu !

— Guy !

Il grimaça.

— Vous êtes obligée de crier, Cécile ?

— Ce sera *mademoiselle Tremblay* pour vous. Et oui, je suis obligé de crier quand vous employez un langage inapproprié devant un enfant.

— Oh, désolé.

Il ne pouvait s'empêcher de fixer la jolie petite fille, aux cheveux blond doré et non d'un gris boueux.

Il regarda Cécile.

— Comment… Que… Enfin…

Cécile poussa un grognement.

— Ça ressemble à ce que j'ai dit hier soir en ouvrant le placard à linge.

Guy grimaça de nouveau.

— Oh.

— Oh, en effet.

— Il faisait froid dehors et je me suis dit...

— Que vous alliez ranger un enfant dans un placard – comme si c'était du linge sale ?

Guy passa sa main dans ses cheveux et fixa ses pieds. Dis comme ça, c'était moche.

Il se força à relever les yeux et à croiser le regard orageux de Cécile.

— C'était seulement en attendant de trouver une meilleure idée.

— J'ai une meilleure idée.

Le visage de Guy s'illumina.

— Ah oui ?

— Oui. Féline et George s'installeront dans votre chambre à partir de maintenant.

— Féline et George ?

Cécile fit entrer la fillette et le chien dans la pièce. George – il supposait du moins que c'était le chien qui s'appelait George, et non la fillette – lui montra ses crocs considérables.

Guy recula jusqu'à heurter le lit.

— Cécile... mademoiselle Tremblay, corrigea-t-il à la hâte. Il n'y a pas assez de place ici – et seulement un lit. Et George n'a pas l'air ravi non plus de devoir partager l'espace.

Cécile se pencha pour caresser la tête du chien ; ce dernier cessa de grogner et se frotta contre sa jambe.

Non mais, quel ingrat ! On aurait pu penser qu'il se souviendrait de celui qui l'avait sauvé.

— Ce n'est qu'un chien, Guy. Vous arriverez bien à charmer un chien ? Il vous faudra exercer un peu de votre fameux charisme.

— Ah, ah. Très drôle.

— Quant au lit simple, vous irez chercher un des tapis de boxe. Ça devrait suffire pour George et vous. Ainsi, Féline pourra prendre le lit.

— Mais…

— Les enfants doivent manger à heures régulières, vous devrez donc vous arranger avec Cook.

— M'arran…

— Et Féline aura besoin d'une éducation – soit vous ferez office de professeur, soit vous vous mettrez en quête d'un établissement qui pourra s'en charger.

— Son professeur ? Seigneur, Cécile ! Les seules choses que je pourrais enseigner sont…

— Pas devant un enfant, Guy.

Il serra les dents.

— Vous pouvez arrêter, maintenant. Je comprends ce que vous faites.

— M'arrêter ? Et pour faire quoi, je vous prie ? Remettre Féline et George dans la rue ?

Enfant et animal jetèrent un regard noir à Guy.

Il leva les mains.

— Non, non, bien sûr que non. Je vais en parler à Marianne. Vous savez qu'elle adore ce genre de chose. En fait, c'est là que j'avais l'intention d'emmener la fille, dans l'un des machins-trucs de Marianne.

Cécile lui jeta un regard cinglant.

— C'est *votre* responsabilité, Guy. Assumez-la au lieu de vous en débarrasser.

Guy crut que sa tête allait exploser.

— Écoutez, chérie. Je voulais seulement…

— Jouer les héros, mais sans que cela vous coûte quoi que ce soit ? demanda-t-elle d'un air innocent.

Guy tourna les yeux vers Féline – une vraie petite beauté maintenant qu'elle était toute propre. À la voir ainsi, c'était encore plus consternant de savoir qu'elle avait dû faire les poubelles pour manger. L'avait-il uniquement accueillie pour jouer les héros ?

Il revint à Cécile et une sensation de malaise lui noua le ventre. L'amour de sa vie le fixait d'un regard inflexible. Elle n'avait pas besoin de dire quoi que ce soit, il pouvait lire dans ses yeux. Elle le prenait pour un dilettante et estimait que sauver Féline de la rue n'était qu'un acte irréfléchi et imprudent de plus de sa part. Bon sang, avait-elle raison ?

Guy soupira de nouveau, détourna les yeux de Cécile et se força à accepter sa nouvelle responsabilité avec le sourire.

Il désigna la pièce minuscule.

— Bienvenue dans mon humble demeure.

Au cours des heures suivantes, Guy apprit de nombreuses, très nombreuses choses.

Féline avait huit ans, ou peut-être neuf – elle ne le savait pas précisément. Son père était mort quand elle était petite, et elle avait vécu avec sa mère jusqu'à ses sept ans, sur ce point, elle était certaine.

Guy ne savait toujours pas ce qui était arrivé à sa mère et n'osa pas insister en voyant Féline ouvrir de grands yeux vitreux et sa lèvre inférieure se mettre à trembler.

Elle avait rencontré George pendant son premier mois dans la rue, quand il avait mordu un homme qui essayait de l'entraîner dans une maison douteuse. Horreur, fureur et honte tourbillonnèrent en lui lorsqu'elle lui raconta cette partie de son histoire. Féline avait eu beaucoup, beaucoup de chance de tenir aussi longtemps sans se faire agresser.

Bien qu'elle ne l'ait pas explicitement exprimé, la vie s'était quelque peu simplifiée pour elle une fois que la couche de saleté avait rendu son sexe moins évident ; on essayait moins de l'attirer, de l'appâter ou de l'enlever.

Une vieille femme avait eu pitié d'elle et de George peu après sa pénible expérience avec l'homme. Elle leur avait donné un peu à manger et les avait autorisés à dormir dans sa véranda lors des nuits les plus froides. Mais la femme était décédée quelques semaines plus tôt et, depuis ce jour, Féline et son chien survivaient en fouillant les poubelles.

— Personne ne s'aventurait dans votre ruelle, alors George et moi, on n'avait même pas à se cacher, lui confia Féline pendant un petit déjeuner composé de porridge agrémenté de crème, de raisins et de miel.

Guy soupçonnait que si personne ne venait dans cette ruelle, c'était parce qu'il n'y avait rien à y récolter. À en juger par la façon dont la fillette et le chien dévoraient leur nourriture – oui, Cook avait même trouvé un os charnu pour le chien fidèle, sans parler de la nourriture qui tombait du bol de Féline –, tous deux étaient affamés.

Étonnamment, Féline savait lire, car elle avait eu la chance de pouvoir fréquenter l'école d'un petit village dont elle ne se rappelait pas le nom. Guy soupçonnait sa mère d'être venue à Londres en quête d'un meilleur salaire, comme beaucoup d'agriculteurs et de gens de la campagne. Des vagues constantes de maladies sévissaient dans les quartiers miséreux de Londres et la pauvre femme avait dû succomber à l'une d'entre elles sans avoir pris de dispositions pour sa fille.

Le nom de famille de Féline était Smith, un patronyme particulièrement peu utile quand il s'agissait de rechercher quelqu'un. D'après l'enfant, sa mère était une princesse et son père, un chevalier mort en combattant des trolls. Étant donné que la fillette survivait par ses propres moyens depuis plusieurs années, Guy ne pouvait pas lui en vouloir de s'être inventé une vie meilleure. Cela dit, compte tenu de la pénurie de princesses, de chevaliers protecteurs et de trolls, Guy soupçonnait que retrouver la famille de Féline s'avérerait plus difficile qu'on ne le pensait.

Cécile passa la journée à osciller d'un extrême à l'autre. Elle avait estimé être dans son bon droit, au matin, quand elle avait réveillé Guy pour le forcer à assumer ses responsabilités. Mais à mesure que les heures passaient, elle se demandait si elle avait bien fait. Après tout, que savait-il de la façon de s'occuper d'une petite fille ?

En réalité, il en savait probablement plus que Cécile. Lui au moins avait des petites sœurs. Elle n'avait jamais été entourée d'enfants – pas même quand elle en était une elle-même. Elle passait ses journées dans l'atelier de son père à apprendre les rudiments de l'armurerie depuis qu'elle était en âge de marcher et de parler. La soirée de la veille avait été une sorte de révélation. Elle avait été stupéfaite de constater qu'une petite fille pouvait converser avec autant d'aisance. Plus Féline parlait, plus son accent s'était modifié, passant de celui d'une gamine des rues à celui d'une petite fille dont les parents avaient dû lui donner une éducation correcte.

Bien que Cécile ne crût pas que Féline soit la fille d'une princesse et d'un chevalier, elle n'aurait pas été surprise que ses parents aient été des domestiques ou des commerçants instruits. Cécile ne savait que trop bien comme les personnes d'un certain statut pouvaient facilement se perdre et s'oublier dans une ville telle que Londres. Elle était bien plus âgée que Féline à la mort de son père, mais elle avait dû affronter un nouveau monde rempli d'étrangers qui parlaient une langue différente. Son cousin l'avait hébergée, bien sûr, et elle n'avait pas eu à dormir dans la rue comme Féline ni à chercher sa nourriture, mais Curtis lui avait rapidement causé d'autres problèmes.

Cécile chassa ces souvenirs désagréables et repensa plutôt au visage stupéfait de Guy. Elle ne put s'empêcher de sourire ; c'était mal de le taquiner, mais tellement amusant. Il était si grand et fort, et pourtant, il avait quelque chose de tellement, tellement innocent, même si elle savait pertinemment qu'il n'en était rien.

Mais quand il s'agissait d'appréhender la dureté dont le monde pouvait faire preuve, Guy était naïf. Il avait mené une vie bienheureuse.

Jusqu'à récemment.

Au-delà de la colère, de l'humiliation et du chagrin qu'il lui avait causés, Cécile éprouvait finalement de la peine pour ses déboires actuels. Il aimait ses sœurs et sa mère et possédait un sens du devoir inaltérable pour tout ce qui touchait au duché. Il s'était préparé à sacrifier ses désirs personnels en faisant un mariage d'argent.

Ou peut-être qu'il était tombé amoureux de son héritière ?

Cette pensée importune lui fit froncer les sourcils. Mais pour autant qu'elle s'en préoccupât, c'était peut-être vrai. Elle le soupçonnait – compte tenu du nombre de ses maîtresses – d'être le genre d'homme à aimer souvent et superficiellement.

Cependant, là encore, que connaissait-elle de l'amour ? Elle n'avait jamais été amoureuse alors qu'elle avait elle-même connu plusieurs amants, dont certains l'avaient suppliée de les épouser. Aucun n'avait été suffisamment convaincant pour lui donner envie de sacrifier sa liberté.

Aurait-elle dit oui à Guy s'il avait…

Cécile fut prise de dégoût et repoussa sa chaise, décidant de renoncer pour l'instant à son interminable paperasse. Elle chargea ses pistolets, sangla ses holsters et se dirigea vers la scène qui, selon le planning des répétitions, était libre. Des employés venaient régulièrement lui poser des questions, mais ces interruptions ne la dérangeaient pas. Elle était plus heureuse en dirigeant la Foire qu'elle ne l'avait été de toute sa vie.

À l'exception de ces quelques semaines dans la roulotte avec Guy.

Cécile s'efforça d'ignorer cette pensée insidieuse et ouvrit la porte de la scène, ravie de pouvoir tirer sur quelque chose. Elle poussa les bottes de paille et cala la lourde barrière de bois et d'ardoise entre elles. Grâce à l'association de la paille et de la barrière de quinze centimètres, elle pouvait tirer en intérieur avec des petits calibres sans avoir à s'inquiéter d'endommager quoi que ce soit.

Elle fixa plusieurs cartes à jouer sur un support en ressort de fil de fer et le fit osciller avant de prendre position derrière la marque au sol. Comme toujours quand elle s'entraînait, elle ne pensait à rien d'autre qu'à atteindre sa cible. Une fois que la première série de cartes fut réduite en confettis, elle rechargea, fixa de nouvelles cartes sur une roue et la fit tourner. Elle avait rechargé trois fois et venait de tirer son dernier coup lorsque des applaudissements retentirent. Elle se retourna.

Guy se tenait derrière elle avec Féline et George.

— Vous êtes tellement douée ! s'exclama Féline. Vous n'avez manqué qu'une seule fois.

— Et c'est une fois de trop, rouspéta Cécile.

Elle jeta un regard à Guy ; il l'observait avec cette lueur amusée dans les yeux qui lui donnait toujours envie de le gifler ou de l'embrasser.

— Comment faites-vous pour être aussi douée ? demanda Féline.

— L'entraînement, l'entraînement et encore l'entraînement.

— Je peux essayer ? demanda la fillette en sautillant d'excitation.

Cécile l'examina. Elle avait commencé à tirer alors qu'elle tenait à peine debout, mais elle avait grandi entourée d'armes et comprenait le danger qu'elles représentaient.

Elle avisa le regard implorant de Féline.

— Il y a beaucoup de choses à apprendre avant de tirer. Je te formerai, mais ça prendra du temps. Tu pourrais peut-être venir dans mon bureau, demain, et je te montrerai comment démonter un pistolet.

À sa grande surprise et pour son plus grand soulagement, Féline hocha la tête au lieu de protester.

— Où étiez-vous tous les deux, aujourd'hui ? demanda Cécile.

— On est allés dans la maison d'un duc.

Cibles et pistolets furent oubliés dès lors que Féline se mit à décrire la sublime demeure où Guy l'avait emmenée.

Cécile pencha la tête vers Guy, qui leva innocemment les deux mains.

— Ne me regardez pas comme ça – je suis seulement allé voir Marianne pour lui poser quelques questions, pas pour me débarrasser de mes responsabilités.

— La duchesse m'a donné ça, dit Féline en tournoyant sur elle-même pour montrer sa robe.

Ce n'était pas la robe avec laquelle elle était sortie ce matin, et il était évident qu'elle coûtait plus que ce que les employés de Cécile gagnaient en un an.

Cécile jeta un regard appuyé à Guy.

— Qu'est-ce qui n'allait pas avec la robe de la fille de Cook ?

Il haussa les épaules.

— Rien. Mais pourquoi ne pourrait-elle pas en avoir d'autres ?

— D'autres ?

— Oui, il y avait des penderies remplies de robes. Marianne a dit qu'elles appartenaient aux nièces de Sin et que les filles les avaient laissées là. Elles sont trop petites pour elles maintenant. Marianne allait les donner à l'une des écoles qu'elle aime tant, alors…

— Elle a dit que je pouvais en prendre autant que je voulais, intervint Féline, aux anges. Je les voulais toutes, mais Guy a dit que je ne *pouvais pas*.

À en juger par la moue de la fillette et le regard chagriné de Guy, cela avait dû donner lieu à un désaccord.

— Je lui ai dit qu'elle pouvait en emporter quelques-unes parce que je n'ai qu'une petite armoire et qu'on va devoir la partager…

Cécile fit un geste de la main.

— Vous pouvez garder votre armoire. J'ai demandé à Mary et Susan de débarrasser la chambre voisine de la mienne. Elle faisait partie d'une suite et elle était bourrée de meubles.

Le sourire de Guy s'agrandit lorsqu'il comprit qu'elle aussi était tombée sous le charme de leur toute petite hôte.

Cécile lui adressa un regard perçant en guise d'avertissement et se tourna vers Féline.

— Tu auras ta propre chambre.

Plutôt que de paraître ravie, comme elle s'y était attendue, la fillette jeta un regard nostalgique et plein d'envie à Guy – le même que toutes les femmes entre sept et soixante-dix-sept ans jetaient au sublime ancien lord –, comme si elle avait espéré qu'ils continuent à partager la même chambre et se fassent mutuellement des tresses dans les cheveux.

Cécile rit jaune ; il avait gagné le cœur de la fillette en moins d'une journée – probablement en moins d'une heure. La facilité avec laquelle cet homme était capable de charmer les gens de tous âges, hommes et femmes confondus, était écœurante.

Cécile était mal placée pour parler – elle l'avait laissée entrer dans son lit au bout d'à peine plus d'un mois. Cet homme était… insidieux.

— Tu as faim ? demanda-t-elle lorsqu'elle se rendit compte que tous deux la regardaient d'un air d'attendre quelque chose.

— Oui ! répondit Guy.

— Pas vous.

Cécile regarda Féline, qui sourit en hochant vigoureusement la tête.

Cécile sortit son trousseau de la poche de son jupon et tendit la clef gravée en filigrane.

— Voici la clef. Emmène ton chien à la cuisine – Cook va te préparer quelque chose.

Ils regardèrent la fillette s'éloigner, George sur ses talons.

— J'en conclus que vous vouliez me voir seul ? dit Guy aussitôt que la porte se fut refermée. Que puis-je faire pour vous, *maîtresse* Tremblay ?

Cécile serra les dents. Si elle voulait effectivement le voir seul, elle refusait de l'admettre. Elle choisit donc de lui tourner le dos et de manipuler ses pistolets, mais elle sentait le poids de son regard.

— Vous avez terminé votre entraînement ? Ou voulez-vous que je participe ?

— Ce n'est probablement pas très avisé pour l'instant.

Cécile perçut le claquement sourd de ses bottes sur la scène, puis la chaleur de son corps lorsqu'il s'arrêta à côté d'elle.

Il passa son doigt du coin de son œil jusque sous son menton. Plutôt que de le chasser ou de lui dire d'arrêter, elle se figea et savoura l'infime contact.

— Combien de temps allez-vous me tenir à distance, Cécile ? Combien de fois vais-je devoir reconnaître que j'ai eu tort et implorer votre pardon ?

— Je vous le dirai, quand ça suffira.

— J'ai commis une terrible, terrible erreur. J'ai été arrogant et stupide.

— Continuez.

Ses doigts chauds et légèrement rugueux glissèrent sous son menton et son pouce effleura sa lèvre inférieure.

Elle fit enfin ce qu'elle aurait dû faire immédiatement et repoussa sa main d'une tape.

— Je ne voulais pas dire « continuez vos caresses » ; continuez vos excuses.

Plutôt que de paraître blessé ou vexé par son rejet, il poursuivit :

— Je n'aurais jamais dû vous faire de proposition aussi offensante. J'ai eu tort, mais vous auriez tort de croire que je l'ai faite parce que vous n'étiez pas assez bien pour moi ou parce que je n'avais pas d'estime pour vous. Je l'ai faite parce que je ne supportais pas l'idée de vous perdre, avoua-t-il en lui caressant la joue du bout des doigts.

— Et c'est pourtant *exactement* ce qui s'est passé.

Il poussa un gémissement si grave et si intense qu'elle le ressentit dans sa propre poitrine.

— J'ai commis une terrible erreur. J'ai compris, presque immédiatement après, que je n'avais jamais ressenti pour quelqu'un ce que je ressentais pour vous.

Elle repoussa sa main et le contourna, laissant volontairement ses pistolets sur la table de nettoyage pour mettre de la distance entre eux, mais il la suivit.

Cécile fit volte-face et découvrit qu'il se tenait si près d'elle qu'ils se touchaient presque. Si elle était grande pour une femme, il était grand pour un homme, et elle dut pencher la tête en arrière pour le fusiller du regard.

— C'est une relation de travail, monsieur Darlington. Avez-vous déjà oublié votre promesse ?

— Non, je n'ai pas oublié. J'ai menti quand je vous l'ai faite.

Elle laissa échapper un éclat de rire.

— Sur quoi avez-vous menti exactement ? Sur le fait de vouloir travailler ? De vouloir ce travail ?

— Non, j'ai menti sur ma raison de vouloir ce travail, en prétendant que ce n'était que pour travailler. Je suis ici pour vous, Cécile. Rien que vous.

Elle entrouvrit les lèvres, mais aucun son n'en sortit. Les traits de Guy, habituellement agréables, étaient sombres et passionnés à la fois. Les profondes virgules autour de ses lèvres charnues et les rides au coin de ses yeux étaient la seule preuve qu'il lui arrivait de sourire. Un muscle tiqua dans sa mâchoire lorsqu'il promena son regard sur son visage pour s'arrêter sur sa bouche, une lueur de désir ardent et enivrant dans ses yeux bruns.

Il avait les plus beaux cils qu'elle ait jamais vus chez une personne, hommes, femmes et enfants confondus. Fournis, noirs, et si longs qu'ils s'enchevêtraient souvent avec ceux du bas.

— J'ai eu tort, Cécile, de bout en bout. Je le sais maintenant...

— Vous étiez *fiancé,* Guy ! siffla-t-elle.

Elle aurait voulu se mordre la langue d'avoir prononcé ce genre de mots. Mais maintenant qu'elle était lancée...

— Sans l'arrivée de votre cousin, vous seriez marié à l'heure qu'il est au lieu de vous tenir là à me déclarer combien vous avez envie de moi.

Il tiqua, mais hocha la tête.

— C'est vrai. Je l'aurais épousée.

— Vous m'avez envoyé une lettre après que j'ai lu l'annonce de vos fiançailles dans le journal, ajouta-t-elle.

— Une lettre à laquelle vous n'avez jamais répondu, répliqua-t-il.

— Parce que je ne l'ai pas lue !

— Eh bien vous auriez dû, Cécile. Ainsi, vous auriez su que je regrettais ce que j'ai dit à Calais.

— Et c'est tout ce que cette lettre disait, ainsi que les autres ?

Il perdit contenance et fourra une main dans ses cheveux en baissant les yeux.

— Non, les lettres contenaient plus que des excuses.

— Qu'est-ce qu'elles disaient ?

— Ça n'a plus d'importance aujourd'hui.

Elle laissa échapper un rire amer.

— Vous vouliez toujours me rendre complice de votre infidélité, n'est-ce pas ?

— Ce n'est pas ce que vous croyez.

On aurait dit que ces paroles lui étaient arrachées de la poitrine.

— Comment ça ?

— Tous les deux – Helena et moi –, nous avions passé un... marché, un pacte, à défaut de meilleur terme.

— Helena ?

— La femme à qui j'étais fiancé... Helena Carter.

— Quel genre de marché ?

— Elle était amoureuse d'un employé de son père, mais il ne leur avait jamais permis d'être ensemble. Au lieu de ça, il menaçait de punir l'homme si elle poursuivait ses projets. Carter disait qu'il mettrait l'employé à la porte et l'empêcherait de se faire réembaucher. Et si elle s'opposait à lui, il menaçait de la déshériter. Alors Helena est venue me confier la vérité. Elle ne pouvait pas m'épouser de bonne foi sans m'avouer qu'elle en désirait un autre. Je... je lui ai dit que je vivais la même chose. Avec vous.

Il marqua une pause en la fixant des yeux, le visage de plus en plus empourpré.

— Je sais ce que vous pensez, Cécile...

— J'en doute.

— D'accord, d'accord. Je ne sais peut-être pas *tout* ce que...

— Vous avez décidé que vous vous marieriez et que vous mèneriez des vies séparées.

Il hocha la tête.

— Qu'est-ce que son amant pensait de tout ça ?

Guy détourna les yeux.

— Eh bien, d'après Helena, il n'était pas positivement ravi, mais...

— Imaginez un peu ! Parce que ça ne me plaît pas non plus.

— Oui, je sais, Cécile… à moi non plus. Et à Helena non plus. Mais parfois, dans le monde d'adultes dans lequel on vit, on ne peut pas avoir tout ce qu'on veut.

Elle lui planta un doigt dans la poitrine. Violemment.

— Aïe !

Elle recommença et ouvrit la bouche.

— Quoi ? demanda-t-il en voyant qu'elle ne disait rien.

Elle prit une profonde inspiration et déclara tout de go :

— Ne me parlez *jamais* du monde des adultes et de ce qu'on est *forcé* de faire. Je sais ce que c'est d'être forcée à faire des choses.

Cécile regretta aussitôt ses paroles, mais l'expression déterminée qu'elle lut sur le visage habituellement joyeux de Guy lui indiqua qu'il était trop tard pour les retirer.

Guy lui prit la main d'un geste tendre mais ferme.

— Que voulez-vous dire ? Que vous a-t-on forcée à faire ?

— Rien. Ça ne vous regarde pas.

— Je veux que ça me regarde – je veux que *vous* me regardiez. Je veux absolument tout connaître de vous, Cécile, que ce soit important ou insignifiant. De tous les regrets que j'ai dans la vie – peut-être plus encore que la proposition insultante que je vous ai faite –, le pire, c'est de ne pas avoir franchi vos digues, en France, et de ne pas avoir appris à connaître qui vous êtes vraiment.

— Qu'est-ce que ça aurait changé ?

— Vous valez la peine d'être connue, Cécile. Est-ce que les plans qu'on a faits avec Helena étaient immoraux ? Probablement. Mais les principes moraux communs ont rarement influencé mes décisions. Je vous ai écrit ces lettres parce que j'étais avide, que je voulais vous avoir *et* sauver ma famille. On est loin de l'étoffe des histoires romanesques, je le crains. Je n'ai pas fait ce qui était noble ou honorable – je ne suis pas un héros de roman. Mais je ne suis pas non plus le méchant. Je ne suis qu'un homme avec des défauts qui veut être avec vous plus que quoi que ce soit d'autre dans sa vie.

Cécile retira sa main et il la laissa faire. Elle se détourna, incapable de le regarder et de réfléchir en même temps, essayant d'y voir clair. Elle fit ce qu'elle faisait toujours quand elle se retrouvait face à une question d'ordre affectif : elle imagina qu'une amie – Marianne, par exemple – était venue lui demander conseil.

Que dirait-elle si Marianne lui exposait le bazar que Guy venait de lui avouer ? Il ne s'était pas contenté de la rejeter et de l'oublier comme elle l'avait cru. Il avait un plan – un plan stupide, mais au moins, la personne qu'il devait épouser n'aurait pas souffert de ses agissements.

En effet, si on considérait les choses objectivement et si on faisait abstraction des normes morales bourgeoises, tout le monde repartait gagnant dans ce scénario. Ses sœurs et sa mère auraient été tirées d'affaires, les centaines de personnes qui dépendaient du duc de Fairhurst auraient prospéré, sa femme et son amant auraient pu se retrouver – tout comme Cécile et Guy, au moins une partie du temps.

La seule chose que Guy n'était pas en mesure de lui accorder, c'était la respectabilité. Ou une famille. Deux choses qu'elle ne pensait pas avoir un jour convoitées. Jusqu'à l'arrivée de Guy.

La vérité, c'était que Cécile n'aurait jamais pu accepter de tel compromis, et elle était furieuse que Guy ait pu en être capable. La jalousie l'aurait rongée de l'intérieur.

Elle releva les yeux. Il guettait sa réponse.

— Et est-ce que vous auriez couché avec elle, Guy ?

Il hésita, puis hocha la tête et répondit :

— Oui, mais seulement pour avoir un héritier.

Cécile rejeta la tête en arrière et rit. C'était ça, ou elle le frappait.

Il posa ses grandes mains sur ses épaules.

— Je comprends maintenant que ça aurait été difficile pour vous de...

— Difficile ? hurla-t-elle en repoussant ses mains. C'est ce que vous avez dit ? *Difficile ?*

— Très bien, ce n'était peut-être pas le bon terme.

— En voilà un meilleur : *insoutenable*.

Il inspira profondément, expira, puis hocha la tête.

— Je suis d'accord. Mais plus rien de tout ça n'a d'importance maintenant que les choses...

— Non !

— Cécile...

Elle leva la main.

— Je n'ai pas envie de savoir comment sont les *choses*, comme vous dites. C'est peut-être comment sont les choses pour *vous*, mais pas pour moi, Guy.

— Mais...

— Vous croyez que je peux simplement vous pardonner pour cette année écoulée et vous ouvrir mon lit ?

Il lui jeta un regard plein d'espoir.

— Peut-être que si vous m'emmeniez dans votre lit, oui, je pourrais vous *aider* à me pardonner.

Cécile poussa un cri d'incrédulité.

— Vous êtes vraiment aussi arrogant ? Aussi indélicat ?

— On m'a fait remarquer plusieurs fois que j'étais capable de l'être, oui, admit-il.

— Si je vous emmène dans mon lit, ce sera parce que j'en ai envie – pas parce que je veux quoi que ce soit d'autre...

Un sourire – un grand sourire – se dessina sur les lèvres de Guy, coupant court à sa tirade.

Cécile se mordit littéralement la langue et le sang se mit à couler en même temps que son cerveau mesurait ce qu'elle avait dit.

Pourquoi avait-elle dit ça ? *Pourquoi ?*

Il fit un pas vers elle.

— Si seulement vous...

— Bien sûr que non ! répliqua-t-elle en reculant. Plus jamais !

Ses lèvres tressaillirent, mais il ne sourit pas.

— Je vous jure, Guy, que si vous faites encore ce sourire odieux...

— Désolé !

Il pinça fermement les lèvres et essaya de froncer les sourcils.

— Pas de sourire, vous voyez, seulement une grimace.

Mais son sourire ne voulait pas disparaître.

Cécile savait comment en venir à bout.

— Il y a une armoire remplie de linge qui ne va pas se laver tout seul. Une fois que vous l'aurez emmené à Mme Bascom, vous pourrez aider Basil à nettoyer le sol de la maison étant donné que vos semblables ont été particulièrement sales ces derniers temps. De la fosse au paradis. Personne n'a lavé le sol depuis bien trop longtemps.

Sombre et exigu, le paradis avait tendance à être négligé. Ça n'allait pas être joli, là-haut.

Mais il souriait toujours. Son moral n'était manifestement pas entamé par la menace d'une visite à Bascom et d'un après-midi passé avec une serpillière et un seau. La détermination dans son regard était celle d'un prédateur qui traque sa proie. Elle comprit que le peu d'espoir qu'elle venait de lui donner par inadvertance avait renforcé sa volonté de telle sorte qu'il n'abandonnerait jamais.

— Qu'est-ce que vous attendez ? aboya-t-elle.

— Oui, mademoiselle Tremblay, tout de suite.

Une fois que la porte de la scène se fut refermée, Cécile se laissa tomber.

Seigneur, il fallait qu'elle arrête de parler à cet homme, car chaque fois elle perdait un peu plus de terrain sur lui.

14

— Je ne peux pas le faire tout de suite, Guy – je dois aller à Paris et j'y resterai au moins deux semaines, annonça Elliot.

— Ce n'est pas grave. Je me renseignerai moi-même sur le type qui possède les armes Blanchard – ça ne doit pas être si difficile que ça ?

Guy souleva sa pinte presque vide avec un sourire et adressa un signe à la serveuse, qui se leva d'un bond des genoux du client où elle se prélassait pour se précipiter vers le bar.

Elliot gloussa et Guy cligna des yeux.

— Quoi ?

— Tu ne le remarques même pas, si ?

— Remarquer quoi ?

— La façon dont les femmes se jettent pratiquement à tes pieds et s'empressent d'exécuter tes ordres.

Guy fronça les sourcils.

— De quoi tu parles ?

— Cette serveuse qui a failli se casser la cheville pour se dépêcher de te servir une autre bière.

— C'est son travail, Elliot.

— Certes, mais elle n'a pas mis le même enthousiasme pour me servir *mon* verre.

Guy émit un grognement dédaigneux. Il n'y avait qu'une seule femme qu'il aurait voulu voir désireuse de lui plaire, et ça ne risquait pas d'arriver dans cette vie.

— Revenons à nos moutons, dit Elliot. Fouiller dans les affaires de quelqu'un n'est pas aussi facile que tu le crois. Si tu te mets à fouiner sans discernement, ce Blanchard finira par l'apprendre – je te l'assure.

— Quoi ? Tu ne me crois pas capable de discrétion ?

Elliot toussa et jeta un regard alentour.

— Qu'est-ce que c'est censé vouloir dire ?

— Regarde autour de toi, Guy.

Guy s'exécuta, hocha la tête à l'attention des autres clients, dont la plupart offraient une mine amicale et lui souriaient. Il se tourna de nouveau vers son ami.

— Et ?

— Tu crois qu'ils me regardent de la même manière – avec adoration – quand je viens ici tout seul ?

— Ils ne me regardent pas avec adoration.

— Oh que si. Jette encore un œil.

Guy baissa les paupières et termina sa pinte en coulant des regards aux autres clients. Il semblait *effectivement* qu'on l'observait avec une certaine... fascination.

Il reposa son verre vide.

— Je dirais qu'ils manifestent de l'intérêt plutôt que de l'adoration.

— Tu pinailles. La vérité, c'est que les gens lisent les pages mondaines ou la presse à scandale pour s'évader de leur vie à mourir d'ennui. Les femmes ont envie *de toi* et les hommes ont envie *d'être toi.*

— Tu veux être moi, toi, Elliot ?

— Je suis l'exception.

Guy rit. Mais Elliot ne se laissa pas distraire.

— Tout le monde sait qui tu es – absolument tout le monde. Les dessins de toi inondent les journaux et les vitrines d'imprimeurs. Les récits de tes facéties sont partout. *De duc à portier ! Le pair est devenu porteur !* Tu es passé devant la vitrine de Humphrey récemment ?

La mine de Guy s'assombrit.

— C'est une vraie question ? J'évite ces endroits comme la peste.

— Si tu l'avais vue, tu comprendrais peut-être pourquoi tu es la dernière personne en mesure de mener une quelconque enquête. En tout cas, pas à moins de vouloir que cette dernière finisse par faire l'actualité. Même avant de perdre ton statut, ton titre et ton argent, tu étais déjà un sujet de cancans pour les masses : lord Darlington, le Darling de la bonne société, l'homme qui…

— D'accord, d'accord… c'est bon. J'ai compris où tu voulais en venir. Dans ce cas, qu'est-ce que je *peux* faire ?

— Je serai de retour dans deux ou trois semaines.

— Bon sang, Elliot, je ne vais pas rester les bras croisés pendant deux ou trois semaines. J'ai *besoin* de trouver un moyen pour que Cécile me pardonne.

Elliot émit un son moqueur.

— Et tu crois que fouiner dans son passé est le bon moyen ?

— Je pense qu'il s'est passé quelque chose de louche avec son cousin, mais Cécile ne veut pas me dire les détails. La seule fois où je lui ai demandé pourquoi elle ne concevait pas les armes Blanchet – c'est une conceptrice, pour l'amour du ciel ! –, elle m'a battu froid. C'est ce qui me fait penser que quelque chose cloche.

— Ce n'est pas parce qu'il y a quelque chose de louche que c'est forcément légalement répréhensible. Ou que tu peux y changer quoi que ce soit.

— Elle a dit qu'elle ne *pouvait pas* fabriquer d'armes. Ça me donne l'impression qu'elle a essayé, mais que Blanchard l'en a empêchée. Tu n'as pas entendu comme elle était fière de son père et de ses propres talents, Elliot. Je ne pense pas qu'elle aurait abandonné aussi facilement l'héritage de son père. Il a dû se passer quelque chose de grave.

— Tout ça, ce ne sont que des conjectures de ta part.

Guy soupira.

— Oui, c'est une action désespérée, si tu veux vraiment la vérité.

— Ça me paraît être un moyen très compliqué pour obtenir les informations que tu veux, Guy. Tu ne peux pas simplement lui parler ? Faire ce que font les gens normaux et lui poser la question ?

— Juste ciel, Elliot, tu crois que je n'ai pas essayé ? Cécile s'était montrée plus distante que jamais avec Guy depuis leur conversation la semaine précédente.

— Elle m'adresse à peine la parole. Elle me passe à peine la salière à table.

— Tu as dû vraiment, vraiment l'énerver.

— Oui, admit Guy. Alors maintenant je dois trouver un moyen – *quelque chose* – pour lui faire comprendre que je suis désolé et que j'ai changé.

— J'ai du mal à voir le lien entre l'amener à lui faire comprendre que tu es désolé et fouiner dans son passé.

— Comment puis-je l'aider – et par conséquent entrer dans ses bonnes grâces – si elle ne veut rien me dire sur elle-même ?

— Et tu crois que fouiller dans sa relation avec Blanchard est la chose qui va t'aider ?

Guy brandit les mains en l'air.

— Je n'en sais rien, mais c'est tout ce que j'ai.

— Elle ne va pas être furieuse que tu aies fouiné dans son passé ?

— C'est un risque que je suis prêt à prendre.

Elle ne pouvait pas lui en vouloir davantage qu'en ce moment.

Ou bien si ?

Elliot ne répondit pas immédiatement, mais Guy perçut des signes de calcul dans le regard gris de son ami.

— À quoi tu penses ?

— Je serai absent quelques semaines, mais il y a quelqu'un de tout aussi efficace. Tu as quelqu'un de *plus* efficace que moi juste sous ton nez.

— Attends. Tu veux dire que je devrais demander à la Sabreuse d'enquêter pour moi ?

— Oui.

Guy sourit.

— Alors comme ça, elle est plus efficace que toi ?

Elliot parut peiné.

— D'une certaine manière... Pour fureter, par exemple.

— Mais elle, comment peut-elle passer inaperçue ? Elle est loin d'avoir un physique banal. En fait, je dirais qu'elle est carrément...

Elliot plissa les yeux et Guy modifia le mot qu'il allait employer – « bizarre » – par un autre moins offensant.

— Disons, inhabituelle.

Le regard pensif d'Elliot renforça les soupçons de Guy, à savoir que son impassible ami avait finalement succombé à la flèche de Cupidon. À moins qu'il n'ait succombé à *autre chose*... peut-être s'agissait-il simplement d'une admiration toute professionnelle ? On ne savait jamais vraiment, avec Elliot. Guy n'avait jamais rencontré personne qui cachât aussi bien son jeu que son ami.

En réalité, c'était faux. La femme dont ils parlaient, Joséphine Brown – si c'était bien son vrai nom – était encore plus discrète et mystérieuse qu'Elliot. Elle était d'une réserve presque excessive. Guy doutait qu'elle ait prononcé plus d'une centaine de mots au cours des semaines qu'ils avaient passé à voyager ensemble. Mince, son corbeau parlait plus qu'elle !

— Tu veux que je lui demande de t'aider ? proposa Elliot, avec une infime rougeur sur les joues.

Guy sourit et s'apprêta à taquiner son ami.

— Arrête, le prévint Elliot en levant une main d'un air faussement gentleman – une main capable de tuer plus rapidement qu'un homme pouvait signer un document, Guy le savait.

— Je te serais très reconnaissant d'aborder le sujet avec elle, dit Guy, jetant ainsi un os à son pauvre ami en lui fournissant un prétexte pour parler à cette femme insaisissable.

Elliot acquiesça, et seule la légère courbe de ses lèvres indiqua à quel point il était heureux d'avoir une raison d'aborder la Sabreuse.

Guy avait renoncé à se demander ce qui se passait entre les deux mercenaires.

En outre, il n'était pas très bien placé pour donner des conseils sur la façon de mener une vie amoureuse *sensée* – sans parler du fait qu'il était une cible ambulante des moqueries de la bonne société.

— Tenez, chéri.

La séduisante brune déposa sa pinte sur la table en prenant soin de ne pas en renverser une goutte.

Guy lui adressa un sourire sincère – à ses yeux, les personnes qui vous apportaient de bonnes choses méritaient toujours votre reconnaissance – et lui donna un généreux complément pour faire bonne mesure. Il la suivit des yeux en connaisseur tandis qu'elle repartait vers le bar en roulant des hanches, et se tourna ensuite vers Elliot.

— Oh non, je vais m'arrêter là, mais merci, Guy.

— Désolé. Je peux lui demander de...

— Non, en fait... je dois vraiment m'en aller.

Guy fit la moue.

— Moi aussi, je ferais mieux de me dépêcher. Je vais devoir passer prendre des serviettes propres en rentrant au théâtre.

Elliot sourit. Cette rare expression chez lui illumina ses traits habituellement sévères.

— Cécile te fait toujours tourner en bourrique, n'est-ce pas ?

— Ah ! Tu pensais qu'elle allait s'arrêter tout à coup ?

— Non. En fait... laisse tomber.

Le visage pâle d'Elliot rougit subitement.

Guy émit un rire amer.

— Tu as parié contre moi, hein ?

Il était inutile de s'expliquer. Le regard fuyant d'Elliot était suffisamment éloquent.

— Alors, dit Guy en croisant les bras, quelles sont les probabilités ?

— En fait, ça dépend du pari – au White's, ils sont avec toi. Mais chez Brooks…

Elliot haussa les épaules.

— Mon propre club – enfin mon ancien club – a perdu la foi en moi ?

— Eh bien, les membres te connaissent mieux là-bas, non ?

Guy se renfrogna.

— Qu'est-ce que tu essaies de dire, Elliot ?

— Seulement que tout ce qui t'est arrivé, ça fait *beaucoup* à encaisser. Et travailler pour Cécile paraît, disons, à la fois inutile et peu judicieux pour ta tranquillité d'esprit.

— Ce boulot peut me valoir des railleries et faire de moi l'objet de paris, mais c'est le seul moyen pour moi de la récupérer, Elliot. Je suis peut-être le bouffon de la bonne société en ce moment, mais au moins j'en suis conscient.

Elliot parut sur le point de répondre, puis se contenta de hocher la tête.

Guy se gratta la mâchoire, ce qui lui rappela qu'il avait oublié de se raser. Seigneur, sa mère et ses sœurs – sans parler de son valet – hurleraient ou s'évanouiraient s'ils le voyaient. Aucun doute qu'ils le verraient le lendemain dans la vitrine de Humphrey. Il imaginait d'ici les gros titres : *Une canaille débraillée séduit une sirène d'élite…*

— Est-ce que tu sais en quelle année Cécile est arrivée en Angleterre ? demanda Elliot.

— Non. Mais elle a dit un jour qu'elle avait quatorze ans.

— Quel âge a-t-elle aujourd'hui ?

Guy sentit son visage s'échauffer.

— Je n'ai aucune idée de son âge, admit-il. En fait, je ne sais presque rien de sa vie jusqu'à ces semaines en France, ni après.

Elliot ouvrit la bouche mais se ravisa.

— Quoi ? demanda Guy avec méfiance.

— Sans vouloir être indélicat, vous avez passé des jours et des nuits entières dans cette minuscule roulotte, tous les deux. De quoi vous parliez ?

Guy fut très tenté de faire un trait d'esprit en répliquant qu'ils n'avaient pas beaucoup parlé, mais ce serait un mensonge.

— On parlait de Bonaparte, de ce qu'il faisait, de la réaction de la France, des difficultés qu'on pourrait avoir pour atteindre Calais, et des centaines d'autres détails du quotidien.

Ils avaient aussi spéculé sans fin sur ce qui se passait entre Elliot et Jo, et Sin et Marianne, mais il décida de garder cette partie pour lui.

— Chaque fois que j'essayais de lui poser des questions personnelles, ça finissait en dispute, avoua Guy. Elle ne voulait parler ni de l'avenir ni du passé. Elle me disait qu'on n'avait que quelques semaines à être ensemble et qu'ensuite ce serait terminé et qu'on ne se reverrait plus jamais. Et donc je ne lui ai jamais posé de questions. Bien sûr, maintenant, je sais que j'aurais dû insister. Mais c'est comme ça. Du premier au dernier jour, j'ai agi comme si c'était moi qui lui faisais une faveur. Je l'ai traitée comme une femme parmi une longue série. Et je ne pourrais pas m'en vouloir davantage. Ce qui me terrifie, c'est que je ne peux rien faire pour me racheter. Que je pourrais passer ma vie à m'excuser, elle ne me pardonnera jamais.

Guy vit à l'expression d'Elliot que son ami partageait son avis.

15

Cécile s'efforçait d'assimiler la commission qu'une de ses servantes, Mary, venait de lui transmettre : Nathan Whitfield attendait dans la bibliothèque qu'elle le reçoive.

C'était leur soir de rendez-vous habituel, mais Cécile l'avait complètement oublié – ce qui ne lui était jamais arrivé et qui était d'une impolitesse impardonnable.

— Eh bien, dis-lui que je vais le recevoir – je t'appellerai pour l'introduire quand je serai prête. Pas plus de dix minutes.

Elle ne savait pas davantage ce qu'elle lui dirait dans dix minutes.

Cécile avait commencé à fréquenter Nathan environ six mois plus tôt. Ils se voyaient une fois par semaine quand il était en ville. Industriel basé à Bristol, il pouvait parfois ne pas venir à Londres pendant plusieurs semaines d'affilée. C'était la raison pour laquelle elle l'avait totalement oublié : elle ne l'avait pas vu depuis un mois, depuis que Guy avait commencé à travailler pour elle.

Elle n'avait jamais oublié les visites de Nathan jusque-là et n'aimait pas la culpabilité qu'elle éprouvait. Elle n'aimait pas non plus ce qu'elle allait devoir faire – l'éconduire.

Quel gâchis – et quel potentiel de farce.

Cécile s'approcha du miroir pour examiner son apparence, tout en se creusant les méninges pour trouver quoi lui dire.

Heureusement, en raison de l'entretien qu'elle avait eu avec son homme d'affaires un peu plus tôt, elle portait l'une de ses plus jolies robes. Et puisqu'elle n'avait pas eu à se plonger dans les comptes – ce qui l'amenait généralement à s'en prendre sauvagement à ses cheveux jusqu'à les faire ressembler à un nid d'oiseau –, sa coiffure était toujours impeccable.

Arrête de penser à tes cheveux. Nathan sera là dans moins de dix minutes et tu dois trouver une manière polie de le repousser. Comment pourrait-elle formuler le fait qu'elle voulait annuler tout rendez-vous à l'avenir jusqu'à... eh bien, elle ne savait pas jusqu'à quand, ni même s'ils reprendraient un jour leur relation. Ce ne serait simplement pas correct de recevoir un amant avec Féline dans la maison.

Oh, est-ce vraiment la seule raison ?

Cécile fronça les sourcils. Non, bien sûr – il serait également un peu grotesque d'avoir un amant dans son lit pendant qu'un ancien amant dormait au bout du couloir.

Alors comme ça, tu vas laisser la présence de Guy perturber non seulement ta maison, mais aussi ta vie ? Tu vas laisser...

La porte de son salon privé s'ouvrit et le perturbateur entra.

Cécile bondit sur ses pieds.

— Vous ne frappez jamais avant d'entrer ?

Son ton fit reculer Guy.

— Je suis désolé. Vous voulez que je ressorte et que je frappe ?

— Non ! Je veux que vous ne l'ayez pas fait pour commencer.

Il sourit.

— Je sais que vous avez une haute estime de moi, mais je ne possède pas le don de voyager dans le temps, je le crains.

— Qu'est-ce que vous voulez ?

— Qu'est-ce que Whitfield fait dans la bibliothèque ?

L'humeur de Cécile – qui n'était déjà pas au beau fixe – se gâta encore davantage.

— De quel droit me questionnez-vous au sujet de mes invités ?

— Je…

— Vous n'avez rien à faire ? Je sais que Wilfred vous cherchait, tout à l'heure. Elle plissa les yeux.

— Où étiez-vous ? Est-ce que vous n'êtes pas là pour travailler ? Vous pensez pouvoir partir en vadrouille quand ça vous chante ?

Il ouvrit la bouche.

— Sortez de mon salon, ordonna-t-elle avant qu'il ait pu dire quelque chose.

Elle chargea dans sa direction en agitant les mains comme s'il était une poule.

— D'accord, d'accord, je m'en vais. Je voulais seulement vous dire que j'avais trouvé une école pour Féline, pas loin d'ici.

Cécile s'arrêta.

— Je ne vois pas une seule école dans le coin où elle pourrait aller.

— Eh bien vous devriez élargir vos horizons, dans ce cas. Celle-ci est gérée par la Société des Amis. Marianne m'a assuré que…

— Vous avez des amis qui dirigent une école ?

Il rit dans sa barbe.

— Non… La Société des Amis est un groupe religieux. Ce sont des dissidents.

Cécile n'avait pas le temps d'écouter ces élucubrations.

— J'irai voir cette école avant de prendre la moindre décision. Je ne vous fais pas confiance sur ce genre de sujet.

Plutôt que de se vexer, il sourit.

— Bien. Je comptais l'emmener la visiter demain.

Cécile se rendit compte qu'elle fixait des yeux sa bouche – qui était clairement une des plus grandes réussites de la Création – et dut en arracher son regard pour croiser le sien – une autre impressionnante réussite.

— C'est tout ce que vous vouliez me dire ?

Il hésita avant de répondre :

— Oui.

— Bien. Alors allez-vous-en.

Il soupira et tourna les talons avec une lenteur telle qu'elle dut se retenir de lui crier après.

Une fois qu'il eut disparu, elle tira sur le cordon pour appeler sa domestique. Dès l'apparition de Mary, elle lui dit :

— Introduisez lord Whitfield.

— Ici ?

Cécile ne pouvait pas reprocher à Mary sa perplexité ; elle avait toujours reçu Whitfield dans son boudoir jusque-là.

— Oui, ici.

Cécile lissa sa jupe et prit plusieurs profondes inspirations ; lorsque la porte s'ouvrit une ou deux minutes plus tard, elle était calme et souriante.

Elle lui tendit les mains.

— Je suis navrée de vous avoir fait attendre, Nathan.

Il sourit et observa sa personne d'un regard perçant.

— Vous en valez la peine, dit-il en déposant un baiser sur le dos de sa main avant de l'attirer à lui jusqu'à ce que leurs corps se touchent des genoux à la poitrine.

Il se pencha pour l'embrasser convenablement – et il embrassait à merveille.

Cécile le laissa faire mais ne prolongea pas ni n'encouragea l'étreinte. Lorsqu'elle s'écarta, il grogna et posa son front contre le sien.

— Pourquoi ai-je l'impression que vous allez me congédier, Cécile ?

— Parce qu'il le faut – ce soir, ce n'est pas le bon moment. Je suis terriblement désolée de ne pas vous avoir prévenu plus tôt et de vous avoir fait faire tout ce chemin.

Il balaya ses excuses d'un geste nonchalant.

— Dois-je partir immédiatement – ou peut-on au moins prendre le temps de parler un peu ?

Elle aurait préféré qu'il s'en aille, mais c'était trop impoli.

— Bien sûr qu'on peut prendre le temps.

Elle s'efforça de sourire avec douceur – avec autant de douceur qu'elle en était capable, du moins – et ils s'installèrent sur le canapé face à la cheminée.

Il lui prit la main et joua distraitement avec ses doigts.

— Je me suis douté que ça se passerait ainsi quand j'ai vu que Darlington était ici.

Elle ouvrit la bouche pour lui demander ce qu'il voulait dire, mais il n'avait pas terminé. Il eut un rire de dérision.

— Quel bouffon. Cet homme n'a vraiment aucune fierté pour venir…

Cécile retira sa main.

— Pardon ? Il n'a aucune fierté parce qu'il travaille pour une femme ?

— Non, ce n'est pas ce que j'ai voulu dire. Je voulais seulement dire qu'il est de notoriété publique qu'il vous désire et que vous l'avez repoussé à maintes reprises au cours de l'année passée.

Cécile en resta bouche bée.

— Ce n'est *pas* de notoriété publique ! Si ? ajouta-t-elle quelques secondes plus tard.

— J'ai peut-être un peu exagéré, admit-il.

À l'exception de Marianne, la Sabreuse, Sin et Elliot, elle n'avait jamais parlé de sa relation avec Guy à quiconque et elle était certaine qu'il ne l'avait pas fait non plus.

Du moins, il n'avait pas intérêt.

— Alors qu'est-ce qui vous fait croire ça ?

— Je vous en prie, chérie. J'ai mes méthodes.

— Vous voulez dire soudoyer mes employés ?

Il haussa les épaules.

— Je fais le nécessaire pour obtenir ce que je désire.

Il lui sourit, mais la lueur dans ses yeux d'un bleu glacial était méchante.

— Par exemple, je sais qu'il vous a envoyé des lettres que vous n'avez pas ouvertes, et je sais que vous avez été amants à un moment donné.

Cécile resta figée un instant, fortement tentée de le gifler - violemment - et de le jeter dehors. Au lieu de quoi elle lissa sa robe, qui n'avait pourtant pas un pli, comme si cela pouvait lui permettre de lisser son humeur avec la même facilité.

— Il s'agit de travail ; il n'est plus mon amant. Même si ça ne vous regarde absolument pas, ajouta-t-elle sèchement. Est-ce que je vous pose des questions sur vos maîtresses, passées ou présentes ?

— Non, répondit-il en employant le ton exaspérément apaisant qu'il aurait employé avec un enfant ou un animal. Et effectivement, notre relation n'est pas... exclusive, alors en effet, ça ne me regarde pas.

— Je vais laisser de côté la question de vos indiscrétions pour l'instant, mais il va sans dire que je ne suis pas contente que vous vous soyez permis de soudoyer mes employés.

— En amour comme à la guerre, tous les coups sont permis, ma chère.

— Mais nous ne sommes ni amoureux ni en guerre, souligna-t-elle. Je pensais que c'était clair depuis le début.

— Ça l'est, ça l'est.

Il hésita avant d'ajouter :

— Mais compte tenu de votre passé avec Darlington, j'aurais pensé qu'il chercherait du travail ailleurs. Ce n'est pas comme s'il avait la moindre expérience dans ce domaine – il aurait sûrement pu trouver quelque chose de plus adapté.

— Adapté à quoi ? demanda-t-elle calmement.

Nathan soupira, lui prit les mains et les serra étroitement.

— Ne me sautez pas à la gorge, petite harpie, je voulais seulement dire que c'est une drôle de trajectoire – de duc à employé de cirque. Je ne pense pas que vous puissiez le contester, si ?

— Non, non, bien sûr que non. Vous avez raison.

Elle lutta contre son agacement.

— Mais je n'ai pas envie de parler de lui.

— Bien, parce que je préfère parler de nous deux.

Cécile n'aimait pas ce que cela laissait entendre.

— Nathan, il n'y a pas de *nous deux*. Je vous ai précisé dès le début qu'il ne s'agissait que de plaisir.

— Oui, c'est vrai, concéda-t-il avec sur le visage le masque inexpressif qu'elle avait appris à reconnaître, derrière lequel se cachait un homme exceptionnellement têtu qui obtenait toujours ce qu'il voulait. Mais depuis un moment maintenant, je voudrais… plus.

— Je ne deviendrai pas votre maîtresse et…

— Je veux que vous m'épousiez, Cécile.

Cécile savait que son expression – yeux écarquillés, mâchoire pendante – ne devait pas être particulièrement séduisante, mais c'était plus fort qu'elle.

Il gloussa.

— Pourquoi avez-vous l'air aussi surprise ?

— Parce que vous êtes un homme riche et que je travaille dans un cirque !

— Mon titre est tellement récent qu'il coince encore un peu, je continue de gagne ma vie dans le commerce et, plus important, je me fiche pas mal de ce que les autres pensent de moi. Quel intérêt à être extrêmement riche si l'on se conforme aux attentes des autres ?

Cécile ne put s'empêcher de sourire.

— Je dois admettre que c'est une excellente philosophie, Nathan.

— Alors ? demanda-t-il en baissant les paupières et en glissant ses mains jusqu'à ses épaules d'un geste qui lui coupa momentanément le souffle. Voulez-vous m'épouser, ma chérie ? Me laisserez-vous vous couvrir de soie, de velours et de fourrure, de diamants et d'émeraudes ?

Et l'amour dans tout ça ?

La voix était si faible qu'elle l'entendit à peine. Ce n'était pas sa voix – ça, c'était certain. Quand avait-elle seulement songé à l'amour ?

— Mais, Nathan, c'est tellement...

— Ne dites pas que c'est soudain, Cécile. Vous devez bien savoir ce que je ressens pour vous ?

Son regard habituellement indolent et moqueur s'était fait acéré et possessif.

— Je n'aime pas savoir que vous travaillez si dur, et je déteste vous imaginer avec d'autres hommes.

Était-il devenu fou ? Ils avaient partagé quelques dizaines de repas et fait l'amour à peu près le même nombre de fois, et il se croyait *amoureux* ?

Tu es sa maîtresse depuis près de cinq mois ; c'est plus de deux fois plus longtemps que tu n'as été avec Guy.

Cette pensée la bouleversa. Principalement parce qu'elle n'éprouvait rien pour l'homme sublime à côté d'elle.

Un homme qu'elle avait oublié tandis qu'elle était là à penser à Guy. Encore une fois.

Elle sourit à Nathan :

— Je suis honorée.

— Je vous veux pour moi tout seul, et je veux prendre soin de vous.

Cécile voulait-elle qu'un homme prenne soin d'elle ? C'était relativement tentant, pourtant... non. Du moins pas si c'était Nathan.

— Je crains que ma réponse ne soit « non ».

Il émit un rire sec, mais elle vit un éclat de mécontentement dans le bleu de son regard. Nathan Whitfield n'aimait pas être rejeté.

— Je me réserve le droit de vous reposer la question, ma chère.

Cécile s'apprêta à lui dire que le moment était probablement venu de mettre un terme à leur relation, mais un bruit sourd à la porte lui épargna cette annonce désagréable.

La porte s'ouvrit avant qu'elle ait pu dire « entrez ». Guy apparut sur le seuil, son sourire charmant bien en place, mais le regard dur.

— Bonjour, Whitfield.

Le baron se détendit sur le canapé, la main de Cécile toujours dans la sienne.

— Tiens donc, regardez-vous, Darlington.

Il sourit et balaya délibérément du regard la tenue de travail usée de Guy.

Cécile s'autorisa aussi à l'examiner, même si elle aurait pu le dessiner de mémoire si elle avait possédé le moindre talent artistique. Nathan aurait détesté l'entendre – et il n'y aurait pas cru –, mais Guy, dans sa vieille peau de daim et ses bottes usées, dégageait une virilité à couper le souffle. Même habillé pour le travail manuel, il était bien plus fascinant que Nathan avec son manteau étroitement ajusté, son pantalon moulant et ses tissus impeccables.

— Vous allez dans un tapis-franc, habillé de la sorte ? railla Nathan d'une voix traînante.

Cécile fronça les sourcils.

— Un tapis-franc ?

— C'est un terme de voleur pour désigner une taverne, expliqua Guy en souriant à Nathan. Désiriez-vous boire une pinte ou deux avec moi dans ma taverne locale, mon vieux ? Ou ce n'était que pour faire une remarque au sujet de ma tenue ?

Nathan rit.

Guy se tourna vers Cécile.

— Désolé de vous interrompre, mais Francine a accusé Angus de – enfin, j'imagine que vous pouvez deviner. Elle refuse de continuer jusqu'à ce que l'objet soit retrouvé et restitué.

Cécile lui jeta un regard dur.

— Pourquoi cela...

— Beryl est occupée par un problème dans les trappes ou c'est à elle que j'aurais reporté le problème, bien sûr.

Cette guerre permanente entre Angus et plusieurs de ses employés était quasi quotidienne, de sorte que les talents de médiation de Cécile étaient probablement peu nécessaires pour calmer le jeu. Les raisons de l'interruption de Guy étaient douloureusement transparentes.

Cela dit, elle voulait se débarrasser de Nathan...

Elle se tourna vers le beau et jeune industriel, et lui sourit à regret.

— Je dois m'en occuper, Nathan.

Elle lui serra doucement la main avant de l'attirer contre elle et de l'embrasser, en un baiser qui n'avait rien d'amical ; leurs langues s'unirent, tandis qu'ils se caressaient des mains.

Mais au moment précis où sa seigneurie semblait s'apprêter à l'attirer sur ses genoux, un raclement de gorge retentit et Cécile sentit un courant d'air.

Elle s'écarta en prenant soin d'ignorer Guy, ce qui n'était pas facile étant donné qu'il se dressait juste devant eux.

Elle gratifia Nathan d'un sourire.

— J'attends mercredi prochain avec impatience, mentit-elle, ce qui lui donna envie de se gifler.

Oh, c'était jouissif de titiller Guy, mais elle ne faisait que retarder la séparation qui adviendrait avec Nathan.

Le baron ne semblait pas ravi d'être congédié, mais heureusement, il ne paraissait pas non plus désireux de faire une scène.

Cécile se détourna de lui et du regard fusilla Guy, qui faisait précisément de même avec le baron.

— Qu'est-ce que vous faites encore là ? Vous avez transmis votre message… maintenant, allez-vous-en !

Un mélange de plaisir et de honte mesquine tourbillonna en elle à la vue de la rougeur qui se répandit sur le cou de Guy. C'était un homme fier, et sa fierté encaissait des coups répétés depuis des semaines. C'était cruel d'alourdir un peu plus cette humiliation en le traitant ainsi devant un homme qui, il le savait, était son amant. Pourtant, elle semblait incapable de s'en empêcher.

Après avoir soutenu son regard plus longtemps que n'importe quel autre employé n'aurait osé le faire et avoir grincé des dents de façon presque audible, Guy tourna les talons et quitta la pièce.

Nathan pouffa.

— Vraiment, Cécile. Vous narguez un tigre en laisse, non ?

Il glissa ses doigts sous son menton et releva sa tête jusqu'à la forcer à croiser son regard. Il esquissa un sourire moqueur.

— Seulement, n'essayez pas de tenir deux tigres en laisse, ma chérie. Vous pourriez très bien vous retrouver au milieu.

En matière de menace, celle-ci était loin d'être subtile. Si elle n'y prenait pas garde, il était inévitable que ces deux hommes virils et possessifs céderaient à leurs instincts les plus bas et finiraient par se battre. L'un d'eux pourrait se retrouver gravement blessé ou pire.

Plutôt que de répondre, elle se contenta de sourire à son futur ex-amant, dont les pensées se lisaient sur son beau visage arrogant comme dans un livre ouvert.

Il était jeune, riche, et on ne comptait plus les femmes qui avaient jeté leur dévolu sur lui. Guy était pauvre, déshonoré, sans perspectives financières. Aucun doute que Nathan s'estimait sûr de son choix final.

Cécile doutait qu'il sache à quel point il lui était facile, en cet instant, de décider quel tigre garder.

16

Lorsqu'il sortit des appartements privés de Cécile, Guy avait envie de détruire quelque chose – ou plutôt *quelqu'un*.

Il avait dû faire appel à tout son sang-froid pour la laisser dans la même pièce que Whitfield.

Il ne pouvait pas retourner à la Foire sans laisser libre cours à sa fureur. Ainsi, plutôt que de reprendre le couloir qui reliait la maison au théâtre, il dévala les escaliers et récupéra son pardessus sur le portemanteau en bois qui croulait sous le poids des vêtements. Il l'enfila rageusement et ne s'arrêta que pour verrouiller la porte derrière lui.

Il faisait un froid de canard et l'humidité dans l'air indiquait qu'il allait pleuvoir ou neiger dans la soirée. C'était la fin de l'hiver, après tout – il verrait bien. Pour l'instant, ce dont il avait besoin, c'était d'évacuer sa colère.

Guy n'avait fait que quelques pas dans la rue lorsqu'il croisa Cordelia Black et deux de ses employées. Cordelia dirigeait l'arlequinade de la Foire et partageait une grande maison non loin avec ses huit employées.

Le sourire de celle-ci s'évanouit lorsqu'elle vit son expression.

— Des ennuis ? Est-ce qu'il serait préférable de faire demi-tour et de rentrer ?

Elle ne plaisantait qu'à moitié ; tous les employés de la Foire savaient qu'il valait mieux se faire discret quand Cécile n'était pas d'humeur.

Guy n'avait pas envie de parler, mais il ne pouvait pas vraiment l'ignorer.

— Francine et Angus.

Ces trois mots suffirent à décrire la situation.

Cordelia fit une moue, mais ses épaules se détendirent.

— Oh non. Pas encore ? Angus semble prendre beaucoup plus de plaisir à l'embêter que n'importe lequel d'entre nous.

C'était malheureusement vrai. Chapardeur, Angus était aussi malin – Guy le soupçonnait d'être plus intelligent que Francine Gordon, la magicienne de la Foire. Et si la plupart des employés acceptaient son travers et veillaient à ne pas laisser traîner leurs affaires, Francine était une tête de linotte qui ne cessait d'égarer ses objets de valeur – même si on ne pouvait pas qualifier ainsi l'objet qu'Angus était accusé d'avoir volé, une carotte en bois sculpté appartenant au lapin de la magicienne, Henry, dont c'était le jouet préféré.

— Je ne peux pas vous en vouloir d'avoir pris la poudre d'escampette, le taquina Cordelia. Je ne vous retiendrai pas.

Ils s'adressèrent un signe de tête et chacun reprit sa route.

En s'éloignant, Guy se rendit compte de la rapidité avec laquelle il s'était intégré dans sa nouvelle vie. Il travaillait à la Foire, fréquentait les employés et vivait même avec certains d'entre eux. En plus de deux domestiques, de Cook et de sa fille, cinq employées partageaient le toit de Cécile – six en comptant Guy. La vieille bâtisse avait beau être immense, Guy avait parfois l'impression qu'ils vivaient les uns sur les autres.

Parce que je suis pourri gâté – c'est du moins ce qu'elle dirait.

Ce n'était probablement pas faux. Il avait été habitué à disposer non seulement d'une immense suite dans chacune des résidences ducales, mais aussi de dizaines d'autres pièces dans lesquelles peu de personnes entraient, à l'exception de lui-même, ses sœurs et sa mère.

Cécile possédait la seule suite de la maison, toutes les autres ayant été divisées en logements plus petits et en réserves pour le matériel de théâtre trop précieux pour être laissé sur place.

La bibliothèque, de loin la pièce la plus agréable des parties communes, n'était jamais déserte. Elle était toujours occupée par les employés de la Foire qui y avaient tous accès, ou par les visiteurs qui attendaient les locataires, ou par les locataires qui utilisaient l'un des deux bureaux pour écrire leurs lettres.

En d'autres termes, le seul endroit où Guy pouvait être assuré d'avoir un peu d'intimité était le minuscule placard qui lui faisait office de chambre. Même elle n'était pas tout à fait privée étant donné qu'il y avait sans cesse des gens pour venir frapper à la porte. Des gens comme Cécile.

Cécile.

Guy grogna rien qu'à la pensée de son prénom. Le vent soufflait dans la rue étroite, mais il remarquait à peine la morsure du froid, obsédé par la façon possessive dont Whitfield avait tenu la main de la jeune femme.

Et l'avait embrassée.

Guy avait toujours été un homme de bonne composition, presque placide. Il se liait d'amitié avec tous les groupes à l'école, il était capable de se mouvoir aisément entre les désaccords qui opposaient les jeunes garçons qui se battaient pour le pouvoir.

Pourtant, dans le petit salon de Cécile, il avait été presque submergé par son désir de tuer Whitfield. La sensation avait été violente, semblable à la grippe dont il avait un jour souffert. Son corps et sa peau le brûlaient, sa tête avait semblé sur le point d'exploser et il avait eu toutes les peines du monde à respirer normalement – sans parler des crépitements étranges dans sa tête, comme si un brasier faisait rage à l'intérieur.

Whitfield avait touché *sa* femme.

Non, pas la tienne – tu l'as laissée tomber, Guy. Tu as oublié ?

Non ! Il n'avait certainement pas oublié, ce qui ne faisait qu'empirer la sensation. Tout ce qui arrivait, c'était parce qu'il l'avait rejetée. Il avait rejeté ce qu'ils possédaient. En gros, il avait rejeté l'amour.

Mais comment diable aurait-il pu le savoir ? Au moment où ils avaient poursuivi leur route, il avait simplement ressenti un vague malaise, comme s'il venait de perdre quelque chose de précieux. Quelques jours avaient passé, peut-être quelques semaines, quand il avait compris ce qu'il avait fait et que l'angoisse avait pris le dessus. Elle lui manquait cruellement, et il s'était entièrement désintéressé d'éventuelles nouvelles maîtresses. Cela faisait des années qu'il n'avait pas passé une semaine sans maîtresse !

Au début, il avait songé que c'était le manque de relations sexuelles qui était à l'origine de son mal-être, et il avait fini par accepter l'une des invitations ostensibles qu'il recevait quotidiennement, rendant visite à une femme qu'il n'avait pas fréquentée depuis des années. Dorothea Maxwell, de dix ans son aînée, avait été l'une de ses rares relations longues – enfin, trois mois – à l'époque où il en avait encore.

C'était Doro qui avait éclairci le mystère pour lui. Au moment de leur discussion, ils étaient allongés dans son lit et Guy venait de réaliser l'une des pires performances de sa vie. Pas catastrophique, attention, mais pas loin.

— C'est pour ça qu'on a arrêté de se voir, Doro ? Parce que j'étais complètement inutile ? l'avait-il taquiné, ne plaisantant qu'à moitié.

— Non, chéri, on a arrêté parce que vous étiez terrifié à l'idée de vous attacher, avait-elle répondu sans hésitation. Et ne vous fatiguez pas à essayer de nier, avait-elle ajouté en le voyant ouvrir la bouche pour s'apprêter à lui dire précisément cela.

» Qu'est-ce qui se passe, Guy ? avait-elle ajouté, taquine, mais sans méchanceté. Est-ce qu'une femme aurait fini par voler votre cœur ?

Guy était vraiment un idiot, car ce ne fut qu'à ce moment précis qu'il avait véritablement compris ce qui lui était arrivé.

Il était tombé amoureux.

Doro, qui avait facilement déchiffré son expression, avait paru presque aussi abasourdie que lui.

— Bon sang, qui est la veinarde, Guy ?

Il s'était contenté de balayer la question avec une plaisanterie légère, mais elle n'avait pas marché. Pourtant, la dernière chose dont il avait envie, c'était de parler d'une de ses maîtresses avec une autre. En plus, il n'avait pas besoin de discuter de ce qu'il avait découvert cette nuit-là ; il savait maintenant ce qui lui était arrivé. Mais s'il avait cru que le fait de le savoir et de l'accepter lui aurait permis de se sentir mieux, il s'était fourré le doigt dans l'œil. Car le fait de reconnaître qu'il aimait Cécile n'avait pas signifié pour autant qu'il pouvait *l'avoir*.

L'année passée, il n'avait pas pu suivre son cœur en raison de ses obligations familiales. Aujourd'hui, il ne pouvait pas suivre son cœur parce que la femme qu'il aimait le haïssait. Ou voulait le faire souffrir. Ou les deux. Pour couronner le tout, elle semblait avoir tourné la page, l'avoir oublié et avoir déjà pris un nouvel amant.

Peut-être n'avait-elle pas du tout été amoureuse de lui ; peut-être n'avait-elle jamais été amoureuse, tout court. Peut-être que, pour la première fois de sa vie, c'était *Guy* qui était resté insatisfait après la fin d'une liaison ?

Guy serra les dents. Non, il ne fallait pas qu'il pense à cela. En tout cas, pas maintenant. Il pourrait y resonger d'ici quelques mois, à la fin de son travail à la Foire. Mais jusque-là, il devait garder le moral. Et il devait aussi trouver un moyen de renouer le lien avec Cécile.

Si tu l'aimes tant, pourquoi tu n'es pas à la maison en train de lui parler au lieu de te cacher ?

— Ha !

Son éclat de rire amer le surprit lui-même et il jeta un regard autour de lui pour vérifier que personne ne l'avait entendu. Mais les rues balayées par le vent étaient presque désertes à cette heure et la seule présence animée était celle, choquante, de rats qui filaient dans les ombres.

Même s'il ne voulait pas l'envisager, Guy commençait à se demander si Cécile était vraiment aussi catégorique qu'elle le disait sur le fait qu'elle ne voulait pas de lui. Avait-il tout gâché entre eux pour toujours ? Ou n'y avait-il jamais rien eu à gâcher ? Non, cette dernière hypothèse ne pouvait être vraie. Il avait senti quelque chose entre eux – un frisson particulier. Il avait simplement été trop pressé et ne lui avait pas laissé suffisamment de temps. Si leurs situations étaient inversées – si c'était *elle* qui l'avait rejeté pour épouser quelqu'un d'autre, comme Whitfield, par exemple –, il serait plus qu'amer.

Whitfield.

Guy serra les poings en pensant à cet homme plus jeune, plus riche, qui possédait toujours son titre. Il avait entendu des rumeurs disant que Whitfield faisait de l'œil à Cécile – il s'était fait un devoir de se tenir au courant des affaires de la Foire, même si la plupart des informations qu'il avait glanées étaient de nature générale –, mais il était resté convaincu que la jeune femme n'avait pas succombé. Ce soir, il avait reçu un choc, c'était le moins qu'on puisse dire.

Ce baiser… Doux Jésus. Encore heureux qu'il ait été trop paralysé par la surprise pour se jeter sur Whitfield. Toutefois, il ne pouvait rien promettre si l'homme avait le culot de se montrer de nouveau le mercredi suivant.

La pensée de Cécile avec un autre homme lui était insupportable. S'il avait un peu plus de jugeote, il déménagerait sur-le-champ. Il monterait dans le prochain bateau pour Boston et oublierait définitivement Cécile.

Mais il en était incapable.

Une rafale de vent lui fit sentir à quel point la température avait chuté depuis qu'il avait commencé son errance. Il leva les yeux et fronça les sourcils. Bon sang ! Il avait marché presque jusqu'à sa maison de Hanover Square.

Non, pas ta maison, la maison de Barry.

Guy s'immobilisa ; était-ce de la lumière à la fenêtre de la bibliothèque ? À cette heure de la nuit ?

Il ne jetterait qu'un rapide coup d'œil…

Le grondement des roues d'une calèche sur les pavés attira son attention, et il s'arrêta au milieu de la route pour regarder un chariot sortir des écuries de Fairhurst House. Deux hommes étaient assis sur la banquette, le wagon derrière eux rempli de… – il plissa les yeux –, de meubles ? De tableaux ? Et de quelque chose qui ressemblait étrangement à l'horloge de la bibliothèque.

Que diable ?

— Vous, là ! s'écria Guy en trottinant vers la voiture. Arrêtez-vous !

Le conducteur tourna brusquement la tête, écarquilla les yeux et fit claquer les rênes avec force avant de se tourner vers son équipier.

— Ho ! hurla-t-il, et les deux vieux canassons bondirent à une telle vitesse qu'ils faillirent déloger l'horloge de son perchoir précaire.

Guy se mit à courir derrière la calèche en criant au conducteur de s'arrêter. Il savait qu'il devait passer pour un fou – ce n'était plus sa maison, après tout –, mais il poursuivit les deux hommes sur deux rues avant que la calèche finisse par s'éloigner.

Il dut alors s'arrêter. Il posa les mains sur ses genoux et se plia en deux pour reprendre son souffle.

Ces hommes étaient des voleurs, à l'évidence. Pourquoi les domestiques – et Jerrod, le majordome – n'avaient-ils rien fait ? Ils n'avaient tout de même pas pu ne pas être réveillés par le cambriolage ? Et si les malfaiteurs s'en étaient pris à eux ?

Guy se mit en marche vers la maison, la mine grave. Mais alors qu'il tournait au coin de la rue, une calèche s'engagea dans la voie. Guy regarda l'écusson sur le côté du grand carrosse noir qui passait devant lui en cahotant. C'était la calèche de voyage de Fairhurst – la voiture la plus récente de la famille, qui devait se trouver à la campagne, et non en ville !

N'ayant aucune chance de le rattraper, il continua sa route vers la maison.

Il n'était jamais passé par l'arrière auparavant – c'était l'entrée des domestiques –, mais il présumait que c'était le moyen le plus rapide de rassembler le personnel.

Guy actionna la sonnette et attendit. Puis renouvela son geste. Au bout de la cinquième fois, la porte s'entrouvrit et un homme qu'il n'avait jamais vu – maigre, au nez pointu et à l'allure de rat – apparut.

— Qu'est-ce que vous…

— Où est Jerrod ? demanda Guy.

— Qui ça ?

— Jerrod, le majordome.

— Y a que moi. Et vous êtes qui pour…

— Cette maison vient d'être *cambriolée*. Vous dormiez ou quoi, espèce d'idiot ? Ou alors c'étaient vos complices ?

Les petits yeux devinrent perçants.

— Ces hommes étaient envoyés par le duc.

Guy émit un rire.

— En pleine nuit ?

— Qu'est-ce que ça peut vous faire ?

— Je...

Guy s'interrompit en réalisant que ça ne le regardait effectivement pas, du moins pas si c'était bien Barry qui avait réellement envoyé ces hommes. Et il s'agissait indéniablement de la voiture ducale qu'il venait d'apercevoir. Peut-être même que Barry était à l'intérieur, aussi bizarre que ça pouvait sembler.

Le domestique, ou qui qu'il soit, claqua la porte au nez de Guy avant qu'il ait pu formuler une réponse.

Le cerveau de Guy était semblable à un cheval sauvage enfermé dans un enclos exigu – il ruait, il cabrait, il chargeait dans toutes les directions, sans pouvoir aller nulle part. Qui informer à ce sujet ? Si c'était Barry qui vendait le contenu de la maison, que pouvait-il y faire ? Il savait que certains objets appartenaient au duché – comme les saphirs de Fairhurst –, mais les autres... Eh bien, pour être honnête, Guy ne savait pas vraiment ce qui pouvait être vendu. Il ne lui était jamais venu à l'esprit de vider les demeures familiales de leur contenu ou de vendre les portraits de ses ancêtres.

Guy devrait se rendre chez les avocats de Fairhurst à la première heure le lendemain. Bien qu'il n'ait plus aucun droit sur les affaires ducales, il faisait toujours partie de la famille et il n'avait pas intérêt à ce que le domaine soit pillé, si c'était bel et bien ce qui se passait. Quelqu'un devait sûrement pouvoir empêcher cet homme ?

Il tourna les talons et entama la longue marche qui le ramènerait à Newcastle Street.

Il ne fallut pas longtemps avant que la bruine se transforme en flocons de neige, mais Guy poursuivit sa route, même s'il lui restait plusieurs kilomètres pour rentrer chez lui.

Chez lui.

Guy ricana. Il n'était pas chez lui chez Cécile – c'était un employé.

Mais Fairhurst House n'était plus chez lui non plus.

Et il ne possédait plus Darlington Park.

Il n'avait plus aucun véritable chez-lui.

Pour la première fois depuis que Barry avait fait son apparition, Guy prit la pleine mesure de sa situation. Il devait être l'homme le plus lent et le plus idiot d'Angleterre. Pourquoi avait-il mis autant de temps à comprendre qu'il était tombé bien bas ?

Il se rendit brutalement compte, et avec horreur, que Cécile ne lui avait probablement pas proposé ce poste parce qu'elle l'aimait ou voulait qu'il revienne dans sa vie. Elle le lui avait donné parce qu'elle avait compris clairement sa situation. Parce qu'elle avait eu pitié de lui. Il était la risée publique et n'avait aucun avenir à offrir à une femme. Plutôt que de la harceler, il aurait dû embarquer la queue entre les jambes sur le premier bateau pour Boston.

Tu peux partir demain.

Il le pouvait, sauf qu'il s'était engagé auprès de Cécile pour une durée de six mois. S'il partait maintenant, il passerait pour un raté plus grand encore. Il aurait l'air de s'enfuir. Non, Guy devait rester et tenir sa promesse. Ce serait douloureux d'être près d'elle, mais ce serait plus douloureux encore quand il devrait la quitter.

Les flocons se transformèrent en grêle, mais il le remarqua à peine.

17

Cécile jeta un regard à Guy par en dessous. Après l'épisode de la veille, elle n'aurait pas cru qu'il serait prêt pour l'accompagner visiter l'éventuelle future école au matin.

Pourtant, quand elle était descendue prendre son petit déjeuner, il était habillé et l'attendait.

Du moins il *ressemblait* à Guy, mais c'était comme si un autre homme habitait son corps. Envolé, son sourire malicieux, ses manières taquines, ses regards chaleureux et admiratifs. Il ne l'avait appelée ni *chérie*, ni *mon cœur*, ni quoi que ce soit d'autre que mademoiselle Tremblay, et sans son ton moqueur habituel.

Cécile remarqua soudain des choses chez lui qu'elle n'avait jamais perçues auparavant – des signes de l'âge sur un visage qui avait toujours paru éternellement juvénile. Comment se faisait-il qu'elle n'ait jamais noté les sillons durs qui encadraient ses lèvres absurdement sensuelles ou les rides sur son front et autour de ses yeux ?

Il semblait avoir vieilli en l'espace d'une nuit. Était-ce parce qu'il l'avait vue avec Nathan, ou à cause d'autre chose ? Elle n'en savait rien. Mais en moins de douze heures, il était devenu quelqu'un d'autre.

Cécile savait qu'il était rentré tard, car elle avait attendu son retour la veille au soir ; elle avait traîné dans la bibliothèque afin d'entendre la porte d'entrée s'ouvrir, prête à le réprimander car c'était le prétexte idéal pour chercher sa compagnie. Elle avait laissé son invité de côté pour régler un différend que sa régisseuse aurait pu facilement gérer. En fait, c'était le travail de Beryl, et son employée avait paru vexée quand Cécile était arrivée sur les lieux, comme si elle ne la croyait pas capable de régler une dispute entre une magicienne nerveuse et une lanceuse de couteaux flegmatique à l'extrême. Après cela, Cécile était rentrée en trombe chez elle, à la fois furieuse que Guy ait eu l'audace de la déranger, et soulagée de ne pas avoir été obligée de renvoyer Nathan chez lui plus abruptement. Avait-elle eu envie de ce dernier *un seul instant* ? Ou n'avait-il été qu'un moyen de soulager son amour-propre après que Guy l'avait rejetée et qu'elle avait été obligée de lire ses exploits dans les journaux pendant des semaines ?

Cécile soupira. Comment diable pouvait-elle rompre sa liaison avec Nathan sans faire de scène ? Pouah. C'était pour cette raison qu'elle fixait toujours à l'avance des limites à ses amants. Qui aurait cru que Nathan – qui avait près de dix ans de moins qu'elle – demanderait une artiste de cirque en mariage ? Elle allait devoir lui parler – avant qu'il débarque sur son perron le mercredi suivant – et régler cette situation avant qu'elle empire.

Quant à Guy...

Après avoir découvert qu'il était sorti par un temps pareil, elle avait été incapable de trouver le sommeil. Au lieu de ça, elle avait attendu son retour pendant des heures. Il était finalement rentré peu après 3 heures du matin et, à en juger par son allure, il n'avait pas bu. Son manteau et son chapeau étaient recouverts d'une épaisse couche de glace et elle avait hésité, dans l'ombre de la bibliothèque, prête à le débarrasser de ses vêtements gelés pour le réchauffer. Prête à se coller contre lui et à apaiser l'abattement qu'elle avait discerné dans sa posture. Elle n'en avait rien fait, bien sûr, alors même qu'elle savait être en partie responsable de son accablement. Pourquoi lui infligeait-elle autant de peine alors que tout ce qu'elle voulait, c'était l'emmener dans son lit ?

Elle lui jeta un regard furtif tandis qu'il marchait à ses côtés en silence, la mine sombre.

Honnêtement, Cécile ne savait plus pourquoi elle continuait à le rejeter ainsi. Mais chaque fois qu'elle envisageait de lui pardonner, elle se rappelait son insouciance insultante, sa nonchalance lors de leur dernière matinée en France et alors, elle devait se retenir de le gifler.

Ils s'arrêtèrent à un croisement et attendirent de pouvoir traverser la chaussée. Cécile remarqua alors une ornière sur la route d'une profondeur de quinze bons centimètres. Elle jeta un œil à ses bottines et fronça les sourcils. Elles étaient robustes, mais ne supporteraient sûrement pas pareil traitement. La circulation s'arrêta et la foule se mit à traverser. Mais avant qu'elle ait pu essayer de l'éviter ; Guy se tourna vers elle, la prit par la taille et la souleva au-dessus de la flaque pour la reposer doucement et continuer sa route.

Cécile fixa sa silhouette qui s'éloignait. Elle n'était pas petite – en fait, elle était à la fois grande et solidement bâtie –, et pourtant il l'avait soulevée comme si elle était aussi légère que Féline.

Guy s'arrêta et se retourna avec un air interrogateur.

— Oui ?

— Rien, murmura-t-elle en le rejoignant.

Cécile se réprimanda en silence. Que prouvait son attitude ? Il aurait fait la même chose pour Cook ou l'une de leurs domestiques, ou même pour leur blanchisseuse récalcitrante, Mme Bascom. C'était un gentleman, élevé pour se montrer respectable et attentionné.

Ça faisait partie de lui, au même titre que ses yeux marron flamboyant et son ossature parfaite.

Avant de rencontrer Guy, Cécile prenait la galanterie pour un mythe. Mais si cette qualité existait bien, elle offrait aussi deux faces très différentes. Après tout, celle dont avait fait preuve Guy envers sa mère et ses sœurs l'avait conduit à rejeter Cécile. « Faire le nécessaire » pouvait souvent avoir des conséquences désagréables, elle était bien placée pour le savoir.

Guy s'arrêta devant un grand bâtiment de deux étages en pierre grise.

— Nous y sommes.

Cécile observa les lieux, qui semblaient récents et avaient probablement été construits au cours des cinquante dernières années. Les fenêtres étant dépourvues de rideaux, elle put distinguer les bureaux soigneusement alignés dans les salles du rez-de-chaussée.

— C'est une école sans confession, déclara-t-il. Bien que le gentleman qui l'ait fondée soit un quaker. L'école fonctionne six jours par semaine et coûte huit pence par mois. Je voulais que nous y allions à pied plutôt qu'en fiacre pour que vous puissiez vous rendre compte que la distance est facile à parcourir, même par mauvais temps. Si vous voulez, nous pouvons faire le tour, même si je l'ai déjà fait de mon côté, ajouta-t-il en se tournant vers elle, la fixant d'un regard étrangement froid.

— Et vous approuvez ?

Il hésita avant de hocher la tête.

— Qu'alliez-vous dire ?

— Si ma situation était différente, j'aurais engagé une gouvernante, comme on l'a fait pour mes sœurs. Mais c'est très certainement mieux que rien.

— Combien coûte une gouvernante ?

Il se tourna complètement vers elle.

— Il n'y a pas que le salaire. Il faut l'héberger.

— Je le sais. Combien ?

Il repoussa son chapeau pour se gratter derrière l'oreille, l'air songeur.

— J'ai bien peur de n'avoir jamais payé la facture moi-même. Mais je dirais entre quarante et soixante-quinze livres par an, selon l'éducation de la dame et ses origines.

Cécile réfléchit à la somme tout en observant le bâtiment de l'autre côté de la rue. Elle pouvait se le permettre – même en prenant la partie haute de la fourchette – et elle pouvait toujours vider l'une des trois pièces de stockage restantes pour la gouvernante.

Mais une telle démarche… impliquait une continuité. N'était-ce pas déjà le cas, cela dit ? Féline ne vivait chez elle que depuis deux semaines et il était déjà difficile de se souvenir à quoi ressemblait la vie avant son arrivée.

— Qu'en pensez-vous ? lui demanda-t-elle.

— La compagnie d'autres enfants serait peut-être plus bénéfique pour elle. Et…

— Qu'est-ce qu'on fait, Guy ?

Il cligna des yeux et, l'espace d'un long moment, Cécile songea qu'il n'avait peut-être pas compris ce qu'elle voulait dire.

Il soupira.

— Elle est déjà installée, Cécile. Il serait cruel de la renvoyer à ce point.

— Je ne ferais jamais ça !

— Non, c'est bien ce que je pensais. Je voulais vous dire que j'étais prêt à écrire à ma mère si vous décidiez de ne pas la garder ici.

Il esquissa un sourire en coin.

— Même si je m'imagine d'ici ce qu'elle penserait.

— Que Féline est votre fille illégitime ?

— C'est ce que tout le monde pensera, Cécile – de l'un de nous ou de nous deux.

— Sans parler du fait qu'elle ne me ressemble absolument pas, il se trouve aussi que je me fiche pas mal de ce que pensent les gens.

Guy sourit, et ce fut son sourire habituel, pas le fantôme de sourire qu'il arborait depuis le matin.

— Ce qui m'importe, en revanche, c'est de faire ce qu'il y a de mieux pour Féline maintenant qu'elle est avec moi, reprit Cécile. Elle devrait avoir une chance de devenir une jeune dame – comme a été élevée Marianne, même si elle a fini à la Foire. Je pense qu'une gouvernante vaut peut-être mieux. Je n'en ai jamais eu et j'ai souvent souffert de mon manque d'éducation.

— Vous n'êtes pas allée à l'école ?

— Mon père m'a emmenée à l'atelier dès l'âge de cinq ans – c'est ainsi que ça se passe dans ma famille, dit-elle, consciente de paraître sur la défensive.

— Je n'avais pas l'intention de critiquer.

— C'est ce que les gens ont toujours fait.

Son cousin Curtis, par exemple. Cet idiot aurait dû comprendre qu'elle n'aurait jamais été capable de recréer les plans des armes de son père de mémoire si elle n'avait pas grandi dans l'atelier à ses côtés.

Guy ne dit rien et se contenta de soutenir son regard avec une expression sérieuse – et extrêmement troublante – qui ne lui ressemblait pas.

— Elle vivra avec moi, reprit Cécile, ne percevant qu'à cet instant combien elle se sentait sereine.

Cécile n'avait personne à elle. Et Féline n'avait que George. Tous les trois pourraient désormais compter les uns sur les autres.

— Je suis ravi de l'entendre, dit Guy avec un sourire doux.

— Je vais engager une gouvernante. Féline devra gagner sa vie toute seule ; le moins que je puisse faire, c'est de l'armer.

— Je pense que c'est la bonne décision.

Il leva la main pour héler un fiacre.

— Je préférerais rentrer à pied.

Une lueur de surprise passa sur ses traits, mais il hocha la tête.

— J'ai appris par Richie que vous receviez d'autres candidates cet après-midi.

— Oui, mais je ne suis pas très optimiste. Je commence à croire que je cherche quelqu'un qui n'existe pas. La plupart des filles ont été tellement maladroites que je ne leur confierais pas même une cuillère, alors un pistolet chargé…

Il rit et ce son lui réchauffa le cœur bien plus qu'il ne l'aurait fallu et fit papillonner sa poitrine.

— C'est vrai, insista-t-elle. J'ai reçu une fille, l'assistante d'un pâtissier qui, je pense, a dû mettre le feu au commerce de son dernier employeur… Quand elle a déchargé le pistolet – après que je lui ai montré le procédé en détail –, elle a poussé un cri, son bras s'est levé d'un coup sec et elle a tiré dans le plafond, heureusement dans un des panneaux et non sur le lustre.

Guy rit doucement.

Hum. Ce son enivrant une nouvelle fois.

— Eh bien, il existe des femmes qui savent manier des pièces d'artillerie et chasser – mes sœurs, par exemple –, mais vous ne les trouverez pas dans les classes ouvrières, je le crains.

— Je devrais peut-être déposer une annonce dans la rubrique mondaine des journaux, fit remarquer Cécile d'un air sombre.

Ils poursuivirent leur route dans un silence bienveillant.

— Je voudrais vous poser une question. Quelque chose de personnel, dit Guy au bout d'un moment. Mais je ne veux pas que vous m'en vouliez.

Elle lui coula un regard amusé.

— Depuis quand vous vous souciez de ça ?

— Vous seriez surprise, murmura-t-il.

Allez comprendre.

Cécile considéra la question pendant qu'il donnait une pièce au garçon qui avait déblayé la route de la neige fondue.

Bien qu'ils aient été amants pendant des semaines, ils avaient rarement abordé de sujets personnels. Leurs vies avaient été si remplies de drames et d'excitations, ils avaient largement de quoi discuter – des mercenaires français aux rois déchus déments, en passant par les industriels sans scrupule...

Cécile l'avait découragé de poser des questions personnelles et n'en avait formulé aucune de son côté. Elle savait depuis le début que leur liaison serait temporaire. Pourquoi rendre la séparation encore plus douloureuse ?

Mais voilà qu'il était de retour dans sa vie.

Malgré ce qu'il prétendait – qu'il la voulait –, Cécile savait qu'il ne se contenterait jamais de s'installer dans un cirque pour le restant de ses jours. Quelque chose, ou plus probablement *quelqu'un* se présenterait qui conviendrait mieux à un homme de son milieu et de son statut.

La seule chose qu'elle savait de source sûre, au sujet des aristocrates, c'était qu'on leur pardonnait toutes leurs folies s'ils étaient suffisamment beaux et charmants. Le numéro de Guy à la Foire serait une histoire qu'il pourrait raconter aux réunions de la bonne société pendant les années à venir.

La même indulgence ne s'appliquait *pas* aux femmes de son milieu. Ni aux femmes de n'importe quel milieu, d'ailleurs.

Cécile jeta un regard au beau visage patient de Guy, et son réflexe de se protéger à tout prix vacilla. Il ne se servirait jamais de son passé contre elle, alors quel mal pouvait-il y avoir à partager des bribes de sa vie avec lui ? Elle lui avait déjà dit qui elle était réellement – ce qu'elle n'avait jamais confié à personne – et il l'avait gardé pour lui.

Cécile hocha la tête.

— Posez votre question.

— Je veux en savoir plus sur votre arrivée en Angleterre.

— Ce n'est pas très excitant.

— J'aimerais quand même l'entendre, si ce n'est pas trop douloureux pour vous d'en parler.

Cécile réfléchit un court instant et se rendit compte qu'elle n'éprouvait plus la même souffrance en songeant à cette nuit épouvantable.

— Ce n'est plus douloureux.

Elle prit une profonde inspiration, soupira, et se lança.

— Il y avait une tempête le soir où nous sommes partis, une violente tempête, et nous n'aurions pas dû prendre la mer, mais mon père avait peur de rester plus longtemps en France. Il avait dépensé la plupart de son argent pour rendre visite à son mécène en prison, voyez-vous. Quand nous sommes montés sur ce bateau, il ne nous restait que quelques pièces. Il avait l'intention d'aller retrouver mon cousin en Angleterre et de travailler pour lui.

— Il connaissait donc votre cousin ?

— Ils ne s'étaient jamais rencontrés, mais ils avaient échangé des lettres pendant des années. La famille Blanchard fabriquait des armes depuis longtemps, mais elles n'étaient jamais du calibre – pardon pour le mauvais jeu de mots – de celles des Blanchet. De temps en temps, mon père les aidait, comme l'avait fait mon grand-père, en leur envoyant certaines des améliorations apportées à ses modèles.

Ils poursuivirent leur route en silence un moment, tandis que le passé et cette nuit-là lui revenaient progressivement en mémoire. Elle jeta un regard à Guy et vit qu'il la regardait, concentré, préoccupé.

— Mon père était au plus mal. Je pense qu'il avait attrapé quelque chose à La Force quand on était allés voir son ancien mécène, qui était mourant. Il était très malade avant qu'on quitte la France, et il est mort pendant cette traversée en bateau vers l'Angleterre.

— Doux Jésus, murmura-t-il. Vous ne m'aviez pas dit que vous n'aviez que quatorze ans ?

— Si.

— Est-ce que quelqu'un d'autre vous accompagnait ?

— Non, il n'y avait que nous deux.

— Vous deviez être terrifiée.

Elle émit un rire sans joie.

— On devrait inventer un nouveau terme pour ce que j'ai ressenti. Je ne parlais presque pas anglais, et j'ai découvert alors que le bateau chavirait au milieu de la Manche que mon père était mort, assis juste à côté de moi. Quand le bateau s'est retourné, j'ai réussi à m'y accrocher, et j'ai tenu bon pendant des heures. Quant aux deux hommes qui ramaient, une seconde ils étaient là, la suivante ils avaient disparu. Je ne sais pas s'ils ont survécu ou si...

Cécile frissonna au souvenir des longues heures glacées et terrifiantes dans l'obscurité.

Guy la regardait, horrifié.

— Mon Dieu, Cécile.

— Quand j'ai échoué, le lendemain, il y avait beaucoup de monde sur la rive. Apparemment, un autre bateau – un vrai, celui-là – avait été déchiqueté par la tempête. C'était un navire anglais, et ceux qui aidaient les survivants ont cru que je faisais partie des passagers et m'ont offert un abri et de la nourriture le temps de mon rétablissement. Mon père avait toujours insisté pour que je connaisse quelques notions d'anglais, alors j'ai compris juste assez pour savoir que je devais faire semblant d'être muette plutôt que d'essayer de parler. Le moment était mal choisi pour être une émigrée française qui envahissait les côtes anglaises.

L'air coupable sur le visage de Guy lui indiqua qu'il comprenait ce qu'elle voulait dire. Tant de Français avaient débarqué en Angleterre en si peu de temps que le peuple – les riches comme les pauvres – les considérait au mieux comme un désagrément, au pire comme une dangereuse menace.

Intéressant comme cette histoire la rendait émotive, songea-t-elle en clignant rapidement des yeux pour éclaircir sa vision. Il lui vint à l'esprit qu'elle ne l'avait jamais racontée à personne dans son intégralité. Curtis et sa femme n'avaient pas voulu connaître les détails ; ils étaient déterminés à ce qu'elle devienne aussi anglaise que possible, aussi vite que possible, et avaient préféré prétendre que son passé n'existait pas. Marianne lui avait posé des questions, mais Cécile avait donné le change avec quelques broutilles, ne voulant pas que sa meilleure amie sache quelle créature pitoyable elle avait pu être.

Fallait-il y voir un signe que ce soit une fois de plus à Guy qu'elle se confiait ?

Elle chassa cette pensée et poursuivit :

— J'ai tout perdu quand notre barque a chaviré : les dessins de mon père, le peu d'objets de famille et d'argent qui nous restait, et tous nos documents.

Pas un seul jour ne passait sans que Cécile regrette la perte du sac de Michel Charles Blanchet.

— Tout ce que j'avais en ma possession, c'était le nom de mon cousin, une adresse et quelques pièces qui étaient restées dans la poche de ma jupe. Mon père m'avait dit d'aller le trouver en cas de besoin.

Elle eut un rire désabusé en se rappelant son ridicule espoir.

— Curtis n'était pas difficile à trouver, reprit-elle sans vouloir s'attarder sur ces semaines cauchemardesques à errer dans un pays inconnu rempli d'étrangers hostiles.

Quant aux émigrés français qu'elle avait rencontrés, eh bien, leurs tentatives de la manipuler ou de se servir d'elle avaient été pires encore que le mépris des Anglais et des Anglaises.

— C'est une… hum, une histoire bien pénible.

— Des milliers de personnes ont eu des expériences similaires, à l'exception peut-être du naufrage. Ça a l'air horrible, mais c'était toujours mieux que de rester en France.

— Est-ce que la place d'armurier royal de votre père avait fait de lui une cible des antiroyalistes ?

— Cela faisait partie du problème. Mais il y avait aussi le fait que nous avons vécu de nombreuses années dans la maison du duc de La Fontaine, qui était le mécène de mon père. Leur lien était étroit et nous étions… Disons simplement que ce n'était pas sûr pour nous quand les choses ont commencé à se dégrader.

— Et votre cousin est votre seul parent ?

En la voyant hausser un sourcil, il ajouta :

— Je me souviens de vous avoir entendue dire, quand on était en France, que vous n'aviez aucune famille.

Ce n'était pas la première fois qu'elle envisageait de dire à l'homme à ses côtés que dans son pays, elle était duchesse. Elle garda le silence au souvenir pénible de la réaction de Curtis et de sa femme, Martha. Guy ne la traiterait probablement pas de menteuse comme l'avait fait son cousin, mais sans les précieux documents dans le sac de son père, c'était comme si son mariage avec le duc n'avait jamais eu lieu.

— Pas de famille dont j'ai connaissance, dit-elle, ce qui était la vérité. Mon père était fils unique. J'imagine qu'il doit y avoir de la famille du côté de ma mère, mais elle est morte à ma naissance et, dans mon enfance, je n'ai jamais rencontré aucun de ses parents. Mon père a toujours semblé satisfait de me former à son métier même si je n'étais pas un garçon. Si les choses avaient été différentes, peut-être qu'il aurait pu prendre une autre femme à temps. Mais le monde est devenu fou et plus personne n'achetait de pistolet onéreux et fabriqués à la main, alors obtenir un héritier masculin représentait le cadet de ses soucis.

— Vous avez parlé de votre père qui avait rendu visite au duc à La Force ? Ce n'était pas dangereux ?

— Si, très.

— Pourquoi avoir pris un tel risque ?

— J'avais grandi dans un château, sans être une fille de la maison et sans être une domestique non plus – toujours à part. Le duc était déjà âgé quand j'étais encore une enfant. Il avait un fils mort des années plus tôt, tout comme la duchesse. Vraiment, nous étions sa famille et il était la nôtre. Mon père a aidé le duc à prendre la fuite, et lui nous a aidés, *nous*, avec l'argent qu'il avait emporté. Même si nous ne valions pas mieux que des commerçants, ces distinctions n'avaient soudain plus d'importance pendant la Révolution.

— Combien de temps vous êtes-vous cachés ? demanda-t-il en la soulevant de nouveau pour traverser la même profonde ornière.

Cette fois-ci, le souvenir de cette époque sombre la priva de toute appréciation de ce petit geste chevaleresque.

— Nous vivions au fin fond de la campagne et le duc avait toujours été un propriétaire et un maître apprécié, de sorte que le mécontentement s'est manifesté plus lentement là-bas. Ce n'est qu'à l'arrivée d'hommes de la ville que les problèmes ont commencé. Nous avons tous eu la chance qu'ils soient tellement occupés à piller le château de ses objets de valeur qu'ils n'ont pas pris le temps de s'occuper de nous. Avec l'aide d'un des palefreniers, Papa a pris une vieille charrette de la ferme et le duc s'est habillé en haillons.

Cécile se souvenait encore de son choc lorsqu'elle avait vu pour la première fois le superbe duc débarrassé de sa perruque, de ses bijoux et de ses brocarts. En habits rustiques et sabots, il ressemblait à un vieux paysan tout maigre, à condition qu'on ne regarde pas ses mains douces et blanches.

— Nous avons séjourné dans des villes assez grandes où les gens étaient moins enclins à poser des questions que dans les petits villages. Nous n'étions que des paysans parmi d'autres errant dans la campagne, un homme d'âge moyen qui s'occupait de sa jeune fille et de son père âgé.

» Malgré tout, nous ne pouvions jamais rester longtemps avant que les gens commencent à s'interroger et nous devions repartir – on l'a fait tellement de fois. En fuyant, le duc avait emporté de l'argent et des bijoux, et on en vendait ici et là. Dès qu'il le pouvait, mon père travaillait – il réparait des armes ou des horloges, ou tout objet nécessitant une touche d'habileté.

Au début, Cécile avait été tout excitée et se réjouissait d'être en fuite. Ça paraissait tellement romanesque et tellement plus intéressant que de vivre dans une campagne ennuyeuse.

— Je prenais ça pour un jeu, au début, de voyager de ville en ville. Mais quand les semaines se sont transformées en mois, puis en années, j'ai commencé à comprendre qu'on allait peut-être devoir se cacher pour l'éternité – ou au moins jusqu'à ce que l'argent s'épuise. Les histoires qu'on entendait au sujet de Paris… Il était difficile de discerner la réalité de la fiction. Impossible de savoir qui était le chef d'un jour sur l'autre. Quand on entendait que les factions royalistes gagnaient du terrain, le duc reprenait confiance. Mais quelques jours plus tard, on apprenait une nouvelle atrocité commise contre l'aristocratie ou contre l'Église.

» Après avoir appris l'exécution du roi, le duc a commencé à décliner. Je pense qu'il a simplement perdu espoir. Il ne voulait plus quitter le pays avec nous, alors mon père et moi sommes restés car personne d'autre ne pouvait s'occuper de lui.

Guy s'arrêta. Cécile releva les yeux et s'aperçut qu'ils étaient arrivés au théâtre.

— Bon, nous y voici, dit-elle maladroitement, déstabilisée par tout ce qu'elle venait de révéler.

Il posa une main sur son épaule avant qu'elle ait pu se réfugier dans le confort familier de son travail.

— Je suis désolé que vous ayez traversé des moments aussi difficiles, dit-il lorsqu'elle risqua un regard vers lui.

Elle haussa les épaules, mais il ne retira pas sa main.

— Ce n'est pas votre faute.

— Je le sais, mais j'aurais voulu pouvoir alléger vos souffrances.

La tendre expression dans son regard, débarrassé de la distance qu'elle y avait lue toute la matinée, provoqua une drôle de sensation dans sa poitrine.

Et son estomac se noua presque douloureusement devant la gentillesse qu'elle y perçut.

Mais la peur engendra la colère et elle perdit son sang-froid.

— Au lieu de me faire souffrir à votre tour, vous voulez dire ?

Il tressaillit et retira sa main.

Bien.

Cécile tourna les talons et se réfugia dans la sécurité du théâtre. Comme d'habitude, les employées l'assaillirent de questions, mais elle les repoussa toutes.

— Plus tard, murmura-t-elle à plusieurs reprises, suffocant presque du besoin de se retrouver dans l'intimité de son sanctuaire.

Une fois dans son petit bureau, elle tira le verrou et se laissa tomber dans le fauteuil devant sa table encombrée.

Au centre, le courrier du matin. Au sommet de la pile de papiers pelures bon marché qui contenait les factures se trouvait un rectangle de parchemin crème épais, avec son nom griffonné au dos, d'une écriture familière et autoritaire.

Nathan.

Elle récupéra la missive, devinant déjà le contenu.

On frappa timidement à sa porte.

— Qu'y a-t-il ? demanda-t-elle sèchement tout en déchirant l'épais cachet de cire bleu.

La poignée de la porte tourna.

— Parlez à travers la porte, ordonna-t-elle en déployant le parchemin sur son bureau.

Ma chère Cécile,

Je suis certain que vous pouvez deviner mon mécontentement concernant la soirée de mercredi. Plus je réfléchis à la question, plus j'estime qu'il n'est pas judicieux de permettre à Darlington de continuer à travailler pour vous et à vivre dans votre maison.

Bien que je sois prêt à accepter votre passé, je ne souhaite pas que ma future épouse ait la réputation d'une femme qui vit avec un homme en dehors du mariage.

Je souhaite vous voir sans attendre jusqu'à mercredi prochain. Je ne souhaite pas non plus vous voir chez vous pour des raisons évidentes.

Venez chez moi demain soir – je sais que votre numéro passe en premier le vendredi. Venez immédiatement après, nous pourrons discuter de ce qu'il faut faire et nous formerons des projets pour l'avenir.

Votre serviteur,
Nathan

Cécile froissa le papier avec mauvaise humeur.

La voix hésitante de Richie résonna de l'autre côté de la porte.

— Votre premier entretien vous attend, mademoiselle Tremblay. Hum, elle a une demi-heure d'avance.

Cécile haussa la voix pour se faire entendre.

— Dis-lui qu'elle devra attendre l'heure du rendez-vous !

— Très bien, mademoiselle Tremblay.

Cécile prit plusieurs inspirations. Sa colère menaçait une nouvelle fois de prendre le dessus – comme avec Guy juste avant.

Fichu Nathan ! Pour qui se prenait-il à lui poser des ultimatums ?

Elle sortit une feuille de papier et s'empressa de rédiger sa réponse, à la fois brève et directe. Elle avait voulu épargner les sentiments de l'aristocrate, mais étant donné qu'il n'avait pas cherché à épargner les *siens*, elle mettrait immédiatement un terme à leur liaison.

Guy réparait un tronçon du rail de fixation – manœuvre que Basil, le charpentier, lui avait minutieusement détaillée – tout en ressassant la réaction coléreuse de Cécile ce matin-là.

Il n'était plus surpris quand elle s'emportait contre lui et, la plupart du temps, il devait bien reconnaître qu'il le méritait. Mais ce matin ? Qu'est-ce qui l'avait mise dans une rage pareille ?

— Guy !

Il releva les yeux et sourit à Féline qui arrivait en courant et s'arrêta en dérapant juste devant lui. George sautillait autour d'elle, aussi excité que sa maîtresse.

— Salut Félinette, la taquina-t-il en nouant la nouvelle corde.

— Tu étais où ?

— Je t'ai dit que j'emmenais Cé… Mlle Tremblay voir ton école aujourd'hui.

Son expression traduisait son avis sur la question.

— Inutile d'avoir l'air aussi butée – elle a décidé qu'il valait mieux engager une gouvernante pour toi.

Guy lui laissa le temps d'assimiler cette nouvelle en tendant la main vers le petit terrier. Manifestement, ce dernier n'avait pas encore tranché concernant son avis sur Guy, mais il se détendit suffisamment pour lui permettre de le gratter brièvement derrière les oreilles.

— Alors, qu'est-ce que tu en dis ? demanda-t-il devant le silence inhabituel de Féline.

Elle haussa les épaules avec une moue.

— J'aime bien passer mes journées avec Cook et Nancy dans la cuisine.

Nancy, la fille de Cook, avait onze ans, quelques années de plus que Féline, et – heureusement – les deux fillettes s'entendaient très bien.

— Oui, certes, la cuisine est un très bon lieu d'apprentissage pour les compétences ménagères, mais tu as beaucoup d'autres choses à apprendre.

— Tu veux dire des trucs dans les livres ?

— Exactement.

— Pourquoi Cécile et toi vous ne pouvez pas m'apprendre les trucs dans les livres ? Pourquoi il faut quelqu'un d'autre ?

Guy s'accroupit pour se mettre à sa hauteur et posa les mains sur ses frêles épaules.

— On doit travailler, ma chérie. Et il te faut quelqu'un qui connaît toutes les choses que tu ne sais pas encore. Je crains que si tu te fies à moi pour t'apprendre les mathématiques, tu ne finisses par compter sur tes doigts et tes orteils.

Elle rigola et Guy écarta une boucle du front de l'enfant et la cala derrière son oreille.

— Tu es bête.

— Oui. Tu nous verras tout le temps – on vit ensemble.

Même s'il ne savait pas combien de temps il resterait si Whitfield revenait dans cette maison… Féline pourrait toujours venir lui rendre visite à Newgate quand il aurait étranglé ce type et serait condamné à mort.

— Il y a de fortes chances pour que tu deviennes très amie avec ta nouvelle gouvernante, reprit Guy. Mes sœurs cadettes en avaient une qu'elles adoraient, et Diana a pleuré quand elle est partie.

Bien sûr, ses sœurs aînées avaient été terrorisées par une vieille bique qui leur avait tapé sur les doigts avec une règle et leur avait attaché une planche dans le dos pour corriger leur posture, mais il semblait inutile de le mentionner…

Elle hocha la tête, mais il voyait bien qu'elle n'était pas convaincue.

Il tendit la main.

— Viens, tu vas m'aider en loge. Allons voir si nous arrivons à trouver le canapé qui, selon la rumeur, se trouve sous cette montagne de vêtements.

Ce n'était pas tant le canapé qui inquiétait Cécile que les costumes perdus dans l'énorme pile de vêtements que le personnel avait tendance à jeter dans la loge.

Féline l'accompagna en sautillant.

— Je pourrai mettre du maquillage ?

— Ce n'est probablement pas une bonne idée.

— Pourquoi ?

— Tu es trop petite.

Elle fronça les sourcils et Guy sentit que la discussion ne s'arrêterait pas là.

Le théâtre était pratiquement désert, car on se trouvait dans l'étrange temps mort entre les répétitions et le début des premières représentations. Cela signifiait qu'avec un peu de chance la loge serait inoccupée.

Mais quand il ouvrit la porte, il vit la Sabreuse debout sur un tabouret tandis que Marie, la chef costumière, manipulait l'ourlet d'une jupe noire à l'aspect insolite.

— Oh, on peut revenir…

Marie lui fit signe d'entrer.

— Presque fini, dit-elle, des épingles entre ses lèvres pincées.

Guy jeta un regard à la Sabreuse.

— Ça ne vous ennuie pas ?

— Non.

— Alors, c'est un nouveau costume ?

Elle hocha la tête en regardant Féline de ses yeux très clairs.

— Vous avez rencontré Féline et George ? demanda Guy en cherchant des yeux le compagnon de Jo lorsque le terrier se mit à grogner.

— George... sois gentil, dit Féline, les yeux rivés comme lui sur Angus.

L'énorme oiseau était perché sur l'imposant lustre qui éclairait la pièce. Quelqu'un, probablement la Sabreuse, avait retiré deux des bougies pour lui permettre de s'y poser sans prendre feu.

— Nous n'avons pas été officiellement présentés, dit Jo avec un vague sourire.

Elle remercia Marie d'un signe de tête lorsque la femme termina sa tâche et se redressa.

— Féline, voici Mlle Brown.

Jo sourit à la fillette avec une expression inhabituellement avenante.

— Salut, Féline. Je suis Joséphine, mais tout le monde m'appelle la Sabreuse. Et voici Angus, ajouta-t-elle en désignant son corbeau, qui semblait suivre la scène avec le plus grand intérêt.

Féline coula un regard à Guy, et il comprit qu'elle demandait la permission d'appeler un adulte par son prénom. La mère de Guy aurait été scandalisée, mais les choses étaient moins formelles parmi les gens de théâtre.

Il hocha la tête.

— C'est un plaisir de vous rencontrer... la Sabreuse.

Féline tourna de grands yeux vers Angus.

— Féline, tu peux demander à George d'arrêter de grogner, s'il te plaît ? demanda Guy. Je ne pense pas qu'Angus aime qu'on lui grogne dessus.

En effet, le gros oiseau tournait son regard noir et vitreux vers le terrier et ébouriffait ses plumes, multipliant sa taille par trois, ce qui ne fit qu'accentuer les grognements de George.

Jo s'effaça derrière le paravent au moment où George aboya.

— Arrête, George ! le gronda Féline. Tu ne dois pas...

Angus se pencha, les yeux rivés sur le chien, puis *aboya* – formulant un son plus grave, qui ressemblait davantage à celui d'un mastiff que d'un terrier.

George glapit et recula.

La Sabreuse pouffa de rire tout en changeant de costume.

— Tu veux faire sa connaissance ? demanda-t-elle à la petite fille.

— Oui, s'il vous plaît !

Féline hochait si vigoureusement la tête que Guy en eut le tournis rien qu'à la regarder.

— Je finis de me changer et je te le présente.

Féline s'accroupit à côté de son chien et lui donna quelques caresses rassurantes.

— Tout va bien, George, Angus ne me fera pas de mal. Je veux que tu t'assoies et que tu sois gentil.

À la grande surprise de Guy, le chien obéit.

— Bon chien.

Féline le grattouilla derrière les oreilles et George lui adressa un euphorique sourire canin.

Jo reparut, vêtue de l'une de ces robes en laine grise que les femmes semblaient apprécier ici, et tendit le vêtement noir à Marie.

— Je vous la rapporterai à la fin de la semaine, dit la Française avant de quitter la petite pièce.

La Sabreuse adressa un infime signe à son oiseau. Malgré ses deux bons kilos et ses soixante centimètres, Angus se déplaça avec légèreté et sans bruit, pour se poser sur l'épaule de la jeune femme dans un doux froufroutement de plumes.

Jo s'assit sur l'une des chaises qui faisaient face à un miroir.

— Approche, dit-elle à Féline. Il ne te fera rien.

Féline, qui n'avait pas l'air convaincue, s'avança vers l'oiseau, qui devait faire la moitié de sa taille. Angus semblait comprendre que l'heure était à la douceur, car il resta immobile, les plumes serrées, dans une posture dépourvue de toute menace.

— C'est un corbeau ordinaire, expliqua la Sabreuse en grattant l'oiseau sous le bec, comme Guy l'avait vue faire d'innombrables fois.

Angus fondit aussitôt et gonfla ses plumes pour permettre un meilleur accès aux doigts de la jeune femme.

— Il aime bien être caressé juste là – dans les plumes du cou. Tu peux le caresser si tu veux.

Féline était crispée, mais en courageuse petite créature, elle tendit la main. Approcher un oiseau ne pouvait pas être plus terrifiant que vivre dans la rue pendant des années.

Elle rit au contact des plumes.

— Il est tout doux.

Jo sourit – c'était la première fois que Guy la voyait faire et il la connaissait depuis plus d'un an. Cette expression transforma son visage aux traits étrangement lisses et la rendit jolie, presque féminine.

— C'est son duvet.

— Comme une oie, dit Féline, l'air fascinée.

— C'est un peu la même chose.

— Je n'ai jamais vu d'oiseau comme lui. Il est tellement gros !

— Autrefois, les corbeaux étaient nombreux, et ils étaient très utiles aux fermiers. Mais il y a une centaine d'années environ, les gens ont décidé qu'ils étaient nuisibles et les ont chassés au point de presque éradiquer l'espèce. Je n'ai jamais vu le moindre corbeau en Angleterre même si je sais qu'il y en a.

— Tu l'as trouvé où ? demanda Féline qui se détendait, maintenant qu'il était évident que l'oiseau ne lui ferait rien.

— C'est lui qui m'a trouvée, répondit simplement la Sabreuse. Où as-tu trouvé ton chien ?

— On s'est trouvés l'un l'autre, répondit Féline, et elle rit en entendant Angus exprimer son contentement. Il ronronne comme un chat !

— *Chat,* répéta Angus.

Guy, Angus, Jo, et peut-être même George, tous tressaillirent au cri perçant que poussa Féline.

— Il *parle* !

— Oui, confirma Jo en se tournant vers l'oiseau. Quel temps fait-il aujourd'hui, Angus ?

— *Une vraie soupe de pois,* dit-il d'une voix étrange qui ressemblait à celle de sa maîtresse, en plus rauque.

Tout le monde rit.

— Qu'est-ce que tu veux pour le dîner, Angus ?

— *Pâté en croûte et petits pois.*

Les éclats de rire de Féline constituaient un spectacle réjouissant.

Guy plissa les yeux.

— Mais il est aussi voleur.

Angus jeta un regard mauvais et perçant à Guy.

— Vraiment ? demanda Féline.

La Sabreuse confirma.

— Ne laisse traîner aucun objet de valeur, car Angus aime les belles choses. Et même les choses tout court.

— Pourquoi ?

— Il me les donne.

— Il te fait des cadeaux ?

— Oui. C'est sa façon de me manifester son affection. Une de ses façons, en tout cas. Sa façon de ronronner comme ça en est une autre.

Féline était fascinée.

La Sabreuse se tourna vers Guy. Elle sortit un canif de la poche de sa robe.

— J'ai trouvé un de ses butins aujourd'hui. Il y a votre nom gravé dessus.

— Ah, merci. Je pensais l'avoir perdu. C'est ma grand-mère qui me l'a offert quand j'étais petit, dit-il tandis qu'il le glissait dans sa poche. Est-ce que ça faisait partie de l'agitation d'hier soir ?

Guy s'approcha du canapé et se mit à trier les vêtements éparpillés en piles séparées.

Une lueur d'humeur brilla dans les yeux opalescents de Jo.

— Ça a commencé par une chose et a mené à une autre. Francine n'était… pas contente.

— Alors Angus a *bel et bien* volé un jouet d'Henry ? demanda-t-il.

— Oui, je crains qu'Angus n'ait développé de l'attachement pour la carotte sculptée.

Guy brandit quelque chose qui ressemblait à une robe médiévale. Jo avisa le vêtement qu'il examinait, l'air confus.

— Elle appartient à quelqu'un de l'équipe de Cordelia.

— Ah.

Guy grogna et commença une nouvelle pile.

Les acteurs de Cordelia étaient censés s'occuper de leurs propres costumes. Il se doutait que celle-ci ne serait pas heureuse d'apprendre que quelqu'un en avait laissé un dans la loge.

— Vous êtes douée avec les couteaux. Pourquoi vous ne lui sculpteriez pas une autre carotte ? demanda-t-il, momentanément captivé par une jupe qui était si vaporeuse qu'on devait voir à travers.

Seigneur, qui portait ça et pourquoi ne l'avait-il jamais vue ? Son imagination débridée se représenta aussitôt Cécile avec cette jupe.

— J'en ai fait, plusieurs.

Guy releva les yeux.

— Pardon, vous disiez ?

Il posa la jupe diaphane sur une nouvelle pile, qu'il apporterait à Cécile. Pourquoi ne pas rêver un peu ?

— Je disais que j'ai sculpté plusieurs jouets à Angus, dit-elle d'un air frustré.

La Sabreuse n'avait pas l'habitude de manifester la moindre émotion.

Ce caractère si peu démonstratif lui fit penser à Elliot.

— Elliot vous a-t-il parlé de quelque chose à faire pour moi ?

Il jeta un coup d'œil à Féline. Il ne voulait pas aborder le sujet sensible devant elle, car il savait d'expérience grâce à ses sœurs que les petites friponnes avaient de grandes oreilles.

Mais Féline avait trouvé l'audace d'employer ses deux mains et administrait un véritable massage à Angus. Le corbeau avait le bec ouvert dans une expression de pure extase.

— Elliot m'a parlé de quelque chose, dit-elle, son masque impénétrable de nouveau bien en place. Je peux travailler pour vous du moment que ça n'interfère pas avec mes soirées ici. Elliot m'a fait comprendre qu'il pourrait s'agir de notre employeuse ?

Guy hocha la tête.

— Elle a assez de soucis comme ça en ce moment pour ne pas en ajouter.

— Je n'essaie pas d'en ajouter, répliqua-t-il. J'essaie de *l'aider*.

La Sabreuse ne paraissait pas convaincue.

— En plus, Elliot affirme que vous êtes assez discrète pour que personne ne se doute de rien.

— C'est vrai, acquiesça-t-elle. Mais il a aussi dit que vous aviez envisagé de le faire vous-même.

— Non. J'ai changé d'avis quand il a souligné les désavantages évidents de la chose.

Il jeta un regard à Féline.

Jo hocha la tête.

— Nous parlerons plus tard de ce que vous attendez exactement.

Elle se tourna vers Féline et Angus.

— On doit y aller maintenant, mais je pourrai amener Angus te voir à la maison. Il pourra aussi se lier avec ton chien, pour qu'ils s'entendent mieux.

Féline sautilla sur place.

— Oh oui ? C'est d'accord, Guy ?

— Je suis sûr que ça ne gênera pas Cécile, répondit-il avec un clin d'œil. Jo pourra amener Angus à un moment où Cécile est absente et on pourra le laisser se vautrer sur toutes ses affaires.

Jo fit claquer sa langue.

— Oh, Guy.

— *Oh, Guy*, répéta Angus avec le même claquement.

Féline rit si fort que Guy eut peur qu'elle ne se fasse du mal.

— Je reviens vous voir dans les prochains jours, dit Jo avant de sortir avec son oiseau.

— Tiens, tu vas pouvoir m'aider, dit Guy à Féline.

Tandis qu'il triait les vêtements et les costumes et que Féline ne cessait de jacasser, Guy songeait à l'autre affaire dont il s'était occupé plus tôt dans la journée.

Après l'issue dramatique de sa conversation avec Cécile, Guy avait eu besoin d'une longue marche pour se calmer, et il était allé rendre visite aux bureaux de Ashe & Ashe, les notaires qui géraient les affaires ducales depuis des décennies.

La visite n'avait rien fait pour apaiser son humeur. Au lieu d'être reçu par l'un des principaux associés de la firme – comme c'était habituellement le cas –, il avait été relégué à un simple employé.

— Je suis désolé, monsieur Darlington, mais je crains de ne pouvoir vous parler des questions relatives au duché.

— Dans ce cas, peut-être Ashe ou son père ? Peuvent-ils me parler, *eux* ?

— Aucun d'eux n'est au bureau, monsieur.

C'était un odieux mensonge car Guy pouvait entendre Ashe senior hurler sur un subordonné dans le bureau du fond.

Il n'avait pas anticipé ce coup à sa dignité. Ce serait ainsi désormais – il n'était même plus assez important pour mériter un entretien avec un fichu notaire. Il aborderait aussi *ce sujet-là* avec la Sabreuse quand il la reverrait. Guy n'était peut-être plus duc, mais il restait un Darlington, en dépit du nombre de personnes qui auraient voulu simplement le rayer de la surface du globe.

18

— J'ai enfin engagé une apprentie, déclara Cécile en entrant dans la cuisine, un soir, quelques jours plus tard.

Il était tôt et Guy tenait compagnie à Féline et George, qui étaient en train de dîner.

— Félicitations, dit Guy en reposant sa cuillère pour se lever, mais son employeuse lui fit promptement signe de se rasseoir.

— Asseyez-vous, je vais manger aussi.

Elle consulta du regard Cook, qui lui remplissait déjà une assiette.

Compte tenu de la singularité de l'emploi du temps des occupants de cette maison, chacun avait tendance à prendre ses repas quand il en avait le temps, et la cuisine était généralement considérée comme l'épicentre social de la grande maison.

— Et tu veux connaître la bonne nouvelle ? demanda Cécile à Féline, dont les joues bourrées de pain frais la faisaient ressembler à un écureuil.

Féline hocha la tête.

— Cette femme sera aussi ta nouvelle gouvernante.

Guy s'étouffa.

— Vous avez trouvé une femme qui peut assumer les deux rôles ? demanda-t-il dès qu'il put parler, sans prendre la peine de cacher son incrédulité.

Cécile lui jeta un regard hautain.

— Pourquoi ? Vous pensez que les femmes ne peuvent pas posséder plus d'une compétence, monsieur Darlington ?

Il leva les yeux au ciel.

— Je ne suis évidemment pas idiot au point de penser une chose pareille, mademoiselle Tremblay. Et je serais d'une bêtise criminelle de l'avouer à voix haute *si je le pensais*, ajouta-t-il dans sa barbe, ce qui lui valut un regard assassin de son employeuse. Alors, qui est ce parangon ?

— Elle s'appelle Helen Keeble.

— Keeble ? C'est un nom curieux, dit-il en reprenant son repas.

— Dit l'homme dont le nom de famille est *Darlington*.

Guy ignora la pique.

— Alors, quand commence maîtresse Keeble ?

— Elle s'installe dans la chambre du coin ce soir. En fait, dès que vous aurez fini de dîner, vous irez débarrasser cette pièce.

— Oui, maîtresse.

Elle pencha la tête.

— Vous y verrez peut-être du sarcasme, mais votre obéissance immédiate et respectueuse me ravit et me montre que vous savez enfin où est votre place.

Guy rit.

— Continuez donc à penser ça, ma chère.

Il se leva, récupéra un verre et désigna la bouteille de vin sur la table.

Cécile acquiesça de la tête.

— Oui, merci.

— Quand est-ce que je commence les leçons ? demanda Féline, dont l'expression indiquait qu'au moins une personne dans la pièce ne se réjouissait pas de la nouvelle.

Guy tendit son verre à Cécile, qui le remercia d'un signe de tête.

— Il faudra que tu demandes à Mlle Keeble, puisque c'est elle qui en décidera.

— D'où vient-elle ? De quel milieu ? demanda Guy.

— Sa mère était gouvernante et son père est pasteur dans un tout petit village – j'ai oublié son nom. Elle est allée dans une école de jeunes filles, dont j'ai aussi oublié le nom, mais elle a dit que c'était un bon établissement. Je crois que c'était...

La Sabreuse et Angus apparurent sur le seuil et Guy se leva.

— Asseyez-vous, je vous en prie, dit Jo à Guy en coulant un regard vers la marmite.

— Assieds-toi et mange, dit Cécile et écartant la chaise voisine de la sienne.

Jo promena son regard songeur autour de la pièce, passa sur Guy et Féline avant de s'arrêter sur George, qui se hérissait en regardant Angus.

— Peut-être une autre fois, dit-elle enfin.

Cécile poussa un soupir, prit la main de Jo et la tira sur la chaise.

— Une autre assiette s'il vous plaît, Cook. George, tu...

Cécile déversa un flot de mots en français que Guy ne parvint pas à suivre.

Le chien dut comprendre, car il se rassit et cessa de grogner. Mais il ne quittait pas l'oiseau des yeux.

— Du vin ? proposa Guy.

Jo hésita et Cécile répondit à sa place.

— Oui.

Il se chargea d'aller chercher un autre verre.

— Avez-vous eu des nouvelles de votre ex-fiancée ? demanda Jo.

Guy, qui était en train de la servir, arrêta son geste.

— Vous parlez de moi ?

Jo se tourna vers Cécile pour lui demander, sans aucun sarcasme apparent :

— Tu as déjà été fiancée ?

— Elle parle de vous, Guy, répliqua Cécile d'un ton plat.

— Non, que se passe-t-il avec Mlle Carter ?

— J'imagine que vous savez qu'elle est fiancée à votre cousin ? demanda Jo tout en remerciant Cook pour l'assiette qu'elle lui tendait.

— Pensez-vous qu'une seule personne en Angleterre ne soit pas au courant de cette information ? répliqua-t-il sans chercher à cacher son agacement.

Jo et Cécile échangèrent un regard amusé qui ne fit que l'irriter davantage.

Avant qu'il ait pu ouvrir la bouche pour s'exprimer, Jo ajouta :

— Eh bien, Mlle Helena Carter a disparu.

— Disparu ? répéta Guy.

— Oui.

Jo souffla sur une cuillerée de ragoût puis la tendit à Angus. Le corbeau examina le contenu un moment avant de sélectionner délicatement un morceau de carotte.

La Sabreuse mangea le reste.

Cécile siffla.

— Ce n'est pas très hygiénique.

— Le bec d'Angus est plus propre que la bouche de n'importe quel humain, objecta Jo.

— Je peux donner à manger à George avec ma cuillère ? demanda Féline.

— Non, tu ne peux *pas*.

Cécile fusilla Jo du regard.

— Tu vois ce que ça engendre ?

— Revenons à nos moutons, intervint Guy avant que ça dégénère. Comment ça, disparue ?

— Son père organisait un dîner de fiançailles pour elle et votre cousin le duc, et elle ne s'est pas présentée.

— Comment savez-vous tout ça ? Ce n'était pas dans les journaux de ce matin.

— Non, en effet, acquiesça-t-elle en beurrant un morceau de pain dont elle donna une partie à l'oiseau.

— Alors comment… Peu importe.

Qui qu'elle soit réellement et d'où qu'elle vienne, Joséphine Brown était tout aussi dissimulatrice qu'Elliot et semblait toujours au courant de choses qu'elle n'était pas censée savoir.

— Eh bien, voilà une information intéressante, dit Guy un instant plus tard, tout en éprouvant une vague inquiétude au sujet de son ancienne fiancée.

Il n'était pas amoureux d'Helena, certes, mais il avait appris à l'apprécier à l'époque de leur pacte.

— Apparemment, elle n'a pas envie d'épouser votre cousin, dit Cécile.

— Je ne peux pas lui en vouloir, répliqua Guy.

— Pourquoi ? Comment est-il ?

Le réflexe de Guy fut de répondre qu'il n'était qu'un con d'ignorant aussi sournois qu'une fouine, mais il s'efforça de faire preuve d'objectivité.

— Il est beau et sociable, je ne peux pas dire le contraire. Je n'aurais pas cru qu'il pourrait repousser une femme.

— Que savez-vous de ce qu'aiment les femmes ?

Guy compta jusqu'à dix avant de répondre.

— Vous avez raison, mademoiselle Tremblay. Comme toujours.

— Peut-être qu'elle n'avait simplement pas envie d'être refourguée d'un homme à l'autre comme un cheval, suggéra-t-elle.

Plutôt que de se sentir offensé par sa remarque, Guy partagea plutôt son avis. Helena n'avait pas choisi d'épouser Barry plus qu'elle n'avait choisi d'épouser Guy. Elle n'était qu'un pion sur l'échiquier de son père dans sa quête de pouvoir et d'influence. Où qu'elle finisse, il espérait qu'elle pourrait au moins choisir la personne avec laquelle elle passerait sa vie.

Il termina son ragoût, vida son verre et se leva.

— Bon, je ferais mieux de m'occuper de cette chambre si elle arrive ce soir. Si vous voulez bien m'excuser, mesdames ?

— Oh, dit Cécile, pourriez-vous déplacer tous les bijoux en strass de la réserve à la salle d'inventaire ?

Il se tourna vers le crochet où était généralement accrochée la clef de la salle d'inventaire.

— Bien sûr, mais la clef n'est pas là.

— Ce n'est pas moi qui m'en suis servie la dernière ! lança Cook par-dessus son épaule sans même se retourner.

— Ne me regardez pas comme ça, dit Guy à Cécile.

— Je sais qu'elle était sur son crochet ce matin parce que j'y ai rangé l'argenterie après l'avoir astiquée, dit Cook.

Tout le monde se tourna vers Jo.

Celle-ci termina sa bouchée et reposa sa cuillère avant de se tourner vers Angus. Une sorte de communication silencieuse s'établit entre eux, puis la Sabreuse soupira et se mit à tapoter les nombreuses poches cousues dans ses vêtements. Sa main s'immobilisa sur le haut de son bras et elle inséra ses doigts dans une fente du tissu située à quelques centimètres à peine du bec d'Angus, avant d'en ressortir une petite clef en argent.

— Espèce de sale voleur ! siffla Cécile en fusillant l'oiseau du regard.

Guy dut se mordre la lèvre pour se retenir de rire devant le combat de regards qui s'opéra entre la Française et le corbeau. S'il avait dû parier de l'argent sur l'issue, il n'aurait su deviner le vainqueur.

— C'est quoi, la salle d'inventaire ? demanda Féline, indifférente à la tension qui régnait dans la pièce.

— Je te la montrerai quand tu auras fini de dîner, lui promit Guy.

— J'ai fini.

— Non, rétorqua Cécile en détournant les yeux de l'oiseau. Tu n'as pas fini. Si tu prends du pain, tu le manges.

Elle regarda la grosse tranche que Féline avait posée dans son assiette.

Guy trouva cela un peu sévère, mais il avait été élevé dans le luxe comparé à Cécile, et il préféra se taire. Il tendit la main et Jo lui donna la clef.

— Je suis libre après mon passage sur scène ce soir si vous voulez parler, dit cette dernière.

Il jeta un rapide coup d'œil à Cécile, mais elle discutait avec Féline d'un ton houleux.

— Ici ? demanda-t-il.

— Je pense que ce serait mieux au Greedy Vicar.

Guy approuva ; il connaissait l'endroit, un ancien pub pas très loin de la Foire. C'était un des lieux de prédilection des gens de théâtre.

Le débarras qu'il était censé vider était situé juste à côté de sa chambre. Chose étonnante, il était encore plus petit. Comme tout le reste de la maison, il était bien rangé et rempli de caisses pleines de costumes et d'accessoires. Il supposait qu'il s'agissait de vestiges de l'époque où l'ancien propriétaire organisait ses propres productions.

La première chose que fit Guy fut de trouver les bijoux dont Cécile avait parlé. Il n'eut aucun mal à les repérer étant donné qu'ils étaient rangés dans un baril en or tapageur incrusté de bijoux en strass, qui avait dû être lui-même un accessoire. À l'intérieur, il trouva un enchevêtrement de pierres étincelantes qui n'auraient berné personne.

Guy envisagea de demander à Cécile si Féline pourrait jouer avec. Elle avait déjà donné à la fillette un costume de fée qui n'avait plus d'utilité. Guy se souvenait que ses sœurs – cadettes et aînées – avaient une obsession pour les bijoux en strass, qu'elles aimaient se déguiser et jouer à faire semblant.

Lorsqu'il eut terminé de déplacer toutes les caisses dans une autre réserve à l'autre bout du couloir, il était en nage, couvert de poussière, et il avait hâte de pouvoir se laver, même si c'était avec l'eau gelée de la bassine de sa chambre. L'une des choses qu'il avait rapidement apprises en passant de la condition de duc à manutentionnaire, c'était que quelqu'un – généralement plusieurs personnes – avait *travaillé* pour lui fournir les agréables bains fumants dont il avait profité toute sa vie sans jamais y réfléchir. Il avait pris un seul bain jusque-là – qu'il avait rempli lui-même – et c'était dans la cuisine, où se trouvait la seule baignoire. Comme il était difficile de trouver un moment où la pièce n'était pas bondée, Guy avait opté pour se laver avec la méthode des pauvres – à l'éponge.

Il venait de décider de descendre à la cuisine pour trouver un peu d'eau chaude quand Féline monta les marches dans sa direction.

— Est-ce que j'ai manqué le tour dans la salle d'inventaire ? demanda-t-elle, le souffle court.

— Presque ! la taquina-t-il. Où étais-tu ?

— Cécile a voulu que j'aide Cook à laver la vaisselle étant donné que Mary est malade aujourd'hui.

— C'est gentil de ta part.

Il n'aurait jamais eu l'idée de demander à une enfant de faire une chose pareille ; Cécile était à l'évidence bien meilleure éducatrice. Il était certain qu'aucune de ses sœurs n'avait jamais lavé la vaisselle de sa vie. Ni Guy, d'ailleurs – jusqu'à ce qu'il arrive à la Foire. Même s'il n'aimait pas la majorité des tâches que Cécile lui attribuait, ce qu'il *aimait* en revanche, c'était apprendre à devenir autonome. Il serait malgré tout aux anges s'il pouvait récupérer son valet.

— J'aime bien essuyer la vaisselle, dit Féline. Et Cook me donne un gâteau après, ajouta-t-elle.

Son honnêteté fit rire Guy.

— Je n'ai jamais vu de pièce secrète.

— Eh bien j'espère que tu ne seras pas déçue, dit-il en écartant la tapisserie rongée par les mites qui masquait l'entrée.

— Je ne savais même pas qu'elle était là, dit-elle en avisant l'encadrement avec des yeux ronds.

Quand il eut ouvert la porte et allumé les deux bougies de l'applique murale, il se tourna vers Féline, qui hésitait sur le seuil.

— Viens.

Elle entra, regarda autour d'elle et fronça les sourcils. Elle paraissait déçue.

— Quoi ? Ce n'est pas ce que tu avais espéré ?

— Ce n'est qu'une petite pièce.

— Eh bien oui... en effet. Tu t'attendais à quoi ?

— Je ne sais pas... juste à *quelque chose*. Mais elle n'a rien de spécial, alors pourquoi elle est cachée ?

— Je n'en suis pas sûr, mais si je devais deviner, je dirais que cette maison appartenait à des gens qui fabriquaient des sous. Il y a des années, avant que l'hôtel des Monnaies prenne le relais, il y avait des gens à travers tout le pays qui effectuaient ce travail. Je pense qu'ils avaient besoin d'un endroit où cacher leur fortune. Ou peut-être que la maison appartenait à des personnes qui n'étaient pas supposées fabriquer des pièces – on appelle ces gens-là des faux-monnayeurs.

Il pouvait voir son esprit vif tourbillonner.

— Alors les gens cachaient leurs sous ici ?

— Ce n'est qu'une simple supposition de ma part.

— Alors pourquoi vous ne l'appelez pas la « salle des pièces » ?

Guy rit.

— Je n'en sais rien. C'est une très bonne question. Tu devrais peut-être poser ce genre de question à ta nouvelle gouvernante, dit-il, dans l'espoir d'esquiver d'autres interrogations.

L'une des femmes de chambre, Susan, passa la tête à l'intérieur.

— La gouvernante est là, et elle a une malle. Vous pouvez venir la monter ?

— Bien sûr, ma chère.

— Oh ! Je veux aller la rencontrer, dit Féline en quittant la pièce, George sur ses talons.

— Quelqu'un est tout excité, dit Susan avec un gloussement.

— En effet.

Guy sourit en regardant Féline s'éloigner.

— J'ai débarrassé la chambre, mais je pense qu'elle aurait bien besoin d'un petit coup de propre.

— Je vais m'en occuper sur-le-champ, Votre Grâce, dit-elle en lui jetant un regard impertinent qui le fit rire.

Guy baissa ses manches et enfila son manteau avant de se diriger vers l'entrée, d'où lui parvenaient des voix féminines. Il ralentit progressivement en tendant l'oreille. Il reconnaissait non seulement les voix de Cécile et Féline, mais également la troisième...

Guy fronça les sourcils. Non. Impossible.

Trois têtes féminines se tournèrent vers lui lorsqu'il atteignit la dernière marche et Cécile annonça :

— Ah, vous voilà, Guy. Voici ma nouvelle assistante et la nouvelle gouvernante de Féline, Mlle Keeble.

Guy dévisagea la nouvelle venue, bouche bée.

— Bonjour, dit la femme tout en s'approchant de lui, la main tendue. Ravie de vous rencontrer. Je suis Mlle Keeble.

Guy accepta la main tendue tout en effectuant un salut. Son corps y était tellement habitué qu'il n'avait besoin d'aucune aide de son cerveau – qui, en l'occurrence, ne fonctionnait plus.

— C'est un plaisir de vous rencontrer, répéta-t-elle, le regard écarquillé et suppliant à la fois.

Guy hocha la tête sans lâcher la main gantée.

— Voici Guy Darlington, finit par intervenir Cécile d'une voix exaspérée devant l'immobilité de Guy face à son ancienne fiancée.

— Monsieur Darlington, répéta Helena Carter, l'implorant du regard de garder son identité secrète.

— Mademoiselle Keeble, bredouilla-t-il tout en observant ses cheveux – autrefois blonds et très longs, et aujourd'hui d'une teinte châtain foncé et presque aussi courts que les siens.

Elle portait également des lunettes – qui sait, peut-être en avait-elle toujours porté ? – qu'il n'avait jamais vues auparavant.

— La chambre de Mlle Keeble est-elle prête, Guy ? demanda Cécile en comprenant qu'il ne dirait rien d'autre.

— Susan est en train d'apporter les touches finales. Je pense qu'elle sera prête dans un petit moment.

— Vous pouvez monter la malle, Mlle Keeble va venir boire un thé avec moi à la cuisine.

Guy les regarda s'éloigner dans le couloir étroit qui longeait l'escalier. Juste avant de disparaître au coin, Helena se retourna et articula le mot « merci ».

Guy resta planté là, incapable de reprendre ses esprits.

En fin de compte, Guy arriva au Greedy Vicar un peu plus tard que prévu, à cause de Beryl, qui l'avait convoqué au théâtre pour s'occuper d'une terreur de rongeur. Heureusement, il ne s'agissait pas d'un rat, mais d'un *chat*, qui avait réussi à s'introduire dans la loge et à se nicher sous la pile de vêtements qui s'accumulaient encore sur le canapé.

Guy avait apporté le chat à Cook, qui avait justement mentionné quelques jours plus tôt qu'elle voulait un nouveau greffier, maintenant que le vieux chat de cuisine était parti rejoindre un monde meilleur.

Comment George et le nouveau chat allaient pouvoir cohabiter, c'était un mystère pour Guy, mais ce n'était pas son problème ; il avait laissé Cook se débrouiller pour se hâter de rejoindre Jo.

— Bonsoir, Votre Grâce.

Guy se tourna au son de la voix sensuelle et féminine, et sourit à la serveuse.

— Bonsoir, Cora. Comment ça va, ce soir ?

— Mieux maintenant que vous êtes là, Votre Grâce.

Il rit dans sa barbe, coutumier de ses manières séductrices, qu'elle adoptait avec tous les hommes qui pénétraient sur son territoire.

— Bon, Cora, vous savez que je ne suis plus qu'un simple roturier, désormais.

— Vous n'avez rien de *simple* et vous ne pourriez pas être comme tout le monde même si vous essayiez.

Il saisit sa main usée par le travail et déposa un baiser sur le dos.

— Merci, ma chère.

— Le chef est parti, mais je peux vous apporter du pain, du fromage et un peu de jambon froid ?

— Rien qu'une pinte maison, s'il vous plaît.

Il sentit un mouvement sur le côté et constata que la Sabreuse avait surgi de nulle part.

— Qu'est-ce que vous prenez ? lui demanda-t-il.

— La même chose que Sa Grâce, répondit-elle avec un petit rictus qui fit rire Cora.

Cora alla chercher leurs bières et Guy conduisit Jo entre les tables bondées d'hommes et de femmes qui, pour la plupart, leur adressèrent des signes amicaux. Ils s'installèrent dans un coin.

Guy attendit qu'elle soit assise pour lui demander :

— Où est Angus ?

— Je l'ai déposé à la maison après mon numéro.

— Est-ce que ça le dérange d'être réveillé la nuit ? Ce sont des animaux diurnes, n'est-ce pas ? Je croyais que la plupart des oiseaux allaient se coucher en même temps que le soleil ?

Guy comprit qu'il racontait n'importe quoi quand il vit le vague sourire sur les lèvres de Jo.

Pour être honnête, celle-ci l'avait toujours rendu un peu nerveux. Elle ne parlait pas beaucoup et semblait impressionner même son ami Elliot – qui avait été sa relation la plus secrète, la plus indépendante et la plus intelligente jusqu'à ce qu'il rencontre Jo.

La façon dont elle s'était comportée en France l'année précédente avait été sacrément intimidante. S'il y avait une chose que cette femme ne savait pas faire, il n'avait pas encore découvert quoi.

Elle le fixa d'un regard étrange, presque opaque, et répondit :

— Angus n'est pas comme la plupart des oiseaux.

Hum. On ne pouvait pas le nier.

Guy se racla la gorge et changea de sujet.

— Vous avez rencontré la nouvelle gouvernante ?

— Vous voulez dire votre ancienne fiancée.

Guy émit un cri mortifié.

— Bonté divine ! Désolé, pardonnez mon langage. Mais *comment* le savez-vous ?

La Sabreuse se contenta de hausser les épaules.

— Vous voilà, dit Cora en déposant leurs deux verres.

— Merci, Cora, dit-il en lui tendant la monnaie.

Jo but une gorgée, puis essuya la mousse sur sa lèvre du revers de la main, d'un geste que Guy trouva étrangement charmant.

— Elliot m'a expliqué que vous vouliez que je fouille dans le passé de Cécile.

— C'est tout ? dit Guy, exaspéré. Vous n'avez plus de question sur le sujet Helena Carter ? Vous n'allez rien ajouter sur le fait que l'une des femmes les plus riches d'Angleterre vienne travailler dans un cirque ?

— Elle n'est pas vraiment riche si c'est son père qui contrôle toute la fortune.

Guy hésita.

— Un point pour vous.

— Je ne suis pas sûre de vouloir fouiller dans le passé de Cécile.

Guy cilla.

— Et je le respecte, Jo. Mais je ne vous demande pas de recueillir des détails indiscrets ou privés sur sa vie.

— Pourquoi ne me dites-vous pas ce que vous voulez, et je vous dirai si je peux le faire.

— D'accord.

Il soupira, fourra sa main dans ses cheveux, ne sachant trop par où commencer. Bon, il voulait en savoir davantage au sujet des armes, et c'était un début comme un autre.

— Son père s'appelait Michel Blanchet. Il était...

— Armurier.

— Ah, vous avez entendu parler de lui ?

— Oui.

Guy attendit une suite, mais il aurait dû se douter qu'il n'y en aurait pas. Il reprit :

— Quand elle est arrivée en Angleterre – il y a environ vingt-deux ans –, elle a rejoint un cousin à elle, Curtis Blanchard. Apparemment, il a réussi à l'exclure de la fabrication des armes et de la vente des dessins de son père. Ou quelque chose comme ça.

— Et vous voulez que je découvre pourquoi ?

Il acquiesça de la tête.

— Pourquoi ?

— J'ai l'impression que quelque chose cloche làdedans. Je n'arrête pas de me demander si son cousin n'a pas profité d'elle. Si je me pose la question, c'est parce que les deux fois où on a abordé le sujet elle a paru... en colère.

— Pourquoi ne lui posez-vous pas simplement la question ?

Il soupira.

— Vous savez pourquoi.

Elle le fixa des yeux en sirotant sa bière. Le fixa encore. Et encore.

Guy était sur le point de changer de position, mal à l'aise, quand elle hocha la tête.

— Je me renseignerai.

— Vraiment ? dit-il, surpris, après cet interminable regard.

— Oui. Mais je ne vous transmettrai l'information que si je juge que Cécile n'en souffrira pas. Elle... Disons qu'elle a essayé de devenir mon amie, et je ne veux pas la blesser en retour.

— Je ne veux pas la blesser, Jo. Je l'aime.

Elle releva lentement les yeux et les écarquilla.

— Vous le lui avez dit ?

Il rit jaune.

— Vous pensez qu'elle me croirait ?

— Vous pourriez essayer.

— Si je lui déclare mon amour à ce stade – maintenant que je suis sans-abri, sans travail et sans le sou –, elle pensera que je la manipule.

La Sabreuse ne le contredit pas, à sa grande déception. Au lieu de quoi elle répondit :

— Et selon vous, qu'est-ce que ça changera de vous renseigner sur son cousin ?

— S'il y a eu quelque chose de tordu de son côté... eh bien, j'ai encore assez d'influence à Londres pour y remédier.

— Très bien. Ce sera tout ?

— Eh bien, puisque vous me posez la question, j'aimerais aussi que vous vous renseigniez sur mon cher cousin Barrymore.

— C'est-à-dire ?

— Je n'en sais rien... tout ce que vous trouverez louche. Comme vendre des biens de famille, par exemple.

Guy lui expliqua la scène à laquelle il avait assisté l'autre nuit – la calèche remplie de meubles et de tableaux qu'il avait vue quitter la résidence londonienne du duc.

— Est-ce que c'est illégal ? Est-ce que tout ça ne lui appartient pas ? demanda la Sabreuse lorsqu'il eut terminé.

— Pas tout – pas les terres et la maison, je le sais. Quant au contenu de la maison ? Je l'ignore. Je suis allé voir le notaire de ma famille, mais maintenant que je ne suis plus le chef de celle-ci, ils n'ont plus de temps à m'accorder.

Il chassa ce désagréable souvenir.

— Je leur ai écrit une lettre et nous verrons si j'obtiens une réponse de cette façon. Bien sûr, il n'y aura peut-être plus rien à sauver d'ici là.

Elle émit un bourdonnement grave, leva son verre qu'elle vida en quatre grandes gorgées et se leva.

— Je vais aller voir ce que je peux trouver.

— Vous y allez *maintenant* ?

— Pourquoi reporter à demain ?

Elle resserra sa cape autour d'elle, sortit de sa poche une paire de gants en cuir usés, puis un bonnet qu'elle posa sur ses cheveux, bien trop beaux pour la laisser passer inaperçue. Quand elle eut fini de s'arranger, elle ressemblait à une femme de la classe ouvrière, vêtue de teintes noire, grise et marron.

Sans ajouter un mot, elle tourna les talons et partit. Guy la regarda sortir en fronçant les sourcils, puis il enfila son propre chapeau et ses gants, et reprit le chemin de la maison.

À son retour, la bibliothèque était vide, mais il était tard et le numéro de la Sabreuse avait été le dernier de la soirée. Guy hésita devant la porte de la chambre d'Helena, fortement tenté de frapper et de lui demander ce qu'elle fabriquait. Mais il ne manquerait plus qu'elle pousse un cri qui réveillerait toute la maison et qu'il doive s'expliquer auprès de Cécile.

En l'occurrence, quand il ouvrit la porte de sa chambre et vit une personne assise sur son lit, il s'en fallut de peu pour que ce soit *lui* qui hurle à en réveiller toute la demeure.

— Nom d'un chien, siffla-t-il tout bas après avoir émis un cri aigu et peu viril. Que faites-vous ici, mademoiselle Carter ?

Elle posa un doigt sur ses lèvres.

— Chut, je vous en prie, ne prononcez pas mon nom – ici, je suis Mlle Helen Keeble.

Guy soupira, croisa les bras et s'appuya contre la porte.

— J'imagine que vous vous demandez ce qui se passe, dit-elle.

— Oui, un peu, répondit-il sans dissimuler son sarcasme.

Elle rougit et se mordit la lèvre inférieure. Curieusement, elle était plus séduisante avec ses cheveux courts, même s'il n'était pas certain que la couleur lui allât. Sa robe simple et stricte lui allait mieux également. Par le passé, il ne l'avait vue que couverte de froufrous, avec des anglaises aux allures de saucisses. Oui, cette coupe courte convenait à son visage fin.

Mais quelle que soit son allure, Guy ne voulait pas d'elle dans sa chambre – ou dans sa maison, à se cacher sous un autre nom. Car si quelqu'un devait payer pour cette inconvenance, ce serait *lui*.

Constatant qu'elle ne disait rien, il se racla la gorge. Chaque seconde qu'elle passait dans cette chambre représentait un risque de plus pour que Cécile les surprenne. Cette femme savait *tout* ce qui se passait sous son toit.

— Je suis venue ici parce que j'ai appris que Mlle Tremblay vous avait engagé. Et je savais que la duchesse de Staunton a vécu et travaillé ici. Je me suis donc dit que ça devait être un endroit respectable. Et bien sûr, vous aviez été si élogieux au sujet de Mlle Tremblay que ça m'a paru être un... un endroit sûr pour une femme sans plus beaucoup d'options.

Guy ne pouvait pas contester cette logique.

— Dites-moi ce qui s'est passé, pourquoi vous avez décidé de vous enfuir.

— Vous savez que je, euh, eh bien...

— Que vous vous êtes fiancée à mon cousin après m'avoir rejeté publiquement ?

Elle s'empourpra.

— Je suis désolée, ce n'est pas...

— Chut, dit-il, avec l'impression d'être un peu dur avec elle. Je sais que c'est votre père qui a pris ces décisions. Mais pourquoi ici ? Et qu'est devenu l'homme que vous aimiez et avec qui vous vouliez...

Les traits délicats d'Helena se décomposèrent.

— *Lui !*

— Ah, fit Guy. Vous avez eu une... brouille, c'est ça ?

— Ce n'est qu'un lâche, cracha-t-elle en haussant la voix.

— Chut !

Il désigna le couloir d'un geste du menton.

Elle grimaça et murmura avec aigreur :

— Il a accepté une place dans l'usine de Newcastle de mon père.

Guy réfléchit soigneusement à ce qu'il allait dire.

— Eh bien, en tant que jeune homme dépendant...

— Une place qui s'accompagnait d'une *épouse.*

Guy resta muet ; après tout, que pouvait-il dire ?

Elle fusilla quelque chose – ou quelqu'un – qui n'était pas dans la pièce.

— Il valait mieux que je découvre son vrai visage maintenant plutôt que d'attendre.

— Alors si ce n'est pas lui l'explication, pourquoi, comment dire...

— Pourquoi j'ai abandonné votre cousin ? demanda-t-elle d'un ton acerbe.

— Oui.

Le dégoût déforma ses traits.

— Il y a quelque chose... de pas net chez lui. Sans vouloir offenser...

— Je vous en prie, vous pouvez dire ce que vous voulez de lui – ça ne m'offensera pas. A-t-il... fait quelque chose ? demanda-t-il, pas certain de vouloir entendre la réponse, qui pourrait signifier qu'il devrait affronter le goujat en duel à l'aube.

— Oh non, rien de ce genre. Mais – et je sais que vous allez sûrement penser que c'est une sottise de femme –, mais il me fait une mauvaise impression.

En l'occurrence, Guy ne trouvait pas ça idiot du tout.

— Je pense que c'est l'instinct de conservation qui parle. Vous l'avez dit à votre père ?

— Père pense seulement que je suis capricieuse. Que je voulais épouser Gerald et que je ferais tout pour obtenir ce que je veux. Mais ce n'est pas ça. Je ne suis pas idiote – je sais que la vie n'est pas facile pour la plupart des gens.

— Vous êtes donc plus intelligente que moi. Ce n'est qu'en commençant à travailler à la Foire que j'ai compris à quel point la vie était difficile pour l'Anglais moyen. Et l'Anglaise moyenne.

Et les enfants, aurait-il pu ajouter en pensant à la pauvre Féline à et sa misérable existence.

— Bon, dit-il, est-ce que vous avez un quelconque plan – autre que d'exercer comme gouvernante pour le restant de vos jours, j'entends ?

— Je ne sais pas. Mais ce que je sais, c'est que je n'épouserai plus celui que mon père choisira.

— Est-ce que vous n'auriez pas pu le lui dire et rester chez vous ?

— Je le lui *ai dit*. Mais vous ne comprenez pas. Il m'aurait harcelée jusqu'à ce que je capitule.

Guy connaissait ça – sa mère était elle aussi une experte de l'approche par l'usure.

— Cécile doit savoir la vérité.

— Si vite ?

— Oui. Je lui dois bien ça et je ne veux *aucunement* provoquer sa colère plus que je ne l'ai déjà fait.

— Je sais. Et je ne souhaite pas causer de problèmes entre vous deux.

— Oui, c'est gentil, car j'en cause déjà bien assez tout seul. Vous avez conscience que votre père a lancé tous les Coureurs de Bow Street[1] à vos trousses ?

— Oui. J'ai pris… mes précautions en partant.

— Vous voulez parler des cheveux et des lunettes.

— Non, je veux dire que j'ai laissé des traces qui mènent sur une fausse piste. Il me cherche – je le sais parce que c'est ma vieille nurse qui m'a aidée et qu'elle vit toujours dans la maison de mon père –, mais il pense que je suis partie à Newcastle pour essayer d'empêcher le mariage imminent de Gerald. Il ne s'imaginera jamais que je suis venue ici – surtout en vous sachant là.

Il rit dans sa barbe.

— Oui, c'était bien pensé. Mais la ruse de Newcastle ne l'occupera pas longtemps.

— Je sais. Je m'en suis chargée. Je promets que je ne compromettrai pas Mlle Tremblay.

— Si votre père apprend que vous êtes ici, allez savoir ce qu'il pourrait faire pour la punir.

À sa façon de le regarder, elle savait exactement ce qu'il voulait dire. Son père était l'un des hommes d'affaires les plus craints, les plus impitoyables et les plus vindicatifs qui fût. Guy ne désirait pas spécialement se mettre en travers de son chemin et il n'avait

1. Les Coureurs de Bow Street ont été les premières forces de police professionnelles de Londres et ont été dissoutes en 1839. *(N.d.T.)*

certainement pas envie d'impliquer Cécile dans ce genre d'ennuis.

— Est-ce qu'on peut au moins attendre quelques jours ? demanda-t-elle.

Guy *faillit* céder à sa requête. Mais une petite voix stridente hurla si fort dans sa tête qu'elle aurait aussi bien pu être incarnée dans la pièce.

— Non. On lui dira à la première heure demain.

Tu n'as donc aucun bon sens, Guy ? Tu devrais remonter le couloir, réveiller Cécile et la mettre au courant immédiatement.

Mais il était tard et, honnêtement, il n'avait pas la force d'affronter une nouvelle discussion sans un minimum de quatre ou cinq heures de sommeil.

— Vous m'accompagnerez pour lui dire ?

— Je ne vois pas en quoi ça pourrait être utile. Mais je viendrai.

— Vous pensez qu'elle me demandera de partir ? demanda Helena, le front plissé par l'inquiétude.

— S'il y a une chose que je peux dire en toute honnêteté au sujet de Cécile, c'est que je ne sais jamais comment elle réagira.

Cécile revenait de la cuisine avec un verre de lait chaud quand elle vit sa nouvelle assistante/gouvernante sortir discrètement de la chambre de Guy.

Elle se figea au sommet des marches, bouche bée, et regarda Mlle Helen Keeble retourner dans sa chambre sur la pointe des pieds.

Une fois que sa porte fut refermée, Cécile marcha tout droit vers la chambre de Guy, leva le poing pour frapper, puis suspendit son geste. Que pouvait-elle lui dire ? Qu'il n'avait pas le droit d'avoir une maîtresse dans la maison ? Elle n'avait jamais fait cette remarque à aucun autre employé qui vivait sous son toit.

Cécile se mordit furieusement la lèvre et serra le verre dans sa main au point de se faire mal aux doigts. La tête lui tournait et ses paupières la brûlaient ; quel *chien*, cet homme !

Pourquoi était-elle surprise ? Mlle Keeble était jeune – bien plus jeune qu'elle – et même si elle n'était pas forcément plus jolie, elle était séduisante. Et, bien sûr, *nubile.*

Elle serra les dents. Pourquoi était-elle aussi idiote ? Elle avait presque commencé à croire qu'elle comptait vraiment pour lui et qu'il regrettait la façon dont il l'avait traitée.

Mais ce n'était pas lui qui était sorti de sa chambre ; c'était elle qui était sortie de la sienne.

Cette pensée donna à réfléchir à Cécile. C'était incontestablement étrange. Et quelque chose d'autre la titillait : Mlle Keeble était entièrement habillée.

« Il y a peut-être autre chose ? songea-t-elle. En plus, qu'est-ce que tu peux lui faire ? Le jeter dehors parce qu'il a pris une maîtresse ? »

C'était vrai. Quelle emprise avait-elle sur lui ? Rien d'autre qu'un espoir aveugle et stupide. Celui de voir un rêve de jeune fille qui verrait arriver son chevalier servant se réaliser. Elle était tellement idiote qu'elle en ressentait une souffrance physique.

Cécile laissa sa main retomber sur le côté et prit la direction de sa chambre. Heureusement qu'elle n'avait rien fait qu'elle pourrait regretter, comme l'emmener dans son lit.

Une fois dans sa chambre, elle posa le verre de lait sur la coiffeuse ; ça lui avait coupé l'appétit. Elle se mit au lit et souffla sur la bougie, les yeux ouverts dans le noir, l'esprit en ébullition. Elle appréciait Helen Keeble et, pour la première fois, elle était optimiste à l'idée d'avoir non seulement trouvé une assistante compétente, mais aussi quelqu'un qui l'avait tout de suite attirée.

Rien n'était terminé, bien sûr, seulement... embrouillé. Elle ne pouvait qu'espérer que si Guy flirtait avec la jeune femme, il passerait rapidement à autre chose.

Et elle ne pouvait pas vraiment en vouloir à Mlle Keeble d'être tombée sous le charme d'un homme qui lui avait fait le même effet. Mais ce n'était pas pour autant qu'elle avait envie d'assister à la progression de leur liaison. Sa propre aventure avec lui était encore bien trop claire dans son esprit.

Cécile se força à fermer les yeux et à respirer profondément. Il n'y avait pas de réel changement – sauf que Féline faisait maintenant partie de sa vie, ce qui était le seul aspect positif du retour de Guy.

19

Guy jeta un coup d'œil à Helena – « Helen », se reprit-il – et lui demanda :

— Vous êtes prête ?

Elle acquiesça, la mine sombre. Aucun d'eux n'avait vu Cécile ce matin, et Cook leur apprit qu'elle n'était pas venue prendre son petit déjeuner, ce qui ne lui ressemblait pas. Alors ils avaient laissé Féline auprès de Cook pour aller la chercher.

Guy frappa à la porte de son bureau.

— Qu'est-ce que c'est ?

La voix semblait… eh bien, elle ressemblait à celle de Cécile *sans* l'être vraiment.

— C'est Guy. Puis-je entrer ?

— Non.

Il resta un instant sans voix, puis se reprit.

— Cécile, il faut que je vous parle.

— Allez-vous-en.

Il tourna la poignée de la porte, mais elle était verrouillée.

— Laissez-nous entrer, s'il vous plaît.

— Nous ?

— Mlle Keeble et moi.

Il y eut un long silence, puis la porte s'ouvrit subitement.

Cécile se tenait dans l'encadrement, les joues rouges.

— Qu'est-ce qui vous a pris autant de temps ?

— Eh bien, je me suis levé, j'ai pris mon petit déjeuner et me voici. Pourquoi ? Est-ce que j'étais censé faire quelque chose ce matin ?

Elle serra les dents de manière audible.

— Qu'est-ce qui ne va pas, Cécile ?

— Qu'est-ce que vous voulez, tous les deux ? Est-ce que vous partez plus tôt ?

— Partir ?

Il jeta un regard à Helen, qui semblait perdue.

— Non, nous voulions simplement régler une affaire ce matin et ensuite, on se mettra au travail.

— Oh, c'est ce que vous croyez ?

Il fronça les sourcils.

— Quel est le problème ? Peut-on entrer ? Ce n'est pas vraiment un sujet dont on peut discuter devant tout le monde.

— C'est certain ! Même si je suis sûre que tout le monde pourra le découvrir dans la vitrine de M. Humphrey.

Guy ouvrit la bouche, mais ne sut quoi dire.

— Je pense que Mlle Tremblay a pu se faire une fausse idée.

Il regarda le visage empourpré d'Helen, puis Cécile. Elle avait le regard noir, les cheveux en désordre et les lèvres d'une teinte foncée, comme si elle les avait mordues. Comme si elle avait été embrassée. Bon sang, cette femme était sublime ! Guy devait malgré tout reconnaître qu'elle paraissait vaguement… aliénée.

Helena se racla la gorge.

— Monsieur Darlington, dit-elle d'une voix pressante.

— Ah oui.

Guy entra dans la pièce en passant devant Cécile, suivi d'Helen, et referma fermement la porte.

— Avant que vous échafaudiez quoi que ce soit dans votre imagination fertile, laissez-moi vous expliquer.

— Ça ne me regarde pas.

Cécile croisa les bras, ce qui ne faisait que mettre en valeur sa poitrine.

Doux Jésus ; elle était jalouse. Guy reprit du poil de la bête. Ça signifiait qu'elle devait bien l'aimer un tout petit peu ?

Certes, la jalousie n'était pas un signe d'amour sincère. Mais les gens n'étaient pas jaloux de ce qu'ils ne désiraient pas. Si ?

S'il s'était écouté, Guy aurait bondi en criant *hourra.* Heureusement, il eut l'habileté de dissimuler son plaisir de la voir dans cet état.

— Avez-vous vu Helen entrer ou sortir de ma chambre hier soir ?

Elle pinça les lèvres et on aurait dit que des flammes brûlaient dans ses yeux.

Une nouvelle fois, ce fut un défi pour Guy de ne pas sourire comme un idiot.

Au lieu de quoi il dit :

— Cécile Tremblay, laissez-moi vous présenter Helena Carter.

L'espace d'un instant, Guy crut qu'il allait devoir se répéter car, dans sa colère, elle ne semblait pas l'avoir entendu.

Helen fit un pas vers elle.

— Je suis absolument navrée de vous avoir menti, mademoiselle Tremblay.

Avec mauvaise grâce, Cécile se tourna alors lentement vers la jeune femme, et lui décocha un premier aperçu de son « regard de la mort ». Tout le monde en faisait les frais à un moment ou un autre, Guy pouvait en témoigner.

Cécile inspira jusqu'à ce que son corsage semble sur le point d'exploser.

— Asseyez-vous et expliquez-vous, finit-elle par lâcher d'une voix sèche.

Ils prirent rapidement place sur les deux chaises de son bureau – toutes deux inconfortables pour dissuader quiconque de s'attarder – et Guy fit signe à Helen de commencer.

— Guy n'était au courant de rien de tout ça, mademoiselle Tremblay. Je suis venue ici car, eh bien, car il a toujours dit le plus grand bien de vous.

Cécile jeta à l'ancien duc un regard bref et froid.

— Attendez une minute, intervint Guy. Pourquoi me regardez-vous…

— Ce n'est pas à votre tour de parler.

Sa voix était aussi douce qu'un sifflement de serpent, et à peu près aussi menaçante. Elle reporta son attention sur Helen.

— Allez-y.

— Je crois que Guy vous a dit que j'étais a… amoureuse – ou du moins que je me croyais amoureuse – d'un employé de l'usine de mon père à Londres ?

Cécile acquiesça.

— J'espérais bêtement pouvoir amener mon père à accepter ma façon de concevoir le mariage. Bien que mon prétendant volage m'ait finalement poussée à me demander si mon propre jugement ne pouvait pas être pire que le sien.

— Qu'est-ce que vous voulez dire ?

— J'avais espéré épouser cet homme après avoir renié mes fiançailles et quitté la maison de mon père. Mais quand je me suis rendue chez lui, j'ai découvert qu'il avait accepté un emploi dans une autre ville et qu'il avait accepté la demande de mon père d'épouser une femme. Une *autre* que moi.

Elle ferma les yeux, mais pas assez vite pour retenir une larme.

Guy lui tendit son mouchoir.

Elle sécha ses larmes et reprit :

— Mon père est inflexible au sujet du mariage. Il est… obsédé à l'idée de lier notre famille à la pairie.

Et... et je me suis rendu compte que je ne peux tout simplement plus vivre selon ses attentes, même si ça implique que je doive gagner ma vie. Ne vous méprenez pas, s'empressa-t-elle d'ajouter. J'ai accepté votre offre dans l'intention véritable de travailler.

Elle jeta un regard à Guy.

— Mais hier soir, on m'a fait comprendre que vous pourriez devenir la cible du mécontentement de mon père s'il apprenait ma présence ici. Guy a insisté pour que je vous avoue mon identité à la première heure ce matin. Je comprendrais si vous ne vouliez plus de moi dans votre maison.

Personne ne parla pendant un long moment. Seul leur parvenait le brouhaha assourdi des autres employés, qui s'affairaient de l'autre côté de la porte.

— Je n'ai pas peur de votre père, déclara Cécile, qui n'avait plus ni l'air furieux ni les joues rouges.

Elle coula un regard à Guy, qui ne parvint pas à le déchiffrer.

— Si je devais céder à la peur chaque fois qu'un homme me menaçait, je serais roulée en boule dans un placard depuis longtemps. S'il apprend où vous vous trouvez, en revanche, il aura légalement le droit de vous ramener chez lui – n'est-ce pas ?

Toutes deux consultèrent Guy du regard, qui opina de la tête.

— Je crains que oui, Helen, vous n'avez que vingt ans. Mais ne soyons pas négatifs ; pour l'instant, vous êtes ici. Y restera-t-elle ?

Ses yeux se tournèrent vers Cécile, qui acquiesça.

— Je vous ai engagée car vous êtes la meilleure candidate pour remplir les deux missions. Je ne souhaite pas que vous partiez. Guy a raison. En ce qui concerne votre père, nous verrons le moment venu.

Guy savait qu'il pourrait attendre longtemps, très longtemps s'il espérait que Cécile lui présente des excuses pour l'avoir mal jugé. En plus, il n'attendait pas d'excuses. Cela valait la peine d'être accusé de lubricité si c'était pour découvrir qu'elle s'intéressait un minimum à lui.

Pour autant, elle ne lui manifesta pas le moindre signe d'affection au cours des jours qui suivirent l'arrivée d'Helen. Non, elle l'évitait autant que possible, sauf pendant les représentations. Les répétitions elles-mêmes avaient été réduites de moitié maintenant qu'Helen assumait une partie des responsabilités d'assistante.

— Vous avez vraiment envie de faire ça ? lui avait demandé Guy la première fois qu'elle s'était présentée pour répéter le numéro de Cécile. Je suis sûre qu'elle vous laisserait en dehors de cette partie. Dieu sait que vous avez déjà fort à faire avec Féline.

Aussi hésitante que l'avait été la fillette à l'idée d'avoir une gouvernante, Féline était tombée amoureuse d'Helen et la suivait à la trace du matin au soir.

— J'ai envie de le faire, dit Helen, déterminée.

Il sourit.

— Quoi ? Pourquoi me regardez-vous comme ça ?

— Je me disais juste que vous aviez beaucoup changé depuis… eh bien, depuis nos fiançailles.

— Que j'avais grandi, vous voulez dire.

Ce n'était pas une question, et il n'y répondit pas. Mais elle avait raison ; elle avait grandi. Tous deux avaient mûri. Guy avait honte que la maturité ait mis autant de temps à le trouver, mais mieux valait tard que jamais.

Un matin, une semaine environ après la confrontation entre Helen et Cécile, Jo vint trouver Guy.

Il venait de terminer de laver les lieux d'aisances – une tâche qu'il détestait tellement qu'il s'étonnait de ne pas avoir incinéré l'ignoble boîte rien qu'en la regardant.

— Quel petit veinard, lui dit la Sabreuse en plissant son nez délicat.

Angus lui-même semblait retenir sa respiration.

— Quoi ? Elle veut encore autre chose ? Que je décrotte un box ? Que je récure les pots de chambre ?

— Je n'en sais rien, admit Jo. Ça se pourrait bien.

— Alors qu'est-ce que vous voulez ?

— J'ai quelques informations pour vous.

Guy immobilisa la serpillière et releva les yeux.

— À quel sujet ?

— Les deux.

Guy reposa la serpillière dans le seau abîmé et lui fit signe de le suivre. Il ouvrit la porte qui donnait sur la ruelle et la maintint ouverte.

Une fois dehors tous les deux, il referma la porte et s'y adossa.

— Je suis tout ouïe.

Angus prit soudain son envol et fila vers le ciel en direction de la rue animée.

— Où va-t-il ?

— Où bon lui semble, répondit la Sabreuse en s'appuyant contre le mur en brique, son couteau à la main. Angus fait ce qu'il veut.

Guy rit.

— Très bien. Alors, qu'avez-vous appris ?

— Je ne compte pas tout vous dire.

— C'est votre réponse habituelle aux gens qui vous paient ?

— Oh, vous me payez ? demanda-t-elle, l'air vaguement amusée.

— Il me semblait que oui.

Jo plongea la main sous sa cape et en sortit un paquet enveloppé de toile cirée qu'elle lui tendit.

Il le regarda, les sourcils froncés.

— Qu'est-ce que c'est ?

— C'est le contrat de vente des modèles Blanchet.

— Elle lui a *vendu* les modèles de son père ? Comment diable avez-vous réussi à mettre la main sur le contrat ? Vous êtes entrée quelque part par effraction pour voler ça ? Quelqu'un va-t-il porter plainte contre moi pour vous avoir engagée dans ce but ?

— Ne vous inquiétez pas – ce n'était pas moi mais Angus.

Guy la regarda, interloqué.

— Angus ? Il… Non, c'est impossible… n'est-ce pas ?

Elle laissa échapper un rire éraillé, comme si ça ne lui arrivait pas souvent.

— Vous vous moquez de moi, c'est ça ?

— Juste un peu, répondit-elle avec un rictus. Après avoir signé le contrat, Cécile est partie à Boston.

— Pourquoi ?

— Je ne vous le dirai pas.

Guy ravala son agacement.

— Bien. Continuez.

— Cécile a vécu à Boston pendant près de dix ans. Elle est rentrée en Angleterre parce que Blanchard a cessé de lui faire des versements pour sa part dans l'armurerie.

— Parce qu'il l'avait fermée ?

— C'est ce qu'il a prétendu. Mais en réalité, il a arrêté de fabriquer des armes presque dès le départ de Cécile.

Guy secoua la tête.

— Pourquoi aurait-il fait ça ?

— Parce que Curtis et sa femme ne voulaient pas se salir les mains avec le commerce.

— Comment savez-vous tout ça ? demanda Guy, impressionné.

— Les domestiques de Blanchard le détestent, ce qui explique qu'ils ne sont pas très loyaux.

— Pourquoi le détestent-ils ?

— Il a une poigne de fer, il harcèle ses employées, et sa femme est une harpie.

— Ça m'a l'air d'être une sacrée fripouille.

La Sabreuse fit tourner le couteau sur le dos de sa main en le fixant des yeux.

— Alors, est-ce que... c'est tout ?

— Non.

Guy laissa sa tête heurter la porte. En entendant Jo glousser, il la regarda.

— Vous me tourmentez exprès.

— Je ne peux pas m'en empêcher, admit-elle. C'est tellement... facile.

— Très drôle. Alors, si Blanchard a vendu son commerce d'armes, comment gagne-t-il cet argent ?

— Connaissez-vous l'histoire de Blanchet et Blanchard ?

— Je sais qu'ils fabriquaient tous deux des pièces d'artillerie et des pistolets et que les armes anglaises étaient relativement bon marché et loin d'atteindre le niveau de qualité des armes françaises.

La Sabreuse hocha la tête.

— L'arrière-arrière-grand-père de Cécile et son jumeau ont fondé Blanchet en France mais ils se sont brouillés. Le frère s'est installé ici et a changé son nom en Blanchard. Comme vous l'avez dit, Blanchard n'a jamais produit les pièces de collection recherchées que fabriquaient les armuriers français. C'était peut-être dû à l'absence de clientèle royale – qui sait ? Depuis la fermeture de l'entreprise, Curtis a installé sa famille dans une maison près de Mayfair, sa femme ne fréquente que les meilleures boutiques et ses deux fils étaient inscrits à Harrow. C'est aussi un membre du White's et il brigue un siège à la Chambre des communes.

Guy la dévisageait, déconcerté.

— Votre histoire n'a aucun sens. Curtis n'était que modestement aisé avant de fermer la compagnie, et maintenant il est fortuné ? D'où vient tout cet argent ?

— Curtis a vendu un brevet d'amorce à percussion à un fabricant d'armes – J.-T. Guthrie.

— Si je ne me trompe pas, Guthrie a conclu plusieurs gros contrats avec le gouvernement. Alors... êtes-vous en train de dire que Curtis Blanchard a conçu cette amorce à percussion ?

— Non, ce n'est pas Blanchard qui en a eu l'idée ; c'est *Cécile*.

— Cécile ?

— Oui, Cécile. J'ai parlé à l'un des anciens employés de Blanchard, qui a connu Cécile. L'homme a avoué – quoique de mauvaise grâce – qu'elle était la meilleure des armuriers de l'atelier. Il a aussi dit que Cécile travaillait sans cesse à l'amélioration des armes et que la qualité de la production avait augmenté pendant les quelques années où elle était restée. Avant qu'elle commence, les conceptions de Blanchard avaient plusieurs décennies de retard sur celles des autres fabricants d'armes anglais et l'entreprise était en difficulté. Au bout d'un an à peine, Curtis gagnait suffisamment pour engager six autres employés.

Guy secoua la tête.

— Ça a de moins en moins de sens. Elle lui faisait gagner de l'argent et pourtant il l'a forcée à lui vendre les droits des conceptions de son père et ensuite il a fermé la compagnie ?

La Sabreuse confirma.

— Et au sujet de ce brevet ? Était-il mentionné dans le contrat ?

— Non.

Guy fronça les sourcils.

— Vous êtes en train de me dire que Curtis a volé le brevet ?

— L'employé pense que Curtis a berné Cécile.

Elle s'interrompit et lui jeta un regard.

— Quoi ? Est-ce une chose que vous ne voulez pas me dire ?

— Non, c'est quelque chose qu'à mon avis vous ne voudrez pas entendre.

— Si ça concerne Cécile, alors je veux savoir.

— Il a dit qu'il pensait que Cécile était amoureuse de Curtis et qu'ils avaient une liaison.

Guy réprima la vague de jalousie qui menaçait de l'étouffer et demanda :

— Et qu'en pensait votre informateur ? Que Blanchard s'était servi de ses sentiments pour la faire signer ?

— Quelque chose comme ça.

Il avait envie de hurler et de détruire quelque chose.

— Jo, qu'est-ce que vous me cachez, bon sang ?

— Blanchard était marié à l'époque et il est bien plus âgé que Cécile. Bien qu'elle le considère comme un cousin, la différence d'âge entre eux était davantage celle entre un oncle et sa nièce. Gardez en tête qu'elle est arrivée chez lui à quatorze ans...

Guy était malade à l'idée qu'une gamine de quatorze ans se soit retrouvée entre les mains d'un homme sans scrupule et exploiteur, ce que Blanchard était sans aucun doute s'il lui avait volé son idée.

— Que s'est-il passé, selon *vous* ? demanda-t-il, pas certain d'avoir envie de le savoir.

— Je pense que vous devez dire à Cécile ce que vous faites et lui poser ces questions.

— Vous avez raison.

Il vit à son expression que sa réponse l'avait surprise.

— Et je le ferai, c'est promis. Je voulais seulement... *quelque chose* à lui donner. J'étudierai ce contrat et je verrai si je peux en faire quelque chose. Je sais qu'il existe des moyens d'annuler un contrat. Mais je ne sais pas vraiment lesquels.

— Les contrats avec des mineurs ne sont pas exécutoires, dit-elle.

Guy allait lui demander l'âge qu'avait Cécile quand elle avait signé, mais Angus choisit cet instant pour revenir dans la ruelle en ralentissant avant de se poser sur l'épaule de Jo.

Il fit la grimace.

— Ses griffes ne vous font pas mal ?

Le regard pensif, elle ne semblait pas l'avoir entendu.

— Qu'y a-t-il ?

— Blanchard a arrêté presque immédiatement après avoir déposé le brevet et l'a vendu à Guthrie. C'est la raison pour laquelle la compagnie de Guthrie a remporté son premier gros contrat avec le gouvernement.

— Alors vous pensez que tous deux se sont ligués pour escroquer Cécile ?

— Je n'en sais rien. Mais je vais fouiller encore un peu.

— Bonne idée, dit Guy... À moins que ça ne signifie que vous allez vous introduire par effraction chez lui ou dans son entreprise ?

— Moins vous en savez, mieux ça vaut.

Il s'apprêta à protester, puis décida qu'elle avait probablement raison.

— Vous avez trouvé quelque chose sur Barry ?

— Pas sur Barry, mais sur l'enfant. Ce n'est pas le fils de votre cousin.

Guy en resta bouche bée – ce qui semblait arriver souvent quand il parlait avec la Sabreuse.

— Que... Qu'est-ce que...

— Avez-vous déjà vu le type qui lui sert d'ordonnance ?

Guy dut réfléchir un instant et eut honte d'admettre qu'il remarquait rarement les domestiques.

— Difficile de l'oublier – il a un bandeau sur l'œil.

— Ah oui, je l'ai vu, en effet. C'est le valet de Barry ?

— En théorie, oui. Mais il est aussi responsable des écuries et les serviteurs de la maison semblent avoir peur de lui, même le majordome.

— Hodge a peur de lui ? demanda Guy, stupéfait.

Elle hocha la tête.

— Seigneur ! J'ai toujours admiré Hodge. Il était le majordome de mon grand-père avant d'être le mien et je crois que même mon grand-père le redoutait. Bon sang, cet homme… comment avez-vous dit qu'il s'appelait ?

— John Norton.

— Il doit être terrifiant. Mais quel rapport avec le fils de Barry – Alan, n'est-ce pas ?

— Oui. Eh bien, Alan est le fils de Norton, pas de votre cousin.

Guy avait la tête qui tournait.

— Je ne comprends pas. Pourquoi il…

Il émit un rire brusque et sans joie.

— Il pense pouvoir engager une procédure pour rompre la substitution.

Ce n'était pas une question, mais la Sabreuse hocha la tête.

— L'héritier doit être majeur pour pouvoir donner son accord, dit Guy. Mais qui s'y opposera si ce n'est pas le cas ? demanda-t-il comme s'il réfléchissait à voix haute.

— En effet, approuva-t-elle.

Guy se secoua.

— Comment l'avez-vous découvert ?

— La femme de Norton est très en colère que le père – ils ne sont pas mariés, au fait – ait emmené le garçon pour le confier à votre cousin. Il y a eu… des disputes. Des disputes bruyantes entendues par plus d'un domestique.

— Ça alors ! Vous êtes vraiment épatante, dit Guy, qui tournait dans sa tête ce qu'il venait d'apprendre. Je dois joindre des membres de ma famille pour leur faire savoir que Barry mijote quelque chose. Ils pourront peut-être prendre des mesures, étant donné que les notaires ne semblent pas décidés à me prêter attention.

La Sabreuse caressa son oiseau, manifestement peu intéressée par ce qu'il disait.

— Je veux vous régler pour…
— Je ne veux pas de votre argent, dit-elle.
— Et pourquoi pas ?
— Je préférerais autre chose.
— C'est-à-dire ?
Elle émit un bruit exaspéré.
— Je veux que vous me rendiez un service.
C'était mauvais signe… Guy l'imagina en train de le contraindre à participer à son prochain cambriolage.
— Quel genre de service ?
— Celui que je voudrais.
Guy resta muet.
— Ne vous inquiétez pas, ce ne sera ni financier ni sexuel.
Il éclata d'un rire surpris et sentit une chaleur monter dans son cou. Nom d'un chien ! Elle l'avait fait rougir.
Jo sourit, tourna les talons et, sans un mot de plus, quitta la ruelle.

20

— Tu ne devrais pas venir ici, dit Cécile, partagée entre la joie et la préoccupation en regardant sa plus chère amie.

— Quel intérêt d'être duchesse si je ne peux pas rendre visite aux gens que j'aime ? rétorqua Marianne en s'agitant sur son siège inconfortable.

Elles se trouvaient dans le bureau du théâtre, où Cécile était en train de travailler quand Marianne avait frappé à la porte.

Son amie détonnait tellement dans son magnifique costume de promenade, c'était comme si un oiseau tropical venait de se poser dans la pièce.

— Tu es sûre de ne pas vouloir aller prendre un thé ? demanda Cécile.

— Non, non, c'est très bien comme ça. Je ne reste pas. J'ai une soirée épuisante qui m'attend. Ou devrais-je dire, Julia, la tante de Sin, m'a prévu une soirée épuisante.

— Comment se passe ton baptême dans la haute société ? demanda Cécile, luttant contre l'envie que lui inspiraient les occasions qu'avait son amie de rencontrer des gens riches et célèbres.

Ce n'était simplement pas juste ; d'autant plus que Marianne ne voulait pas profiter des plaisirs que la saison avait à offrir, alors que Cécile, elle, aurait adoré.

— Aussi bien que possible, répondit Marianne avec une vague grimace. Je suis ravie qu'on ait eu un si petit mariage, même si ça n'a fait que repousser mon entrée dans le monde. Lady Julia et Sin ont tous deux été charmants, et Dieu merci, ma présentation est derrière moi.

— Je veux tout de même voir ta robe et que tu me racontes ta rencontre avec la reine, lui rappela Cécile.

Marianne sourit.

— Avec joie. Je ne peux pas venir prendre le thé mardi prochain, mais le suivant ?

— On n'est pas obligées de maintenir cette habitude. Je sais que tu es…

— C'est un de mes moments préférés de la semaine.

— Moi aussi, admit Cécile.

— Bien, alors c'est réglé. Bon, la raison de ma venue aujourd'hui, c'est que j'organise mon premier dîner et mon premier bal. Et tu es invitée.

Elle ouvrit un ravissant réticule en perles et en sortit une épaisse enveloppe couleur crème, ornée de l'emblème distinctif du duc de Staunton. Cécile lui jeta un regard surpris.

— Mais, Marianne…

— Si tu fais une seule remarque sur le fait de ne pas y avoir ta place, je serais extrêmement vexée, Cécile.

Cécile se sentit rougir devant l'expression intensément affectueuse de son amie et ne put détourner plus longtemps les yeux de l'élégante invitation ; une invitation à entrer dans un monde qu'elle n'avait jamais vu que de l'extérieur, comme une gamine des rues qui jette un œil à travers la vitrine d'un magasin de bonbons.

— Promets-moi de venir, l'implora Marianne en se penchant en avant pour serrer la main qui ne tenait pas l'invitation. S'il te plaît.

— Tu *sais* que je viendrai. Mais je ne peux m'empêcher de remettre en doute la sagesse de ton mari et de sa tante. Pitié, dis-moi qu'ils sont au courant de ma venue – ce n'est pas une surprise qui…

— Bien sûr qu'ils sont au courant !

Marianne parut blessée, et même un peu irritée.

— Je suis désolée, bien sûr que tu ne ferais pas une chose pareille.

— Je ne crois pas que tu comprennes ma position, Cécile. Oui, je suis la duchesse de Staunton et l'épouse de lord Parfait. Et oui, le prince de Galles en personne m'a accordé un titre, ce qui revient à dire que les gens sont obligés de m'accepter, sans quoi ils insulteraient Prinny[1]. Mais crois-moi, *personne* n'a oublié d'où je viens. Julia dit que je dois embrasser mon passé et en faire un élément de ma réputation – qui est celle d'une *originale*. Apparemment, être une originale veut dire…

Cécile rit.

— Je sais ce que ça veut dire !

— C'est vrai. Comment pourrais-je oublier que tu en sais probablement plus que moi sur la façon de s'adapter à la bonne société, grâce à tes nombreuses années de recherche… Quoi qu'il en soit, avec mon statut d'originale, on attend de moi que je fasse certaines choses comme inviter mes amies aux réceptions. Non que j'aie besoin d'une telle permission, mais si tu crains de ruiner mon entrée dans la haute société, tu n'as pas à t'en faire. Compris ? demanda-t-elle en haussant un sourcil.

— Parfaitement. Je viendrai au bal, Marianne. Mais je ne peux pas assister au dîner.

Marianne s'apprêtait à protester, mais elle dut se rendre compte que Cécile ne refusait pas seulement par discrétion.

— Bien. Je comprends que ça puisse être un peu… éprouvant. Tu es dispensée… mais seulement pour cette fois. Bon, ajouta-t-elle brusquement, maintenant qu'on

1. Surnom donné à George IV. *(N.d.T.)*

en a terminé avec *mes* affaires, parlons des *tiennes*. Tu l'as engagé.

Il n'y avait aucun doute sur l'identité de la personne.

Cécile haussa les épaules.

— Oh non ! Tu ne t'en tireras pas comme ça, Cécile. J'ai été forcée de manquer pendant un mois entier nos thés du mardi, et je meurs littéralement de curiosité.

— C'était tout simplement une bonne affaire. Tu imagines un peu comme Barnabas aurait été dithyrambique à l'idée d'avoir le Darling sur scène ?

— Oui, mon oncle aurait été aux anges, dit Marianne avec un sourire triste.

Cécile ignorait ce qui s'était passé entre Marianne et son oncle avant qu'il meure l'année précédente, mais elle savait qu'il y avait eu des tensions du côté de son amie vers la fin.

— Alors comme ça, Guy vit dans la maison avec toi ? demanda Marianne.

— Pas seulement avec moi, avec une douzaine d'autres personnes.

— J'ai rencontré la petite, Féline. C'est un amour. C'est tellement gentil de ta part de l'avoir recueillie.

Cécile savait qu'elle devait être rouge comme une écrevisse.

— Ah oui, murmura-t-elle.

— N'aie pas honte d'avoir été attendrie.

— « Écervelée » serait plus juste.

— Appelle ça comme tu veux, je suis ravie pour vous deux. C'est une petite charmeuse.

Cécile éprouva pour Féline un élan de fierté qu'elle n'avait rien fait pour mériter.

— Oui. Et futée, aussi.

— Alors, est-ce que tu vas lui pardonner ? demanda Marianne, soudain sérieuse.

— Qu'est-ce que tu en penses ?

Marianne sourit et frappa dans ses mains. Elle se pencha en avant et baissa la voix.

— Oui ! Mais tu veux le faire ramper encore un peu, c'est ça ?

— Pourquoi pas ?

Toutes deux se mirent à rire aux larmes.

— Est-ce qu'on est horrible ? demanda Marianne en sortant un mouchoir pour éponger ses joues.

— Il le mérite.

— Oui, approuva Marianne en se levant. Je ferais mieux d'y aller. Je voulais seulement vous déposer l'invitation, à la Sabreuse et toi. Tu penses qu'elle viendra ?

— Qui sait, avec elle ?

— Je l'ai portée à son adresse, mais elle n'y vit plus.

— C'est étrange. Je ne savais pas qu'elle avait déménagé. Tu veux me la laisser, et je la lui transmettrai ce soir ?

— Ça ne t'embête pas ?

— Pas du tout. En fait, ça me permettra de la forcer à venir.

— Tiens-moi au courant si tu as besoin d'aide.

Cécile hocha la tête, ses pensées déjà tournées vers la robe qu'elle allait devoir acheter pour son premier événement dans la bonne société.

En fin de compte, Cécile ne vit Jo que dimanche matin, alors qu'elle se trouvait, encore une fois, en train de régler les factures dans son bureau.

La première chose qu'elle fit en la voyant entrer fut de lui tendre l'invitation au bal.

La Sabreuse l'observa comme si elle n'en avait jamais vu de sa vie.

— Pour moi ?

— Oui, pour toi.

Jo tourna et retourna plusieurs fois l'onéreuse enveloppe dans sa main. Puis elle releva les yeux.

— Tu es sûre ?

— C'est ton nom dessus. Marianne est venue la déposer pour toi. C'est sa première vraie réception dans le monde.

Jo hocha la tête. Angus et elle fixèrent l'invitation des yeux.

— Ne laisse pas cet oiseau la manger, dit Cécile en espérant extirper la femme muette de son état de choc manifeste.

— Non, Angus n'aime pas le papier, marmonna-t-elle, les sourcils froncés. Mais… pourquoi ?

La confusion de la jeune femme provoqua un pincement au cœur de Cécile. Comme si elle n'avait jamais reçu de marque d'amitié auparavant.

— Parce qu'elle t'apprécie, Jo. Et je suis sûre qu'elle t'est reconnaissante de toute l'aide que tu lui as apportée l'année dernière en France. Je sais que *moi,* je te suis reconnaissante de nous avoir sauvées.

— Je ne faisais que mon boulot… ce pour quoi on me payait.

— Quelles que soient les raisons de Marianne, elle m'a dit qu'elle aimerait que tu viennes. C'est le premier événement qu'elle va organiser en tant que duchesse de Staunton. Je crois qu'elle a besoin de s'entourer de ses amies.

— *Amies*, répéta Angus en frottant sa tête contre la joue de sa maîtresse.

C'était un geste qu'il faisait souvent, mais le fait de l'exécuter à cet instant précis – alors que Jo était manifestement troublée – poussa Cécile à se demander exactement ce que cet oiseau était capable de comprendre.

— Je ne sais pas danser, finit par dire la Sabreuse.

Cécile sentit un sourire étirer le coin de ses lèvres.

— Il se trouve que j'ai sous la main l'un des meilleurs danseurs d'Angleterre.

— Guy ?

— Qui d'autre ?

— Tu penses qu'il va aller au bal, même après… tout ça ?

— En fait, je ne lui ai pas posé la question – j'ai été tellement prise par la formation d'Helen que je n'ai plus le temps de rien. Mais je ne vois pas pourquoi ce ne serait pas le cas.

— Ça fait des semaines qu'il se produit ici ; tu ne penses pas que ce serait gênant pour lui de se retrouver au milieu de tous ces gens qui le connaissaient en tant que duc ?

— Je ne sais pas. Mais même s'il n'y va pas, il peut toujours nous apprendre à danser.

Un sourire se dessina lentement sur les lèvres de la Sabreuse, et ne cessa de grandir.

— Nous ?

Cécile tenta d'ignorer sa remarque.

— Tu ne sais pas non plus ? insista Jo.

— Où voudrais-tu que j'aie appris à danser ?

— Tu penses qu'on a le temps d'apprendre ?

— Deux semaines ? Je pense, oui, répondit Cécile en riant, tandis qu'elle s'imaginait expliquer ses nouvelles fonctions à Guy.

21

Assis à la table de la cuisine, Guy enchaînait les tasses de café pour essayer de se réveiller tout en écoutant le flot de paroles constant de Féline. Il avait veillé bien trop tard avec Elliot la veille au soir. Tous deux avaient examiné le contrat entre Curtis Blanchard et Cécile en quête d'irrégularités.

Malheureusement, ils n'avaient rien trouvé – du moins, rien de flagrant.

— Helen m'emmène à la Tour pour découvrir la Monnaie royale, dit Féline en sautillant sur sa chaise.

Guy sourit, amusé par son enthousiasme.

— Ça a l'air bien.

— Tu pourrais venir avec nous ?

Avant qu'il ait pu répondre, la porte s'ouvrit et Cécile entra.

Elle s'arrêta devant Guy.

— Vous n'avez pas l'air en forme, ce matin.

— Comme c'est gentil à vous de le remarquer – et de le souligner.

Cécile gloussa et se servit une tasse de café.

— Tu peux venir avec Helen et moi à la Monnaie, Guy ? répéta Féline.

— Eh bien...

Son regard passa de Féline à sa gouvernante.

Helen haussa les épaules pour lui faire comprendre que ce n'était pas son idée.

— Eh bien, je ne suis pas sûr de ce que j'ai à…

— Il viendra avec vous, dit Cécile.

— Ah oui ?

— Oui, répéta-t-elle fermement.

— Tu viendras aussi, Cécile ? demanda Féline en lui adressant la combinaison fatale du regard bleu implorant et de la lèvre inférieure tremblotante.

— Oui, Cécile, s'il vous plaît, accompagnez-nous…, chantonna Guy en essayant d'imiter l'expression de Féline.

À en juger par l'air dégoûté de Cécile, il était loin d'être aussi adorable.

— Cela ne va pas perturber le programme de vos leçons si nous venons avec vous, Helen ?

— Pas du tout. Plus on est de fous…, dit Helen à sa manière pince-sans-rire, le regard pétillant.

À l'évidence, elle avait deviné qu'une visite à la Monnaie n'était pas dans les priorités de son ex-fiancé pour ce lundi. Ni pour aucun jour, d'ailleurs.

— S'il te plaîîîîîît, Cécile, implora Féline.

— D'accord, d'accord. Je viendrai aussi, répondit celle-ci.

— Hourra !

L'exclamation aiguë de Féline arracha une grimace à Guy.

Helena rit.

— Nous avions prévu de partir après la pause de 11 heures, si ça vous va ?

— Nous serons prêts, confirma Cécile.

Helen et Féline quittèrent la pièce et Guy consulta sa montre.

— Je devrais avoir le temps d'apporter le linge à Mme Bascom avant de partir pour notre petite escapade.

Il vida le reste de son café et se levait quand Cécile l'interpella.

— Allez-vous au bal de Marianne ?
— Oui, j'y vais, répondit-il, avant de froncer les sourcils. Pourquoi ? Je ne devrais pas ?
— Je me posais seulement la question. Inutile de vous exciter.
Guy rit jaune. C'était un peu fort de la part de la reine des Excitées.
— Qu'est-ce qui vous fait penser que je pourrais ne pas aller au premier bal de mon meilleur ami en tant qu'homme marié ? ne put-il s'empêcher de demander.
— C'est Jo qui pensait que vous auriez trop honte.
— Mince alors. Je ne pensais pas qu'elle avait une si piètre opinion de moi.
— Elle n'a pas une piètre opinion de vous. La plupart des gens ne voudraient pas fréquenter leurs anciens amis après avoir perdu leur statut, leur fortune, leur propriété, et avoir été rejetés par leur fiancé et forcés de travailler dans un cirque.
— *Merci* de décrire ma chute tragique avec autant de précision.
— Ne boudez pas, Guy. Ça ne vous ressemble pas.
Guy la regarda longuement. C'est ainsi qu'il vit une curieuse expression passer sur ses traits – une expression qu'il ne lui avait jamais vue auparavant : le doute. Même au cours de leur voyage à travers un pays ravagé par la guerre et après qu'elle eut été forcée de blesser mortellement un homme par balle, elle n'avait pas semblé assaillie par le moindre doute.
— J'ai été invitée au bal. Ainsi que Joséphine.
— Oui, ça ne m'étonne pas.
— Vous ne trouvez pas cela étrange ?
— C'est la fête de Marianne. Pourquoi n'inviterait-elle pas ses plus proches amies ?
— Je pensais que vous trouveriez ça inapproprié.
Guy haussa les épaules.
— Qu'est-ce que ça veut dire ?
— Quelle importance si ça l'était ?

Le regard interrogateur de Cécile se transforma en regard noir.

— Je ne veux pas dire par là que *c'est* inapproprié, rectifia-t-il. Je ne figure pas vraiment non plus sur la liste de la haute société, vous l'avez vous-même souligné.

Elle parut intriguée.

— Cette liste existe vraiment ?

— Je vous taquine, répondit-il doucement.

— Oh.

Il comprit que son ignorance en ce qui concernait les grands de ce monde était un point sensible.

— Puis-je avoir droit à deux danses – de préférence les valses du dîner ?

Étonnamment, les joues de la jeune femme rougirent. L'incertitude *et* la gêne, tout ça le même jour ? Où allait le monde ?

— C'est justement ce dont je voulais vous parler… de la danse.

Ils n'avaient même pas commencé leur première leçon que Cécile regrettait déjà d'avoir confié la tâche de leur apprendre à danser à Guy, qui se comportait comme un maître tyrannique et s'amusait beaucoup trop à son goût.

— Vous êtes concentrées ? demanda Guy en frappant bruyamment dans ses mains.

— Oui.

Cécile et Jo répondirent en même temps en levant les yeux au ciel.

— Je vois ça. Tout manque de respect sera puni d'heures de colle.

— On ne peut pas simplement apprendre les pas ? demanda Cécile, embarrassée par le ton plaintif de sa voix.

Il fronça les sourcils.

— Bien sûr que non, vous ne pouvez pas juste *apprendre les pas*. La première partie est cruciale. Maintenant, chut, et laissez Helen, Féline et moi vous montrer la bonne manière de répondre à l'invitation à danser d'un gentleman.

Cécile décida de laisser passer le fait qu'il venait de lui dire *chut*. Si elle protestait, elles n'apprendraient jamais à danser.

— Je jouerai le rôle de la débutante fraîchement sortie des bancs de l'école, lady de l'Oieblanche, déclara Guy en battant des cils avec une expression tellement idiote que Cécile ne put s'empêcher de sourire. Helen jouera le rôle de la douairière lady Collet-Monté, la chaperonne de lady de l'Oieblanche, et Féline jouera le soupirant, le duc de Piedgauche.

La Sabreuse pouffa, avant de se plier en deux, secouée par les éclats de rire. Tout le monde se tourna vers elle pour assister à cette rare perte de sang-froid.

— Quoi ? demanda-t-elle en s'apercevant que tout le monde la regardait.

— Je suis ravi de voir qu'au moins *l'une* d'entre vous apprécie mes efforts dramaturgiques, dit Guy. Commençons.

Il fit signe à Helen.

L'héritière incognito était d'un tempérament presque aussi impassible que Jo, et Cécile ne fut donc pas la seule à la regarder avec des yeux ronds lorsqu'elle brandit une lorgnette tape-à-l'œil, redressa les épaules et le menton, et parvint à toiser Guy malgré sa petite taille.

— Ma chère lady de l'Oieblanche, Sa Grâce du Piedgauche implore l'honneur de vous être présenté.

Féline regarda tour à tour les deux adultes, puis effectua une impressionnante révérence.

— C'est un tel honneur, lady de l'Oieblanche...

Féline dut s'accorder un instant pour glousser sottement mais se reprit rapidement.

— Puis-je vous demander de me faire l'honneur de m'accorder la prochaine danse ?

Fidèle à son rôle, Guy laissa échapper un horrible hennissement évoquant une jeune fille qui abordait sa première saison.

— Oh mon Dieu ! couina-t-il avant de déployer un éventail qui semblait sorti de nulle part. J'en serais absolument honorée, Votre Grâce. Hmm, laissez-moi voir...

Guy consulta un morceau de parchemin qu'il avait noué à son poignet pour l'occasion.

— Non, pas la suivante... Hmm, non, pas celle-là. Je ne peux pas faire celle-ci...

Helen lui tapota l'épaule avec sa lorgnette.

— Ooooh, oui, bien sûr, je serais enchantée de vous réserver la troisième danse, Votre Grâce.

Féline s'inclina, puis les trois acteurs se tournèrent vers leur maigre public et exécutèrent une nouvelle révérence.

Jo et Cécile applaudirent.

— Voilà, vous voyez comment ça se passe ? Il est important de garder en tête qu'il ne faut *jamais* refuser une danse, puis accorder cette même danse plus tard à un autre gentleman. C'est un terrible *faux pas**.

— « Foxe passe » ? répéta Féline, l'air interloquée.

— M. Darlington plaisante en prononçant délibérément mal l'expression, Féline, expliqua Helen.

— Je ne parierais pas sur le fait que ce soit délibéré, souffla Cécile tout bas, ce qui fit pouffer la Sabreuse.

— Ça se prononce en réalité « fo pa » et ça signifie qu'on commettrait une chose inacceptable, qui serait considérée comme impolie, précisa Helen.

— *Très* impolie, insista Guy. Et le pauvre gentleman que vous auriez rejeté rentrerait sûrement chez lui pour pleurer.

— Qu'en savez-vous ? ne put s'empêcher de rétorquer Cécile.

— Oh, j'ai eu plus d'une fois le cœur piétiné sous les souliers de votre sexe cruel, lui assura-t-il.

Cécile nota mentalement de l'interroger sur cette improbable déclaration à un moment mieux choisi.

— Étant donné que nous n'avons que deux semaines avant le bal, je vous propose de nous concentrer sur les figures les plus populaires et les plus utilisées de contredanse, ainsi que ma préférée… la valse.

Son regard brun fondit comme du sucre caramélisé quand il se fixa sur Cécile. Ce regard lui aurait certainement valu la prison dans certains pays.

Cécile déglutit.

Il sourit et s'approcha du piano, sur lequel il récupéra deux fines brochures.

— Quand j'ai appris que j'allais devenir votre maître de danse, j'ai pris la peine de mettre la main sur deux exemplaires de cet adorable livre.

Jo et Cécile échangèrent un regard inquiet avant d'accepter chacune le leur. *An Analysis of Country Dancing*, de Thomas Wilson.

— Vous devez étudier et mémoriser ces livrets. Il y aura un examen approfondi de cinq heures la veille du bal.

Le visage de Cécile s'allongea et Guy rit dans sa barbe.

— Seigneur, vous devriez voir vos têtes ! Je vous taquinais.

La Sabreuse accorda à Cécile un regard éloquent : le prochain passage de Guy sur scène serait encore plus humiliant.

— Une fois que vous vous serez familiarisées avec les figures de vos livrets, vous pourrez vous servir de *ça*.

Il se dirigea de nouveau vers le piano, sur lequel il récupéra deux éventails. Il déploya le premier et Cécile découvrit de minuscules inscriptions.

— Ils vous serviront de pense-bête pendant le bal. Vous remarquerez qu'ils sont couverts des noms des danses avec de brèves listes des figures employées. Bien sûr, celui qui mènera la danse peut toujours dicter ses propres figures, mais il vous en fera d'abord une démonstration, et vous n'aurez qu'à suivre.

Cécile se sentait déjà mieux.

— Ça vous va ? demanda-t-il en la regardant.

Elle acquiesça.

— C'est une idée très astucieuse. Merci, Guy.

Il parut sincèrement ravi.

— Je vous en prie.

— Mais... il y a *tellement* de pas différents, dit Jo, le visage blême rivé sur les inscriptions de l'éventail.

— Vous les apprendrez en un rien de temps, la rassura-t-il. Helen a gracieusement accepté de jouer au piano et nous allons tous les quatre nous mettre en position.

Il frappa dans ses mains.

— Allez, fini de traînasser ! Apprenons à danser !

22

Cécile fut surprise de voir Jo honorer leur rendez-vous et se présenter pour l'accompagner faire les boutiques de Bond Street.

— Quoi ? demanda-t-elle en voyant Cécile fixer sa robe jaune moutarde plutôt laide et l'énorme oiseau noir perché sur son épaule.

— C'est ta plus jolie tenue, ça ?

— À moins de compter mon costume de scène, dit-elle avec un sourire sarcastique. Tu préfères que je me change ?

— Très drôle.

— Eh bien, je suis désolée que ma tenue ne te plaise pas, mais c'est tout ce que j'ai.

Cécile se rendit compte qu'elle avait enfin dit quelque chose qui avait percé l'armure en apparence impénétrable de cette femme. Elle posa une main sur son épaule – celle sans oiseau.

— Je ne voulais pas t'offenser.

— Je le sais bien. Je crains que les vêtements frivoles n'aient jamais été une de mes priorités.

Cécile eut envie de lui dire qu'un costume de promenade n'avait rien de futile, mais elle ne connaissait pas la situation financière de la Sabreuse. Oh, elle savait combien gagnait Jo, bien sûr, mais elle ignorait l'étendue de ses dépenses.

— L'argent est-il un obstacle à ces achats, Joséphine ?

Cette dernière parut surprise, que ce soit par la question ou l'emploi de son prénom.

— Non, ce n'est pas ça. J'ai de quoi m'acheter des vêtements.

Elle adressa un regard inhabituellement timide à Cécile.

— Je n'ai pas envie de ressembler à ça – elle écarta les bras pour montrer sa robe démodée, sa cape grise et ses bottines dont la seule qualité était d'être pratiques –, mais je n'ai jamais eu de raison de m'habiller autrement.

— Quand tu parles de vêtements...

— Je parle de plus qu'une robe de bal – d'autres vêtements, aussi.

S'agissait-il d'une lueur d'excitation dans les yeux opale de Jo ?

— Tu seras un vrai bonheur à habiller, lui assura Cécile, qui jeta un coup d'œil incertain à Angus. En revanche, je ne suis pas sûre...

— Ne t'inquiète pas ; Angus ne voudra pas entrer dans les boutiques avec nous.

Cécile considéra l'oiseau, qui lui jeta un regard froid et cinglant, et laissa tomber le sujet.

Bientôt, elles montèrent dans un fiacre en direction de Bond Street. Cécile sortit son calepin et un petit crayon.

— Il vaudrait mieux dresser une liste. Qu'est-ce que tu aimerais acheter ?

— Oh, eh bien...

Elle jeta un regard à l'ensemble vert émeraude de Cécile, qui était agrémenté de daim chocolat, et à son spencer de coupe masculine orné de gros boutons en laiton.

— Quelque chose du genre de ce que tu portes. Et quelques robes supplémentaires, disons. Je ne connais pas les noms. Ce que tu me suggéreras.

Cécile sourit.

La Sabreuse parut soudain inquiète.

— Mais pas *trop*. Je ne veux pas être surchargée quand je déménagerai.

— Tu déménages ?

— Oh, pas maintenant. Mais quand ça arrivera.

— Pourquoi tu déménagerais ?

— Je déménage toujours, répondit-elle simplement.

— Mais… pourquoi ?

Jo sembla sur le point de parler, mais préféra river les yeux vers l'extérieur.

Cécile soupira. Cette femme réservée se confierait-elle un jour à elle ? Ou s'entêtait-elle sans…

— J'ai toujours beaucoup bougé – d'aussi loin que je m'en souvienne.

La Sabreuse parlait à voix basse et son souffle laissa une légère buée sur la vitre.

— Pourquoi ça ?

Elle haussa ses fines épaules et Angus sembla agacé par cette interruption dans sa sieste.

— Tu as de la famille, Jo ?

— Non.

Cécile ne prit pas la peine de lui rappeler que, l'année passée, elle avait prétexté devoir prendre des congés pour rendre visite à un cousin malade.

— Il n'y avait que mon oncle Mungo, mais il est mort.

— Mungo ? C'est un nom curieux.

— Il le tenait du saint patron de Glasgow.

— Ah, tu es d'origine écossaise. Et c'est lui qui t'a élevée ?

— Oui. Ma mère est morte quand j'étais bébé et je n'avais que mon père. J'ai aussi un cousin ici, à Londres, mais je ne le compte pas, ajouta-t-elle, l'air soudain sérieuse. Mon père et moi avons sans cesse déménagé à partir du moment où la Révolution a éclaté.

— Oui, nous aussi.

Cécile aurait aimé poursuivre, mais elle savait que le lien entre elles était fragile et qu'elle pouvait se montrer... intrusive, alors elle tint sa langue.

— On a passé du temps en France, dans les États de Prusse, sur tout le continent, en fait, continua Jo.

— Ton oncle t'a emmenée là-bas pendant la guerre ?

— Oui. J'étais plus en sécurité avec lui que n'importe où.

En sécurité ?

Mais Jo se détourna de nouveau, et ses épaules, habituellement si droites et fières, s'affaissèrent curieusement.

Le message était clair. La conversation était terminée.

Guy arpentait la bibliothèque, regrettant de ne pas être simplement allé au bal de Sin et Marianne en laissant les femmes s'y rendre de leur côté. Il savait que cela aurait été rustre et pas très courtois, mais il en avait tellement assez de les attendre qu'il s'apprêtait à...

— Guy ?

Il tourna vivement la tête.

— Quoi ? demanda-t-il à Helen, qui était assise sur le canapé à côté d'une Féline ensommeillée, qu'on avait autorisée à veiller pour qu'elle puisse voir tout le monde dans ses plus beaux atours.

— Vous êtes en train de creuser un trou dans le tapis, le taquina Helen avec une lueur d'humour dans ses yeux gris.

Il se renfrogna et se laissa tomber dans un fauteuil. Il récupéra le coffret en marqueterie qu'il avait posé sur la table basse une insoutenable demi-heure plus tôt. C'était sa faute s'il était prêt aussi tôt, mais il était trop fébrile pour faire autre chose.

— Vous croyez...

— Je crois qu'elle va adorer, dit doucement Helena.

— Mais ce n'est pas trop ?

Guy avait envie de se gifler pour avoir posé une question aussi stupide. Il avait offert des bijoux à toutes les femmes depuis sa première maîtresse, à l'âge de dix-sept ans. Il en avait trente-trois et il se comportait comme un idiot.

— Je le trouve parfait, ajouta Féline en relevant les yeux du livre qu'elle lisait.

— Merci mon cœur, dit Guy avec un sourire.

Il inspira profondément, retint sa respiration, puis expira ; ce soir, il allait tout lui dire. Terminé de se cacher dans l'ombre. Et si elle ne voulait pas de lui ? Eh bien, il resterait jusqu'à la fin plutôt que de s'enfuir comme un gamin rejeté. Il fallait penser à Féline, après tout. Car même si Cécile ne voulait pas de lui, il ne voulait pas abandonner la fillette. Il ne pouvait toutefois envisager de l'emmener ; elle était bien mieux à Londres que dans je ne sais quel coin paumé d'Amérique. Elle pourrait venir lui rendre visite quand elle serait plus grande. Si elle se souvenait encore de lui.

Une vague d'apitoiement presque suffocante lui monta à la gorge et Guy se secoua. Pourquoi s'avouer vaincu alors que la bataille n'avait même pas encore commencé ? Il savait que Cécile éprouvait quelque chose pour lui. La seule question était de savoir si ses sentiments suffisaient pour qu'elle oublie leur passé et lui confie son avenir.

— Tu ressembles à un ange, dit Cécile sans exagérer le moins du monde en contemplant Jo.

— Vous l'avez dit, mademoiselle Tremblay, vous l'avez dit, confirma Lorna Biggles avec un sourire.

Lorna faisait partie de l'équipe de l'arlequinade de Cordelia Black et effectuait les maquillages les plus complexes requis pour la troupe. Elle s'y connaissait aussi en coiffure et c'était elle qui coupait les cheveux de Cécile depuis qu'elle avait rejoint la Foire.

— Tu as effectué un travail formidable avec ses cheveux, ajouta Cécile.

— Il y avait matière à. Je n'ai jamais vu de couleur aussi belle. En tout cas pas chez une adulte, admit Lorna.

— Vous allez me mettre mal à l'aise, toutes les deux, dit Jo de sa voix légèrement rauque.

Ses yeux clairs, que Lorna avait subtilement réussi à rendre plus grands encore et lumineux, se posèrent sur Cécile et elle sourit.

— Tu ressembles à une déesse descendue du ciel.

La Sabreuse eut l'air surprise de sa propre remarque et ses joues rosirent légèrement, ce qui ne la rendit que plus jolie encore.

— Merci, dit Cécile avant de se regarder une dernière fois dans le miroir.

Elle ressemblait *effectivement* à une déesse descendue du ciel. Son reflet sourit quand elle s'imagina la réaction de Guy.

Sa robe se composait d'une mousseline de soie chatoyante couleur bleu paon qui recouvrait un jupon vert émeraude, et le tissu fin ondoyait autour d'elle quand elle bougeait. La mode actuelle de la taille haute convenait parfaitement à sa silhouette, qui avait toujours été en forme de sablier même si elle s'était étoffée avec le temps.

Cécile n'était plus toute jeune, mais elle était satisfaite de ce qu'elle voyait dans le miroir : une femme qui restait très belle après avoir dépassé ses jeunes années. Ses cheveux étaient toujours du même brun foncé que dans son enfance. Et si elle avait quelques rides autour des yeux, on pouvait dire qu'elle les avait gagnées honnêtement.

Lorna lui avait réalisé une coiffure simple, uniquement ornée de quelques petits brillants dans les tons bleu et vert.

Au cou, elle portait un pendentif couleur émeraude qu'elle avait trouvé dans le coffret à bijoux en strass déniché par Guy dans l'une des réserves. Elle avait mis de côté plusieurs pièces charmantes et donné le reste à Féline pour jouer.

Pour payer leur passage en Angleterre, son père avait dû vendre tous leurs objets de valeur, et les simples bijoux qu'elle tenait de sa mère avaient été perdus dans la traversée.

Des amants avaient essayé de lui offrir des bijoux coûteux dans le passé, mais ce genre de cadeau lui avait toujours trop fait l'effet d'un salaire pour qu'elle l'accepte.

Et c'est pour ça que tu te retrouves aujourd'hui sans rien de joli, à porter un accessoire de théâtre pour ton premier bal dans la haute société ?

Cécile chassa cette pensée. Elle était trop excitée.

Derrière elle, Jo fixait son propre reflet des yeux dans le miroir au-dessus de la cheminée. Leurs regards se croisèrent et la Sabreuse sourit. Son expression reflétait le plaisir que lui procurait son image. Ça n'avait rien d'étonnant. Elle ressemblait à une jeune fille dans sa délicate mousseline pailletée d'argent, à la coupe très simple. Au cou, elle portait une rangée de perles vraiment exquises, associées à des boucles d'oreilles. Cécile mourait d'envie de savoir où elle avait trouvé des bijoux aussi précieux, mais elle garda ses questions pour elle.

Lorna avait coupé une bonne partie des cheveux de Jo. Aussi belle que fut leur couleur maïs, ils prenaient le pas sur ses traits fins. Maintenant qu'ils avaient perdu une grande partie de leur longueur et de leur épaisseur, ils s'enroulaient naturellement. Elle ressemblait vraiment à un ange.

Lorna déposa un sublime châle aux tons vert, bleu et doré sur les épaules de Cécile.

— Mesdames, vous serez les reines du bal, déclara-t-elle, les yeux brillants.

Elles récupérèrent leurs réticules et leurs éventails spéciaux, puis descendirent dans la bibliothèque, où elles avaient promis de montrer leurs toilettes à Féline et Helen.

En entrant dans la pièce, Cécile ne vit tout d'abord pas Guy, car il était assis dans le fauteuil à haut dossier en face d'Helen et Féline qui, elles, faisaient face à la porte.

Féline ouvrit des yeux tout ronds : « Oh », fut tout ce qu'elle parvint à dire.

— Vous êtes absolument splendides, toutes les deux, dit Helen, les yeux brillants d'admiration.

Guy se leva de son fauteuil, les épaules incroyablement larges dans sa tenue de soirée parfaitement ajustée. Le Darling dans toute sa splendeur, au milieu de la modeste bibliothèque de Cécile. « Il ressemble à un dieu » – voilà ce qu'elle avait lu des dizaines de fois à son sujet au fil des ans. Mais que pouvait-on dire d'autre devant l'incarnation physique de la perfection masculine ?

Il entrouvrit ses lèvres charnues et promena sur elle un regard si intime et caressant qu'elle ne put que rougir. Il ouvrit la bouche, la referma, avala sa salive, tandis qu'il serrait un objet entre ses mains.

Le silence se prolongea et Guy ne semblait pas décidé à le rompre.

— Vous êtes prêt ? finit par demander Cécile, l'arrachant à sa stupeur et à sa rêverie.

Il s'assombrit en prenant conscience de son attitude et se tourna promptement vers Jo.

— Seigneur ! Vous ressemblez à un ange.

L'intéressée gloussa tout bas.

— C'est l'avis général, on dirait.

Guy contempla les perles à son cou.

— C'est une impressionnante rangée de perles.

La Sabreuse posa la main sur le collier et le caressa d'un air absent, comme si elle avait oublié sa présence.

— Merci.

— Où est Angus ? Oh non ! Ne me dites pas qu'il n'a pas reçu d'invitation ?

Féline éclata de rire et Jo elle-même sourit.

— Une salle de bal n'est pas un endroit pour lui.

Guy grimaça.

— En effet – tous ces bijoux qu'il serait tenté de voler ! À ce sujet... C'est pour vous.

Il se tourna vers Cécile avec une expression qu'elle ne lui avait jamais vue – de la timidité. Il lui tendit un charmant coffret ancien en marqueterie.

— Qu'est-ce que c'est ? demanda-t-elle sans tendre la main.

Il avait un sourire tendu.

— Vous allez devoir l'ouvrir pour le savoir.

— Mais pourquoi...

Jo lui donna un coup de coude assez rude dans les côtes et Cécile accepta le coffret.

— Merci.

Il hocha la tête et elle baissa les yeux, presque effrayée de l'ouvrir.

— Oh mon Dieu, murmura la Sabreuse une fois que Cécile eut soulevé le couvercle.

Cécile aurait aimé avoir autant de mots. C'était un collier en or et diamants – dont on ne pouvait douter de l'authenticité –, accompagné de boucles d'oreilles et d'un bracelet assortis.

— Ma grand-mère m'a dit qu'il s'agissait autrefois d'une ceinture et d'une tiare, mais qu'elles avaient été détruites avant sa naissance, expliqua Guy devant le silence de Cécile.

Elle arracha son regard du somptueux cadeau.

— Je ne peux pas…

— Arrêtez.

Ce seul mot était lourd d'une émotion refoulée.

— Je vous en prie. C'est un cadeau – qui ne vous oblige en rien. Un témoignage de ma considération pour vous.

Cécile voulut protester – c'était tout simplement trop –, mais elle comprit à son regard qu'un refus de plus était impossible après la longue série des derniers mois.

Elle ravala sa réponse et dit :

— Merci. C'est somptueux. Vous voulez bien me mettre… le collier ?

La joie qu'il exprima fit accélérer les battements de cœur de Cécile. Il s'était rendu vulnérable face à elle – c'était évident, même pour une femme qui pouvait être aussi obtuse qu'elle.

Il était temps d'arrêter de prétendre qu'elle ne partageait pas ses sentiments.

— Vous avez assez chaud, toutes les deux ? demanda Guy après les avoir installées dans le fiacre que Sin avait insisté pour leur envoyer.

Elles hochèrent la tête en contemplant avec de grands yeux l'intérieur en cuir luxueux de la spacieuse calèche.

Guy prit place sur la banquette dans le sens contraire de la marche. Pour une fois, il avait de la place pour ses jambes. Sin, qui était aussi grand que lui, avait fait construire son fiacre de ville sur mesure, à ses dimensions, ce que Guy n'avait jamais eu les moyens de faire.

À une époque de sa vie, cette pensée lui aurait donné un pincement au cœur. Aujourd'hui, ça n'avait plus grande importance. Il pourrait louer un fiacre pour emmener Cécile quelque part, si besoin. Mais s'il avait eu suffisamment d'argent pour se payer un fiacre comme celui-ci, la femme assise à l'intérieur n'aurait pu être Cécile.

Tu en as mis du temps à l'accepter.

Guy ne pouvait pas le nier.

— Dites-nous à quoi nous attendre à notre arrivée, dit la Sabreuse, un tremblement nerveux dans la voix.

Il jeta un regard à Cécile, qui opina du chef. Compte tenu de tous les journaux mondains qu'elle lisait, Guy se doutait qu'elle avait plus d'expérience que lui pour décrire un bal – il arrivait toujours en retard et entrait furtivement pour ne pas se faire alpaguer par l'hôtesse et être forcé de danser avec toutes les gamines à peine sorties de l'école.

— Il y aura une file de calèches – très longue, étant donné que c'est le premier bal de Sin et Marianne. Je pense en effet que c'est le premier bal à Staunton House depuis la mort de l'ancienne épouse de Sin.

— Il a déjà été marié ? l'interrompit Cécile.

Il jeta un coup d'œil à Jo, qui était bien sûr toujours au courant de tout et ne parut pas surprise.

— Oui, mais pas très longtemps. Sa femme et son fils sont morts en couches.

Une expression de douleur intense traversa fugitivement le visage de Cécile.

Un rapide coup d'œil à Jo – qui ne fut pas aussi prompte à cacher sa compassion – confirma les doutes de Guy.

Celui-ci eut alors l'envie soudaine d'arrêter la luxueuse calèche et de ramener Cécile à la maison, où il pourrait la réconforter et la protéger de... – eh bien, il ne savait pas précisément de *quoi*, n'est-ce pas ?

Peut-être que si tout se déroulait comme il l'espérait ce soir, elle se confierait à lui. Et si ça n'arrivait pas... Il chassa cette pensée. Il s'en préoccuperait le moment venu.

Guy se racla la gorge.

— Après avoir attendu dans l'interminable file de calèches, nous nous joindrons à celle d'accueil. Sin aura l'air de beaucoup s'amuser et Marianne aura l'air calme, même si son cœur menace de sortir de sa poitrine.

Les deux femmes sourirent.

— Je l'ai vue il y a deux jours, dit Cécile. Elle n'était absolument pas *calme*.

— Elle ne le sera probablement pas avant quelques jours, quand elle découvrira le succès qu'a rencontré son bal.

— Vous pensez que ce sera le cas ? demanda Cécile.

— Sin ne voulait pas le dire à Marianne avant ce soir, mais Prinny fera son apparition, ce qui garantira que l'événement sera proclamé comme l'un des plus réussis de la saison.

Les yeux de Cécile parurent sur le point de lui sortir de la tête.

— Comme c'est merveilleux, murmura-t-elle.

Guy ne la détrompa pas ; elle se rendrait compte bien assez vite quel vieux moulin à paroles rougeaud, obèse et complaisant il était.

Personnellement, Guy redoutait de voir le régent. Son père avait été un grand ami du prince de Galles, et tous deux faisaient ressortir le pire l'un chez l'autre. Pour compliquer encore la situation, le grand-père de Guy avait été très proche du roi. Et son grand-père n'ayant jamais été du genre à mâcher ses mots, il avait un jour, autour d'un porto et de cigarillos à Fairhurst, rebattu les oreilles au prince de la question de la responsabilité filiale. Après cette humiliation, Prinny avait écourté son séjour et ne s'était plus jamais rendu au siège du duché.

Guy réalisa qu'il avait la tête ailleurs et se reprit. Il regarda les deux femmes.

— J'aimerais réserver mes danses avec vous deux dès maintenant, avant que ce soit la ruée. Cécile, puis-je vous demander la première valse et la danse du dîner ?

— Accordé, dit-elle.

Il se tourna vers la Sabreuse.

— Jo, que diriez-vous de la première danse et de la danse après dîner ?

Celle-ci esquissa un petit sourire.

— Accordé.

Guy et Cécile avaient discuté du sujet de Jo et Elliot seulement la veille. C'était elle qui avait eu l'idée que Guy demande à Jo sa première danse.

— Mais Elliot sera là ; peut-être qu'il aimerait, lui, avoir sa première danse, avait fait remarquer Guy.

— Non, ce sera mieux comme ça. Ça lui donnera à réfléchir.

Guy avait ri.

— Si vous pensez que je peux rendre Elliot jaloux, détrompez-vous. Ce type est imperturbable. En plus, ce n'est pas en me comportant comme un gibecier que j'ai pu rester son ami aussi longtemps.

— Je suppose qu'il s'agit d'un terme de chasse ? avait-elle demandé en haussant son sourcil noir. Si Elliot s'intéresse à elle, alors il va devoir le montrer.

Il se trouvait que Guy était d'accord avec elle. Si lui-même devait souffrir des affres de l'amour, il n'y avait pas de raison que son ami ne connaisse pas ces tourments, lui aussi.

— Bon, nous y voilà, dit Guy en approchant du square. C'est juste là, quelques maisons plus loin.

— Les gens ne vont pas descendre pour y aller à pied ? demanda la Sabreuse en avisant la file avec des yeux ronds.

Guy fit mine de hoqueter.

— Quelle honte, mademoiselle Brown ! Vous abîmeriez vos souliers de danse.

La Sabreuse baissa les yeux sur ses pieds comme si elle ne se souvenait plus de ce qu'elle portait.

— Ils sont confortables ?

— Pas autant que mes bottines.

Guy rit.

— Je ne vous le fais pas dire.

Cécile savait qu'elle devait avoir l'air d'une idiote en regardant avec des yeux écarquillés l'immense vestibule et l'escalier d'honneur, mais comment faire autrement ?

Cela faisait de nombreuses années qu'elle avait quitté la demeure du duc de La Fontaine et, même à l'époque, elle s'était cantonnée aux parties de la maison réservées aux domestiques.

— Je suis enchanté que vous ayez pu venir, déclara Sin.

Celui-ci apparaissait dans toute sa splendeur de duc, avec ses pâles cheveux blonds plus brillants que jamais et ses yeux verts étincelants.

— Merci, Votre Grâce. C'est un plaisir de vous revoir, dit Cécile en lui tendant la main.

Les gens qui l'entouraient gardaient tous le silence et Cécile savait qu'ils attendaient d'entendre ce qu'ils allaient se dire. Pas seulement à cause de Guy – qui avait fait jaser lorsqu'il était entré dans la maison –, mais aussi parce qu'un bon nombre des hommes présents la reconnaissaient. La Sabreuse avait plus de chance ; grâce au masque qu'elle portait pendant ses représentations, personne ne se doutait qu'elle était la lanceuse de couteaux de la Foire de Farnham.

Marianne, qui se tenait aux côtés de Sin, était tout aussi grandiose que son mari, dans une robe flatteuse en soie dorée. Les pierres autour de son cou rappelaient celles que Cécile avait vues à la Tour. Mais elle devait admettre qu'aussi somptueux que soient les bijoux de son amie, elle préférait son collier filigrané, plus délicat.

Marianne lui serra les mains avec suffisamment de force pour lui faire mal.

— Je suis tellement heureuse que vous soyez venues, dit-elle en prenant également la main de Jo. Toutes les deux.

Elle se pencha vers Cécile, comme pour examiner son collier, et ajouta :

— Mais quelle splendide monture ! Magnifique et singulière. Nous vous avons réservé des places à notre table pour le dîner, ajouta-t-elle avant que Cécile ait pu répondre. J'espère que vous passerez une bonne soirée.

— Bien, ça, c'est fait, murmura Guy une fois qu'ils se furent éloignés de la file de réception.

Il sourit et offrit ses bras à Cécile et Jo.

— Si vous voulez bien, mesdames ?

— Je ne pense pas que ce sera nécessaire, retentit une voix grave sur leur droite.

Guy sourit à son ami.

— Ah, Elliot, toujours aussi ponctuel, je vois. Tu pourrais peut-être escorter Mlle Tremblay. Mlle Brown m'a promis sa première danse.

Elliot adressa un regard indéchiffrable à son ami avant de se tourner vers Cécile.

— Me ferez-vous l'honneur de m'accorder une danse ?

— Avec plaisir.

Elliot se pencha vers elle tandis qu'ils montaient l'escalier en direction de la salle de bal.

— Qu'est-ce que Guy mijote, ce soir ?

— Il mijote quelque chose ?

— Il avait une étincelle dans le regard.

— Eh bien, je préfère encore que cette étincelle vous soit destinée à *vous* plutôt qu'à moi, ce soir.

Elle se pencha vers lui et murmura :

— Est-ce que je me fais des idées ou bien les gens nous regardent ?

— Non, vous ne vous faites pas d'idées ; ils nous regardent.

— Vous pensez qu'ils savent qui je suis ?

— Certains d'entre eux, peut-être, mais il est plus probable qu'on vous contemple parce que Joséphine et vous êtes toutes deux des femmes sublimes. Et bien sûr, tout le monde observe Guy.

Cécile rit et promena son regard à travers la grandiose salle de bal.

— Je suis nouvelle dans tout ça.

— Les bals ?

— La danse.

— Ah. Souhaitez-vous rester en retrait pour l'instant ?

— Pas du tout. Guy nous a appris un bon nombre de figures.

Il parut amusé. Il la guida vers l'extrémité de la salle.

— Vous n'auriez pas pu avoir de meilleur professeur. Il y aura moins de monde loin de l'entrée, expliqua-t-il. Cette première danse devrait être facile pour vous – il s'agit de *Drops of Brandy*. Voulez-vous…

Cécile déploya son éventail et trouva rapidement la danse en question.

Elliot rit.

— Bien vu.

— C'est une idée de Guy.

Cécile ne put s'empêcher de remarquer que le regard d'Elliot s'attardait sur Jo, qui se mettait en position avec Guy. Elle se pencha vers lui.

— Il lui a demandé sa première danse pour s'assurer qu'elle ne soit pas laissée de côté. Il savait que moi, je saurais profiter, qu'on me demande de danser ou pas. Mais Joséphine… eh bien, disons que la danse de salon n'est pas une chose qu'elle s'imaginait faire un jour.

— Je suis stupéfait que vous ayez réussi à la convaincre de venir. Elle est…

Elliot la regardait d'un air totalement vorace.

— Oui ? le poussa Cécile, amusée par cette manifestation d'émotion sans précédent de la part d'un homme si réservé.

Elliot dut faire un effort évident pour détourner les yeux de la Sabreuse et ses joues s'empourprèrent quand il se rendit compte qu'il contemplait une autre femme et ignorait sa partenaire de danse.

— Vous êtes ravissante aussi, ce soir.

Cécile rit et lui donna une tape sur le bras avec son éventail.

— Pauvre Elliot.

Il lui jeta un regard penaud.

— C'est si évident que ça ?

— Je trouve cela charmant.

Cécile ne put s'empêcher de se demander si la Sabreuse savait à quel point Elliot était épris d'elle.

— On ferait mieux de se mettre en position, murmura Elliot.

Cécile se rendit rapidement compte que danser dans une salle de bal, avec un orchestre complet et une centaine d'autres personnes qui discutent, était bien plus difficile que de s'y entraîner avec trois personnes à la maison. Elle eut beaucoup de mal à parler, à se concentrer *et* à danser en même temps, et elle fut donc soulagée qu'Elliot soit trop occupé à voler des regards à la Sabreuse pour lui faire la conversation.

Le temps qu'elle se sente plus à l'aise avec la formation et les pas, la danse touchait à sa fin.

— Bien joué, dit Elliot en la guidant vers le côté.

Cécile rit.

— « Correctement » conviendrait mieux.

Guy était facilement repérable dans la salle bondée, car il était plus grand que la plupart des autres hommes.

— Comment c'était ? demanda-t-il à leur approche. Est-ce qu'Elliot vous a renversée ou a déchiré votre robe ?

— C'est un danseur exquis, lui assura Cécile.

De son côté, Elliot était si occupé à regarder la Sabreuse qu'il n'entendit même pas la boutade de son ami.

Cécile et Guy échangèrent un regard amusé tandis qu'Elliot et Jo se fixaient en silence.

Un beau blond apparut aux côtés de Guy et admira Cécile. Elle ne se souvenait plus de son nom, mais elle l'avait vu de nombreuses fois à la Foire, toujours en compagnie de plusieurs aristocrates bruyants et mal élevés.

— Ma foi, Fairh... euh ! Je veux dire, Darlington, pouvez-vous me présenter votre amie ?

La bonne humeur de Guy s'évapora instantanément.

— Non, Lorimer, je n'en ferai rien. Retournez batifoler avec les autres gamins.

Cécile eut presque pitié du jeune homme, dont le visage prit une teinte rouge alarmante avant qu'il batte en retraite comme un rongeur en fuite. Guy le fusilla du regard avec une expression houleuse.

La jeune femme savait que demander à être présenté de cette façon représentait un manquement à l'étiquette. De toute évidence, Lorimer n'avait pas jugé qu'une simple employée de cirque méritait plus de courtoisie.

— Bien joué, dit Elliot pour féliciter son ami. Mieux vaut étouffer ce genre de comportement dans l'œuf, ajouta-t-il, ayant lui-même l'air passablement énervé.

Il tourna son intense regard bleu foncé sur Jo.

— Voudriez-vous m'accorder la prochaine danse et la danse du souper si vous n'avez pas déjà jeté votre dévolu sur ce voyou ? dit-il en désignant Guy du menton.

La Sabreuse lui adressa un regard étonnamment malicieux.

— Avec plaisir.

— Puis-je ajouter que vous êtes éblouissante ce soir, mademoiselle Brown ?

Jo rougit, mais garda une expression froide.

— Je crois que vous venez de le faire, monsieur Wingate.

Guy rejeta la tête en arrière et éclata de rire.

23

Guy savait qu'il était mesquin de vouloir s'accaparer toutes les danses de Cécile, mais il voulait bien reconnaître qu'il était mesquin quand il était question de Cécile.

Cependant, ce qu'il voulait serait différent de ce qu'il obtiendrait.

Après s'être acquittée de son rôle d'hôtesse, Marianne ne cessa de faire des présentations aux deux femmes. Le moment venu de la valse du souper, Guy en avait assez de voir les hommes faire la queue pour danser avec Cécile. Il était reconnaissant envers Sin et Marianne de leur avoir fait une place à leur table.

— J'imagine que tu ne sais pas où Elliot et la Sabreuse ont disparu ? murmura Sin à Guy, tandis que Marianne et Cécile conversaient joyeusement avec Julia, la tante de Sin.

Guy avisa les deux chaises ostentatoirement vides à leur table – une place de premier choix – et secoua légèrement la tête.

— Ça ne ressemble pas à Elliot d'être aussi peu discret, avoua-t-il. Autant céder les places à quelqu'un d'autre.

— Pas encore. Ils peuvent revenir, dit Sin.

Mais ni Elliot ni Jo ne firent leur apparition au souper.

— Peux-tu t'assurer qu'il n'y ait pas de problème ? lui demanda Sin tandis que leur table se séparait.

— Je les surveillerai tous les deux si tu arrives à convaincre ta femme d'arrêter de me refourguer des partenaires de danse qui rigolent bêtement, répliqua Guy.

Sin rit.

— Je vais voir ce que je peux faire. Pour l'instant, en revanche, je me suis engagé à effectuer la prochaine danse avec Cécile, dit-il en regardant autour de lui. Où a-t-elle disparu aussi rapidement ?

— Je ne sais pas, mais tu n'as pas intérêt à la faire attendre, l'avertit Guy, amusé en voyant Sin filer.

Guy n'avait plus de danse prévue avec Cécile après le souper, et le reste de la soirée s'annonçait morose. Étant donné l'état actuel de sa réputation, il avait espéré ne pas être réquisitionné pour danser avec trop de débutantes. Il s'avérait malheureusement que bon nombre de femmes continuaient de le considérer comme un mari éligible, ne serait-ce qu'en raison de ses augustes relations, et il se retrouva piégé dans plus de danses qu'il ne l'aurait souhaité.

Ce fut au cours de l'une de ces danses non désirées que Nathan Whitfield saisit l'occasion d'en réclamer une à Cécile. Une valse, rien de moins.

Guy, qui ne dansait pas pendant celle-ci, eut tout le loisir de garder l'homme à l'œil. Il fusillait Whitfield du regard en frappant du pied avec impatience dans l'attente de la fin de la danse, quand Elliot reparut à côté de lui.

— Où étais-tu passé ?

Elliot haussa un sourcil.

— Je n'étais pas au courant que j'avais disparu.

— Tu sais pertinemment que tu ne peux pas t'évaporer au moment du dîner – par pure coïncidence en même temps que la Sabreuse – et penser que ton absence ne sera pas remarquée. Surtout quand Sin et Marianne vous ont réservé des places à leur table.

Elliot eut un sourire ironique.

— Ça me réchauffe le cœur de savoir que tu prêtes autant d'attention à mes activités, Guy.

— C'est moi qui ai amené Jo ici, Elliot. Il est de mon devoir de m'assurer que...

— Elle peut encore décider de ses faits et gestes, répliqua Elliot, qui ne semblait plus amusé. Et – même si ça ne te regarde pas – nous ne faisions rien d'inapproprié ; nous étions dans la salle de jeu.

— Vous avez joué aux cartes pendant le dîner ? insista Guy, nullement découragé par la nervosité de son ami.

Elliot l'ignora.

— Jo est fatiguée alors je la ramène. En fait, je cherchais Cécile pour le lui dire.

Guy ressentit un pincement de jalousie. Partir plus tôt semblait une merveilleuse idée, mais il doutait que Cécile veuille quitter sa première réception mondaine avant l'aube.

— Tu peux y aller, je dirai à Cécile que tu as ramené Jo.

Elliot se rapprocha de lui.

— Je comptais te le dire demain, mais puisqu'on a un moment...

— Oui ?

— J'ai repensé au contrat de Cécile avec Blanchard.

— Oh ?

Elliot se racla la gorge.

— Ne te fâche pas, mais Jo m'a raconté le reste de ses découvertes.

— Tu veux parler des détails qu'elle a refusé de me donner ? railla Guy. Pourquoi je me fâcherais ?

Elliot eut au moins la décence de paraître gêné.

— Je suis désolé, mais c'est son enquête et... eh bien, il se trouve que je suis d'accord avec Jo : tu devrais parler directement de son passé avec Cécile.

— Ne t'inquiète pas, c'est prévu. Alors, pourquoi tu as repensé au contrat ?

— Grâce à ce que m'a dit Jo, je pense que le contrat pourrait être annulé pour cause de contrainte. Ce ne sera pas facile à prouver – et la situation risquerait de s'envenimer –, mais des centaines de milliers de livres sont en jeu, Guy. Même si Guthrie a cessé d'utiliser la pièce conçue par Cécile il y a quelques années, il n'en reste pas moins que l'entreprise a fait fortune grâce à ces contrats gouvernementaux. Elle mérite sa part dans tous ces bénéfices.

Guy hocha la tête avec une mine lugubre.

— Viens à la maison demain ; tu pourras lui expliquer les aspects légaux bien mieux que moi.

Elliot écarquilla les yeux.

— Demain ? Tu veux que ce soit *moi* qui lui parle de…

— Non, je vais tout lui dire ce soir. Mais je ne doute pas qu'elle aura des questions.

La danse prit fin et Guy remarqua que Cécile et Whitfield étaient plongés dans une conversation – pas houleuse à proprement parler, mais suffisamment animée pour que les autres danseurs les regardent.

— Je dois y aller, murmura-t-il à Elliot sans attendre sa réponse.

Il suivit le couple, qui passait par une porte-fenêtre pour se rendre sur la terrasse. À cause du froid, il n'y avait personne et Whitfield et Cécile avaient les lieux pour eux.

En se rapprochant, Guy se rendit compte qu'ils se disputaient.

Il esquissa un sourire tendu à Cécile lorsqu'ils se tournèrent vers lui.

— Ah, Cécile, vous voilà. Marianne vous cherchait, ma chère.

L'expression de Cécile passa de l'irritation à la préoccupation.

— Oh, quelque chose ne va pas ?

— Elle n'a rien dit. Je ne pense pas que ce soit grave, mais elle a demandé que vous vous hâtiez.

Cécile se tourna vers Whitfield.

— Je suis désolée, mais je dois...

— Bien sûr, vous devez y aller. Nous pourrons terminer cette conversation plus tard, à notre guise.

Il saisit sa main et y déposa un baiser sans quitter Guy des yeux.

Cécile lui jeta un regard curieux, mais ne s'attarda pas. Une fois qu'elle fut hors de portée, le baron se tourna vers Guy, un rictus sur son beau visage.

— Vous recommencez, Darlington. Encore une fois. À nous interrompre, Cécile et moi, pour une raison stupide ou une autre. Ça devient une habitude.

— Elle n'avait pas l'air trop triste de vous quitter.

— Non, mais en même temps elle sait que je ne suis pas un goujat inconstant qui s'enfuira et se fiancera à une autre femme pendant qu'elle a le dos tourné.

Guy aurait aimé savoir comment Whitfield était au courant de tout cela. En fait, il lui aurait volontiers arraché une ou deux réponses à coups de poing. Mais ce n'était ni le lieu ni le moment.

— Elle ne semblait pas ravie d'écouter ce que vous aviez à lui dire, Whitfield ; tout le monde dans la salle de bal a pu s'en rendre compte.

Whitfield lui rendit son regard, le visage dur, déterminé.

— Bien que ça ne vous concerne pas, sachez que j'étais en train de lui faire ma demande en mariage.

Voilà qui cloua Guy sur place.

Il le regarda avec un respect envieux.

— Je ne peux pas dire que je vous souhaite bonne chance, Whitfield. Mais vous êtes spectaculairement remonté dans mon estime. Que le meilleur gagne.

Guy tourna les talons et se hâta de rejoindre le salon adjacent ; il devait retrouver Cécile *avant* qu'elle rejoigne Marianne et lui demande...

— Vous me cherchez ? lui parvint la voix familière depuis une alcôve devant laquelle il venait de passer.

Guy s'arrêta et croisa le regard moqueur de Cécile.

— Euh, je voulais...

— Je sais que Marianne ne me cherchait pas.

— Et pourtant vous avez laissé Whitfield ?

— Je voulais me dépêtrer de lui, mais je ne savais pas comment m'y prendre sans attirer l'attention. Vous m'avez donné une bonne excuse.

Guy sourit.

— Même s'il n'y a pas de quoi être fier de toutes vos fausses excuses.

— Non, m'dame, absolument pas de quoi.

Elle pouffa, alors même qu'une expression de douleur passait sur ses traits.

— Qu'y a-t-il ?

— J'ai mal aux pieds.

Elle paraissait si énervée que Guy rit dans sa barbe.

— Ça n'a rien d'étonnant. Vous voulez trouver un endroit où vous reposer un instant ?

— Quelle heure est-il ?

— Un peu plus de 2 heures.

— Ça va durer encore plusieurs heures, n'est-ce pas ?

— Oui, je suis sûr que les festivités ne s'arrêteront pas avant 5 ou 6 heures. Mais...

— Mais ?

— Nous ne sommes pas *obligés* de rester jusqu'à la fin.

— Que voulez-vous faire ?

— Tout ce qui vous plaira.

— Je vais demander à Jo. Enfin, si j'arrive à la trouver.

— Oh, j'ai oublié... Elle est partie avec Elliot.

— Pourquoi ne sont-ils pas venus dîner ?

— À en croire Elliot, ils étaient tous les deux dans la salle de jeu. Je plains celui qui affrontait Elliot aux cartes – on ne sait jamais ce qu'il pense et il a une chance pas possible.

— J'ai déjà joué au crib avec la Sabreuse et elle ne perd jamais.

— J'imagine qu'on devrait s'estimer heureux qu'aucun aristocrate ne soit en train de les poursuivre avec une fourche et une torche.

Elle rit et soutint son regard.

— Rentrons à la maison.

Guy sourit.

— Ce sont les mots les plus doux que j'aie jamais entendus.

— Je n'ai pas envie d'attendre qu'on nous envoie la calèche de Sin, dit Guy. Je vais aller héler un fiacre et je reviens vous chercher.

— Je peux vous accompagner.

— Mais vos pieds ?

— Ça va aller, lui promit Cécile.

— Filons discrètement par la salle des rafraîchissements. On pourra passer par une porte latérale sans attirer l'attention.

Cécile lui jeta un regard de surprise feinte.

— Le Darling qui s'en va sans attirer l'attention ? C'est du jamais-vu !

— Ha ! ha ! Très drôle.

Une nouvelle danse venait de commencer et la salle des rafraîchissements était presque déserte.

Guy jeta un regard noir aux quelques jeunes présents, qui décampèrent sans attendre.

— Bien, murmura-t-il, maintenant il n'y a plus aucun témoin de notre odieux départ anticipé. Dépêchons-nous avant que quelqu'un se mette à notre recherche.

Il lui fit d'abord traverser le vestiaire, puis le vestibule étonnamment désert.

— Alors, dit-il quand ils se retrouvèrent devant les maisons qui bordaient le square. Comment s'est passé votre premier bal – en dehors de vos pieds douloureux ?

— C'était charmant.

Cécile hésita avant de demander :

— Et comment cela s'est-il passé pour vous, Guy ? Réellement ?

— C'était étrange et un peu gênant.

Il lui jeta un bref sourire un peu forcé.

— La seule chose que je peux dire concernant la perte de mon patrimoine et de mon titre, c'est qu'il est facile de voir qui sont mes vrais amis.

— Les gens ont été grossiers ?

— Grossiers ? Non, seulement... méprisants. Je m'attendais à cette attitude venant de la plupart – certains étaient carrément désagréables –, mais il y a quelques camarades d'école qui étaient... disons simplement qu'ils avaient très envie d'être amis avec un duc, et non avec Guy Darlington.

Il la guida vers le fiacre en tête de la file, abaissa le marchepied et lui tendit la main.

Une fois qu'ils furent installés, il soupira.

— Je suis content que ce soit terminé. Honnêtement, je ne sais pas comment j'ai pu faire ça tous les soirs.

— Vous préférez être la cible de couteaux et nettoyer les lieux d'aisances ?

Il gloussa.

— Bon, peut-être pas pour les toilettes, mais ça ne me déplaît pas de participer à vos numéros. Après les premières semaines, je ne remarquais presque plus les railleries de mes anciens camarades.

Son sourire disparut et il s'appuya contre la paroi du fiacre avant de lui tendre la main. Après une brève hésitation, elle y posa la sienne.

— Je n'exagère pas en disant que j'aime plus que tout vivre dans la même maison que vous et travailler avec vous.

Cécile sentit ses yeux la piquer et elle fut terrifiée à l'idée de se mettre à pleurer. Les larmes étaient montées toute la soirée. Elle avait compris, au beau milieu d'une danse avec Nathan – qui lui avait présenté ses excuses au sujet de sa lettre et avait ensuite commencé à l'importuner –, qu'elle ne désirait qu'une chose : rentrer à la maison avec Guy. Elle voulait cesser de les tourmenter tous les deux et le ramener dans sa chambre. Elle voulait oublier son passé et prendre son avenir en main.

— Vous me regardez bizarrement, dit-il. Je ne vous taquine pas, Cécile. Je...

Cécile se pencha vers lui et posa ses délicieuses lèvres sur les siennes.

24

Guy attira Cécile sur ses genoux et la serra dans ses bras ; comment une femme pouvait-elle être aussi détendue et familière dans son étreinte tout en restant la personne la plus mystérieuse et la plus excitante qu'il ait jamais rencontrée ?

Ce fut finalement Cécile qui s'écarta pour reprendre son souffle.

Guy poussa un soupir de contentement.

— Je pensais que j'allais devoir faire quelque chose de vraiment désespéré pour avoir la chance de vous embrasser de nouveau.

— Oh, comme quoi ?

— J'envisageais de chanter la sérénade sous votre fenêtre.

Elle rit.

— Vous savez chanter ?

— Non, c'est pourquoi ça aurait été vraiment désespéré.

Guy baissa les yeux vers son regard voilé tandis qu'ils cahotaient dans le vieux fiacre, les lueurs des réverbères se reflétant sur son visage.

— Seigneur, que vous êtes belle ce soir, Cécile. Cette robe est sublime sur vous. Mais je dois admettre que j'ai hâte de vous l'enlever.

Il l'embrassa de nouveau, mais s'écarta lorsqu'une pensée le frappa.

— Je ne veux pas qu'une simple liaison avec vous, cette fois, Cécile. Je veux plus.

Elle grogna.

— Guy, ce n'est pas…

— Je vous aime. Je vous aimais l'année dernière mais j'étais trop bête pour m'en rendre compte. Je ne pourrai jamais retirer ce que je vous ai dit, pas plus que je ne peux nier que j'aurais probablement épousé une autre femme pour sauver le duché. C'est dans ce but qu'on m'a élevé, Cécile. Je ne pensais tout simplement pas avoir un jour le choix d'épouser quelqu'un que je…

— Je ne me marierai pas, Guy – avec personne –, mais je serai votre maîtresse aussi longtemps que vous le souhaiterez.

Guy prit une profonde inspiration, retint son souffle cinq secondes, puis souffla :

— Pourquoi, Cécile ?

Malgré l'obscurité, il vit qu'elle choisissait prudemment ses mots.

— J'aurais dû dire que je ne vous épouserais pas *pour l'instant*.

— Vous voulez dire que vous pourriez changer d'avis ?

— C'est possible. Mais peut-être pas. Je ne sais pas.

Elle se mordit la lèvre d'un air hésitant qui ne lui ressemblait pas.

Honnêtement, Guy était simplement soulagé qu'elle ne l'ait pas carrément repoussé. Si elle l'autorisait à rester à ses côtés, alors il la convaincrait avec le temps ; il en était certain.

Il déposa un baiser sur le bout de son nez.

— Ce n'est pas la peine de décider maintenant. Rien ne presse et on peut prendre tout notre temps.

Cécile se faisait l'effet d'un monstre de piétiner ainsi son bonheur, mais elle ne pouvait en toute conscience accepter de l'épouser. Du moins pas pour l'instant. Et peut-être jamais. Mettre sa vie entre les mains d'un homme – céder le contrôle non seulement de ce qu'elle possédait, mais aussi d'elle-même, serait un grand pas, peut-être trop grand.

C'était malgré tout une chose à laquelle elle pourrait réfléchir. Comme il l'avait dit, rien ne pressait.

Quand ils ouvrirent la porte quelques minutes plus tard, un silence religieux régnait dans la maison.

— Vous venez dans ma chambre ? demanda-t-elle lorsqu'ils atteignirent le sommet des marches.

À sa grande surprise, il hésita.

— Vous n'avez pas envie ?

— Oh, si – vous n'imaginez pas comme j'ai envie d'aller dans votre lit, Cécile. Mais il y a certaines choses que je dois vous dire avant.

Une sensation désagréable se déploya dans le ventre de la jeune femme.

— Vous voulez me parler *maintenant* ?

— Si cela vous convient ?

Cécile trouva fort inquiétant que Guy refuse son invitation après l'avoir harcelée pendant des semaines, mais elle garda cette pensée pour elle et se contenta de répondre :

— Bien sûr qu'on peut parler. Venez chez moi.

Aussitôt qu'ils furent entrés dans son salon, Cécile jeta son réticule, retira ses chaussures avec un grognement de plaisir et se laissa tomber dans son fauteuil préféré.

— Ah, ça fait tellement de bien.

Le silence de Guy lui fit relever les yeux. Il la regardait avec une avidité sauvage qui lui redonna foi en son affection mais l'inquiéta plus encore sur ce qu'il avait à lui dire.

— Je vais nous servir quelque chose à boire. Un whisky ? demanda-t-il.

— Vous lisez dans mes pensées.

Une fois qu'ils furent tous deux confortablement installés avec leurs verres, Cécile dit :

— Je vous écoute.

Guy fit tourner le verre dans sa main avec une expression pensive.

— Il n'y a pas d'autre moyen de le dire : j'ai engagé la Sabreuse pour enquêter sur votre passé. Plus précisément, je voulais savoir ce qui vous était arrivé pour vous empêcher de poursuivre votre carrière d'armurière en Angleterre.

Il fallut un long moment à Cécile pour saisir ce qu'il voulait dire. Les mots en eux-mêmes n'étaient pas difficiles à comprendre, mais ils étaient tout à fait inattendus.

— Mais... pourquoi ? finit-elle par demander.

— Je... eh bien, quelque chose dans votre histoire ne me semblait pas clair.

— Vous pensiez que je vous avais *menti* ?

— Non, non, s'empressa-t-il de répliquer. Bien sûr que non. Seulement, vous paraissiez si furieuse les deux fois où vous avez mentionné votre cousin... surtout au sujet du fait que vous n'aviez pas le droit d'exercer votre métier dans ce pays. Je pensais que votre cousin avait peut-être abusé de vous. Après tout, vous n'étiez qu'une enfant à votre arrivée, et à peine plus âgée quand vous avez vendu les droits sur vos modèles. Et ensuite, il a arrêté de fabriquer des armes à peine un an plus tard. Je trouvais tout cela...

— Non, pas un an. Il a fermé la compagnie près de dix ans plus tard.

Guy la regarda curieusement.

— Non, Blanchard n'a pas fabriqué d'armes depuis des lustres – j'étais encore à l'école à cette époque.

— Vous devez vous tromper, insista-t-elle. Il m'a payé ma part des bénéfices pendant neuf ans – jusqu'à ce qu'il ferme la boutique.

— Il vous a peut-être payée pendant neuf ans, Cécile, mais l'argent ne venait pas de Blanchard ou de ses bénéfices.

Cécile resta muette de stupeur.

— Mais ce n'est pas ça l'important.

Elle émit un ricanement scandalisé.

— Ça l'est pour *moi*.

— Disons que c'est seulement parce que vous n'êtes pas au courant de toute l'histoire...

— Quelle histoire ?

Il fit la grimace.

— Je m'égare dans mon explication. Je voulais d'abord vous parler de...

— Contentez-vous de me dire tout ce que vous savez, Guy.

Il prit une profonde inspiration et déclara :

— Laissez-moi reprendre au début et tout vous expliquer correctement.

— Je vous en prie.

— Le contrat que vous avez signé a donné à Blanchard les droits sur toutes les créations de votre père ainsi que sur les vôtres ?

— Celles de mon père, oui. Mais je n'avais rien fait de significatif de mon côté. Seulement quelques dessins et quelques idées.

— L'une d'elles était une amorce à percussion, n'est-ce pas ?

— Oui, j'avais conçu plusieurs modèles différents. Mon père travaillait sur quelque chose peu avant sa mort, mais Curtis a dit que son idée avait déjà été reproduite par un armurier anglais – Manton, il me semble.

— Oui, tout cela est vrai en ce qui concerne l'invention de votre père, mais l'une de *vos* idées avait une grande valeur et Blanchard a vendu le brevet à Guthrie pour une somme colossale.

Cécile ouvrit la bouche, sous le choc.

— Vous devez vous tromper ?

— Non, c'est la vérité. Guthrie a utilisé vos modèles pour les armes qu'il a fabriquées pour l'armée. Il a obtenu plusieurs contrats très lucratifs.

Une myriade d'émotions passa sur le visage de la jeune femme.

— Cécile ?

Elle secoua la tête, abasourdie.

— Je n'arrive pas à y croire. Qu'avez-vous découvert d'autre ?

— Ce n'est pas tout, apparemment, mais c'est tout ce que Jo a bien voulu me dire. Elle a dit qu'elle enquêterait sur votre cousin et sur toutes les transactions que vous avez eues avec lui, mais elle s'est abstenue de donner des détails qu'elle jugeait trop personnels.

Devant son silence, il fit la grimace et lui demanda :

— Est-ce que vous m'en voulez ? La Sabreuse m'a dit que vous seriez furieuse, même en limitant le champ de l'enquête.

— Je ne vous en veux pas, dit-elle. Mais je ne vois pas ce que votre enquête change. Après tout, j'ai *effectivement* signé un contrat avec lui.

— Pourquoi lui avoir cédé les conceptions de votre famille, Cécile ? Je trouve que ça ne vous ressemble pas.

— J'étais jeune et idiote, et il *fallait* que je signe – je n'avais pas d'autre choix.

— Je ne comprends pas.

Cécile lui jeta un regard déchirant.

— C'est une histoire honteuse, Guy… une histoire que je n'ai jamais racontée à personne.

Il lui prit la main dans les siennes.

— Je ne veux pas forcer vos confidences, Cécile. Mais j'estime devoir vous dire que si Blanchard vous a *forcée* à signer ce contrat sous je ne sais quelle menace, il se pourrait qu'il ne soit pas valide pour cause de contrainte. Il est possible que vous puissiez récupérer les inventions que vous avez vendues. En ce qui concerne l'idée brevetée, vous pourriez avoir droit à une compensation.

Elle écarquilla les yeux et sembla momentanément pleine d'espoir. Mais une seconde plus tard, cette expression prit la tournure inverse.

— Pour ce faire, il faudrait que je donne une preuve de ce qui s'est passé ?

— Oui.

Elle secoua la tête.

— Je ne pourrai jamais faire ça. Jamais.

— Vous n'avez pas à faire ce que vous ne voulez pas, Cécile. Je voulais seulement que vous connaissiez vos droits, dit Guy en espérant être capable de masquer sa déception - non seulement parce qu'elle ne lui faisait pas assez confiance pour se confier à lui, mais aussi parce que Blanchard lui aurait impunément volé des dizaines de milliers de livres.

— Je ne souhaite pas avouer tout cela à un juge ou à des étrangers, dit-elle.

— Je comprends.

Cécile soupira avec une expression de honte et de douleur.

— En revanche, même si je déteste *repenser* seulement à tout cela, je *veux* que vous sachiez ce qui s'est passé, depuis tout ce temps.

25

Si tu lui racontes ça, il connaîtra ce qu'il y a de pire chez toi, Cécile. Il ne te regardera plus jamais de la même façon.

Elle savait que c'était la vérité, mais elle la devait à Guy. Jusqu'à ce qu'il sache tout, il ne se satisferait pas de rester son amant : il voudrait le mariage. Quand elle lui aurait dit ce qu'elle avait fait, il l'abandonnerait probablement entièrement.

— Cécile…

Elle s'arracha à ses misérables pensées quand Guy émit un rire sans joie.

— Vous n'êtes pas obligée de me dire quoi que ce soit. Je vous soutiendrai quoi que vous décidiez. Je dois avouer que ça me reste en travers de la gorge de laisser Blanchard s'en tirer comme ça, mais c'est votre décision. Je… je voulais seulement faire quelque chose pour vous aider. Peut-être que chercher ce qui s'était passé n'était pas la meilleure des…

— Ce que vous m'avez dit, c'est un cadeau, Guy.

Il ne parut pas convaincu.

— Vous savez déjà que Curtis était la seule famille qu'il me restait. Nous ne sommes pas vraiment cousins – disons cousins éloignés –, mais mon père était resté en contact avec son père et lui, et le lien semble plus étroit qu'il ne l'est réellement. Il a douze ans de plus que moi et quand je l'ai rencontré, j'étais admirative de ce beau grand cousin pimpant. Je n'avais personne et il m'a immédiatement accueillie.

Pour la suite, Cécile dut détourner les yeux.

— Il m'a emmenée chez lui, m'a acheté de beaux vêtements et m'a traitée comme sa fille. Il était marié et sa femme, Martha, était... disons qu'elle n'était pas accueillante. Sur le moment, ça me paraissait injuste, mais compte tenu de ce qui s'est passé ensuite... La haine de Martha pour moi était justifiée. Au début, elle était seulement rigide et réservée, mais une fois que j'ai commencé à accompagner Curtis à l'atelier, elle est devenue franchement hostile et il devenait de plus en plus désagréable de vivre avec elle, mais je n'avais nulle part où aller. J'avais seize ans. Martha avait fait deux fausses couches. Après la deuxième, elle était mal en point et son médecin a conseillé à mon cousin de la placer dans un sanatorium à Bath, où elle profiterait des vertus de l'eau.

Cécile porta son verre à ses lèvres et se rendit compte qu'il était vide.

— Laissez-moi le remplir, dit Guy avant de s'exécuter.

Cécile profita de cet instant pour rassembler son courage pour ce qu'elle s'apprêtait à admettre ; ce n'était pas une jolie histoire. Elle but une grande gorgée.

— Merci. Martha est partie un long moment – deux ans – et pendant ce temps, Curtis et moi sommes devenus amants.

Elle détourna les yeux du liquide ambré et croisa ceux de Guy, qui attendait, concentré. Son expression était... eh bien, fidèle à ce qu'elle connaissait.

— Vous n'êtes pas écœuré ?

Il rit et, en voyant Cécile sursauter, ajouta :

— Oh, mon amour. Je ne ris pas de vous, je ris de votre question. Vous croyez vraiment que je pourrais vous dénigrer pour avoir fait ce que j'ai fait moi-même ?

— Mais vous êtes un homme et…

— Les critères sont les mêmes pour vous, Cécile, dit-il. Et je ne porterais certainement pas de jugement sur une jeune femme qui avait, quoi… dix-sept, dix-huit ans ?

— Dix-huit.

— Si quelqu'un est responsable, c'est Blanchard, car c'est lui qui a fait vœu de fidélité à sa femme.

Ses paroles apaisèrent l'humiliation de Cécile, mais elle savait qu'elle avait mal agi et son comportement l'accablerait toute sa vie.

— Curtis disait qu'il m'aimait et que son mariage était un arrangement, dépourvu des moindres sentiments – le père de Martha possédait une petite forge, et les deux entreprises avaient fusionné grâce à leur union. D'après lui, elle le méprisait et ne supportait pas qu'il la touche. Je sais que vous allez me prendre pour une idiote, mais il m'a promis qu'il demanderait le divorce : les dépenses et la honte publiques seraient supportables si on pouvait être ensemble.

— Laissez-moi deviner, fit Guy d'un ton que la colère refoulée rendait glacial. Il voulait attendre qu'elle guérisse ?

— Oui. Qu'est-ce que je pouvais dire ? Nous étions convenus d'attendre qu'elle soit suffisamment rétablie pour rentrer à la maison.

La situation avait été insupportable et Cécile avait été mortifiée quand Martha était revenue, faible et malade.

— J'ai dit à Curtis que je ne voulais pas être avec lui tant que sa femme serait sous le même toit. Je savais que c'était insignifiant, que c'était trop tard, mais je ne pouvais simplement pas me résoudre à continuer avec lui tant que je n'avais pas la preuve qu'il irait au bout de ce qu'il avait dit. À ce stade, mes sentiments pour lui avaient commencé à en prendre un coup. Malheureusement, j'ai découvert que j'étais enceinte et, par conséquent, mes options se sont réduites comme peau de chagrin.

— Oh mon Dieu, Cécile, murmura-t-il.

Elle lui serra les doigts, infiniment reconnaissante pour ce simple contact et pour son absence de condamnation.

— Quand je l'ai dit à Curtis, il avait une surprise pour moi.

— Sa femme était enceinte aussi, devina Guy.

— Oui.

Guy porta sa main à ses lèvres et déposa un baiser dans sa paume avant de l'appuyer contre sa joue.

Ce geste la rassura plus qu'aucun mot n'aurait pu le faire. Il n'était pas dégoûté d'elle ; il compatissait avec l'épreuve qu'elle avait subie. Comment avait-elle pu croire que Guy pourrait être cruel avec elle ?

— Je suis absolument navré, Cécile. Vous avez dû être dévastée et terrifiée.

Elle laissa échapper un rire impuissant.

— Et tellement stupide. Sans Martha, je serais peut-être encore en train d'attendre bêtement qu'il m'épouse. D'abord, elle m'a appris que je n'étais pas la première femme à qui il promettait le mariage. Ensuite, elle m'a affirmé qu'il ne divorcerait jamais à cause de leur arrangement financier ; un divorce entraînerait sa ruine.

Elle vida le reste de son verre et le reposa d'une main tremblante.

— C'est la troisième chose qu'elle m'a dite qui m'a poussée à signer pour céder les plans et leur accorder ce qu'ils voulaient.

Cécile s'accorda un moment pour calmer sa respiration, stupéfaite par la façon dont tout lui revenait en mémoire – la terreur, l'impuissance.

— Étant donné que je n'étais pas majeure, Curtis, en tant que parent masculin le plus proche, m'aurait fait interner dans un asile si je n'acceptais pas leurs conditions. Selon Martha, il leur serait facile de convaincre un magistrat que je n'étais pas stable et pas apte à devenir mère. Ce serait ma parole – celle d'une émigrée qui parlait mal anglais et n'avait aucun moyen de subsistance – contre celle de Curtis et Martha, tous deux des piliers de leur communauté. Ils m'accuseraient d'être tombée enceinte d'un inconnu qui m'avait abandonnée. Ils m'ont dit qu'ils me prendraient mon bébé à sa naissance, et que je ne le reverrais plus jamais.

— Oh mon Dieu.

Elle passa le dos de ses mains sur ses yeux, furieuse de constater qu'elle s'était mise à pleurer.

Un mouchoir d'un blanc immaculé apparut devant son regard flou, et elle sourit.

— Merci.

Une fois qu'elle se fut séché les yeux et qu'elle se fut ressaisie, elle poursuivit :

— C'est Martha qui a imposé les conditions. Je devais tout céder en échange de paiements trimestriels. Ceux-ci étaient soumis à la condition que j'aille en Amérique et que j'y reste, pour ne pas leur causer d'embarras. C'était ma seule vraie option. Et j'ai signé.

Guy lui tint la main. La compassion dans ses beaux yeux bruns faillit la faire défaillir.

Cécile se couvrit les yeux de sa main libre et se pinça l'arête du nez jusqu'à avoir mal pour éloigner les larmes.

— J'ai vécu à Boston sous le nom de Mme Tremblay, une veuve de guerre qui avait quitté l'Angleterre pour accoucher et commencer une nouvelle vie. Mais… mais le bébé est arrivé trop tôt, trop tôt pour survivre.

Elle se pressa violemment les tempes, mais les larmes ne tarissaient pas.

Guy s'assit à côté d'elle, passa son bras autour de ses épaules et la serra contre lui. Il récupéra le mouchoir froissé où il était tombé et lui tamponna les joues.

— Vous avez subi une terrible épreuve.

Il embrassa ses cheveux, et ses lèvres douces contre son cuir chevelu représentèrent peut-être la caresse la plus réconfortante que Cécile ait jamais connue. Ce fut ce simple geste qui brisa le contrôle implacable qu'elle s'efforçait de maintenir en toute occasion.

Cécile se mit à sangloter, libérant les larmes qu'elle avait craint de verser toutes ces années plus tôt, tandis que Guy la gardait contre lui en lui murmurant des paroles de réconfort.

Enfin, épuisée, elle se redressa et risqua un coup d'œil vers lui par-dessous ses cils trempés.

— Je suis une épave.

Il posa un doigt sous son menton pour relever son visage.

— Non, vous faites partie des chanceuses qui sont encore plus belles quand elles pleurent. Mais aussi belle que vous soyez, je ne veux pas que vous soyez triste, ma chérie. C'est votre passé avec Blanchard – le bébé –, la raison pour laquelle vous refusez de m'épouser ?

— En grande partie.

— Et le reste ?

— J'ai vu comment c'était ce soir, Guy. Vous n'êtes peut-être plus le duc de Fairhurst, mais le beau monde vous voit toujours comme l'un des siens. Si vous voulez y retourner, ils vous accueilleront les bras ouverts. Mais si vous êtes marié avec moi ? Moi, je n'aurai *jamais* ma place dans votre univers.

— Vous sembliez très bien vous en tirer ce soir, ma douce. J'ai eu de la chance d'avoir deux danses avec vous.

— C'était un événement exceptionnel – et j'étais une nouveauté. Et puis, c'étaient Marianne et Sin. Qui d'autre vous inviterait, vous et votre femme de foire, dans sa maison ? Et la vérité, c'est que je continuerai de gérer cette entreprise parce que c'est désormais ma vie : je *suis* une artiste de cirque.

— Vous ne pensez pas que vous pourriez devenir la femme d'un fermier ? demanda-t-il avec tant d'espoir dans les yeux qu'elle répugnait à le décevoir, mais...

— Je veux être avec vous, dit-elle, charmée par l'émoi que provoquèrent ses mots. Mais je ne souhaite pas retourner en Amérique, Guy. Quant au mariage... eh bien, peut-être en temps voulu. Mais...

Elle s'interrompit, ne voulant pas confier ses peurs.

— Mais vous êtes – à juste titre – réticente à l'idée de vous donner à un homme, ainsi que tout ce pour quoi vous avez travaillé, acheva-t-il à sa place. Je comprends. Vraiment. La solution est que nous restions ici et que nous continuions comme nous l'avons fait.

— Cette vie suffirait à vous rendre heureux ?

Il l'attira plus près et anéantit toutes ses pensées en l'embrassant longuement. Quand il s'écarta, elle était à bout de souffle.

— Je suis *déjà* heureux avec cette vie. Vous avez peut-être du mal à le croire, mais j'aime le travail que je fais pour vous. Ma mère, et sans doute le reste de ma famille, voudrait que je fasse autre chose, mais la vérité, ma chérie, c'est qu'aucun de ces autres emplois ne me conviendrait. Alors oui, pour répondre à votre question, cette vie suffirait à me rendre heureux, du moment que vous en faites partie. Et je dois admettre que je me suis attaché à une certaine petite fille.

Cécile émit un gloussement tremblant.

— Oui, Féline serait dévastée si vous deviez partir en Amérique.

— Alors disons que je vais rester, d'accord ?

Elle hocha la tête.

— Il y a une chose sur laquelle je m'interroge encore.

Elle ressentit le pincement de panique qui la frappait chaque fois que quelqu'un voulait lui poser une question personnelle, mais elle se rappela qu'elle lui avait déjà confié le pire.

— Vous pouvez me demander ce que vous voulez, dit-elle.

— Votre nom. Si j'ai bien compris, votre vrai nom est Manon Cécile Blanchet. Pourquoi utilisez-vous seulement Cécile Tremblay ?

— Oh, ça. J'ai toujours préféré qu'on m'appelle Cécile. Quant à Tremblay, j'ai seulement choisi de prendre ce nom pour que mon cousin ne puisse pas se plaindre que j'entache celui de Blanchet – et le sien, par extension – en travaillant dans un cirque. Tremblay était le nom de ma mère, le choix était facile.

— Alors votre père vous a appelée Manon en espérant que vous suivriez ses traces ?

— Oui. Quand j'étais plus jeune, je *détestais* le prénom Manon et j'insistais pour qu'on m'appelle Cécile. Mais aujourd'hui, je l'aime bien.

— Comment préférez-vous que je vous appelle ?

— Cécile. Ou ma chérie, ajouta-t-elle tandis qu'un sourire se formait sur ses lèvres.

Il rit.

Cécile réprima un bâillement, en vain.

— Allons vous mettre au lit, ma chérie. Vous n'êtes pas faite pour danser jusqu'à l'aube, n'est-ce pas ? la taquina-t-il.

— Non, c'est beaucoup plus difficile que je ne le pensais.

— Il va falloir y travailler.

— Je veux quand même que vous veniez dans mon lit ce soir, dit-elle, légèrement embarrassée par son impudeur. Je ne saurai probablement pas être très amusante, cela dit.

— Ma douce, je peux me charger du divertissement pour nous deux.

En fin de compte, le temps que Guy descende à la cuisine pour chauffer de l'eau et lui préparer un thé, elle s'était endormie – entièrement habillée – en travers du lit. Il fut tenté de lui retirer simplement ses chaussures, ses bijoux, et de la couvrir, mais il savait qu'elle dormirait mal dans cette tenue.

— Chérie ? murmura-t-il.

— Hmm ?

Ses paupières se soulevèrent à peine.

— Je vais vous aider à vous déshabiller, Cécile.

Elle bâilla.

— Vous êtes très serviable.

Il rit.

— Un homme possède certains talents.

Elle sourit et ses paupières se refermèrent.

— Ne vous rendormez pas tout de suite, ma chérie.

Elle parvint à rester éveillée jusqu'à se retrouver en nuisette. Il entendit alors sa respiration profonde et régulière.

Guy retira ses bas et la borda. Il contempla ses cheveux en se mordant la lèvre. De jolis diamants étincelaient dans ses tresses presque noires. Avec un soin tout particulier et non sans mal, il retira les épingles. Ses cheveux seraient emmêlés à son réveil, mais cela valait mieux que de se faire mal toute la nuit.

Il souffla la bougie, mais lorsqu'il se détourna, elle lui saisit le poignet.

— Vous restez ?

— Vous pouvez y compter.

Une fois déshabillé, il verrouilla la porte, éteignit les dernières bougies et se glissa entre les draps frais, où il s'allongea sur le dos, bien trop conscient de la femme étendue à ses côtés.

Guy était dur comme un roc, et il avait envie de Cécile comme jamais il n'avait eu envie de personne. Malgré tout, il préférait encore rester à côté d'elle dans cet état d'excitation intense – et de frustration – que de faire l'amour à n'importe quelle autre femme.

Oui, il était véritablement amoureux.
Et il n'avait jamais été aussi heureux.

Cécile n'arrivait pas à croire qu'elle avait enfin réussi à mettre le Darling dans son lit et qu'elle s'était endormie.

Mais elle était réveillée à présent – plus que réveillée. Elle avait rêvé de Curtis, rien que ça. Ce que lui avait appris Guy l'avait choquée et pourtant, étrangement, ne l'avait pas vraiment surprise – si ce n'est sur la *manière* dont il l'avait fait.

Curtis était le genre d'homme qui s'en sortait grâce à son charme et son apparence. Il était extrêmement beau – bien que loin d'être aussi attirant que Guy. Et quand elle disait « attirant », elle parlait dorénavant de la personne tout entière, pas seulement de son physique, mais aussi de sa personnalité. En apparence, Guy avait été un incorrigible débauché pendant des années, mais pour les gens qu'il aimait, il était un ange, le genre d'homme à secourir une gamine des rues et son chien. S'était-il seulement plaint d'avoir perdu son statut, sa maison et sa sécurité au profit de son cousin ?

Et puis Cécile l'aimait. Elle avait eu la plus grande peine à l'admettre, même à elle-même, car la dernière fois qu'elle avait aimé quelqu'un, elle s'était très lourdement fourvoyée. Mais quelle était l'alternative à l'aveu de ce qu'elle ressentait pour Guy ? Nier ses sentiments par crainte de se tromper ? Vivre le reste de ses jours dans la solitude parce qu'elle avait trop peur de prendre un risque ?

Elle *adorait* la présence de Guy à la Foire. Et elle adorait vivre avec lui.

Le passé était le passé. C'était l'avenir qui l'intéressait à présent – le sien, celui de Guy et celui de Féline.

Cécile se tourna vers son grand corps chaud et se moula contre lui, grognant sans vergogne à la sensation exquise de sa silhouette ferme.

Elle remonta légèrement le genou entre ses cuisses et effleura son pelvis, puis caressa doucement la partie la plus dure de son anatomie.

Il se réveilla avec un gloussement grave et ensommeillé.

— Je ferais mieux de ne pas me réveiller si c'est un rêve.

— Ce n'est pas un rêve, murmura-t-elle.

Il gémit et glissa une main autour de son genou pour remonter sa jambe contre son intimité brûlante.

— Vous êtes divine, Cécile.

Il donna un coup de bassin et frotta la peau sensible de l'intérieur de sa cuisse, laissant une traînée humide.

— J'ai envie de vous depuis si longtemps.

Le désir brut dans sa voix fit frémir Cécile, qui grimpa sur lui à califourchon.

— Ooooh, ma position préférée, dit-il d'une voix ronronnante.

— Vous aimez ça parce que vous êtes un paresseux.

— Pour votre gouverne, j'aime cette position parce que je peux me servir de mes deux mains *et* que je vous vois presque en entier. Et parce que je suis paresseux.

Cécile rit.

Guy passa ses paumes chaudes sur ses genoux, ses cuisses, en plongea une dans ses boucles intimes pendant que l'autre palpait un sein et pinçait doucement son téton. Chacune de ses caresses lui provoquait des éclairs de plaisir dans son sexe.

Cécile grogna à son tour lorsqu'il écarta ses lèvres et taquina son bouton engorgé.

— Vous êtes trempée, loua-t-il avant d'enfoncer un doigt en elle et de pomper à un rythme lent tout en massant d'abord un sein, puis l'autre.

Cécile se cambra, en quête d'intensité.

— Vous en voulez plus ? demanda-t-il, les paupières lourdes.

— Guy, laissa-t-elle échapper dans un mélange d'avertissement et d'imploration.

Il rit et pinça férocement son téton avant de le lâcher. Cécile gémit.

— Ne soyez pas trop gourmande, murmura-t-il. J'ai besoin de mon autre main, mais vous en avez deux qui ne font rien. Caressez-vous pour moi, chérie.

Cécile se servit de ses deux mains pour continuer là où il s'était arrêté, pinçant sa poitrine plus fort qu'il ne l'avait fait. La frontière entre le plaisir et la douleur devenait floue.

— Bon sang, c'est agréable, dit-il en insérant un deuxième doigt en elle. Autant que ça.

Il se servit de ses doigts de nouveau libres pour écarter sa chair et exposer son intimité à son regard avide.

— Quelle jolie petite chose.

Cécile gémit lorsqu'il effectua des cercles sur son sexe sensible, tandis que son autre main augmentait la pression et le rythme.

Elle se délectait de la sensation d'être remplie et étirée, et se frottait sauvagement contre sa main tout en se régalant de son torse musclé et de la façon dont ses bras se bandaient pour lui donner du plaisir.

— Oui, comme ça, dit-il en allant à la rencontre de chacun de ses mouvements. Servez-vous de moi pour vous faire jouir.

Ses mots eurent l'effet de l'aiguillon d'un fouet, et Cécile laissa ses mains retomber sur le lit de chaque côté de ses épaules. Elle chevaucha ses doigts plus profondément, plus fort, se propulsant bien trop rapidement vers le bord du précipice. Les vagues de plaisir se succédèrent dans son corps et elle s'abandonna aux sensations tandis que Guy couvrait son visage de baisers légers et lui murmurait de douces absurdités à l'oreille. Il l'apaisa et lui caressa le dos, son bassin palpitant à peine sous elle. Son membre dur frottait contre son bas-ventre.

— Prenez-moi, murmura-t-il.

Cécile plongea la main entre leurs corps humides, empoigna son sexe et caressa son extrémité sensible avec son pouce.

— Cécile ! s'exclama-t-il, entre le cri et le gémissement, en décollant subitement les hanches du lit.

Elle rit et se mit à genoux en se servant d'une seule main, l'autre étant occupée.

— Sorcière, murmura-t-il en s'immobilisant lorsqu'elle se positionna.

— Maintenant ?

— *Pitié.*

Cécile avait envie qu'il la supplie, mais son désir était trop pressant.

— Comme vous voudrez, dit-elle en se baissant lentement, un délicieux centimètre après l'autre.

— Oh mon Dieu ! laissa-t-il échapper entre ses dents serrées.

Il la maintint en place tout en lui donnant de puissants coups de reins, l'emplissant entièrement chaque fois.

— C'est tellement bon, murmura-t-elle. Vous êtes si gros, si dur.

Il émit un rire impuissant.

— Vous essayez de me tuer.

Elle rit en le chevauchant plus fort.

— Je ne vais pas... tenir... longtemps.

Cécile comprima ses parois internes en serrant de toutes ses forces.

Un gémissement s'échappa de la poitrine de Guy et il explosa en une rafale de poussées sauvages, avant de s'enfoncer profondément en décollant le corps du lit. Son sexe s'épaissit et palpita à chaque jet de sa semence.

— Je vous aime tellement, murmura-t-il, la voix ensommeillée, avant de l'attirer à plat contre lui.

Cécile ouvrit la bouche pour lui répondre la même chose, lui dire qu'elle ne voulait plus jamais être sans lui, mais rien ne sortit.

Froussarde.

Elle était lâche et elle se dégoûtait.

Dis-le, c'est tout.

Elle déglutit, se déplaça légèrement et dit :

— Je... je vous aime aussi.

Pendant un moment, il n'y eut aucune réponse.

Et puis le plus doux des ronflements.

26

Le lendemain, Cécile ne se réveilla qu'à 11 heures. C'était la première fois qu'elle se levait après 8 heures depuis des années.

Le lit était vide et elle n'avait pas entendu Guy partir.

Ce n'était pas plus mal qu'il ait disparu, car elle s'était réveillée avec un plan en tête.

Lorsqu'elle eut terminé de se laver, de s'habiller et d'avaler un petit déjeuner tardif et solitaire dans la cuisine, la plupart des pièces s'étaient mises en place.

Un sourire grave se dessina sur ses lèvres et elle se servit une troisième tasse de café tout en réfléchissant à la suite.

— Où est Guy... Tu le sais ? demanda Cécile à Cook quand celle-ci surgit quelques minutes plus tard.

— Il a pris le chariot pour aller récupérer les lignes de pêche.

— Ça fait un long trajet, non ?

— Oui, mais il a dit qu'il serait largement rentré pour le dîner.

Bien. Ça n'aurait pas pu mieux tomber. Ça signifiait qu'il serait absent la majeure partie de la journée, ce qui était parfait.

Sinon, il aurait posé des questions en la voyant quitter la maison avec ses pistolets.

La première chose qui figurait sur la liste de Cécile était de rendre visite à M. Jordan, son homme d'affaires, pour lui demander de déterminer avec précision le montant nécessaire pour rembourser ses trois bailleurs de fonds.

Si M. Jordan se demandait pourquoi elle portait un si gros manteau par une belle journée de printemps, ou pourquoi elle refusait de le retirer dans son bureau, il ne fit aucune remarque.

Il manifesta toutefois sa surprise lorsqu'elle lui demanda de rédiger un contrat de vente pour le cirque et de le faire déposer chez elle.

Sa visite suivante fut nettement moins facile.

De nombreuses années s'étaient écoulées depuis qu'elle avait vu son cousin ou sa femme pour la dernière fois. À l'époque où elle vivait avec Curtis et Martha, leur maison était située loin des quartiers en vue et plus proche de l'atelier d'armurerie. Mais une rapide recherche dans l'annuaire londonien apprit à Cécile que les seuls membres encore en vie de sa famille avaient grimpé en flèche dans l'échelle sociale. Cela n'aurait pas dû la surprendre si Guy avait dit vrai au sujet de la nouvelle richesse de Curtis. Mais elle n'avait pas encore eu le temps de prendre la mesure de celle-ci.

En effet, leur ascension, du moins sur le plan géographique, avait été fulgurante, et leur nouvelle demeure se trouvait juste à côté d'Orchard Street, sur Portman Square, à portée de voix de Mayfair, où les nouveaux riches côtoyaient les banquiers et les médecins de Harley Street. La propriété en question était une jolie maison de trois étages avec une façade en pierre de Portland.

Cécile demanda au chauffeur de l'attendre, car elle se doutait que sa visite risquait d'être de très courte durée, en fonction de qui elle trouverait à la maison à cette heure importune – 17 heures.

Un domestique en livrée ouvrit la porte et la fit patienter dans le vestibule pendant qu'il allait voir si quelqu'un était à la maison. En attendant le verdict, Cécile passa le temps en examinant les objets d'art criards et de mauvais goût qui décoraient les lieux.

Un quart d'heure plus tard environ, elle envisageait de revenir un autre jour lorsque le valet de pied reparut.

— Mme Blanchard va vous recevoir, mademoiselle Tremblay.

Elle le suivit dans un escalier qui dessinait une belle courbe menant à l'étage, où il l'introduisit dans un salon étonnamment élégant, décoré dans des tons jaune et or.

Martha ne se leva pas à l'entrée de Cécile, ni ne sembla particulièrement surprise de la voir.

— Attendez à l'extérieur. Mlle Tremblay ne sera pas longue, dit-elle au domestique en fixant Cécile de son regard bleu glacial.

Cécile s'assit sans qu'on l'y ait invitée, ravie de l'air pincé que lui valut son comportement cavalier.

— Vous ne semblez pas surprise. Comment saviez-vous que c'était moi ?

— Nous sommes au courant de votre retour depuis des années.

— Laissez-moi deviner... Curtis m'a vue au cirque ?

Martha ignora sa question, mais la lueur dure qui brillait dans son regard confirmait qu'elle avait vu juste.

— Que faites-vous ici, Cécile ? Que voulez-vous ?

— Je veux parler à Curtis.

— M. Blanchard n'est pas à la maison pour le moment.

— Et quand *sera-t-il* à la maison ?

— Je ne saurais le dire.

Curtis avait toujours mené sa vie sans égard pour sa femme. Cécile se doutait déjà à l'époque qu'il avait des maîtresses – probablement en même temps qu'elle.

— Il a un lieu de travail ?

Martha ricana.

— Nous n'avons plus de lien avec le commerce.

— Il a un club ?

— Il est membre du White's, mais vous ne risquez pas de lui rendre visite là-bas.

— Merci, Martha.

Cécile se leva et se dirigea vers la porte.

— Vous n'allez tout de même pas le traquer jusqu'à son club ? lança Martha dans son dos.

Cécile ne prit pas la peine de répondre.

Vingt minutes plus tard, elle était coincée dans un flot de véhicules sur St. James's Street et le fiacre avançait à une allure d'escargot.

Cécile ouvrit la cloison de séparation et dit au chauffeur :

— Laissez-moi descendre ici.

— Ici ?

Il la regarda de haut en bas et elle sut ce qu'il se disait – qu'elle semblait être une femme de qualité et que de telles femmes ne défilaient pas dans ce qui était généralement considéré comme le territoire des aristocrates masculins.

— Oui, je vais marcher. Je voudrais que vous m'attendiez devant le White's.

— Euh… le White's ?

— Oui, le White's. Je ne serai pas longue.

À moins qu'on ne décide de la saisir et de convoquer les forces de l'ordre.

En remontant la rue, Cécile ne put s'empêcher de remarquer qu'elle était la seule femme piétonne. Son pouls battait à la base de sa gorge et la transpiration commença à perler sur sa peau tandis qu'elle approchait de l'entrée du White's.

Les cinq petites marches lui firent l'effet d'une centaine et la sensation d'être observée la poussa à regarder sur sa gauche, où elle aperçut le célèbre bow-window. Des visages masculins aux yeux ronds étaient pressés contre la vitre. Aucun d'eux n'était Curtis, bien sûr – il n'était pas assez estimé pour mériter cette place de choix.

La porte s'ouvrit avant qu'elle ait atteint le sommet des marches et un domestique surpris apparut sur le seuil, comme pour empêcher toute intrusion.

— Madame ? Que...

— Je cherche M. Curtis Blanchard. On m'a dit qu'il était là aujourd'hui.

L'homme prit alors une expression d'ahurissement tout à fait comique.

— Eh bien ? insista-t-elle devant son silence hébété.

— O-oui, il est ici, mais vous ne pensez quand même...

Cécile écarta le pan de son manteau, en un geste destiné à attirer l'attention du portier sur sa ceinture de pistolets.

— Bon Dieu ! glapit-il en reculant, libérant ainsi l'entrée.

Cécile vit dans ce geste une invitation à pénétrer dans le bastion des privilèges masculins.

Elle posa une main légère sur la crosse du pistolet qui dépassait du holster.

— Soyez gentil et menez-moi jusqu'à M. Blanchard.

Le laquais pivota sur ses talons et fonça vers un escalier.

La nouvelle qu'une femme avait pénétré dans le sanctuaire du club se répandit rapidement et les hommes se pressèrent aux embrasures des portes telles des mouettes voraces autour d'un bateau de pêche, tandis qu'elle suivait le serviteur vers une porte à deux battants.

— Le voici.

L'homme pointa une table située dans le coin, où Curtis était assis, seul, en train de lire le journal et de boire un verre.

Des voix s'élevèrent autour d'elle, mais Cécile les ignora et traversa la pièce.

Curtis leva les yeux et les reposa sur son journal, avant de redresser subitement la tête de nouveau, en écarquillant les yeux avec horreur. Il bondit sur ses pieds.

— Bon Dieu ! Qu'est-ce que ça signifie, Cécile ?

Elle sourit et il recula si violemment qu'il heurta son fauteuil, s'empêtrant dans les pieds d'une manière que Cécile aurait trouvée drôle si elle n'avait pas eu le corps secoué par près de deux décennies de colère et de honte.

— Je suis ravie que vous me le demandiez, Curtis, dit-elle en retirant lentement le gant de sa main droite, un doigt après l'autre.

Elle avait trouvé les gants dans une malle remplie de costumes et les avait spécifiquement choisis parce qu'ils évoquaient une autre époque, le cuir lisse de chevreau étant orné de lourdes manchettes aux clous argentés.

Une voix timide s'éleva dans son dos et une main se posa sur son épaule.

— Madame, vous ne pouvez pas...

Cécile fit volte-face et un hoquet général parcourut la salle lorsqu'on aperçut ses pistolets.

— Lâchez-moi, siffla-t-elle.

L'homme recula si vivement qu'il heurta une table occupée par un groupe d'hommes âgés et corpulents.

— Laissez-la.

La voix, calme mais ferme, provenait de la foule qui s'était amassée à la porte.

Cécile croisa le regard d'Elliot, qui s'approcha d'elle et s'arrêta au milieu de la salle bondée, les bras écartés.

— Laissez-la s'exprimer, dit-il d'une voix autoritaire qui coupa court aux murmures.

Cécile se tourna de nouveau vers Curtis, qui s'était suffisamment ressaisi pour parler.

— Vous commettez une terrible erreur, Cécile. Venez avec moi et…

Cécile saisit son gant par le bout d'un doigt et le gifla en plein visage, de toute la force dont elle était capable.

Tout le monde sursauta et Curtis recula en titubant. Il porta la main à sa joue, sur laquelle apparurent trois traces rouges et une coupure au coin des lèvres.

— Je vous provoque en duel au pistolet demain à l'aube.

On aurait pu entendre une mouche voler.

Curtis laissa échapper un faible rire en promenant son regard stupéfait dans la pièce, qui était remplie des hommes les plus puissants d'Angleterre.

— En duel ? couina-t-il d'une voix brisée. De quoi parlez-vous donc ?

— Voulez-vous réellement que j'expose mes doléances en public, Curtis ?

Il leva les mains.

— Non ! Mais… vous ne comprenez pas.

— Qu'est-ce que je ne comprends pas ?

— Vous ne pouvez pas choisir l'arme : selon l'étiquette, dans la mesure où c'est vous qui êtes venue me provoquer, vous ne pouvez pas…

— Je me fiche de vos stupides règles, répliqua Cécile. Retrouvez-moi à l'aube avec vos pistolets ou tous les hommes présents dans cette pièce sauront quel lâche sans scrupule vous êtes réellement.

Le visage de Curtis refléta son effarement, mais aucun mot ne sortit de sa bouche.

— J'assisterai Mlle Tremblay, déclara Elliot d'une voix forte qui porta dans chaque recoin de la pièce et du couloir au-delà.

Il sourit et offrit son bras à Cécile.

— Merci.

Elle posa la main sur sa manche, soulagée de voir qu'elle ne tremblait pas.

— Écartez-vous ! aboya Elliot en la guidant à travers ce qui ressemblait à un mur d'hommes.

Plus tard, Cécile n'aurait aucun souvenir de la façon dont elle était sortie du club, montée dans un fiacre et rentrée à Newcastle Street.

Guy enfonça ses mains dans ses cheveux et tira jusqu'à se faire mal.

— Vous avez fait *quoi* ?

Avant que Cécile ait pu lui répondre, Guy se tourna vers Elliot.

— Et tu étais là et tu as laissé faire ?

— Ce n'était pas à lui de décider de laisser faire ou non ! répliqua Cécile, sortant enfin de la transe dans laquelle elle était depuis qu'Elliot l'avait accompagnée dans la bibliothèque.

— Vous allez vous battre en duel, Cécile ? Vous avez perdu la tête ? demanda Guy, sans se laisser intimider par sa colère.

— Vous étiez le premier à dire que ce serait honteux que Curtis s'en tire après ce qu'il avait fait.

Il émit un bruit étranglé en essayant de trouver une réponse à cette ridicule déclaration.

— En plus, dit-elle, il ne viendra pas. Il sait que je suis une meilleure tireuse. Et il ne demandera pas d'épée ou d'autre arme, car il sait que ça le ferait passer pour un lâche dans tout Londres.

— Elle a raison, dit Elliot.

Guy projeta ses mains en l'air.

— Alors qu'est-ce que vous croyez, exactement ? Qu'il va s'excuser ? Qu'est-ce que ça changera ?

Cécile se leva subitement et sortit dans le couloir.

Guy et Elliot échangèrent un regard déconcerté.

À son retour un instant plus tard, la jeune femme tendit une épaisse liasse de parchemins à Elliot. Guy regarda son ami parcourir les documents. Lorsque ce dernier releva les yeux, il souriait d'un air appréciateur.

— Très bien, Cécile. Ou préférez-vous Manon ?

— Appelez-moi Cécile. Expliquez à votre ami, fit-elle en désignant Guy du menton.

Elliot se tourna vers Guy.

— Si Blanchard veut éviter d'être abattu, il devra payer à Cécile la somme nécessaire pour racheter la part des partenaires de Cécile dans le cirque, ainsi qu'une somme supplémentaire de dix mille livres. Il devra également lui restituer les droits sur chacun des modèles qu'elle a reproduits pour lui et lui accorder l'usage exclusif du nom Blanchet.

Guy procéda à quelques rapides calculs de tête basés sur la valeur potentielle de la propriété de la Foire, et ajouta dix mille à ce chiffre.

— C'est une belle somme d'argent, mais loin de celle qu'il vous doit, Cécile.

— Je le sais. Mais c'est ce que je veux. L'affaire sera à moi et j'aurai de quoi effectuer les travaux nécessaires et aussi racheter les écuries plutôt que de continuer à les louer. Il vous faudra un endroit où installer vos chevaux.

Le sourire qu'elle adressa à Guy lui fit tout oublier. Il se doutait qu'il devait avoir une expression stupide sur le visage, mais il s'en fichait.

Elliot tendit le contrat à Cécile.

— C'est loin de la somme qui vous est légalement due, mais ce genre d'affaires durerait des années. Sans parler que vous seriez obligée de fournir un témoignage exhaustif pour étayer votre demande. Votre méthode est logique à plusieurs égards.

— Qu'est-ce qui vous fait croire que Blanchard va accepter ? demanda Guy à Cécile.

— C'est une somme qui ne suffira pas à le ruiner – pas s'il a fait la fortune dont vous parlez – et il n'aura pas le choix s'il veut sauver la face. S'il se présente demain matin, je le tuerai effectivement, et il me connaît suffisamment pour le savoir. Croyez-moi, Guy : il acceptera ma demande.

— Je pense aussi, dit Elliot.

Guy poussa un soupir et secoua la tête.

— J'espère que vous avez tous les deux raison.

27

Moins de huit heures plus tard, après la représentation de Cécile ce soir-là – pour laquelle elle avait autorisé son directeur de théâtre à vendre uniquement des places debout –, Curtis Blanchard signait le contrat que Cécile lui soumettait.

Cécile avait été tentée de laisser les choses se régler par l'intermédiaire de son avocat, ce qu'Elliot et Guy l'avaient encouragée à faire – mais elle avait décidé qu'elle devait regarder Curtis en face une dernière fois.

Guy n'aimait pas l'idée de cette rencontre, mais il n'avait pas essayé de la dissuader. Il avait, en revanche, une étrange requête à lui faire.

— Quoi ? avait fait Cécile quand il lui avait dit ce qu'il voulait.

— Je vous en prie, laissez-le venir.

— Pourquoi diable voudrais-je que Sin soit présent, Guy ?

— Parce que Curtis Blanchard est le genre d'homme qui se soumet à l'autorité comme un chien à son maître. Et personne n'incarne davantage le pouvoir que le duc de Staunton. Si Blanchard a encore des tours dans son sac, la présence de Sin y coupera court.

Ainsi, quelques minutes après minuit, Cécile, Guy, Elliot et le duc de Staunton attendaient Curtis dans la bibliothèque lorsqu'une domestique l'avait introduit.

Objectivement, Cécile savait que son cousin était très bel homme. Mais avec ce qu'elle savait de lui, elle trouvait qu'il n'avait l'air que d'une vermine en vêtements de luxe.

Il parcourut la petite assemblée du regard et écarquilla les yeux en apercevant le duc.

— V-Votre Grâce, bredouilla-t-il, sans prendre la peine de saluer Cécile chez elle.

L'expression de Sin – qui était déjà froide – devint positivement glaciale face à ce faux pas.

Curtis rougit devant son regard cinglant.

— Oh, je vous demande pardon, Cécile.

— Ce sera « mademoiselle Tremblay » pour vous, Blanchard, dit Guy en s'écartant du mur près de la cheminée pour s'approcher de Curtis.

Même s'il ne le dominait pas véritablement, il était bien plus large d'épaules et plus athlétique, et il dégageait une menace telle qu'il fit baisser la température déjà glaciale de la pièce de quelques degrés supplémentaires.

— O-oui, bien sûr, je voulais dire mademoiselle Tremblay.

— Vous êtes venu présenter vos excuses, dit Guy.

Cécile sursauta à ces mots, qui ne faisaient pas partie du plan.

Curtis fronça les sourcils.

— Il n'était fait mention d'aucune...

— Je crois que des excuses sont de circonstance.

Guy s'approcha encore, les poings serrés.

— Je trouve que c'est une excellente idée, approuva Sin d'une voix douce, avec une lueur de malice dans ses yeux verts qui toisaient Curtis.

— Nous sommes trois, ajouta Elliot. Cécile ?

L'envie de rejeter la tête en arrière et de rire d'exultation était très forte, mais elle décida de garder ça pour plus tard.

— Oui, je crois que j'apprécierais des excuses.

Curtis ricana.

— Bien. Mais si vous pensez que je vais avouer être coupable de quoi que ce soit de juridiquement attaquable *et* signer cet accord d'extorsion, vous vous trompez lourdement.

Guy se tourna vers Elliot.

— Ça ne ressemble pas à des excuses, si ?

— Non, pas du tout.

— Parce que ça n'en était *pas*, approuva Sin.

Curtis émit un bruit de rage contenue et se tourna vers Cécile.

— Je suis désolé pour tout ce qui s'est passé.

Guy se racla la gorge. Curtis soupira.

— Je suis désolé pour tout ce que je vous ai fait.

En termes d'excuses, celles-ci étaient lamentables et l'hostilité de son expression démentait ses paroles.

Guy se tourna vers elle.

— Ça vous suffit ? Ou voudriez-vous qu'il se mette à genoux ?

Elliot et Sin se rapprochèrent de Curtis et Cécile ne put réprimer un sourire.

— C'est tentant, mais moins je passerai de temps à le regarder, mieux cela vaudra.

— Vous marquez un point, dit Guy.

Les deux autres hochèrent la tête.

— Si ça peut vous consoler, cracha Curtis, vous avez détruit ma réputation au club avec votre numéro de cet après-midi. On va probablement me demander de partir.

Cécile haussa les épaules.

— Ça me console un peu, effectivement. Bien sûr, si vous ne voulez pas signer notre accord, nous pouvons toujours nous retrouver demain matin. Il n'est pas trop tard, si ? demanda-t-elle en regardant Elliot.

— Pas du tout. Tout ce que Blanchard a à faire, c'est me donner le nom de celui qui le secondera, et d'ici quelques heures, vous pourrez vous affronter à une distance de cinquante pas.

Curtis se rembrunit.

— J'ai dit que je signerais l'accord – où est-il, qu'on en finisse ?

Guy pointa le bureau du doigt.

— Maintenant, signez et fichez le camp.

Elliot offrit son bras à Cécile.

— Laissons-les, voulez-vous ?

Cécile hocha la tête, sourit et posa la main sur son avant-bras. Ils s'étaient mis d'accord au préalable sur le fait qu'elle n'avait pas besoin de rester pour assister aux formalités : Guy et Sin s'assureraient que Curtis fasse tout ce qu'il était censé faire.

Cécile avait presque franchi le seuil lorsque la voix de Curtis l'arrêta.

— Cécile.

Elle s'arrêta mais ne se retourna pas.

— Quoi ?

— Je vous ai vraiment aimée, vous savez.

Cécile s'en alla sans un mot.

Cécile se prélassait dans le bain qui l'attendait, lorsque la porte de ses appartements s'ouvrit et que Guy entra.

Il sourit en la voyant.

— Ah, j'espérais bien vous trouver dans votre coquille.

Elle gloussa.

— Merci d'y avoir pensé.

— Je me doutais bien que vous auriez besoin de faire trempette après la journée que vous avez eue.

Le regard qu'il promena sur son corps enflamma toutes ses terminaisons nerveuses.

— Tout s'est passé comme prévu ?

— Hmm-hmm, murmura-t-il en retirant son manteau, qu'il jeta sur un fauteuil voisin, avant de relever ses manches.

— Qu'est-ce que vous fabriquez ? demanda-t-elle en sortant un pied de l'eau pour laver sa jambe.

— J'ai pensé que vous auriez besoin d'aide.

— Je me lave seule depuis longtemps.

— C'est bien pour ça que vous devriez me laisser prendre le relais. C'est une corvée pour vous et je prendrais un grand plaisir à le faire.

Cécile pouffa.

— En plus, j'ai bien mérité une récompense ce soir.

— Ah, et pourquoi donc ?

— Parce que je n'ai pas décapité Blanchard.

Il s'agenouilla à côté de la baignoire et s'appuya contre le bord.

— Vous vous êtes très bien comporté.

Cécile retint son souffle lorsqu'il passa sa grande main sur son sein, palpant son téton déjà durci.

— Bon sang, vous êtes exquise, Cécile, murmura-t-il avant d'y poser la bouche.

— J'ai du savon partout – ah, gémit-elle lorsqu'il donna un coup de langue. Plus fort !

Cécile glissa une main entre ses cuisses, mais il la repoussa.

— À moi, marmonna-t-il en prenant son autre sein en bouche tandis que ses doigts habiles caressaient déjà sa chair sensible.

Cécile posa la tête en arrière et écarta les genoux.

Il rit et elle sentit ses lèvres s'étirer contre la peau de sa poitrine.

— Brave fille, la loua-t-il, la bouche et le menton recouverts de mousse.

— Les braves filles méritent une récompense, fit-elle remarquer d'une voix haletante.

— Oui, en effet.

Il la pénétra avec deux doigts et elle frissonna sous la soudaineté du geste. Il faisait entrer et sortir ses doigts avec un regard dur, avide.

— C'est bon ?

— Encore plus fort.

Il obéit aussitôt et elle alla à la rencontre de ses mouvements, ce qui fit clapoter l'eau sur les bords de la baignoire.

L'orgasme de Cécile fut soudain et violent. Elle avait vaguement conscience d'avoir crié son nom, mais ce ne fut qu'en sentant la chair de poule sur sa peau qu'elle se rendit compte qu'il l'avait soulevée de la baignoire.

— Mais ? fit-elle d'une voix déconcertée tandis qu'il la portait jusqu'au lit.

Elle cligna des yeux lorsqu'il la jeta sur le matelas et lui écarta les jambes.

— Mais je ne me suis pas rincée...

— Chut, ordonna-t-il en s'accroupissant pour poser sa bouche sur elle.

Cécile s'ouvrit encore davantage pour accueillir ses lèvres et sa langue, et s'écrasa contre lui sans vergogne. Elle perdit le compte des orgasmes qu'il lui donna. Il ne s'arrêta que lorsqu'elle l'empoigna par les cheveux pour l'écarter.

— Trop sensible, chérie ? demanda-t-il d'une voix rauque en lui jetant un regard assombri par le désir.

— Je vous veux en moi, Gaius.

Il sourit.

— Vous arrivez à rendre beau mon ridicule prénom, ma chérie.

Il rampa au-dessus d'elle à quatre pattes.

En sentant le contact du cuir frais sur ses cuisses chaudes, elle s'aperçut qu'en plus de sa chemise et de son gilet il portait encore ses chaussettes et son pantalon en daim.

— Vous êtes encore habillé, dit-elle bêtement.

Il baissa les yeux, comme s'il ne la croyait pas.

— Mince, en effet ! Je n'ai jamais été aussi excité depuis ma première fois, chérie.

Il commença à se relever pour se dévêtir.

— Non, je vous veux comme ça, dit-elle avec un petit sourire en coin. Ça m'excite d'être nue alors que vous êtes encore habillé.

— J'aime la façon dont fonctionne votre esprit.

Il se dressa sur ses genoux et posa la main sur la bosse obscène qui gonflait son entrejambe.

— C'est pour moi ? demanda-t-elle.

— Je l'ai gardé rien que pour vous.

— Ah oui ?

Il acquiesça et ouvrit les boutons avec une lenteur exquise.

— Vous êtes unique, Cécile.

Il retira le dernier bouton et son membre épais surgit.

Elle en admira les proportions.

— Vous êtes vous-même assez singulier, monsieur Darlington. Je veux vous regarder vous toucher.

Il fit claquer sa langue.

— Tss, tss, quelle vilaine petite cochonne.

Il empoigna son sexe et lui lança un clin d'œil.

— J'approuve chaleureusement.

L'une des choses qu'elle aimait le plus chez Guy, c'était combien il la faisait rire, même au beau milieu de leurs ébats ; elle n'avait jamais ri avec un amant auparavant.

— C'est ce que vous vouliez ? demanda-t-il en se masturbant de haut en bas.

— Ne vous arrêtez pas, lui ordonna-t-elle quand il fit mine de s'approcher.

— J'ai deux mains, chérie.

Sans interrompre ses caresses hypnotiques, il passa la main entre ses cuisses et taquina son intimité.

Cécile se cambra, le corps suppliant de le prendre plus profondément.

Les yeux sombres de Guy brillaient tandis qu'il s'occupait d'eux deux. Les veines de ses bras gonflaient sous sa peau luisante de transpiration.

— J'approche, la prévint-il. Je veux être en vous.

D'un geste sûr et gracieux, il se positionna au-dessus d'elle et la pénétra. Elle poussa un cri de plaisir intense et passa ses bras autour de son cou en se plongeant dans son regard d'ambre.

— Hello, ma douce, murmura-t-il en restant au fond d'elle. Est-ce que je vous ai dit ces dernières heures combien je vous aimais ?

Il fourra son nez dans son cou tout en ondulant du bassin. Sa question lui procura un frisson de peur qui transperça le voile de désir.

Dis-lui que tu l'aimes. Dis quelque chose !

Mais elle n'arrivait pas à formuler les mots…

— Hmm, roucoula-t-elle en dressant les hanches pour l'accueillir plus profondément.

S'il fut déçu par sa réaction, il n'en montra rien. Au lieu de quoi il reprit ses mouvements et s'écrasa contre sa chair gonflée, l'amenant rapidement vers le climax.

— Seigneur, oui, grogna-t-il en s'immobilisant lorsqu'elle convulsa autour de son sexe.

Son orgasme était largement plus gratifiant quand il était en elle.

Les dernières vagues de plaisir ne s'étaient pas tout à fait dissipées lorsqu'il se remit à bouger les hanches en lui murmurant à l'oreille :

— Jouissez encore une fois pour moi, Cécile.

Elle essaya de protester, mais son corps bougeait déjà en rythme avec le sien.

— Quelle gourmande, loua-t-il en soutenant son poids sur un coude pour plonger l'autre main entre eux.

Cet orgasme eut quelque chose de différent – il était beaucoup, beaucoup plus intense, et la sensation sembla même atteindre les doigts et les orteils de Cécile, l'enveloppant dans une épaisse brume de béatitude.

Elle perçut à peine le moment où Guy atteignit sa propre extase en criant son prénom au moment où il l'emplissait. « Je vous aime, Cécile » fut la dernière chose qu'elle entendit avant de sombrer dans l'inconscience.

28

— Cécile !

Cécile se redressa d'un seul coup et cligna des yeux, le cœur battant.

Tap, tap, tap.

— Cécile, il faut que vous vous réveilliez. Vous avez de la visite. Une visite importante.

Elle percevait la tension dans la voix de Guy, malgré la porte et les vapeurs du sommeil.

— Entrez, lança-t-elle d'une voix pâteuse.

La porte s'entrouvrit et Guy passa la tête à l'intérieur. Pour une fois, il ne souriait pas.

— Qu'est-ce qu'il y a ?

— Deux visiteurs vous attendent en bas dans la bibliothèque.

— Qui ça ?

Il la regarda un long moment.

— L'un est un notaire français du nom de Jean Dumas et l'autre est le duc de La Fontaine, qui prétend être votre cousin par alliance.

Il marqua une pause avant d'ajouter :

— Par *votre* mariage.

Cécile ouvrit la bouche, mais rien n'en sortit.

— Cécile ? fit-il, la voix tendue à l'extrême. Est-ce qu'il y a quelque chose que vous ne m'avez pas dit ?

— Vous ne me croirez sûrement pas, mais je n'avais pas l'intention de vous cacher quoi que ce soit. J'ai simplement… oublié.

— Vous avez oublié que vous étiez mariée, dit-il sans intonation.

Cécile cherchait ses mots.

— Je leur dis que vous êtes prête dans combien de temps ? demanda-t-il, la mine sombre.

— Trente minutes. Et envoyez Mary, s'il vous plaît.

Il referma la porte sans un mot.

Oh, mon Dieu. Pourquoi faut-il que ça arrive précisément maintenant ?

Un peu plus d'une demi-heure plus tard, en descendant les marches, Cécile trouva Guy qui l'attendait devant la bibliothèque. Elle portait l'une de ses plus jolies robes de jour, d'une couleur vieux rose qui lui allait à merveille.

— Vous êtes très jolie, fit-il comme si de rien n'était. J'ai demandé à Cook de préparer un plateau de thé. Sonnez quand vous voulez. Vous êtes prête ?

Elle hocha la tête.

Il se tourna vers la porte et elle le retint par le poignet.

— Guy.

— Oui ? demanda-t-il d'un ton en totale contradiction avec la lueur blessée dans ses yeux.

— Je veux que vous entriez avec moi.

Il haussa les sourcils.

— Est-ce que vous…

Cécile l'attira, l'embrassa fougueusement, et ne le relâcha que lorsqu'elle sentit sa tension s'apaiser. Quand elle s'écarta, il semblait être redevenu lui-même.

— Je ne vous le cachais pas volontairement, Guy. Ce n'était pas un mariage d'amour, je vous assure. Le vieux duc était en train de mourir à la prison de La Force et mon père m'a emmenée là-bas. J'avais quatorze ans et il devait en avoir soixante-dix. Ce n'était un mariage que par le nom, afin que j'hérite de sa fortune personnelle – il craignait que le duché ne survive pas à la Révolution. J'avais une copie du contrat de mariage et de son testament, mais j'ai tout perdu pendant la traversée. Je ne l'ai jamais dit à personne. Je ne pensais simplement pas que quelqu'un me croirait.

— Je ne vous aurais jamais prise pour une menteuse.

— Je le sais… maintenant. Je crains que ça ne m'ait réellement échappé compte tenu de l'agitation de ces derniers jours. Et avant ça… – elle haussa les épaules –, je n'ai pas pensé à cette partie de ma vie depuis des années.

Il était évident que les questions se bousculaient dans sa tête, mais il se contenta d'acquiescer.

— Entrez avec moi, insista-t-elle.

Il acquiesça de nouveau puis ouvrit la porte.

Cécile pénétra dans la pièce la tête haute. Son cœur battait si fort qu'elle craignait qu'ils ne puissent l'entendre.

Deux hommes bondirent sur leurs pieds, l'un tout maigre, d'une cinquantaine d'années, l'autre d'une beauté stupéfiante, environ de l'âge de Cécile.

— J'ai cru comprendre que vous souhaitiez me parler.

Ce fut l'homme le plus âgé qui répondit.

— Vous êtes Manon Blanchet ?

— C'est bien moi.

Le plus jeune fit un pas vers elle avec un air empreint de curiosité mais sans hostilité, et lui tendit les mains.

— Nous vous cherchons depuis un certain temps, Votre Grâce.

Cécile sursauta à l'emploi inattendu de la formule.

— Vous pouvez m'appeler Mlle Tremblay.

Il parut sur le point de protester, mais se ravisa.

— Avez-vous quelques instants à nous accorder ?

— Oui, bien sûr. Asseyez-vous, je vous prie.

Les deux hommes jetèrent d'abord un regard à Guy.

— M. Darlington peut entendre ce que vous aurez à me dire. Il est au courant que j'ai été mariée au duc.

Les hommes échangèrent un nouveau regard, puis hochèrent la tête.

— Je crois que c'est le bon moment pour demander qu'on apporte le thé, murmura Guy.

— Maintenant que les choses se calment un peu en France, les gens tels que votre cousin commencent à réclamer à Sa Majesté la restitution de leurs biens familiaux. C'est un processus qui présente de nombreuses difficultés, l'une d'elles étant qu'un nouveau groupe d'individus revendique des droits sur un grand nombre de ces mêmes domaines.

— Vous voulez parler de ceux que Bonaparte a anoblis ? demanda Cécile.

Dumas confirma.

— Je n'ai pas eu l'honneur de connaître votre défunt mari, Votre Grâce, mais ma firme gère les affaires des La Fontaine depuis plus de cent ans. En effet, nous étions tellement liés à nos clients que nous avons été contraints à l'exil pendant près de dix ans.

Guy ne put s'empêcher de penser que l'homme en paraissait plutôt fier.

— Le prêtre qui a mené votre cérémonie de mariage a dû se cacher. J'ai appris de son successeur qu'il avait été tué quelques jours seulement après avoir célébré votre union et que les documents n'ont été déposés à l'église que près de quatre ans plus tard, lorsque la famille du prêtre décédé a enfin récupéré ses effets personnels. La mort du duc était connue de son cousin – le père de l'actuel duc – qui vivait à Bruxelles, où il avait installé sa famille pour la mettre à l'abri.

Il se tourna vers le duc et lui fit un signe de tête.

— Mon père est mort avant de pouvoir visiter la propriété familiale, déclara le duc. Moi-même, je n'ai eu l'occasion de me rendre au château de La Fontaine que l'année dernière, après la déroute de Bonaparte. J'ai cru comprendre que vous aviez vécu là-bas, étant enfant ?

— C'était ma seule vraie maison en France, admit-elle. Quand le duc allait à Paris, mon père l'accompagnait parfois, mais la plupart du temps, nous vivions sur le domaine, où il y avait un petit atelier où mon père et d'autres armuriers exerçaient leur métier.

— Je crains que vous ne trouviez le château bien changé ; les années n'ont pas été clémentes pour La Fontaine.

Les lèvres du duc se durcirent et ses yeux bleu foncé étincelèrent.

— La propriété a été transmise de faction en faction pendant au moins dix ans comme un prix que l'on attribue et que l'on retire au gré des caprices du pouvoir. Ces onze dernières années, il était tenu par le comte d'Allard.

— Ce n'était pas un des généraux de Bonaparte ? demanda Guy.

Le duc lui jeta un bref coup d'œil.

— Si, en effet. Il fait partie d'une poignée d'hommes à avoir été exécutés l'année dernière après le retour du roi à Paris.

Ah, le domaine se retrouvait donc sans propriétaire.

— Ma requête a récemment abouti, poursuivit le duc. Ce qui signifie que la maison et une partie des terres environnantes ont été rendues à ma famille.

Il se tourna vers Dumas et lui fit un signe de tête.

Son aîné se racla la gorge.

— Ce qui m'amène à votre part de l'héritage ducal, Votre Grâce.

Cécile cilla.

— Ma part ? Mais je pensais que tout serait transmis à l'héritier, étant donné qu'il y en a un ?

— Tout ce qui allait avec le duché est passé au détenteur actuel du titre. Mais une grande partie des biens du duc était personnelle.

— Expliquez-moi ce que ça implique, je vous prie ?

— Le duc a hérité de la demeure et du titre. Tout le reste, ce qui comprend quatre propriétés – deux en France, une à La Nouvelle-Orléans et une ici en Angleterre – ainsi que de nombreux comptes en banque dans plusieurs pays, vous revient, Votre Grâce.

Un long silence s'abattit sur la pièce.

Ce fut le duc qui le rompit le premier.

— Vous vous demandez sûrement pourquoi j'ai accompagné M. Dumas.

Guy avait une petite idée de la raison de sa présence.

— Je ne maquillerai pas mes mots, dit-il avec un rire charmant. Je crois que c'est l'expression pour parler franchement ?

Cécile, manifestement secouée, se contenta de hocher la tête.

— Vous avez hérité en partie des terres qui ont toujours soutenu le duché. Sans elles, autant vous dire que La Fontaine ne peut pas prospérer.

Guy fronça les sourcils.

— C'est malheureux, mais vous ne pouvez tout de même pas tenir Mlle Tremblay pour responsable de la façon dont son ancien mari a disposé de ses biens.

Le duc lui accorda un coup d'œil agacé avant de reporter son regard perçant sur Cécile.

— Merci de répondre aux questions de M. Darlington comme si elles venaient de moi, dit-elle doucement.

La Fontaine eut un petit rictus aigre.

— Non, elle n'en est pas responsable. Cependant, il existe des règles juridiques à respecter pour considérer un mariage comme valide.

— De quoi parlez-vous ? demanda Cécile.

Le duc rougit et consulta M. Dumas du regard. Son aîné semblait répugner à dire la suite.

Guy se racla la gorge, et six yeux se tournèrent vers lui.

— Ce qu'il dit, c'est que la famille pourrait remettre en cause la validité du mariage en expliquant que c'était un mariage blanc, à savoir que l'union n'a pas été consommée.

Cécile passa de Guy aux deux autres hommes.

— C'est ce que vous comptez faire ?

Elle paraissait davantage curieuse que furieuse, contrairement à Guy.

— Sa Grâce n'a pas encore pris de décision, s'empressa de répondre Dumas.

— J'ai cru comprendre que vous ne vous étiez jamais remariée, ajouta le duc.

Guy s'apprêta à lui demander en quoi ça pouvait bien le regarder, mais cette fois, ce fut Cécile qui le devança.

— Non, en effet. Mais quel rapport avec le reste ?

— Je suis veuf avec deux filles et aucun héritier…

— Nom de Dieu !

Guy bondit sur ses pieds et fit un pas vers lui.

Le duc n'hésita pas à l'affronter. Et malgré ses quelques centimètres de moins, il lui tint tête.

— Guy, s'il vous plaît, dit Cécile.

Constatant qu'il refusait de s'éloigner du duc, qui lui rendait son regard furieux, Cécile se plaça à ses côtés et posa la main sur sa joue pour tourner sa tête vers elle.

Guy croisa son regard implorant et se sentit idiot. Il soupira et recula en baissant la tête.

— Il vaudrait peut-être mieux que Sa Grâce et Sa Grâce puissent se parler un moment seule à seul, dit Dumas.

Guy s'apprêtait à répondre « Il faudra d'abord me passer sur le corps », quand il vit que Cécile acquiesçait.

— S'il vous plaît, murmura-t-elle. Juste quelques minutes.

Il se sentait à bout de souffle comme si on venait de lui donner un coup de pied dans le ventre. Il serra les dents en voyant le petit air satisfait sur le visage du Français.

— S'il vous plaît, répéta Cécile si doucement que le mot était à peine audible.

Guy hocha la tête.

— Comme vous voudrez.

Une fois Guy et M. Dumas hors de la pièce, l'expression du duc s'adoucit.

— Je suis terriblement navré de vous avoir bouleversée, ma chère. Voulez-vous vous asseoir ?

Cécile se rassit et le duc prit place dans le fauteuil libéré par Guy.

— Je ne savais pas que M. Darlington et vous étiez… fiancés.

— Nous ne sommes pas fiancés, fut-elle forcée d'admettre en regrettant un instant qu'ils ne le soient pas, car cette conversation en aurait été écourtée, si ce n'est facilitée.

Elle chassa de ses pensées l'expression blessée de Guy et se força à se concentrer.

— Je comprends donc que vous vous apprêtiez à suggérer une union entre nous ?

— Je n'envisageais de le faire que parce que je vous pensais libre. Mais jamais je ne suggérerais une telle chose si votre affection est déjà engagée.

— Si je ne vous épouse pas, remettrez-vous en cause la validité du mariage ?

Il ouvrit la bouche, hésita, puis soupira.

— Je ne souhaite pas entamer notre relation de manière conflictuelle.

— C'est pourtant ce que vous avez fait.

— Je vous assure que ma famille et moi-même ne sommes nullement engagés dans cette voie.

— Votre famille ?

— Oui, j'ai trois frères cadets, cinq sœurs, de nombreux neveux et nièces, oncles et tantes, ainsi que ma mère.

— C'est une grande famille...

Et tous souffraient de la perte de la fortune du duc à son profit à elle, une étrangère.

— Elle était plus grande encore, mais trois de mes frères sont morts au combat contre l'Usurpateur. Comme votre père et vous, nous avons été forcés de fuir et de tout abandonner. Ces vingt dernières années ont été... enfin, je suis sûr que vous le savez.

Oui, Cécile *savait.*

— Puis-je faire une suggestion ? demanda-t-il.

Elle acquiesça.

— Avant de prendre la moindre décision, pourquoi ne pas venir au château de La Fontaine et rencontrer ma famille, qui est aussi la vôtre ? Il y a également plusieurs membres de votre famille de sang qui étaient impatients de vous rencontrer lorsqu'ils ont appris que vous étiez en vie et en bonne santé.

Elle fronça les sourcils.

— Mais... je n'ai pas de famille. Rien qu'un cousin ici.

— C'est peut-être vrai du côté de votre père, mais votre mère, Vivienne Tremblay, a une grande famille.

— Comment les connaissez-vous ?

— Même avant de retourner à La Fontaine, j'ai aidé Dumas à vous chercher.

Il lui jeta un regard légèrement embarrassé.

— Voyez-vous, la propriété du duc était dans une situation incertaine jusqu'à ce que vous soyez soit retrouvée, soit...

— Déclarée morte, acheva-t-elle à sa place.

Il confirma.

— Au cours de notre enquête, j'ai rencontré la famille de votre mère, en espérant qu'elle saurait ce que vous étiez devenue. Mais apparemment, la séparation entre votre mère et votre père est antérieure…

— La séparation ? Quelle séparation ? Ma mère est morte.

Le duc fronça les sourcils, puis se pencha en avant et lui prit la main.

— Mais non, ma chère, votre mère est en parfaite santé – ainsi que votre sœur cadette, Sandrine.

29

Guy ne rentra pas avant 2 heures du matin. Il avait parcouru des kilomètres et des kilomètres, luttant contre le tourbillon d'émotions qui l'habitait, en se disant qu'il fallait penser à ce qui était le mieux pour Cécile plutôt qu'à ce qu'il voulait, lui.

Oui, il la voulait. Mais elle ne lui avait jamais dit qu'elle désirait l'épouser, ou qu'elle l'aimait, ou même qu'il lui avait manqué. En fait, elle avait même catégoriquement refusé de l'épouser.

C'était du Guy tout craché, de la poursuivre de ses assiduités à la minute où il était revenu dans sa vie.

Cécile lui avait fourni un travail, un endroit où vivre et l'avait aidé, probablement sans s'en rendre compte, à ramasser les lambeaux de sa dignité.

Guy savait que la plupart des gens estimeraient que se donner en spectacle devant ses anciens pairs représentait une humiliation supplémentaire mais, étrangement, il n'avait pas honte.

La vérité, c'était que la vie l'avait mis à l'épreuve et qu'il avait prouvé qu'il pouvait faire le nécessaire pour se nourrir et se loger. Grâce à la vente de Darlington Park, la situation matérielle de ses sœurs et sa mère n'avait pas empiré, et il s'était acquitté de toutes ses responsabilités.

Il aimait Cécile, et il l'aimait presque depuis le tout début, il le savait maintenant. Mais il ne pouvait pas la forcer à l'aimer. Il fallait qu'elle le *choisisse.*

Et à présent…

Eh bien, c'était à son tour de rire de l'ironie de la situation : c'était *elle* qui avait une famille et un titre accompagné de responsabilités. Cécile était une duchesse.

Et il ne pouvait nier qu'au moment où il était à sa place, il avait refusé de l'épouser. Comment pouvait-il s'attendre à autre chose de sa part ? En fait, sa condition actuelle était largement *pire* que l'avait été celle de Cécile. Elle au moins avait un emploi rémunéré et une compétence utile. Sa seule possession, à lui, était une ferme en marge de la civilisation – et il n'avait pas la moindre notion d'agriculture.

Guy lui devait la même courtoisie que celle dont elle avait fait preuve un an plus tôt – celle de partir alors que leur liaison suivait son cours naturel, qui se limitait apparemment à deux jours.

L'imaginer se marier à ce beau Français qu'il avait rencontré plus tôt, c'était boire le calice jusqu'à la lie. Était-ce ce qu'avait ressenti Cécile quand il s'était fiancé à Helen ? Étant donné qu'elle n'était pas amoureuse de lui, il ne pouvait qu'espérer qu'il ne lui avait pas causé autant de souffrance.

Il serait hypocrite de la supplier de rester et de l'épouser – ou même de l'implorer de continuer comme ils l'avaient prévu, comme amants. Elle était une duchesse fortunée. Qu'elle l'ait déjà compris ou non, sa vie à la Foire appartenait au passé.

Lorsqu'il ouvrit la porte, la maison était plongée dans le noir et le silence. Tant mieux. La dernière chose qu'il voulait, c'était parler à…

— Guy ?

Il glapit et fit volte-face en direction de la bibliothèque ; la porte était ouverte mais aucune bougie ne brillait à l'intérieur.

— Mince alors, Cécile. J'ai failli avoir une attaque. Que faites-vous dans le noir ?

— Je vous attendais.

Il plissa les yeux dans l'obscurité et ne put discerner que sa silhouette

— Je suis là. Quelque chose ne va pas ?

— Je suis désolée de vous avoir demandé de sortir, aujourd'hui.

Elle avait une toute petite voix triste... si différente de ce qu'il connaissait que la culpabilité d'avoir disparu le submergea.

— Vous n'avez pas à vous en vouloir, chérie. Votre héritage ne me regarde pas et mon comportement n'était pas très approprié, de toute façon.

Il l'entendit bouger avant de la voir s'approcher de lui. La lumière de la lanterne de l'autre côté de la porte se fracturait dans la lucarne en verre au plomb et illuminait son visage, qui semblait fatigué et hagard.

— Qu'est-ce qui ne va pas, mon amour ? On dirait que vous avez vu un fantôme.

Elle laissa échapper un rire larmoyant.

— Dans un sens, c'est ça. Ma mère est vivante – et j'ai une sœur.

— *Pardon ?*

Elle confirma.

— Je croyais que vous n'aviez ni frère ni sœur.

Elle avait le regard vitreux, même dans le noir.

— Moi aussi. J'ai appris aujourd'hui que mes parents étaient séparés, car ma mère ne voulait pas que mon père m'enseigne son métier. Ils se sont séparés et chacun a gardé un enfant. Vous imaginez agir ainsi ? Diviser votre famille comme si c'était une portée de chatons ?

Guy tendit les bras vers elle et elle s'y jeta immédiatement.

— J'ai une famille entière dont je ne connaissais pas l'existence, bredouilla-t-elle contre son épaule. Pas seulement une mère et une sœur, mais des oncles, des tantes, et une ribambelle de cousins.

Il lui caressa les cheveux, incapable de trouver les bons mots.

— Et puis il y a la famille de Gaston.

— Gaston ? Qui est... Oh, le duc.

Guy serra les dents en constatant qu'elle appelait ce Français beaucoup trop beau et imbu de lui-même par son prénom.

« Contrôle-toi ! » se réprimanda-t-il intérieurement.

— Eh bien, ma chérie ?

— Il a une immense famille, et tout ce temps, ils étaient cachés. Et maintenant que leur famille est enfin réunie et qu'ils peuvent enfin rentrer chez eux, ils découvrent qu'ils ont été spoliés de leur héritage par le testament du duc.

— C'était la décision du duc et c'était sa propriété, il pouvait donc en disposer à sa guise. Il ne les a pas trompés et vous non plus.

— Je sais que vous avez raison. Mais je ne peux pas m'empêcher de penser qu'il ne m'aurait pas légué sa fortune s'il avait le moindre espoir que sa famille puisse revenir un jour – qu'elle ait *un endroit* où revenir. Sans ces terres, il n'y a rien pour soutenir le château, Guy. Gaston va devoir le vendre et sa famille se retrouvera de nouveau sans endroit où vivre.

Il s'écarta juste assez pour voir son visage.

— Qu'est-ce que vous essayez de dire, Cécile ?

Elle secoua la tête et renifla, puis sortit un mouchoir de sa manche pour se tamponner le nez.

— Je ne sais pas. Ça fait beaucoup en même temps.

— Vous n'êtes pas obligée de prendre une décision ce soir. Il y a tout le...

— Non, il n'y a pas tout le temps. Gaston a récupéré ses droits sur la propriété, mais elle est terriblement encombrée et… ne me demandez pas de tout vous expliquer, mais M. Dumas dit que les créanciers ont entamé une sorte de procédure légale et qu'ils récupéreront le château avant la fin de l'été.

— Eh bien, c'est malencontreux, mais…

— Vous ne comprenez pas, Guy… Ma mère et tout ce côté de la famille vivent encore sur la propriété du duc. Ils étaient là tout ce temps et je n'ai jamais entendu parler d'eux. Vous voyez, ils vivaient loin du château proprement dit, dans la ferme d'un métayer du duc. Mais si ces créanciers l'emportent, ils devront quitter leur maison.

Guy eut un très mauvais pressentiment.

— Qu'avez-vous en tête, Cécile ?

— La famille de Gaston va devoir contester le mariage pour obtenir l'argent nécessaire et combattre la procédure, mais ça prendra des années et entre-temps, le château sera perdu. Je ne peux pas laisser une chose pareille arriver si je suis en mesure de l'empêcher.

Il ne dit rien. Que diable pouvait-il dire qui ne trahirait pas ses sentiments – son désir égoïste ?

— On dirait bien que vous avez l'intention de retourner en France.

— Je sais que vous ne…

— Je pense que vous devriez y aller.

Elle cligna des yeux.

— Vraiment ?

— Absolument.

Elle le dévisagea.

— Vous pouvez emmener Féline et Helen. Quant à la Foire, Beryl et Wilfred s'occuperont très bien du théâtre.

Il se força à rire.

— Vous ne pouvez plus remonter sur scène après cette découverte.

Elle resta figée.

— Et vous ?

— Vous savez que je possède la propriété en Amérique... je vous ai dit que je serais ici pour six mois. Je resterai si vous pensez qu'on a besoin de moi.

Il se racla la gorge.

— Je ne voulais pas vous en parler, mais j'ai reçu une lettre de l'homme qui loue la ferme et il m'a demandé si j'accepterais de le libérer plus tôt de son contrat. Il est malade et apparemment son...

— Vous vous en allez ? demanda-t-elle, le coupant dans ses divagations.

— Eh bien oui, ma chérie, c'était le plan depuis le début, non ? Bon, ajouta-t-il brusquement, quand pensez-vous partir ?

Elle cligna des yeux, comme si elle luttait pour se concentrer.

Guy faillit céder à ses désirs égoïstes à ce moment-là – il faillit se mettre à genoux pour la supplier de rester. Mais il se rappela alors qui elle était et qu'il n'avait rien à lui offrir.

Il ravala sa tristesse et dit :

— J'imagine que vous allez vouloir partir vite ?

Elle hocha lentement la tête, comme si elle sortait d'une transe.

— Je... M. Dumas et Gaston comptaient partir dans deux jours, mais si je les accompagne, ils m'attendront jusqu'à la semaine prochaine.

— Ah oui, c'est parfaitement logique de faire le voyage avec eux... ils prendront soin de vous. Et on s'occupera de tout ici pour que vous n'ayez pas à vous inquiéter.

— Oh... Eh bien, ce ne sera pas nécessaire. J'ai déjà prévenu Beryl que la fermeture saisonnière commençait un mois plus tôt cette année – à savoir demain.

— Mais quelle bonne idée, fit Guy, incapable d'effacer de son visage un sourire de dépit.

Et soudain, regarder l'expression stupéfaite de Cécile ne serait-ce qu'une seconde de plus lui fut insoutenable.

— Bon, eh bien, on dirait que vous avez déjà tout réglé. Je suppose que vous allez être terriblement occupée par tous les préparatifs pour votre voyage, alors si je ne vous revois pas avant votre départ, je vous souhaite bonne chance pour tout.

Guy marqua une pause, attendant qu'elle dise quelque chose. N'importe quoi. Mais elle se contenta de rester immobile et de le regarder l'air absent.

— Alors très bien. Bonne nuit, Cécile.

— Bonne nuit, Guy.

Lorsqu'il atteignit le sommet de l'escalier, il ne se retourna pas. Et ce fut la chose la plus difficile qu'il ait fait de sa vie.

30

Guy ferma sa malle et en bouclait les sangles quand on frappa à la porte. Féline entra en trombe et jeta son petit corps contre lui.

— Pourquoi tu t'en vas ? Tu ne peux pas partir ! Je ne veux pas !

Il releva la tête et croisa le regard inquiet d'Helen. Elle se tenait sur le seuil, le petit chien à ses côtés. George lui-même, assis, immobile, au lieu de sautiller autour de sa maîtresse, semblait froncer ses sourcils canins.

Guy se releva en soulevant Féline qui s'accrochait à lui.

— Qu'est-ce qu'il y a donc ? murmura-t-il.

— Tu nous *quittes*. On ne compte pas pour toi. Tu t'en vas et je ne te verrai plus jamais.

C'est du moins ce qu'il crut déchiffrer. Il jeta un regard à Helen et articula silencieusement les mots « laissez-nous un moment ».

Helen ferma la porte et il s'assit sur le lit. Il rassembla ses esprits un instant en regardant le chien, qui lui jeta un regard accusateur.

Il décida de laisser Féline pleurer autant qu'elle en avait besoin et attendit que ses sanglots cèdent la place aux reniflements avant de l'écarter de lui et de lever son petit visage.

— Assieds-toi… et voyons voir les dégâts, dit-il en essuyant ses larmes avec son mouchoir.

Elle le regardait de ses yeux bleus et angoissés.

— Pourquoi ? demanda-t-elle.

Guy tamponna maladroitement son nez avant qu'elle lui arrache brusquement le mouchoir des mains.

— *Pourquoi ?* répéta-t-elle.

— J'ai une propriété qui a besoin de moi - c'est une responsabilité d'adulte, ajouta-t-il sans conviction, ce qui lui valut un regard cinglant. Tu me reverras, Féline. Peut-être que dans un an ou deux, quand tu en auras assez d'être une princesse qui vit dans son château en France, Cécile t'enverra me rendre visite. Tu pourras voir comment vivent les roturiers - je t'attellerai à une charrue, je te ferai ramasser les œufs sous d'énormes et terrifiantes poules américaines et je te forcerai à récolter des canneberges dans la tourbière.

Mais elle ne rit pas ; elle se contentait de le regarder de son air accusateur qui lui donnait l'impression d'être le plus grand méchant de l'univers.

— Mais pourquoi tu t'en vas ?

Il soupira.

— Parce que je dois suivre ma route, Féline. Travailler à la Foire, c'était seulement... disons une étape.

— Mais pourquoi tu ne peux pas venir en France avec nous ? C'est un château, Guy !

Cette pensée fit passer une ombre de sourire sur son visage, mais elle disparut rapidement quand elle se rappela qu'elle était censée être furieuse contre lui.

— Le duc a dit qu'il y avait plein de chambres. Tu pourras en prendre une. Moi et George...

Guy se racla la gorge.

— Je veux dire George et moi, on aura une chambre. Tu n'auras pas à partager la tienne. Tu auras une plus grande chambre avec un lit à ta taille - où tes pieds ne dépasseront pas.

Une larme coula sur sa joue devant son silence, et c'était beaucoup plus douloureux que tous ses sanglots.

— Je ne vais pas te manquer si tu t'en vas ? demanda-t-elle de la voix la plus pitoyable.

Guy sentit ses paupières le brûler et il dut pencher la tête en arrière pour se retenir de pleurer comme une fillette de huit ans. Quand il fut en mesure de baisser de nouveau les yeux, elle attendait toujours. Son implacable Féline.

— Cécile a une vie différente qui l'attend, Féline – et je pense que tu le sais. Ce n'est pas la vie d'une employée de cirque. Elle est *duchesse* maintenant. Tu sais ce que ça veut dire. Elle a des responsabilités et elle n'est plus libre de vivre où elle veut et de faire ce qui lui chante. Quant à moi ? Eh bien, je ne suis qu'un pauvre fermier et je suis foutr… Enfin, j'ai beaucoup de chance d'avoir au moins ça.

Il ne pouvait pas lui expliquer pour Gaston de La Fontaine et ce qu'un mariage avec lui signifierait pour Cécile, car elle était simplement trop jeune pour comprendre.

Il ne pouvait pas non plus en parler car ça lui donnait des envies de meurtre.

— Mais je ne veux pas aller vivre dans un château sans toi.

— Tu auras Cécile, et Helen, et George.

Mais elle restait inconsolable et tout ce que Guy put faire, ce fut de la serrer jusqu'à ce qu'elle s'endorme d'épuisement.

Il déposa un baiser sur son front.

— Je suis désolé, ma Féline adorée, murmura-t-il. Je vous aime toutes les deux et je suis désespéré de vous quitter, mais c'est pour le mieux.

Ça l'était. Même si ça devait le tuer.

George lui jeta un regard lamentable tandis qu'il soulevait Féline pour ouvrir la porte. Après l'avoir bordée dans son lit, il alla trouver Helen.

Elle était dans la cuisine avec la Sabreuse et toutes deux buvaient un thé. L'atmosphère dans la pièce était pesante, comme l'air figé d'une crypte ancienne dans laquelle personne n'aurait prononcé un mot depuis bien longtemps.

Guy ne put s'empêcher de sourire. Il ne leur aurait plus manqué que la présence d'Elliot pour rendre la situation encore plus mystérieuse.

— Elle s'est endormie, dit Guy à Helen. Je l'ai mise au lit.

Helen hocha la tête. Jo et son oiseau le dévisageaient en silence.

Guy attendit que l'une d'elles prenne la parole, mais en constatant qu'aucune ne semblait encline à le faire, il reprit :

— Je vais passer quelques jours avec ma mère et mes sœurs avant le départ de mon bateau. Je voulais repasser par ici pour dire au revoir, mais je pense que ça ne fera que bouleverser Féline.

— Alors vous allez partir comme un voleur ? demanda Helen avec une expression inhabituellement austère.

— Eh bien…

— Les hommes aiment partir comme des voleurs, dit sentencieusement la Sabreuse.

Les deux femmes échangèrent un regard éloquent.

Guy fronça les sourcils.

— Attendez une seconde. Ce n'est pas pour mon propre intérêt que je l'évite. Je…

— Il évite Féline dans son intérêt à *elle*, expliqua Helen à la Sabreuse.

— Bien sûr, c'est uniquement pour le bien de Féline, approuva cette dernière.

Toutes deux se tournèrent vers Guy.

— Sinon ça ferait de lui un lâche.

— *Lâche*, répéta Angus.

Guy pointa l'oiseau du doigt.

— Toi, tu restes en dehors de ça. Est-ce que tu n'as jamais entendu parler de la solidarité masculine ?

Angus l'ignora.

Les deux femmes le fixaient des yeux.

Guy brandit les mains.

— Très bien. Je repasserai avant de partir.

Il attendit une réaction – n'importe laquelle –, en vain.

— J'ai entendu Cécile partir tôt ce matin avec Dumas et La Fontaine.

Guy ne put retenir l'accent de mépris à la mention de son nom.

— Vous savez quand elle sera de retour ?

— Il veut s'assurer de ne pas être là quand elle rentrera, dit la Sabreuse à Helen.

Toutes deux hochèrent la tête.

Guy se rembrunit.

— Arrêtez de parler de moi comme si je n'étais pas là.

— Quand elle est partie ce matin, Cécile n'a pas dit quand elle rentrerait.

— Elle doit sûrement passer trop de bon temps avec *le duc*, n'est-ce pas ?

Bon sang ! Pourquoi avait-il dit ça ? Il avait envie de se gifler. Surtout quand il vit les deux femmes sourire d'un air satisfait.

— Bon, dit-il avec sarcasme en désignant la théière toujours fumante sur la table et l'assiette de biscuits. Merci de m'avoir gentiment proposé une tasse de thé, mais je ne peux vraiment pas me joindre à vous.

La Sabreuse resta impassible, mais Helen eut la grâce de rougir de leur inhospitalité.

— Je m'en vais, ajouta-t-il en voyant Helen sur le point de parler. Mais ne vous inquiétez pas, je m'arrêterai dire au revoir à Féline.

Il se tourna vers Jo.

— Au cas où je n'aurais pas le plaisir de vous recroiser avant de partir, je vous demanderais d'avoir pitié de ce pauvre Elliot.

La violente rougeur qui inonda les joues pâles de la Sabreuse était à la fois charmante et gratifiante.

Elle ouvrit la bouche mais Angus la devança.

— *Pauvre Elliot.*

Guy éclata de rire et partit sur cette bonne note.

En approchant de la porte d'entrée, il ressentit une tristesse qui faillit lui paralyser les jambes. Non seulement il avait vécu ici pendant quelques mois, mais il devait admettre que c'étaient parmi ceux les plus heureux de sa vie.

L'envie de rester – de tourner les talons et de retourner dans son placard à balais pour défaire ses bagages – était presque irrésistible.

Mais ce n'était pas la maison qui en avait fait un foyer. C'était la femme qui en était propriétaire. Et elle non plus n'y vivrait plus.

— S'il veut s'en aller, qu'il s'en aille ! répliqua Cécile, soulagée d'entendre sa voix paraître furieuse plutôt que blessée.

La vérité, c'était qu'elle avait été furieuse de rentrer, la veille, et de découvrir que Guy avait furtivement quitté la maison pendant son absence.

— Bon débarras ! ajouta-t-elle.

Pour un homme qui prétendait être amoureux d'elle, il n'avait pas perdu de temps entre leur dernière conversation et son départ.

Mais pourquoi était-elle surprise ? Pourquoi croyait-elle encore ce que pouvait dire un homme ?

La voix douce d'Helen interrompit sa colère.

— Je pense, peut-être, qu'il estime ne plus être, comment dire... assez bien pour vous maintenant, Cécile.

— En effet.

L'autre femme eut un rire surpris.

— Mais c'est un idiot s'il pense que tout ça va changer ma façon de penser et mon comportement, ajouta Cécile.

— Mais c'est votre idiot, fit remarquer Helen.

Ce fut au tour de Cécile de rire – avec amertume.

— Plus maintenant.

À sa manière, il ne valait pas mieux que Curtis – un type de plus à balancer le mot « aimer » pour piéger et tromper une femme. C'était horrifiant de voir à quel point elle avait failli partager ses sentiments.

Helen soupira.

— Quoi ? s'enquit Cécile.

— Vous n'avez pas entendu la façon dont Guy parlait de vous, quand nous étions fiancés, tous les deux, et que nous pensions que nous serions coincés ensemble pour le restant de nos jours.

Cécile eut envie de lui demander des détails, mais il lui restait encore un peu de fierté.

Est-ce que ta fierté te tiendra chaud ?

« Ferme-la ! » répliqua-t-elle dans l'intimité de son propre esprit.

Elle fusilla Helen du regard.

— Il me trouvait plus attirante quand il ne m'avait *pas*. Ça n'a rien de surprenant avec les hommes comme lui – ce qu'ils aiment, c'est le frisson de la chasse.

— Je n'y crois pas du tout, murmura Helen.

— Eh bien vous ne l'avez pas entendu, l'autre soir, quand il insistait pour que je m'en aille, pour que je vive ma propre vie. Il sait ce que Gaston veut de moi, et pourtant il m'a pratiquement jetée dans ses bras. Alors même si c'est agréable d'apprendre qu'il a dit de jolies choses sur moi il y a des mois de ça, ça me dérange qu'il lui soit si facile de faire une croix sur moi *aujourd'hui*.

— Je ne pense pas que ce soit facile pour lui. Je pense seulement qu'il est… qu'il est humilié par la situation, disons.

— *Pardon ?* C'est le Darling ! Comment pourrait-il être humilié ?

— C'est un homme pauvre, Cécile – vous êtes désormais une femme fortunée. C'est un homme qui a été publiquement jeté de son piédestal. Vous êtes une duchesse. Essayez de voir les choses de son point de vue.

Cécile savait qu'Helen avait raison, mais elle était trop furieuse. Et trop blessée.

— Qu'auriez-vous voulu que je fasse, Helen ? Que j'aille le voir et que je l'implore à genoux de rester ?

Helen esquissa le plus léger des sourires.

— Il y a peut-être un juste milieu.

— S'il y en a un, je ne l'ai pas trouvé.

Et elle ne pouvait pas admettre avoir passé une nuit entière à essayer de trouver une raison pour le faire rester *et* sauver sa fierté.

À présent, il n'était plus question de trouver une raison. Car il était déjà parti.

— Cécile ?

Au son de la voix d'Helen, Cécile releva les yeux du livre qu'elle était en train de lire.

— Oui ? demanda-t-elle, maussade.

— Guy est passé dire au revoir à Féline mais je ne la trouve nulle part.

Helen avait le front barré par l'inquiétude.

— Avez-vous vérifié l'armoire à linge ? C'est là que je l'avais trouvée la première fois.

La première fois que Féline avait disparu, tout le monde l'avait cherchée désespérément ; elle était restée introuvable pendant plus de cinq heures. Quand ils avaient enfin pensé à regarder dans l'armoire à vêtements de Guy, ils l'y avaient trouvée endormie.

— Elle n'y est pas. Ni dans le placard de Guy, ajouta Helen avant que Cécile ait pu poser la question.

— Et dans le…

— Elle n'est ni au paradis ni sous la scène. Elle ne se trouve dans aucun de ses repaires habituels. Je suis allée chercher la clef de la salle d'inventaire, mais elle n'était pas à sa place. Quand j'ai frappé à la porte de la pièce, elle n'a pas répondu. Mais il se pourrait qu'elle y soit.

— Ce qui est plus probable, c'est que ce soit Angus qui ait de nouveau volé la clef.

— Je n'en sais rien, fit Helen. Elle aime bien aller là-dedans, elle le demande comme une récompense quand elle a bien fait ses devoirs.

Cécile referma son livre et le reposa.

— Je vais aller chercher la clef de secours et vérifier.

Lorsqu'elle redescendit quelques minutes plus tard, elle perçut des épaules familières qui bloquaient presque tout le couloir.

— Qu'est-ce que vous faites là, *vous* ? demanda-t-elle sèchement, bien qu'Helen l'ait mise au courant de sa visite. Vous n'avez pas un bateau à prendre ?

Guy se retourna et Cécile éprouva la même vague d'émotion qu'elle ressentait toujours en le voyant.

Avait-il maigri ? Ou était-ce à cause de sa tenue – pas celle de travail, mais la tenue du Darling.

Seigneur, comme il était exquis dans sa queue-de-pie vert foncé, son pantalon fauve et ses bottes reluisantes.

— Ils préfèrent qu'on appelle ça des « navires », dit-il avec un rictus.

— Pff.

Elle inséra la clef dans la serrure, la tourna, mais il n'y eut aucun cliquetis. Elle se tourna vers Guy et Helen.

— Vous n'avez pas dit que c'était verrouillé ?

Helen haussa les sourcils.

— Je suis désolée, il me semblait que si.

Cécile ouvrit la porte et fronça les sourcils en voyant les bougies qui brûlaient dans l'applique murale.

— Féline ? *Féline*, tu te caches là-dedans ? demanda-t-elle plus fort.

Il n'y eut aucune réponse, mais elle aperçut deux bouteilles de vin sur le bureau, accompagnées d'une miche de pain, d'un fromage emballé dans du papier ciré et d'un bol de raisin.

— Qu'est-ce que c'est, tout ça ?

— On dirait que quelqu'un a préparé un pique-nique, dit Guy en regardant par-dessus son épaule.

— Et ça, dans le coin, là-bas ? demanda Helen depuis le seuil, en pointant quelque chose à l'autre bout de la pièce.

Cécile fit quelques pas dans cette direction.

— Il y avait un fauteuil, ici, murmura-t-elle en plissant les yeux dans l'obscurité, pour distinguer ce qui ressemblait à une chaise longue.

— C'est nouveau, dit Guy juste dans son dos.

— Ce n'est pas moi qui l'ai...

Le bruit de la porte se refermant derrière eux interrompit Cécile, qui, en se retournant, se heurta à Guy. Le son distinctif du verrou résonna alors et la jeune femme poussa aussitôt Guy pour saisir la poignée et tenter de la tourner.

— C'est fermé, dit-elle bêtement.

Le silence de Guy la poussa à se retourner.

— Qu'est-ce que vous regardez ?

Guy tendit un bout de papier vers l'applique murale et tous deux s'approchèrent pour lire.

Leurs noms étaient inscrits d'une écriture enfantine très familière.

Chers Guy et Cécile,

Puisque vous vous êtes comportés comme des enfants, nous vous avons enfermés dans une pièce pour réfléchir à vos actes et...

Guy s'esclaffa, mais Cécile l'ignora et continua sa lecture.

… et aux erreurs que vous avez commises. Vous vous aimez et pourtant vous vous comportez comme des enfants gâtés et capricieux. Il y a à boire et à manger et même des couvertures si vous avez froid. Puisque vous ne pouvez pas sortir, vous pouvez vous asseoir et parler de vos problèmes comme des adultes.

Cordialement,
Féline et George

Guy rit de nouveau.

— Que dites-vous de ça ? demanda-t-il, admiratif.

Cécile le fusilla du regard.

— C'est vous qui lui avez donné l'idée ?

Il redevint sérieux.

— *Pardon ?* Bien sûr que non ! Qui me dit que ce n'est pas *vous* qui la lui avez donnée ?

— Pourquoi est-ce que je comploterais pour vous retenir ?

— Oh, chérie… n'essayez pas de prétendre que vous n'avez pas envie de moi.

— Vous *délirez* ! répliqua-t-elle. Si vous n'étiez pas déjà en train de fuir comme un lâche, je vous jetterais dehors avec un coup de pied aux fesses !

— Un lâche ? Je pars pour votre propre bien, mon ange.

— *Mon* bien ?

— Exactement ; si je restais, vous seriez incapable de me résister et de faire ce qu'il faut.

— Comment ça, *ce qu'il faut* ?

— Vous êtes duchesse maintenant. De la même manière que vous aviez des responsabilités en tant que propriétaire de la Foire, vous avez maintenant des responsabilités envers les gens qui comptent sur vous. Si je restais, vous ne feriez jamais ce que vous faites.

— Et qu'est-ce que je fais, exactement ?

— C'est évident.

— Éclairez-moi.

Il soupira.

— Vous allez en France pour assumer vos responsabilités.

— Je ne comprends toujours pas ce que vous voulez dire.

— Ne me forcez pas à le dire, Cécile.

Elle planta ses mains sur ses hanches.

— Je crois qu'il le faut, Guy.

— Vous allez en France épouser le duc.

Elle rit.

Il la fusilla du regard.

— Qu'y a-t-il de si amusant ?

— Le fait que vous supposiez que je me comporterais aussi bêtement que vous l'avez fait l'année dernière.

— *Bêtement ?* répéta-t-il d'une voix forte. Je faisais ce qu'il y avait de plus honorable.

— Tout comme vous faites ce qu'il y a de plus honorable en partant dans le Massachusetts ?

— À vrai dire, oui.

Elle rit nerveusement.

— Alors je vous permets de sortir cette idée de votre tête.

— Vous me permettez... ? tonna-t-il.

— Oui, je vous y autorise. Car pour votre information, après avoir réglé mes affaires en France, Féline, Helen et moi comptions embarquer sur un bateau pour venir vous voir dans votre tourbière de canneberges.

La joie menaça de faire perdre tout contrôle à Guy, qui s'efforçait de trouver une réponse idoine à cette annonce qui le bouleversait. « Oh, tiens donc », fut tout ce qu'il trouva.

Elle se rapprocha de lui et passa ses bras autour de son cou.

— Oui, exactement. Et une fois là-bas, j'avais l'intention de vous traîner jusqu'au pasteur le plus proche, bien que je ne sache pas comment on les appelle en Amérique, et de vous forcer à m'épouser.

Elle lui fit pencher la tête et l'embrassa.

Guy grogna et glissa ses mains sous son délicieux postérieur pour la soulever du sol.

Elle rit et il captura le son magique dans sa bouche. Il l'embrassa jusqu'à avoir la respiration coupée.

— Vous comptiez vraiment venir me chercher ? demanda-t-il lorsqu'il s'écarta enfin.

— Vraiment, oui.

— Pourquoi ne pas m'avoir simplement demandé de vous attendre ?

— Pourquoi ne pas m'avoir simplement dit que vous m'attendriez ? rétorqua-t-elle.

— J'essayais de faire ce qui me paraissait juste, ma chérie.

— Comme l'année dernière, vous voulez dire ? Me laisser pour aller épouser une étrangère dans l'intérêt de votre duché et ensuite passer le restant de vos jours à le regretter ?

— Dis comme ça, ça n'a pas l'air d'être une très bonne idée…

— Non, pas du tout.

— Je pouvais difficilement vous encourager à jeter la sagesse aux orties et à suivre votre cœur sans passer pour le pire des hypocrites, n'est-ce pas ?

Elle lui prit le visage à deux mains.

— Heureusement, je n'ai pas besoin de vos encouragements. J'apprends des erreurs des autres car je suis beaucoup plus intelligente que vous, voyez-vous.

Il rejeta la tête en arrière en riant aux éclats.

— Je ne vous le fais pas dire, ma chérie, je ne vous le fais pas dire.

Il l'embrassa passionnément, lui coupant le souffle.

— Si vous n'épousez pas La Fontaine, alors qu'allez-vous faire en France ?

— Je ne le sais pas encore. Pourquoi vous ne m'accompagneriez pas ?

— Vous voulez de moi là-bas ?

Elle saisit de nouveau son visage pour le maintenir immobile.

— Je n'aurais pas aimé partir sans vous avoir dit une chose, Guy.

— Oh ?

— Je vous aime.

Guy poussa un long soupir de contentement.

— Oh, ma chérie. Vous n'imaginez pas comme j'avais envie d'entendre ça.

— Oh si, j'ai une petite idée, objecta-t-elle. Avez-vous quelque chose à me dire ?

— Vous savez déjà que je vous aime.

— Et pourtant vous m'auriez laissée partir.

— Je trouvais que c'était un sacrifice honorable. Mais j'étais idiot, n'est-ce pas ?

— Oui. Mais vous êtes *mon* idiot – le plus grand et le plus beau des idiots.

Il sourit, satisfait de ce qualificatif. Mais quelque chose lui vint soudain à l'esprit.

— Qu'y a-t-il ? demanda-t-elle en lui mordillant le cou.

— Je sais que la Foire est fermée et que vous avez donné congé à vos employées, mais il y a encore tant de choses à faire... Je pourrais toujours rester pour veiller à tout gérer.

— En fait, j'ai un secret pour vous.

Il grogna.

— Non, pas encore.

— Celui-ci n'est pas mauvais. Helen veut racheter la Foire.

— Helen ! Mais je pensais qu'elle était ruinée.

— Apparemment, elle a un peu d'argent de sa mère. Ce n'est pas une fortune et elle devra soit prendre des associés, soit prendre un crédit.

— Vous pensez qu'elle a bien étudié la question, Cécile ? A-t-elle vraiment envie de passer sa vie comme tireuse d'élite ?

— Je ne sais pas si elle deviendra un jour assez douée pour ça, mais elle a le sens de l'organisation et c'est une véritable magicienne lorsqu'il s'agit de tenir un livre de comptes.

Guy savait que la jeune femme s'était chargée d'une partie de la paperasse écrasante de la Foire.

— Quitter sa cage dorée pour venir travailler dans un cirque, ça paraît irréfléchi, dit Cécile, mais je ne crois pas qu'elle ait pris sa décision à la légère.

— Je ne crois pas non plus, concéda Guy. Je pense que c'est une bonne décision pour elle.

— Moi aussi. Elle a pris position contre son impitoyable père et est arrivée ici le cœur brisé, ou du moins meurtri, mais je ne pense qu'elle ne regrette plus autant la perte de son beau volage qu'il y a quelques semaines.

Il rit doucement, un peu désabusé.

— Quoi ?

— La vie est effectivement plus étrange que la fiction, n'est-ce pas ? L'ancienne héritière la plus riche d'Angleterre qui dirige aujourd'hui un cirque pour le compte d'une duchesse extrêmement fortunée.

— Ce n'est pas plus étrange que le Darling de la bonne société qui épouse une artiste de cirque.

— *Touché.*

Elle fit la grimace et Guy rit.

— Oh, allez, mon accent ne peut pas être aussi terrible avec un seul mot ?

— Oh, si. Mais vos baisers… eux, ils sont exquis.

— Je vous ferais dire que ce niveau de compétence requiert beaucoup, beaucoup de pratique.

Guy glissa de nouveau ses mains sous ses fesses et la souleva pour l'embrasser.

Elle se débattit rapidement.

— Reposez-moi. Je sais que je suis lourde.

— Une plume.

Mais il la reposa sur le bureau, où il avait trouvé le mot.

— Alors à votre avis, qu'est-ce qu'on fait ?

Elle jeta un regard autour d'elle.

— Des couvertures, à boire, à manger et une merveilleuse intimité ? À votre avis...

Cécile ne finit pas sa phrase, ni aucune autre, pendant un long, très long moment.

Quelques heures de béatitude plus tard...

— Tu penses qu'elle lui a fait du mal ? demanda Féline, le front plissé par l'inquiétude.

Helen sourit à la fillette.

— J'en doute.

— Ou juste un peu, ne put se retenir d'ajouter Jo.

Elle sourit à Helen lorsque celle-ci lui jeta un regard de réprimande. Angus lui mordilla gentiment l'oreille et elle lui caressa la nuque. Jo savait d'expérience que si elle ne répondait pas à sa demande, ses mordillements s'intensifieraient progressivement.

— Ils sont là-dedans depuis combien de temps ? fit Jo.

— Près de cinq heures, répondit Helen. Vous pensez qu'on devrait les laisser sortir ?

— Oui, tu ne crois pas ? demanda Féline.

Jo haussa les épaules.

— Qu'est-ce qui presse ?

Toutes deux ouvrirent des yeux ronds.

— Je ne plaisante pas, ajouta Jo. Si on ne les entend pas et qu'ils n'ont pas exigé de sortir, on pourrait aussi bien les laisser là-dedans.

Féline restait inquiète, mais Helen rougit violemment.

— Bien, je suppose que la Sabreuse n'a pas tort, Féline. Allons boire une tasse de thé et nous reviendrons dans une demi-heure.

— Je pense qu'une heure, ce serait aussi bien, conseilla Jo en repensant à leur voyage en France, quand Cécile et Guy restaient souvent enfermés des jours entiers dans la roulotte qu'ils partageaient.

— « Le corbeau voudrait que tout soit noir », murmura Angus.

— Qu'est-ce qu'il a dit ? demanda Féline avec un air admiratif qui ne pouvait que monter à la tête du corbeau.

— C'est son vers préféré d'un poème[1]. Pour des raisons évidentes...

— Angus connaît de la poésie ?

La fillette en oubliait complètement ses deux personnes préférées enfermées dans la salle d'inventaire.

— Il ne se souvient que des vers qu'il aime. N'est-ce pas, Angus ? Tu aimes Byron ?

Il interrompit ses roucoulements le temps de dire :

— « Dans les tresses de sa noire chevelure. »

Helen rit, ravie.

— C'est un extrait de « Elle marche dans sa beauté[2] ». C'est vous qui les lui lisez ?

— Non, je ne m'intéresse pas à la poésie ; il la lit tout seul.

Helen et Féline restèrent muettes de stupéfaction. Jo pouffa ; les gens croyaient vraiment n'importe quoi. Helen fit claquer sa langue.

— Honte à vous, petite menteuse. Je n'arrive pas à croire que je vous aie crue.

— Moi non plus.

---

1. *Le Mariage du Ciel et de l'Enfer*, William Blake, 1793, traduction de *La Nouvelle Revue française*, 1922. *(N.d.T.)*
2. « Elle marche dans sa beauté », *Mélodies hébraïques*, lord Byron, 1815, traduction d'Ivan Fedele, 1953. *(N.d.T.)*

— Est-ce qu'on pourrait lire le poème, Helen ? demanda Féline à sa gouvernante.

— Eh bien oui, mais peut-être pas tout de suite, objecta-t-elle en poussant la fillette vers la cuisine. Vous restez pour le thé, n'est-ce pas ? demanda-t-elle à Jo par-dessus son épaule.

Jo attendit que Féline ait pris de l'avance pour répondre.

— Oui, en réalité, je voulais vous parler. J'ai cru comprendre que vous alliez reprendre le cirque ?

— Comment le savez-vous ? On n'en a parlé qu'il y a quelques jours.

Jo ignora la question.

— Je voulais vous dire que j'avais un peu d'argent de côté.

— Vous voulez dire que vous voudriez investir ?

— Oui, si vous avez besoin de quelqu'un.

Jo ne dit pas à Helen que la Foire était ce qui se rapprochait le plus d'un foyer pour elle.

Helen lui sourit.

— J'aimerais autant vous prendre comme associée plutôt qu'un étranger - même si Cécile a dit qu'au moins un des hommes à qui elle avait tout juste racheté ses parts pourrait être intéressé. Son homme d'affaires doit venir nous rendre visite dans deux jours. Nous pourrons en parler à Cécile, dès qu'elle sera sortie de la salle d'inventaire, bien sûr.

Jo hocha la tête.

Helen se pencha vers elle et murmura :

— Vous pensez qu'on a bien fait de les enfermer là-dedans ?

— Je pense que si on avait mal fait, on entendrait Cécile jusque dans la cuisine.

Les deux femmes s'esclaffèrent.

— S'ils surmontent leurs différences - ce que j'espère –, alors je me demande ce que ça changera à la situation, dit Helen.

Jo se rappela ce qu'elle savait sur Guy mais qu'elle ne pouvait pas encore prouver, et sourit.

— Oh, je dirais que la situation va connaître un immense changement au cours des semaines à venir. Pour tous les deux.

Épilogue
Trois semaines plus tard

Château de La Fontaine

Cécile salua le vieux carrosse du duc qui s'éloignait en grondant, ramenant sa mère et sa sœur à la maison qu'elles partageaient depuis que le mari de la seconde était mort à la guerre.

Même si Cécile avait apprécié ce séjour de deux semaines, elle ne s'était pas rapprochée de sa mère ni de sa sœur, et doutait que ça arrive un jour. C'était peut-être mesquin de sa part, mais le fait que sa mère l'ait volontairement abandonnée lorsqu'elle s'était séparée de son père était une chose que Cécile n'oublierait jamais.

Elle se détourna lorsque la calèche disparut, chassa les émotions contradictoires qui l'assaillaient et sourit à Dupuy, le majordome.

— Savez-vous où est mon mari ?

— Pierre vient tout juste de monter le courrier du matin dans vos appartements, Votre Grâce.

Elle le remercia d'un signe de tête et traversa le grand hall en direction de l'escalier. Son esprit resta occupé par ses parentes pendant tout le trajet jusqu'à la chambre ducale.

Cécile avait tenté de convaincre son cousin qu'ils n'étaient pas forcés de s'installer dans les chambres du duc et de la duchesse, mais Gaston avait été inflexible.

— Je n'ai pas d'épouse – pour l'instant – et je n'ai jamais déplacé mes affaires dans ces pièces. Je serais honoré que vous en profitiez pour la durée de votre séjour.

Cécile avait ainsi accepté sa généreuse proposition, étant donné que ce serait certainement la seule fois qu'elle séjournerait dans la propriété du duc. Elle était parvenue à un accord avec celui-ci et sa famille, mais leurs relations étaient tendues et le resteraient probablement. Bien qu'elle ait cédé la moitié de son héritage au nouveau duc pour éviter toute procédure judiciaire prolongée, la mère et les oncles de Gaston n'étaient toujours pas satisfaits.

Guy avait été furieux des demandes de la famille et les avait accusés – fort heureusement uniquement auprès de Cécile – de se comporter comme Curtis, en essayant de la contraindre à se plier à leurs exigences.

Bien qu'ils aient effectivement brandi la menace d'une action en justice pour lui forcer la main, Cécile savait qu'elle avait agi justement. Au moment de rédiger son testament, le vieux duc ne pouvait pas savoir qu'il lui restait de la famille. Sans quoi elle estimait qu'il aurait souhaité que son héritier touche au moins la moitié de sa fortune.

En plus, la moitié du legs lui avait déjà permis de devenir une femme incroyablement privilégiée. Le duc possédait une grande richesse personnelle qui, sans personne pour venir puiser dans le capital, avait rapporté des bénéfices réguliers au cours des deux dernières décennies. Même après avoir donné la moitié à Gaston et avoir installé sa mère et sa sœur dans leur propre demeure, il lui restait toujours plus d'argent qu'elle ne pourrait jamais en dépenser.

Cécile se sentait coupable d'avoir reçu une telle somme sans avoir rien fait pour la mériter. Marianne, qui s'était retrouvée dans une situation similaire en épousant le duc de Staunton, savait exactement ce qu'elle ressentait avant même qu'elle lui ait confié ses pensées.

— Tu t'y habitueras, lui avait murmuré Marianne tandis qu'elles étaient assises dans une boutique de vêtements de luxe et regardaient les mannequins défiler dans de sublimes robes pour le plaisir des yeux de la duchesse de La Fontaine.

Elles avaient fait des achats pour le trousseau de mariage de Cécile – pour la première fois de sa vie, elle avait pu acheter ce qu'elle voulait sans s'inquiéter du prix – et, plutôt que de la rendre heureuse, l'expérience l'avait mise mal à l'aise.

Les paroles de son amie lui avaient arraché un rire incrédule.

— Je comprends maintenant pourquoi tu voulais à tout prix me *donner* la Foire et la maison, avait-elle avoué.

— J'étais furieuse contre toi que tu insistes pour me l'acheter, lui avait rappelé Marianne.

— Oui, j'éprouve la même chose à l'égard d'Helen et de la Sabreuse.

Cécile avait essayé de diviser la propriété entre les deux femmes pour en faire deux associées à parts égales. Leur réaction avait été la même que celle de Cécile face à Marianne. Elle leur avait donc vendu l'affaire et les paiements qu'elles allaient effectuer à son intention pendant des années lui donnaient l'impression d'être un monstre d'avidité.

— Ce sont des femmes fières, Cécile, avait souligné Guy quand ils avaient discuté de la question la veille de leur mariage.

Ils étaient allongés dans le lit de Cécile, et non sur l'étroit lit de camp de Guy, tous deux incapables de dormir.

— Oui, avait-elle reconnu, elles sont d'une fierté ridicule.

— Pour ne pas dire butées – un peu comme une certaine femme de ma connaissance, qui refuse de reconnaître qu'elle a rêvé d'un mariage de princesse.

Cécile était amusée de voir que Guy pensait qu'elle voulait un grand mariage mondain.

— Vous n'avez pas envie de lire le compte rendu dans la presse à scandale le lendemain ? l'avait-il taquinée.

— Je soupçonne que l'expérience doit être beaucoup moins amusante quand c'est de son intimité qu'on fait étalage.

Il avait ri.

— Vous pouvez me croire sur parole, c'est beaucoup moins prenant quand on est soi-même l'objet de ce voyeurisme impudique. Surtout quand sa mère lit ces rubriques, avait-il murmuré dans sa barbe. Oh, allez-y, riez. Malheureusement, vous découvrirez bien vite ce que je veux dire quand les invitations commenceront à pleuvoir.

— Personne ne va m'inviter nulle part.

Mais Guy n'avait pas été le seul à lui assurer le contraire.

— Tout le monde voudra t'avoir à ses dîners ou à ses réceptions, avait dit Marianne quand Cécile lui avait donné son avis sur le sujet. Tu peux me croire. D'ici la prochaine saison, je serai une experte en navigation dans les dangereux bas-fonds de la haute société, et tante Julia et moi serons enchantées de t'aider.

Cécile n'était pas encore certaine de vouloir véritablement *naviguer* dans la saison, mais elle aurait le loisir de le faire si elle venait à le décider.

Elle arriva essoufflée à la porte du bureau du duc. À l'intérieur, une tête brune et bouclée on ne peut plus familière était penchée sur la table, occupée à regarder quelque chose.

— Guy ?

Il ne bougea même pas.

— *Guy*, répéta-t-elle plus fort.

Il sursauta et arracha son regard de la lettre qu'il tenait avec un effort évident.

— Oh, je ne vous ai pas entendue entrer.

— J'ai vu ça. Qu'est-ce que c'est ? demanda-t-elle en indiquant la feuille de papier.

— Ça ? Eh bien, comment dire...

Il reposa les yeux dessus et parut de nouveau captivé.

— Guy ?

— C'est une lettre d'Elliot, déclara-t-il tandis qu'elle s'approchait. Vous devriez la lire.

Il la lui fourra dans la main, puis se leva et se dirigea vers les bouteilles disposées dans un chariot incrusté de miroirs.

L'intégralité des appartements du duc et de la duchesse était de style versaillais, avec de l'or partout, des miroirs, des incrustations de pierres semi-précieuses. C'était un peu excessif aux yeux de la jeune femme, mais il était indéniable que c'était l'endroit le plus luxueux où elle avait jamais séjourné.

— Il n'est que 11 h 30, Guy, protesta-t-elle en le voyant se servir une bonne rasade de brandy.

— Hmm-hmm.

Il pencha la tête et vida son verre d'un trait. Puis il s'en servit un autre.

— Lisez la lettre, ma chérie. Je vais vous en servir un aussi.

Cécile obéit, et les premiers mots qui lui sautèrent aux yeux furent : *Votre Grâce.* Elle releva la tête, Guy la fixait des yeux.

— Lisez-la à voix haute, lui ordonna-t-il en se laissant gracieusement tomber dans le fauteuil face au bureau, orné de feuilles d'or et de brocart d'un pourpre royal.

Votre Grâce,

Oui, tu as bien lu, et non, je n'ai pas bu. Je sais que tu ne souhaitais pas que je me penche sur les prétentions au duché de ton cousin, mais Sin et moi avons décidé qu'il serait négligent de laisser les choses en l'état sans vérifier son identité.

Cécile releva les yeux.

— Vous ne vouliez pas enquêter sur le passé de votre cousin ?

Il haussa les épaules mais refusa de croiser son regard.

Elle hoqueta en réalisant ce qu'il avait fait.

— Guy ! Vous le soupçonniez de mentir, n'est-ce pas ?

Il haussa de nouveau les épaules et une rougeur lui monta du cou jusqu'aux oreilles.

Il ne voulait pas savoir la vérité car il voulait être avec moi – il ne voulait pas être forcé de choisir entre ses responsabilités et moi. Il m'aime suffisamment pour abandonner tout le reste.

— Quoi ? demanda-t-il d'une voix brusque tandis qu'elle continuait de le fixer.

Cécile se contenta de secouer la tête, la gorge nouée.

Cette confession étant faite, laisse-moi te raconter une histoire. Il s'agit d'un garçon nommé Étienne Boulanger, fils d'une travailleuse et de l'un de ses clients de longue date, Henry Darlington, un Anglais qui se vantait souvent qu'il deviendrait duc un jour. Étienne a grandi en entendant des récits fascinants et alcoolisés sur le luxe qui attendait son cher papa. Il a entendu parler d'une vie qui n'inclurait jamais un fils illégitime.

Oui, Étienne est ton cousin de sang, mais sans le bénéfice du mariage. Il est intéressant de noter que tu as réellement eu un cousin légitime nommé Barrymore

Edward Darlington, mais celui-ci est mort à l'âge de dix jours seulement.

L'infortuné Barrymore n'avait que cinq semaines de plus que son demi-frère illégitime Étienne, et les deux sont en réalité nés dans la même propriété, où ton oncle vivait avec sa femme – bien qu'Étienne soit né dans un minuscule cottage où lord Henry gardait sa maîtresse jusqu'à ce qu'il perde la totalité du domaine.

Alors que ta tante est morte en couches, la mère d'Étienne a survécu et vit toujours sur l'île de la Réunion avec trois autres enfants, dont aucun n'a le même père.

L'homme que j'ai envoyé à la Réunion (un ancien agent du gouvernement qui a l'habitude de traiter des questions extrêmement délicates) a été en mesure de rassembler les déclarations sous serment et les documents nécessaires pour annuler la demande de ton cousin.

La mère d'Étienne a dû écrire à son fils pour l'avertir que sa mascarade touchait à sa fin. J'ai donc le regret de t'annoncer que « Barry » et son petit groupe d'associés ont fui l'Angleterre il y a deux jours. Ils sont partis sur un bateau à destination de Calcutta.

J'ai envoyé des lettres aux autorités de plusieurs ports de débarquement possibles, mais les endroits où il a pu passer à travers les mailles du filet sont tout simplement trop nombreux, et je n'ai donc aucun espoir de le revoir ou d'entendre parler de lui.

J'ai pensé que tu souhaiterais lui mettre la main dessus, étant donné qu'il a, je le crains, dépouillé au moins une partie de Fairhurst Hall et la majeure partie de la maison de Londres de leurs objets de valeur et d'héritages familiaux.

En tout état de cause, cette information a été transmise aux avocats de ta famille, qui ont permis ce pillage en toute connaissance de cause et sous leurs yeux. J'imagine qu'au moment même où j'écris cette lettre, ils sont en train d'envoyer un missionnaire en France pour implorer ton indulgence.

Félicitations, donc, pour cette élévation de statut, Votre Grâce.

Ici, tout va bien. Helen a engagé un nouveau duo à la Foire – un numéro de danse sur corde plutôt spectaculaire intitulé Les Sœurs Sirènes –, qui a attiré pas mal de monde.

J'ai hâte de te revoir à ton retour.

Ton dévoué,
Elliot

En relevant les yeux, Cécile vit que Guy s'était rapproché d'elle et lui glissait le verre.

— Merci, dit-elle.

Elle but une longue gorgée.

— Donc..., fit-il.

— Donc ?

— Il semblerait que vous soyez deux fois duchesse.

Cécile rit.

— Comment ça fonctionne, je me le demande ?

— Qui sait ? Il va sûrement falloir engager un héraut royal pour régler cette épineuse question.

Elle reposa son verre, se leva et se plaça entre ses bras.

— Ma duchesse, murmura-t-il.

— Mon duc. Je suis désolée que votre cousin illégitime ait pillé Fairhurst House, dit-elle en l'embrassant tendrement. Si vos avocats étaient au courant et qu'ils n'ont rien fait, ils vont vous devoir un sacré paquet d'argent, n'est-ce pas ?

— Oui, ça pourrait être très grave pour eux.

— Qu'allez-vous faire ?

Il sembla sortir de sa rêverie et, quand il posa les yeux sur elle, son regard s'était réchauffé.

— Je ne vais pas chercher midi à 14 heures.

— Pardon ?

Il gloussa.

— Ça veut dire que je vais me contenter d'apprécier ce que j'ai et m'estimer heureux. Bien qu'il soit regrettable que Barry – ou plutôt Étienne – ait réussi à voler des objets de famille, je lui dois une fière chandelle pour m'avoir donné une deuxième chance avec vous. Je pense que je vais le remercier en le laissant disparaître. Quoi ? demanda-t-il devant son regard fixe. Pourquoi me regardez-vous comme ça ?

— Je me disais seulement à quel point je vous aimais.

— Oh, ma douce.

Il prit son visage entre ses mains et l'embrassa comme si elle était la créature la plus délicate et la plus précieuse sur terre.

Cécile pensait ne jamais pouvoir se lasser de l'effet qu'avaient ces mots sur son mari. Elle avait beau se réveiller chaque matin à côté de lui, avec sa bague à son doigt, elle n'arrivait toujours pas à croire qu'il était à elle.

Le regard de Guy prit subtilement une expression plus directe et plus coquine.

— Est-ce que votre mère est partie ? demanda-t-il entre deux baisers.

— Oui, je les ai vues partir avec ma sœur avant de monter.

— Et votre cousin est à Paris pour les prochains jours ?

— Oui. Pourquoi ?

— Féline m'a parlé d'une pièce où, tous les deux, nous pourrions nous enfermer et profiter d'une certaine intimité.

Cécile pouffa.

— Oui, elle m'a parlé de cette pièce aussi – malheureusement, je crois qu'elle se trouve dans les cachots.

— Et alors ? fit-il en feignant la surprise. Seriez-vous en train de dire que vous n'avez pas envie de vous enfermer dans les cachots avec moi ?

— Je préférerais être enfermée dans un cachot avec vous que d'être couronnée reine d'Angleterre.

Guy prit une mine interloquée devant cette déclaration passionnée, mais un peu étrange.

Cécile enfonça ses doigts dans ses cheveux soyeux et l'attira à elle pour un baiser passionné.

— Seigneur, murmura-t-il lorsqu'elle le libéra un instant plus tard, les paupières lourdes, les lèvres rouges. Qu'est-ce que j'ai bien pu faire pour mériter ça ?

— Je ne vous ai jamais *remercié* d'être revenu pour moi, Guy – et d'avoir persévéré – alors que j'étais si...

— Cruelle ? Infecte ?

Elle rit.

— Probablement.

— Alors, dit-il en haussant un sourcil d'un geste suggestif. Que diriez-vous de cette petite visite des cachots ?

— Hmm. Eh bien, je me dis que si vous vous contentez de traverser la pièce et de verrouiller la porte, on pourrait éviter les cachots.

Il sourit.

— Ah... belle *et* intelligente ! J'aime votre façon de penser, ma chérie. Qu'est-ce que j'ai pu faire pour vous mériter ?

Il l'embrassa et se dirigea vers la porte d'un pas sautillant.

« Non, songea Cécile, incapable de détourner les yeux de son sublime mari. Comment moi, ai-je pu avoir autant de chance ? »

Leur chemin vers l'amour avait peut-être été semé d'embûches, parsemé d'étranges déviations, la destination en avait valu la peine.

Il revint vers elle et lui tendit la main.

— Vous venez avec moi ?

— Toujours, mon amour.

Cécile lui prit la main et le suivit dans leur chambre. La meilleure partie du voyage – la partie qu'ils passeraient ensemble – ne faisait que commencer.

Note de l'autrice

Je sais que votre question la plus brûlante est : « Y a-t-il vraiment eu une duchesse tireuse d'élite ? »

Je suis désolée de vous répondre que non.

Cela dit, il existe des récits de duels entre femmes, utilisant à la fois des épées et des pistolets. Comme d'habitude, les informations sont rares, non documentées et (probablement) fortement exagérées.

Le célèbre duel (à l'épée) entre la princesse Pauline von Metternich et la comtesse Anastasia von Kielmannsegg – prétendument au sujet d'une composition florale – est l'un des plus référencés lorsqu'il s'agit de femmes aristocrates qui décident de régler leurs différends sur le champ d'honneur.

Certaines versions de l'histoire affirment que les duellistes s'étaient déshabillées jusqu'à la taille, un détail qui ressemble davantage au produit de l'imagination d'un journaliste masculin qu'à la réalité.

Parmi les autres duellistes féminines célèbres, citons Marta Duran et Juana Luna, deux mondaines de Mexico, qui ont également choisi de régler leurs différends à l'épée, et la comtesse française de Polignac et le marquis de Nesle, qui ont choisi les pistolets – les deux duels en question ayant pour cause une querelle concernant des hommes plutôt que des fleurs.

Plus intéressantes sont, du moins à mes yeux, les références diverses dans des journaux et journaux intimes à des partisanes qui ramassaient les armes de leurs compagnons tombés au combat pour prendre leur place. Des milliers de femmes ont suivi les armées qui se sont battues à travers l'Europe pendant les guerres napoléoniennes.

Il est facile d'imaginer la terreur que ces femmes ont dû ressentir lorsqu'elles se sont retrouvées seules et sans protection dans un pays étranger, souvent avec des enfants à charge. S'armer, dans une telle situation, paraissait logique compte tenu de l'anarchie qui a régné sur le continent pendant des décennies.

Remerciements

Un grand merci à Brantly et George, qui m'aident tous deux à venir à bout de chaque livre. Mes remerciements spéciaux à Elodie, qui m'a aidée à écrire les quelques lignes de « mauvais français » que Guy prononce dans l'histoire.

Je suis également reconnaissante à mes amies Vanessa Kelly, Jeffe Kennedy, Dianne Freeman, Anna Bradley et Katie Lane. Ces femmes sont mes consœurs préférées, même si nous travaillons seules dans nos bureaux séparés, éparpillées dans tout le pays.

Sans ces autres auteurs avec qui commérer, rire et comploter, ce travail serait très solitaire.

Merci infiniment à Pam de m'avoir soutenue et d'avoir aimé mon travail.

Et enfin, mais surtout, merci encore à Alicia de m'avoir donné ma chance.

13927

Composition
FACOMPO

Achevé d'imprimer en Italie
par GRAFICA VENETA
le 4 septembre 2023

Dépôt légal : octobre 2023
EAN 9782290386019
OTP L21EPSN002525-555376

ÉDITIONS J'AI LU
82, rue Saint-Lazare, 75009 Paris

Diffusion France et étranger : Flammarion